青春半熟・

Adolescence

記憶微溫

秋蘆／著

寫在回憶之前

回憶——是件既浪漫又痛苦的事，因為你必須強迫自己從那其中再活一次，無論是好與壞。

《青春半熟‧記憶微溫》一書是服役期間窮極無聊的創作，也是這十數個月所給我的唯一收穫。剛開始只是覺得好玩，抱著撰寫回憶錄的心態來消磨數饅頭的日子（真是單調而漫長啊！）；但是當我想將從前再次呈現時，卻驚覺已難以成型，因為我發覺自己並不是想將這一切做忠實地紀錄，而是想藉著回溯過往和當初那個14歲的小毛頭對話，並企圖從中滿足自己曾有的空想。

寫寫停停、修修改改，而苦悶的軍旅生涯益發使人懷念那段逝去的歲月。之後遭遇SARS的精實整備，手中的筆一擱便是半年，待疫情趨緩，回過頭來重新執筆之際，已是待退的「紅軍」上兵，因此內容停在第八章開頭前幾頁，想說反正退伍後時間多的是，未料進了「社會大學」後，就陷入找工作、整天忙盲茫、換工作的無間輪迴，一晃眼就是十五年過去了，天啊～十五年耶！過兒和姑姑都快重逢了，而我一直想寫的小說卻還是踟躕不前。所幸，軍中的手稿離奇佚失，讓我得以很阿Q的逃避此事。

人算不如天算，2019年，就在「恰恰」彭政閔退休的這一年，搬家整理雜物之際，這份手稿連同兩本莒光日記、十八本奮鬥月刊及一疊青年日報……等上古文物，從塵封已久的紙箱裡出土，看著手稿裡自己十幾年前的字跡，再遙想更早之前的那個年代，心中的感觸真不是筆墨可以形容的。

有想過乾脆一把火燒掉從此一了百了，免得牽腸掛肚，但這麼「夭壽」的事根本下不了手；自此以後，我的夢魘便開始了，

那幾位少年整天在腦海深處大聲喧嘩、橫衝直撞，要求我還他們自由，還罵我是個不負責任的渾球。我又繼續死撐，在人生卡關前的泥沼中奮力再跋涉了兩年多，然而，在雁門關外等我的不是阿朱，而是SARS的變態妹妹COVID-19！

從居家隔離變成閉關苦練、從在宅上班上到沒有班，已達「無班勝有班」至高境界的我再也找不到任何遁詞，於是從打字開始，將紙本手稿的字句逐一敲進筆電裡，當我敲下手稿上最後一個字的時候，居然鬼迷心竅的又敲了下一句、又一句、再一句……挖哩咧看到鬼！居然直接把第八章寫完了。

——好吧～算你們贏了，高興了吧？且試試老夫的能耐能夠讓爾等貪心到什麼程度。

回憶裡的美中不足實在太多，我試著一邊保存事物的原貌，一邊在其上建構自己幻想的城堡，為此我必須於心靈深處進行一樁樁新奇的土木工程，在無法拆除舊隔間的前提下，整修出一幢幢不能夠太突兀的房子。

寫作動機既已不再純正，於是我也不再約束它，而任憑這頭想像力所幻化的野馬，將我帶到那更美的地方……很驚訝地發現自己的童心竟保存得如此完整，幾乎原封不動地佇在那兒等我。

我在時間軸上，朝著已發生的過去或未曾發生的未來進行順勢卻又逆向的折返跑，空想與真實是一半一半，青澀與完熟也是一半一半，在這既害怕失真、又擔心失焦的心境下，患得患失地完成了《青春半熟‧記憶微溫》，一如少年的成長。

希望你們喜歡這個故事，只要讀者看得開心，那就夠了。

 于2022.7.10

目 × 錄

獻給90年代
及
所有曾跟「北聯」狠狠打過一架
的中二生們

Lesson 0. 回憶

家裡到課堂　永遠遲到慌張
成績單要往哪裡藏
不要批評我的智商　有太多期望
想帶著玩具　到處流浪

年輕的心中　有太多事不懂
努力　和全世界溝通
或許　隨時讓你臉紅
快樂　是彼此容忍的心胸

美麗的戀曲　發生在漫畫裡
熬夜K書　夢不到你
雖然我正值青春期　卻很講道理
約會就說要去補習

成長的難處　我們一起克服
埋怨　只教人更孤獨
不管　夢想如何離譜
關心　是鼓勵唯一的路途

別以為我不在乎　面無表情叫做酷
如果你還願意　聽我傾訴
溫柔地　作我心靈守護

困難一起克服

埋怨　只教人更孤獨

不管　夢想如何離譜

關心　是鼓勵唯一的路途

成長的道路　通往勇敢國度

　　這首〈青春期的故事〉是小虎隊在1990年的歌，也是電視劇《佳家福》的主題曲，人紅、歌紅、戲也紅，唱出了當時青春期少男少女們的成長與煩惱，是本書的主旋律。

　　故事設定在六年級生的國中時代，大約是1992前後，那時的生活型態與現今迥異，千禧年後出生的世代怕是無法想像！在那沒有手機、也沒有其他i開頭的電子玩意兒、職棒才剛草創（每天早上都有人拿著民生報頭條奚落別隊球迷的同學）、下課聽著隨身聽（金曲龍虎榜前三要嘛王傑要嘛伍思凱……對了，張雨生還活得好好的）、大葛格們的摩托車擋泥板上都是酒井法子、伊能靜還在唱著十九歲的最後一天，而我卻覺得十九歲離我好遠好遠……

　　故事中充斥著我年少時的狂妄與憧憬，而有些則是不知所云的想像，但願它能夠讓你（妳）更瞭解爸媽當年求學時的生活點滴，也或許，他們比你對故事裡的情節更有感觸、也更能津津有味。

　　書中的時空背景或許能夠喚起部分人共同的記憶，但去探究故事的真實性則無異是庸人自擾，畢竟，歲月是把殺豬刀，莫說三十年，就算只是三年前發生的事，也泰半被剁得支離破碎了，三十年啊～有太多人、太多事早已經面目全非──唯一相同的，恐怕就是下課後要去補習班吧！而故事就從這說起。

青春半熟．記憶微溫

Adolescence

Lesson 1. 試聽

　　阿閔，也有人直呼大頭閔，生於大順之年（六年六班），勉強算是本書的主角吧！眞箇是人如其綽號，雖稱不上頭大如斗、下雨不愁的地步，但和別人一比，size就是大了這麼一些些。個性天眞卻有點小聰明，喜歡看各式各樣的書（卽使對成績毫無幫助），待人處世還算誠懇、合群，但有時也挺享受**離經叛道時獨領風騷的優越感**；總之，儘管不情願，故事仍得由這個乳臭未乾的14歲少年開始。

　　話說升國三那年暑假，爲應付日益沉重的課業，及不可避免的升學壓力，在教育「補習」……噢不！是教育「普及」的環境下，補習似乎是唯一可行的辦法；因此，當阿閔搖晃著他那顆大頭出現在補習班時，也就不是啥值得驚訝的事哩！

　　當時的補習班——說穿了，不過是學校教育的延伸，師資方面雖打著所謂的一**流名師**作招牌，但幾乎由鄰近的中學老師擔任；而學生方面自然是以周遭的國中生爲主要吸收對象。在這種換湯不換藥的組合下，演變成老師賺外快、學生補心安的情形。所以放學後，師生又在**學校附近某棟大樓中的某樓層內**齊聚一堂也不足爲奇。

　　「啊！」「啊？」阿閔與那位在一小時前才站在學校教室講台上，要求他放學後不要在外逗留的男人不約而同地**啊**了起來。基於某種原因，這男人似乎不願在此處使用阿閔所知道的名字，而是用另一個可疑的化名。

　　「老實說，會在這種地方和你碰面，實在很令我驚訝哪！」男人在擦肩而過時，丟下了這句促狹並揚起了嘴角。

「代號。這一定是**代號**。」少年在心中如此嘀咕著。「唔～看來補習班的確是個神祕的地方，不知道會不會有好事發生在我身上？」事後證明，補習班並不神祕，而發生在這位14歲少年身上的好事不能說沒有，但壞事卻也不少，其中最令他印象深刻的，莫過於在這裡遇見了幾個古怪的傢伙啊。

今晚，是阿閔到補習班上的第一堂課。

補習班同行間為了業績的競爭，通常不得不推出一些優惠方案，例如**免費試聽**便是其中一項。少年心中的如意算盤原本是抱著利用一個月免費的試聽期，將不聽白不聽的知識儘可能地塞進自己的大腦袋瓜裡，好歹捱過這次月考再說，但現在卻有了不一樣的想法。

難道是補習班改變了他，令阿閔茅塞頓開、發奮向學？事實顯然並非如此，這點從他的神情不難窺知一二。

他發現，講台上的男人表情變豐富了，而解題的方法多了一、兩招**賤招**（奇怪！這老小子在學校是這樣教的嗎？）；聽累了趴下休息也不用擔心自己這顆大頭會遭到板擦**們**無情地襲擊，還有還有……那個坐在斜前方綁著馬尾的女生好可愛啊！有點像是電視劇《佳家福》裡的<u>游淑慧</u>，尤其是笑起來時那兩顆無邪的小虎牙，可愛極了，看制服應該是C中的吧？嗯～定神細視之下，只看到一個字：「……玲」；原來，無聊的課堂也有多采多姿的一面。

總之，阿閔喜歡上融入這裡的感覺，他決定今晚回去跟老佛爺吵，說什麼也要ㄠ到「摳摳」，趕明兒個選班、劃位；對！就是醬子！而且還要劃在那**馬尾女生旁邊**才行。

Lesson 2. 第八節輔導課

　　少年持續忍受著往常他必須忍受的一切——喧嘩、髒亂不堪的教室，快要斷氣的閃爍燈光，以及不知道從哪一位同學手中丟出的橡皮擦、紙團……等等東西；儘管這些不明飛行物體來自四面八方，但最後都會饒有默契地準確命中阿閔的大頭。毫無疑問的，這正是**傳說中的放牛班**，而更毫無疑問的，他是位頂著大腦袋瓜被太保學生們捉弄的牧童之一。

　　這位叫做阿閔的少年（14歲）其實也是有脾氣的，他曾經在國二上學期的校外教學時，跟他的死對頭阿文老大，於亞洲樂園裡上演**喋血摩天輪**的戲碼，但如今卻淪為橡皮筋導彈的肉靶，這並非是懦弱的關係，而是他認為把寶貴的氣力浪費在打架上，實在是一件非常沒有意義的事情。即便他是一個具有**跆拳道黑帶初段實力**的14歲少年。

　　或許有人會對所謂的**摩天輪事件**感到一定程度的好奇，但一來他本人並不覺得是啥值得誇口的豐功偉業，而不過是賀爾蒙過度分泌的結果；二來這段與阿文老大之間的私人恩怨牽涉到令少年內心鬧彆扭的部分，因此他個人決定三緘其口。不過，或許時候到了，便會透漏一二吧！

　　無論如何，阿閔彷彿覺得這些平常令他困擾的小case，在今天都較以往更能夠忍受。看著每一節那些在講台上口沫橫飛的賊老頭們，或許在幾個小時後，便會出現在某家補習班的課堂上也說不定……少年在心裡如此想著。儘管昨晚那位以古怪代號作為化名的男人在離去時，曾嚴厲的警告過阿閔不得透漏今晚在此處見過他的事實，但對於自己可以和**偉大的師長**保有共同的祕密，

這件事令他心頭起了難以言喻的感覺，可以說是一絲偷窺後的興奮吧！這由他今天始終掛在臉上的笑意得到充分的佐證。

隨著時間的流逝，阿閔發覺自己越來越期待放學的到來。然而，那該死的第八節輔導課仍舊殘酷地、持續地煎熬著台下一顆顆急欲奔逃的心。

所謂的第八節輔導課，是填鴨式教學下該被全國青少年所深深詛咒的產物，它標榜讓想念書的學生多一點學習的機會，而在家長同意下採自願參加的方式，並且基於校方升學率和資源分配的考量，依照素質重新編班；不過吊詭的是——沒有父母願意承認自己的小孩不想念書。因此，當大夥兒的願意其實都是不願意時，願與不願的差別就僅止於怨與不怨了。

如你所知，放牛班裡大多數的牧童都傾向於眾所認定的傾向。所以，在父母簽下同意書（賣身契）的同時，他們大都懷抱著怨恨的意念，從原先的牧場被賣到另一座牧場裡去。而怨念是可怕的，尤其是來自一群賀爾蒙分泌過盛的死小孩，在那種不知天高地厚的年紀，天知道當被認定為無可救藥的他們，因厭惡上課而抵制上課時，還有什麼事幹不出來？

沒錯！抵制上課。由於是針對資優班而量身訂做的措施，故所有的軟、硬體資源便極端不公平的全集中到那些聰明的孩子身上。他們在窗明几淨的講堂裡，舒適地窩在符合人體工學的摺疊椅中，享受著冬暖夏涼的空調；反觀牧童們可就沒那麼幸運了，他們必須到舊校舍（在資源回收場旁）的破爛教室裡，強迫自己服完這至少長達一小時的有期徒刑。

這也直接的影響了教師們的授課意願——當然，如果在那種狀況下還能克盡傳道、授業、解惑的人，想必只有至聖先師孔老二了：在略為傾斜的教室裡漂浮著沉悶、燠熱的空氣，起風時你若大力嗅嗅還能隱隱聞到資源回收場外星寶寶肚子裡的獨特味

道（由此可見，在校方眼裡，牧童們顯然也是屬於那裡的一部分）；時而漏水事小，但對授課者而言，寫板書寫到被爬過手邊的蟑螂嚇一跳，無論如何都不是一個愉快的教學經驗。面對成員來自各頑劣牧場裡的佼佼者（幾乎是**訓導處匪榜上赫赫有名的棘手人物之大會師**），課堂上男生打鬧、女生聒噪的情形就更甭提了，也因此黑板上永遠寫著「自修」二字，而原本應該存在於講台上的大人則往往不見蹤影，或只在報紙的掩護下偶爾探頭。

逃學！——這的確是個絕妙的點子。不過很遺憾，即便《逃學威龍2》都已經上映半年多了，但基於國小5年級一次不愉快的經驗後，還是老老實實地待在校園裡比較保險，但相信距離那天並不會太遠。而既然理論上擁有**最大腦容量**的少年還沒想到付諸行動，其他人似乎也不該想到似的，牧童們只能默默地哀悼自己的青春消逝在那該死的**第八節輔導課**。

Lesson 3. 向胖子致敬

　　所謂「人生不如意十有八九」，此刻的阿閔正充分地體會著這句話。當他興沖沖地掏出錢來準備劃位時，發現座位表上除了自己視聽時所坐的「D9」仍是空缺以外，前排原本在昨天還是空缺的「C10」、「C11」、「C12」卻起了變化！鎖定目標的「C10」姓名墨水恰好暈開，但仍可看出是一個女生的名字「……玲」，嗯～應該是那可愛的馬尾女生沒錯！而在她左側「C9」的「黃文琪」應該就是昨天那位G中的女同學。不過，右側的「C11」赫然存在著一個既陌生又礙眼的姓名——那是**男生的名字**！「奇怪！昨天那裡不是沒人坐嗎？看來也只能先選靠走道的『C12』再想辦法了。」少年帶著滿腹疑團並懷抱一絲僥倖搭乘電梯上樓。

　　只見教室裡**那個該死的、重要的戰略位置**上確實矗立著一個討厭的C中男生，而且還是「萬疾肥為首，百病胖為先」的**癡肥雄性動物**。「幹！難道萬能的天神沒聽見我這微弱的禱告聲嗎？」「為什麼我和馬尾的之間還隔著一個人呢？」「又為什麼擋在中間的人偏偏是個不折不扣的**死胖子**呢？」一連串的牢騷自阿閔內心深處吶喊著。

　　補習課程開始進行。少年無言……

　　肥仔和瘦子的差異在此展現無疑——如果這混球瘦一點的話，視線還可以從彼此身軀的空隙中偷瞄過去，但如今這坨橫陳在眼前的**肉堆**則令少年無計可施，因為所有視覺上可能嘗試的角度，都被那該死的胖子給完完全全地遮蔽了。「嗚呼哀哉！」阿閔在心中為自己遭受的不公平待遇感到莫名地憤慨，並不停咕噥

地咒罵著……

好不容易從枯燥的牧場熬到**補習歡樂城**，卻被迫面對這樣的困局，阿閔未免心有不甘；但自忖卽使身負跆拳道絕學，恐怕也無法將這頭足有300磅重的**放山豬**一擊轟殺——「看來只有智取一途了。」少年心中作如是想。

下課的鐘聲幾乎在同一時間緩緩響起。

馬尾的離開位置時，一胖一瘦的兩墩路障立卽起身讓路，此時阿閔注意到她身上淡淡的香味，當那可愛的馬尾從少年的胸前拂過之際；倘若教室裡夠靜，少女也絕對能在那一瞬間的距離內，聽見不屬於自己的心跳聲，或許她並不明白，怎麼自己可以未經允許就帶走另一個人的呼吸？而他，也不明白。

無論如何，這致使阿閔更是鐵了心，不管威脅利誘、偷拐搶騙，都一定要坐到她身邊去。因此他決定先發制人。

「同學，你坐這啊？」先來個投石問路吧！刺探一下敵情。

「對呀！我之前就劃位啦！不過昨天不小心感冒了，所以沒來。你呢？你是新來的嗎？我以前好像沒看過你耶。」

「……」（**牠**廢話還眞多，居然露出這種傻呼呼的笑臉？眞是豈有此理！）

「你每天都一定會來補習嗎？」（警告你最好別太用功！）

「當然囉～～學生的本分就是好好努力唸書呀！」

「……」（放山豬竟然訓起人來了，莫非是進化後的突變種？）

「呃～～同學，我這樣說你或許會不高興，不過你剛才上課好像不怎麼專心喔？」

「……」（喔什麼喔！還不是因爲你這尊肥死不償命的彌勒佛！害老子要邊聽課邊試驗光線的繞射原理。）

「你幹嘛都不講話？是不是身體不舒服？」

「嗯……我是因爲感冒……對！是感冒沒錯。」阿閔覺得有點被牠給反客爲主了。

「你別不好意思，其實你一直在注意我左**手邊的那個女生**，對吧？」

阿閔突然覺得自己身陷某種危機之中!?

「講實在話，她滿可愛的，嗯？」這傢伙說完還不斷地搓著手，饒有興味的瞇起像是永遠撐不開的眼皮，這致使阿閔聯想起廟會時待宰的**神豬**。

「……」（這隻死肥豬在測試我的極限嗎？）

「我想你應該是**煞**到她了。我是這麼覺得啦！不過話說回來，我也沒想到當初試聽完以後，她還會選擇繼續坐在我旁邊，眞是意料之外的收穫哩！」

「口胡～～」（難道……非要逼我使出**那個**？）

阿閔默默的將**畢生功力**運行至雙掌，**飛燕式手刀**蓄勁待發，務求一擊必殺。然而那邊廂不知死活的胖子還一付喜孜孜的模樣，笑吟吟地直盯著耳根逐漸泛紅的大頭少年看，渾不知自己已經惹動了某人因惱羞成怒而逐漸成形的殺機。

「你該不會爲了她才來報名的吧？咦～～你臉紅了，被我猜中了對不對？」說完還用**蹄膀**在阿閔的肩頭不輕不重地拍了一下。

居然以老友的口吻!?阿閔清楚地聽見某種情緒斷裂的聲音。正所謂是可忍孰不可忍？簡直可惡透頂了！

少年阿閔心中狂喊：來吧！豬玀。既然你已冒犯了我，就別想全身而退；老子我今日替天行道，遇神殺你這頭廢言神豬，遇佛殺你這坨彌勒大肥佛，誰手軟誰就不是好漢；你若沒有必勝的把握，最好有必死的覺悟！準備叫你的家屬去南港垃圾山領回你這具媲美<u>董卓</u>的屍首吧！

——「幹……」強悍的14歲少年霍地站起，戰意已飆達不吐不快的巔峰之境。

「我看我乾脆跟你換位置好了。」遲鈍者像是終於察覺到氣氛的不尋常似的。

「幹～～得好哇！」少年語氣立刻急轉直下。

「你還挺上道的嘛！」算這死胖子有點人性。

阿閔決定不再用放山豬或豬獵等獸類字眼來稱呼**他**。無論如何，基於對方**割地求和**的誠意，少年都得向胖子致敬才行。

※　　※　　※　　※　　※

當馬尾少女睜著明亮的雙眼望過來，彷彿魔法般地，輕易穿透少年刻意強調的瀟灑而主宰著他失速的脈搏。此時阿閔的心思尚停頓在30秒前所聽到的美妙聲音——

「同學，請問這一題你會不會？可不可以教我？」隔壁那位可愛女孩又把半分鐘前的問題重複一次。

「嗯……我……我想一下。」阿閔趕緊將表情由恍惚巧妙地轉變成沉思，隨後少年發覺自己的臉頰和耳根的溫度逐漸攀高；因為，那個題目他不會！——終究還是到**沸點**了。

這是一定的，對一個「牧童」而言，不管是任何科目，能夠看懂題目的**每一個字**已屬難能可貴，更別提那些文字組合起來之後的語意，和要問的問題了。放牛班的學生又怎會明白**「試利用平行線截等線段性質證明DG線段與AG線段之比值為1/3」**是蝦米碗糕？畢竟阿閔從未擺脫牧童的標籤，即使直到剛才之前他已暫時遺忘，但現在仍不得不承認自己身跨牛背、手揮枝條的身分。

「呃～～我……我不太會耶。我回去想一想……」少年囁嚅

著。

　「沒關係！我再問別人好了。」女孩微笑著說。

　一整晚所累積的歡樂feeling，就在此時消散始盡。少年的心底忽然起了變化，那是個從未興起過的念頭——

　我、一、定、要、弄、懂、這、一、題！

　　　　　　※　　　※　　　※　　　※　　　※

　步出補習班時已是晚間九點半了，不巧的是外面正下著不大不小的雨，但那無所謂——因為絕大多數的牧童並沒有隨身攜帶雨具的習慣（他們覺得那樣很遜），反而崇尚淋雨時一股號稱來自**男性的帥勁**，這八成是受到郭富城那支機車廣告的影響；但無論淋了這場雨之後自己會有多酷多帥，阿閎今晚的心情實在不願意淋雨。

　他頂著大頭坐在屋簷下發愁，身旁路燈的光亮像是被某種生物的巨大軀體所慢慢吞噬般，直到阿閎的身形被黑影完全籠罩為止，他這時突然警覺似地跳了起來——

　「來吧！愚蠢的猛瑪象，休想襲擊我！」少年大喝一聲，隨即擺出戰鬥態勢。

　「同學，你是不是沒帶傘？我和你一起走好了。要不然像我前天淋雨回家的話，很容易就會感冒，那樣子很麻煩的……」

　果然沒錯！是那個死胖子。有道是**食言而肥**，我看不如改成**肥而多言**比較恰當。不過在跟自己的心情鬧彆扭之前，阿閎已被一隻毛茸茸的肉掌搭住，而在以飛燕式手刀反擊之前，卻先聞到了玉米濃湯的香味。

　玉米濃湯！

　沒錯！而且是出現在寒冷雨夜中的玉米濃湯。這讓向來以強

悍自詡的14歲少年曝露出個人生平最大的弱點，同時也是他跆拳道絕學的**罩門**，那就是——**美食的誘惑**。基本上，阿閎對於所謂的美食是不具任何抵抗力的（實在很傷腦筋噢！），這就是為什麼打從讀幼稚園起，在出門前老佛爺總要對他耳提面命一番的緣故；而「不准吃陌生人給的東西。」的叮嚀，至今仍是老媽子持續的一貫作業之一。正因如此，阿閎隱藏在腰際的裡袋內一直以來總有筆為數20～30元不等的備用基金，與其說是零用錢，倒不如說是母親對他的**保護措施**還要來得恰當。

而少年也頗能體會媽媽的先見之明，所以通常不會違背這道**老佛爺的懿旨**。但今晚，他實在想喝下眼前這杯熱湯。

「來吧！你一杯，我一杯，別客氣，我請客。」不知怎麼，握著香噴噴地濃湯的肥厚肉掌，此時感覺友善多了。

兩位少年就近坐在騎樓停放的偉士牌機車上，咕嘟咕嘟地將手中熱呼呼的杯湯喝個精光。

※　　※　　※　　※　　※

「怎樣？還不錯吧？**老弟**。這家的玉米濃湯可是很讚的哩！」一胖一瘦的兩人邊走邊聊。

「唔～～確實不錯。」這胖子夠朋友。

腹中的滿足感已令阿閎不去計較對方話中對自己的稱謂，而不知不覺間也把強加在胖子前面的**死字**拿掉了。無論如何，基於對方**慷慨進貢**的盛情，他都得向胖子致敬才行。

「阿閎老弟！我等的公車快到啦！這把傘你先拿去用，改天再還我就行了，掰囉！」

阿閎也朝他揮了揮手。

「對了！其實那題真的很難，你不用太在意啦！」胖子突然

像是早有預謀般地將他的肥臉探出車窗，誇張地朝馬路上大喊，一語道破少年最在意的事。

「啊！你這傢伙……」（居然敢偷聽！）

然而265公車已載著才剛剛得到阿閔致敬的胖子絕塵而去，迅速地逃離飛燕式手刀的射程範圍。

Lesson 4. 請稱呼我「老師」

「什麼!?」有著雙重教師身分的男人驚訝地打量著眼前這位14歲男孩。

「你想請教我這一題如何證明嗎?」那表情就像被人從耳朵灌進水銀般地不自在。

「是的。」得到的回答簡短有力。

「你不是**老師**嗎?」少年彷彿想抗辯什麼似的,又補充了一句。

「唔～～眞是難得……好吧!既然你已經學會問問題這件事,那麼身爲老師的我看來也必須克盡職責囉!雖然這對於**指導本班**而言實在是件非常罕見的事噢。」

「不過,阿閔哪!話說回來,你**昨晚**不是比別人多聽一次了嗎?」男人刻意壓低了聲音。

話雖如此,身爲牧童確實被默許卽使多上一、二次課,也無法將學問融會貫通的不成文特權。

「那麼……第八節輔導課時我們來個**個別輔導**吧!」男人的語氣透露出些許藏不住的興奮。

「可是……爲什麼要等那麼久呢?」阿閔隱隱覺得有什麼不好的預感。

「這是個條件交換。首先,我必須確定你不會消失在今天的任何一節課堂上;另外嘛……坦白講,我也還沒做好如何讓一位牧童學會這題的心理準備。」(這話有點酸哪!)

少年的腦海裡好像有什麼東西要冒出來,而在那之前卻搶先化作一層浮沫;總之,今天是他對資源回收場旁的**頑童基地**有所

期待，這可是破天荒的頭一遭哩！

※　　※　　※　　※　　※

「聽好！平常也就算了，但是當你請教我數學問題時，一定要尊稱我老師，懂嗎？」

「那其他問題呢？」

「你忘了什麼？」

「我……我是說除了數學以外的問題呢？老師。」少年略帶不耐的刻意強調那兩個他以為永遠都用不到的字。

「那就免了，隨你吧！人不見得要迷信權威，但最好能尊重專業。Do you understand？」

「……」阿閔搔搔他的大頭。在他還沒開口詢問前，已經有了答案——

「用你們牧童的語言來翻譯，就是了不了啦？」

「喔～～了。」少年咧嘴一笑。

「看來要被你尊稱老師的人不只我一個哪。」教數學的男人也笑了。緊接著又說：「雖然我不知道你為什麼會突然轉性，但相信絕對不是受到本人感化的緣故；不過無論如何，這也算是好事一樁。」

「好啦！閒話休提。扣掉剛才送給你的金玉良言，我們原則上還剩下47分鐘來討論你的問題，仔細聽我說……」

※　　※　　※　　※　　※

一對一的教學就在來自四面八方——以紙團、粉筆、板擦、垃圾桶蓋、橡皮筋、半隻蟑螂（!?）、躲避球……所交織而成

青春半熟・記憶微溫
Adolescence

的強力火網下，伴隨此起彼落的嘻笑怒罵和尖叫聲百折不撓地展開。也許是對於居然有**帶種**的凡人膽敢隻身勇闖**惡龍**的**巢穴**表示敬意，頑童們今天也表現的更加**熱情**，並趁機發洩青春期過於旺盛的精力。

隨著斜躺在教室牆角的鐘所發出的微弱心跳（這是它從牆上被拆下，歷經無數次的肢解與組合後，所能表達的最後抗辯），阿閔與數學男人之間的個別輔導已進行了約莫50分鐘左右，此時悅耳的下課鈴聲有如大赦天下般地響起，學生則像噴出去的屁一樣，轉眼間散得一乾二淨。

「喂！大頭仔，有影某影？雄厚係金A啦！」一名叫阿全的太保學生經過時，邊操著流利的台語邊巴了阿閔後腦勺一下。

「乁～～阿閔，想赴京考狀元跟江姐求婚啊？」一個不怎麼熟的太妹說完還ㄌㄨㄟ了一下阿閔的腮幫子。

「妳賣黑白亂講！唉～人家心肝內只有**婉如**妹妹而已啦！哪看得上我？對不對啊？**閔哥**。」被稱為江姐的女生也湊過來調侃一番。

「嘿ㄇㄟ～恁攏愛排後壁做細姨卡差不多。」補槍的果然是歪萍。

聽到**婉如**兩個字，少年的臉刷地紅了。

「那是誤會好不好？」（不得不為自己辯解了！）阿閔站起來吼了出去，但兩名肇事的少女卻已然揚長而去；遠遠地還聽到「好好好……閔哥說誤會就誤會，但人家可不這麼想……」的字句從教室外鑽了回來。

（啊不然她是怎樣想？）阿閔覺得有必要問清楚。追！就算追到天涯海角也要把那兩個臭娘們給抓起來拷問一番。

（嗯～～好！就這麼決定！說幹就幹！）而在轉身的同一

時間——「咳咳⋯⋯我可沒說你可以下課哪！當我不存在嗎？**閔哥**。」老師出聲了。

「別這麼叫我！」少年臉上才剛退下的紅潮又湧了回來。

「喔～那你該叫我什麼呢？」男人慢條斯理地說著。

「這不是屬於**數學方面**的問題吧？」少年發揮了急智。

「但**現在**卻是你請教我數學問題的期間內，嗯？」

「現在已經下課了，別這麼龜毛行不行！」

「**真正**的上、下課不是由鈴聲決定，而是取決於教學雙方的認知，you know？這題你完全弄懂了嗎？我想是還沒吧！你要是還沒學會，我又怎能一廂情願地說自己已經教完了呢？那是一種自私，OK？如果現在你認為已經下課了，麻煩請你慢慢走出去。」

教數學的傢伙一口氣唸出令人連聽都覺得累的台詞後，靜靜地用目光追逐眼前這位14歲牧童的反應，並猜測他會有啥驚人的想法或舉動；然而阿閔終究坐了下來，與男人相互瞪視著。

「唔～～**孺子可教**也。」語氣中流露出一股令少年感到有點陌生的溫暖——那是肯定、讚許的神情。

「什麼？⋯⋯老師。」顯然少年對於艱澀的成語難以接受。

「你如果願意稱呼那位教你國文的邵老爺**老師**的話，他一定會很樂意解釋這句話的典故給你聽。」

「言歸正傳，關於剛剛提到的相似形，你到底了不了啦？」

經過這麼一打岔，話題終於還是兜了回來。阿閔想了一下，握著原子筆的右手斷斷續續地在計算紙上動了起來⋯⋯

※　　※　　※　　※　　※

「咦！看來你這小子還真的有點概念哪！」男人倒是有點感

到意外。

「哼哼～其實只要記住你在**補習班講的口訣**就比較容易聯想了，不是嗎？**老師**。」

「噓！雖然這裡是校園最荒涼、最偏僻的角落，但要是被倒垃圾的工友或偷爬牆的牧童聽到，我可是會很傷腦筋的喔！」話講完還誇張地東張西望著。

儘管男人一副緊張兮兮的模樣，但少年還是從他眼中讀出一絲藏不住的笑意，那感覺……有點熟悉。

「為什麼老師你到**那個地方**教書不能讓別人知道，而要用奇怪的**代號**呢？」阿閔終於問出這個思索已久的問題。

這位號稱**明星國中數學天王**的男人開始有點支支吾吾，並不斷地眨著眼：「呃～～這……這個嘛……這是為了**節稅**呀！你懂嗎？那可是身為一個好公民所應具備的**理財觀念**喲！明白嗎？」男人刻意板起的臉孔所泛出的笑意逐漸地變深。

當然不懂也不明白！以少年阿閔14歲的人生歷練而言。但即使不明就理，直覺卻很明顯地告訴他──**鬼扯**！聽這鳥人在唬爛。

（編按：當時的國中生，尤其是男生，理著小平頭又滿臉青春痘，幾個小蘿蔔頭整天湊在一起，連毛都還沒長齊就想泡馬子，簡直是一群死白濫的代名詞，誰會去管啥狗屁理財觀念，哪個不是口袋有多少就花多少？不過話說回來，男人即使上了年紀，在這方面似乎也沒啥長進，還是一樣成天談女人，只是掩飾起來巧妙多了。）

此時阿閔好像捕捉到什麼似的，反而不想那麼早放棄這個促狹他的機會，試探性地問著：「那我是不是該去稱呼一下那位教我公民課的女人**老師**比較好呢？」

「別……反正，**這件事例外，只有這件事噢**！還有，你不是急著想下課嗎？你現在真的可以離開啦！」數學天王終於笑了出來。

而阿閔也笑了。因為他們在這一瞬間看到了彼此在十五年前和十五年後的模樣；那是只有**同類間才懂的語言**——一種**逃離制式化之後才有的快意**。沒錯！這個男人從前一定也待過「牧場」，他是騎在牛背上吹著笛子的數學老師。

少年自然而然的朝他揮著手，「掰囉！老師。謝謝啦！」

Lesson 5. 流氓總部

　　阿閔一邊吃著肉羹泡飯，一邊看著手錶。（嗯……現在五點半，還有半小時該怎麼打發呢？）

　　按照以往的慣例，少年放學後通常都會去附近一家店名叫做「輕鬆一下」的電動間，玩兩道快打旋風II輕鬆一下（有時選怪獸、有時選印度阿三，但相撲手才是他最自豪的科目），一直撐到肚子開始抗議時，才去巷口的麵攤祭拜五臟廟，餐後再到隔壁的全家便利商店買一罐雪克33和一條77乳加（如此差不多花光了老媽給的除「安全基金」外的所有銀兩），最後熟門熟路地走向傳說中的**流氓總部**。

　　阿閔的目的地其實是間位於某棟大樓地下室的彈子房，通常只要說出「總部」，內行人就彼此心照不宣。而混混們在裡邊進行著撞球、喝酒、抽煙、賭撲克牌、與妹仔摟抱甚至親吻、玩電動、打架……總之沒有一件是校規所允許的屌事。其中值得一提的是，打架僅限於單挑，要打群架幹大票的請到外邊，否則老闆**雄大仔**會翻臉。

　　這也就是阿閔不在這裡玩快打旋風的原因，他認為打電動是一種純粹的娛樂，既然是娛樂就不應該夾雜太多不必要的外在情緒；所以，他寧可冒著被糾察隊抓包的危險，也不願違背自己休閒消遣的原則。

　　至於那些左手臂上別著黃臂章的雜碎，在混混眼中他們一個個全是訓導主任「拉虛仔」的走狗，也全是孬種，因為他們根本不敢到總部逮人。直到發生**那件事**之後……

　　（編按：當時是在一個謎樣團體的精心策劃下，再加上一點

點陰錯陽差，導致差點爆發大規模的青少年集體武術團練事件，訓導仔才不得不硬著頭皮帶條子衝進去，而雄大仔還跟少年隊槓上，聽說是牽扯到啥迅雷專案的關係。此處提及，自然是與本書的主人翁頗有淵源之故；這裡點到為止，後有詳述。）

　　相較於總部的隱密與絕對安全，在「輕鬆一下」輕鬆的小鬼們可一點也不能放鬆，除了應付螢幕上激烈的戰況外，還必須隨時提防破門而入的糾察隊，這種刺激的氣氛有時反而會讓阿閔產生一種錯亂的自虐快感（!?）；不過通常店長（或是店長的狗）也會克盡衛哨的職責，忠實地為客戶們把風——在客戶們落網前先行知會一聲，並且打開店後的小門迅速**放生**。這不僅僅是對熟客的尊重，同時也是生意人最基本的道義，正所謂「生意不成仁義在，下次必定攏再來。」而口碑傳開後，標榜著內有「逃生門」或是「防盜隔間」的**人性化設施**，便成了在那個時空背景下，電玩業者開店時招攬顧客的先決條件啦！

　　總而言之，總部的存在似乎提供著某種不知名的養分，無論是精神上不同程度的寄託或聊不完的話題，都令牧童們覺得彷彿三天兩頭不去那兒朝聖一番，整個人都會**遜掉**似的。

　　　　※　　　※　　　※　　　※　　　※

　　阿閔對總部並沒有任何的歸屬感。從總部的角度看來，14歲的阿閔只是個旁觀者，並不是參與者。而在少年的心中，則認為總部只是因為自己沒有目的才自然而然出現的地方，或許根本就沒有人屬於這裡。所以——他對總部並沒有歸屬感，雖然在這裡常常可欣賞到卽興上演的**真人版快打旋風**。如此為遊蕩而遊蕩的結果，就是準備回家捱罵時，天色一定是黑的；至於究竟在外

鬼混到多晚，由於阿閎是個不戴錶主義者，所以連他自己都不清楚。

　　然而，此刻少年的左腕正配戴著一只嶄新的卡西歐電子錶，那是兩天前到學校附近的**日成補習班**試聽後，吵著老媽買給他的生日禮物（儘管他的生日已經過了一個多月，並且他也確實拿到了當時想要的夜光溜溜球）。向來以精明節儉著稱的老佛爺居然很夠意思地答應這個任性的要求，只因阿閎振振有詞地嚷著——身為一個課後要參加補習的學生，如果沒有這項配備的話，未免太不像樣了。但這顯然違反了「牧童不戴錶」的不成文規定，Why？

　　在此不妨介紹一下牧童的標準裝扮，這些狗屁不通的傳統據說大都是從總部那邊開始流行的：

1. 雖然學校嚴格實施髮禁，但卽使是理平頭也一定要留得比資優班的書蟲們長。

2. 上衣或卡其服的領子不可按照校方的要求，和外套的領子翻出來折在一起（那樣子真的很驢）。

3. 上半身的衣著就算再多，也寧可像窗簾般地垂掛著，絕不會乖乖的A進褲子或裙子裡。

（編按：這種穿法在當時有個名堂，叫做：「千層派」。）

4. 穿外套時拉鍊越低越好。但在總部裡要小心，拉鍊的位置是要**排輩分**的，越低表示越大尾；千萬別得罪**不拉拉鍊**的傢伙，懂嗎？否則很可能會沒命！

5. 承上，在總部裡如果看到**最下面一顆釦子沒扣**的女生，眼睛最好別亂瞄，否則很有機會被**不拉拉鍊**的傢伙廁所約談（少年在不久後的將來就有機會體認到這一點）。

6. 女生裙子越短越俏，男生褲管越長越酷。而一件誇張的「控巴拉褲」更是身為「七淘郎」自抬身價或重拾信心時不可欠缺的行頭之一。

7. 書包從不放書，頂多只有一本聯絡簿、一個空便當盒，連筆都嫌多餘。之所以將書包儘可能的空出來不為別的，一來用不到、二來是為了幹架時可塞磚塊K人；有鑑於此，故大多數的混混皆不戴錶，這除了他們不被要求必須有時間觀念外，還可避免在打鬥中毀損。

（編按：注意！此處所指的便當盒理所當然是空的。對～～別懷疑！午餐時牧童們會成群結隊的到別班劫掠，這就是歷史課本中所提到的「打草穀」，跟天龍八部裡的契丹匪類之行徑並無二致。切記！生物總會自己找出路，OK？）

8. 腦子可以不靈光，但書包卻不可不炫。最常見的創意是將書包前面那片布切割成鬍鬚狀，並配合一堆不知所云的標語（不過通常都會寫錯字），諸如：國士無雙、「椎」我獨尊、一擊之命（「之」為日文之平假名）、千人力、「遞」奪公權、百鬼「拾」身、爽你爽我……等等不及備載；話說回來，阿閔就有一個被人稱為「極品」的書包———試問天下英雄：有誰膽敢把耳熟能詳的「三字經」後面寫上訓導主任的名諱（而且沒有錯別字），讓斗大的六字真言天天在校園內外隨風招搖？不久聽說有某位死白爛模仿阿閔，但在人名部分改成各校帶頭大哥的綽號，其人後來……嗯～失去聯絡！了吧？

（編按：在那個年代，書包可說是莘莘學子表達自我訴求及展現個人style的廣告看板，而混混們更變相地發揚光大，在各「版面」盡情發洩對人群社會的所有不滿，同時也彰顯自己在江

湖道上的「地位」！）

9. 書包的背法倒很講究——集體行動派的混混會將肩帶調到
最長（幾乎過膝），然後以「單肩繞頸」的方式斜背至前
方垂吊著；而一匹狼型的狠角色則會將肩帶調至最短，以
「單肩側背」的方式在前方用虎口叼住書包與肩帶的連結
處再下壓至腰際，使整個書包像旗子般地掛在肩上。

（編按：這樣的裝扮其實不無道理，前者由於成群結黨，故
著重於軍閥大亨式的氣派；而後者獨來獨往，為避免寡不敵眾之
窘境，所以首重行動的敏捷性，各位看倌不妨拿出您塵封已久的
國中書包比對一番，便知此處所言非虛。）

除此之外，由於當年尚不時興染髮，且多數學校仍未開放髮
禁（如阿閔就讀的H中），否則以上這所謂的「獨孤九誡」肯定
成了「摩西十誡」；而時隔多年，也不知總部的臭規矩改了沒？

阿閔倒是不注重這些狗屁規定，正如同他不鳥校規一樣。即
使他還不習慣左腕所傳來的束縛感，但那只嶄新的電子錶，或許
就是改變他以往放學後一貫作業的象徵。

因為他已有了目的，也許。

「大概好一陣子不會去總部了吧！」少年的心如此想著。

Lesson 6. 馬尾的

　　日成補習班座落於H中附近某棟大樓第一、二、四、七層內，除了電梯之外，還有形同虛設的樓梯，因為它似乎一直都在「整修中，禁止使用」；當然也有所謂逃生專用的第二條樓梯——太平門。可是呢，與其說是太平門，不如說是**太平間**比較恰當，因為裡頭堆滿了各式雜物，且漂浮著怪異的濃濃霉味，而電燈永遠都是壞的，整條烏漆媽黑地彷彿是惡魔的腸子般直達陰曹地府，活脫像是**隨時會發生重大刑案的棄屍現場**一般；會這麼形容並不誇張，實在是當你見過那位翻著死魚眼、陰陽怪氣、被阿閔稱之為**兵馬俑老伯**的管理員後，不得不認同的結論。也因此，莫須有的自殺傳聞便不逕自走，使得「即使發生緊急事故，寧願等死也不願從『亡者之門』逃生」的想法，便被此處的住戶們根深蒂固地接受了。

　　但話說回來，它在若干時日之後，還真的被幾位吃了熊心豹子膽的國中生拿來**物盡其用**，恐怕就不是這棟大樓當初設計者的本意了。

　　言歸正傳，基於電梯是通往各樓層的主要方式，所以當阿閔拿著雪克33和77乳加在**地獄看守人**詭異眼神的注視下顯得焦躁不安時，仍是得耐著性子等下去。

　　但好在他多等了那麼一下，否則這位14歲的青春少男必定會抱憾終生。

※　　　※　　　※　　　※　　　※

馬尾的出現了！

如果不是由於兵馬俑老伯以不信任的表情盤問阿閔足有十分鐘之久，那麼「馬尾的出現了」的這個事實就不會發生；不為別的，光就此事而言，少年當下就有請老頭吃宵夜的衝動，但衝動畢竟不等於行動，因為在還沒弄清楚他對活人生吃的看法前，自己貿然送上門恐怕不是個好主意。

而就在少年猝不及防下，那個集全宇宙可愛於一身的馬尾女孩，正散發著整個夏天的陽光朝阿閔全力衝刺，於電梯完全闔上的前一秒鐘。

阿閔立即反手一掌擋下電梯善盡職責的企圖，馬尾的一彎身，已從「人肉擋椿」下方靈活地溜進電梯內，也一併溜進少年的生命中，在他第14年的軌跡裡插隊落腳。

「……不起……不好意思。」女孩紅通通地臉喘得有點厲害，胸口劇烈地起伏著。……說完還笑了一下。

笑了一下！

她的笑顏猶如星矢揮出的流星拳一樣，K得阿閔昏騰騰地，就連手中的雪克33搖到第幾下都忘了，他只知道自己毫無掩飾地目光在少女的眼裡有了倒影。

阿閔終於有機會得以在不被打擾的情形下，重新檢視自己乏善可陳的審美觀，和根深蒂固的形象比對後立刻有了不甚客觀的結論──她和另一個她截然不同；一念及此，趕緊甩頭將無謂地念頭甩掉。但見她身材嬌小，自己不過是中等身高，但在她身邊卻顯得高大，想到這不由得將背儘可能地拉直讓自己再挺拔些。

「謝啦！你剛反應真快，手沒受傷吧？」

「還好啦，樓梯還在鋪水泥，總不能讓你走太平門吧。」

「別鬧了，那裡誰敢走啊？」說完還俏皮地吐了一下舌頭。

「今天怎麼那麼趕？平常看你不是滿早到的嗎？」

馬尾的邊喘邊說：「社團裡……有些事……還在忙，一路跑過來，看到電梯快……快關門了，想說拚一下滑壘看看，多虧你的『一臂之力』才沒有出局。」

「這馬尾的比喻的好貼切呀！」阿閔心下讚嘆著，同時也想到，如果是**另一個她**的話，絕對是平順筆直地走著，然後等下一班電梯，才不會想要去拚什麼滑壘……而且，剛剛也一定會反問我：「為什麼知道我平常早到晚到？」想到這，不由得多問一句：「你念C中，怎麼沒去興學反而跑來補日成？」

卻見她連連搖頭，連帶使馬尾左右甩動：「興學管太嚴啦！不適合我。」說完又笑了一下。

她又笑了一下！

大概是個性滿活潑好動吧！她的皮膚顯然進行了頗多的光合作用而顯得充滿朝氣，一張似笑非笑地鵝蛋臉，彷彿是對平凡無奇的生活有著無窮的好奇心；雙眼秀氣而靈動，好似每一分、每一秒都想要發掘這個世界所有有趣的事情，方才淺笑之際，眼睛瞇著彎起來的模樣可愛極了。C中的白衣黑裙穿在她身上，別有一番風情，這也是和**另一個她**唯一相同之處。

「我的臉上有沾到什麼嗎？」少女閃爍著好奇的目光，一邊確認自己的臉上有沒有樹葉黏在上面。

「沒有沒有……」女孩大方的反問，反倒讓14歲的少年有些不好意思起來。

「一定有。你是不是覺得我長得很像那個誰……嗯～蔡燦得對不對？」「蔡燦得？誰啊？」阿閔登時滿臉問號。馬尾的趕緊補充：「就是《佳家福》裡面的游淑慧啊！」

想必是從阿閔的眼神中窺見了答案，馬尾的露出無邪的小

虎牙笑著說：「班上有幾個男生說我有點像她，看來是真的。對了～有人說過你長得像誰嗎？」阿閔立刻將頭低了一半下來，澄清似地說：「沒有沒有……」

馬尾少女有點像是惡作劇似地將手掌慢慢打橫，遮住視線中阿閔那H中特有的平頭，咦～地一聲：「我覺得你有點像……不！不是有點，你長得很像完治喔！」

「丸子!?我只聽我幼稚園坐隔壁的女生叫我包子而已。」阿閔這下糊塗了。

「不是丸子，是完治，結局鐵定會完蛋的完，老是治標不治本的治，**永尾完治**。你家一定沒有裝第四台，現在衛視中文台正在播《東京愛情故事》，超好看的說！」

這除了勾起小氣爹娘死都不裝第四台的事實，同時也是阿閔第一次聽到有人說自己長得像**那個人**以外的說法，馬上有了興趣：「這個完治人品怎麼樣？」馬尾的有點氣呼呼地說：「他朋友說他是全日本人品前三名的好人，但就是人太好，所以才更讓人生氣～虧他還是男主角耶！」

電梯緩緩、緩緩地升到六樓開門，沒人，又關門；馬尾姑娘甩動著招牌馬尾冷不防地對阿閔說：「算啦！不提那顆丸子了，你覺得<u>游淑慧</u>的人品怎麼樣？」結局可能會完蛋、有時也是治標不治本的大頭閔衝口而出：「大概不太好，因為她老是害我上課分心。」

馬尾女孩甫剛消褪的紅潮又被撩起一抹嫣紅，電梯緩緩、緩緩地再度上升……多希望就這麼上升，一直升到天堂。

※　　　※　　　※　　　※　　　※

叮～～到了。少年跟隨綁著馬尾天使到達七樓的天堂。

不過，在進教室之前，阿閔必須先去一趟洗手間，解決一下麻煩的窘況——差不多就在電梯開啟前的一剎那，當他握在右手的雪克33搖到不知道是第330下、還是第3300下的時候，半圓柱狀的脆弱容器終於無法負荷這種不合理的測試頻率，發出絕望的哀鳴——爆了開來！

14歲少年褲襠處的一蹋糊塗造就了**某種遐想**，這似乎跟國一健康教育課本所提到的某種生理現象有關。但顯然少女沒有深入思考到這個層面，儘管有幾滴液體（綠茶）濺到自己的裙擺上，仍對於少年的糗態報以無邪的、淺淺的笑，像微醺的暖風，極輕、極輕……悄悄、悄悄……

※　　　※　　　※　　　※　　　※

今天教授的是理化課。跟其他科目比起來，這算是阿閔較感興趣的。每一次的月考，即使牧童們寫的是比前段班所寫的**A卷**還要簡單很多的B卷，但在全班平均不到30分的情形下，阿閔往往可以拿到接近及格的超高水準（!?），這使得少年此刻信心滿滿，彷彿身懷什麼寶物似的，一抓住機會就要炫耀一番，特別是在**馬尾的**坐在身旁的今晚。

「原來感興趣跟**聽得懂**是兩回事啊！」中間下課休息時，阿閔自言自語地嘟噥著。

一節課下來，阿閔雖不致於鴨子聽雷，但總覺得腦袋裡東一塊、西一塊地湊不出一個完整的東西來，這使得他沮喪極了。

於是少年開始祈禱一件事千萬、千萬不要發生。然而，此時**莫非法則**發生作用了。

當一片沾著果醬的吐司從叉子上滑落時，人們往往都會希望

接觸地毯的那一面不要是沾有果醬的，但莫非法則顯示——**必定事與願違**。這是阿閱從教理化的男人口中所聽到的奇特理論。

所以——

「同學，我可不可以請教你這題？」這是天使的聲音，同時也是魔鬼的聲音。

「呃～～這……」少年的五官像小籠包上的紋路皺成了一團。

「你是不是要想一下啊？」這回確定是天使的聲音沒錯，因此少年連連點頭。

上第二節課時，阿閱特別注意**那一題**差不多的類似題，專注的結果有了回報，他覺得腦海中的**什麼**快要連在一起了，就只差一點點……

（媽的！算了！搬救兵吧！遠親不如近鄰哪！）

「喂！胖子！該是守望相助的時候了。」阿閱一邊把寫好問題的字條捏在手裡，一邊用手肘頂了頂右手邊的大朋友。

（咦～～沒反應！難道這傢伙入定了嗎？）

再頂一次！這次大力了些，但還是沒反應。

「喂！你老兄**圓寂**了啊？」五成功力的**排雲掌**順勢擊發。

那座肉山隔了半晌才巍巍顛顛的動了一下。

「發生什麼事了啊？阿閱老弟。」胖子露出無辜的眼神望過來。

「哇塞！你真的跟恐龍一樣耶！」

「可是……恐龍是卵生，我是胎生，不一樣吧？」胖子反駁。

「什麼卵生胎生我聽不懂啦！你反應也太慢了吧！不跟你鬼扯，吶～看一下這題啦！」阿閱催促著。

良久良久……

正當阿閔冒著火氣的**昇龍拳**準備出擊時，紙條已被肥厚的肉掌摟成一團識相地遞了過來。

「喔對！原來是這樣啊！」少年邊看邊掌握到什麼似的高興起來，而這種雀躍的心情是他以往從未體驗過的。

※　　　※　　　※　　　※　　　※

「呃……那個……同學，剛剛那題我想到了。」下課後，阿閔不知花了多大的力氣才將這句話說出口。

「嗯……總之呢，對相同質量的相異物質提供一樣的熱量，比熱越小者其溫度上升越明顯，這可以利用恆等式的特性來觀察。」

「原來是這樣啊！」女孩微微點頭的同時，可愛的馬尾也晃動著。

「唔～～我建議在背公式之前，要了解公式中每個符號的定義，這樣比較能夠融會貫通……」

阿閔滔滔不絕地說著，但卻越來越覺得自己是在裝模作樣，看來見好就收方為上策。

「喔～～我懂了，謝謝你啦！」馬尾女孩朝阿閔送出了今天第三記的流星拳。這致使少年的耳根迅速滾燙了起來；但坦白講，彆扭的他倒是挺享受這種感覺哩！

既然阿閔覺得這顆大腦袋瓜還滿管用的，因此他決定再試一下自己的能耐。

「對了！上次那一題數學，就是要我們證明**平行線截等線段性質**的那題，妳後來有弄清楚嗎？」

「喔～～你說昨天那題啊？那題我已經會囉！這次換我來教你吧！」少女的眼裡閃爍著自信。

（咦～～那Ａ按奈？怎麼跟預定的不一樣？）

　　儘管如此，但如果能跟馬尾的繼續交談下去的話，相信眼前這位大頭少年是不會有任何怨言的。

　　接下來，一個矛盾的問題產生了——假若阿閔很快的表現出一付很了的樣子，固然能得到天使的讚許目光，但交談也會短暫地結束；換句話說，要是不斷刻意地交流下去，卻很可能在少女心目中留下「蠢」的悲慘印象——那是一件令任何青春少男都無法負荷的沉重打擊。

　　無論如何，為了避免這款不幸，阿閔在男人只能酷不能蠢的信念作祟下，毅然決然地做出抉擇——這多半也是受到郭富城那支咖啡廣告的影響。

　　「哎呀！你也會啦！不過你的方法好像比較快。」

　　「還好啦！」少年下意識的搔著大頭，在他再度踱進少女微笑的漩渦時，有那麼一瞬間，他真的忘掉了自己是牧童的事實。

　　　　　　※　　　※　　　※　　　※　　　※

　　阿閔從沒想到在收拾書包時，居然會被交代所謂的回家作業，更沒想到自己竟樂於接受，這有點反常。記憶中，牧場裡的老闆們從不吩咐這些多餘的事，頂多咕噥一句「放學沒事別亂跑，明天記得來學校」而已。但今晚的Homework實在令人難以拒絕，包括班導影印的兩張評量卷，以及——

　　「同學，我還有一題不懂，就是剛才老師特別提到的例題7-3，你回家有空的話，可不可以也想一下？」馬尾天使的請求是少年甜蜜的負荷，也是通往天堂的贖罪券。

　　「ＯＫ！那有什麼問題呢？包在我身上。」

　　（大不了明天去稱呼一下那位教理化的婆娘老師而已。）

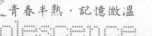

阿閔篤定地想著⋯⋯而就在這一刻，少年身體內部深鎖的某處，彷彿找到鑰匙一般地突然開啟──從裡頭蹦出了**什麼**，有點像是⋯⋯像是童話中<u>傑克</u>的魔豆，蜿蜒地、固執地把少年的心思帶到另一個地方。

　　他忽然說了──

　　「同學，妳叫什麼名字？」

　　「我叫小玲，你呢？」

　　「叫我阿閔就好了。呃⋯⋯還有，那個⋯⋯」

　　「怎麼了嗎？」叫做小玲的女孩回過頭來（馬尾甩到另一邊去）。

　　「妳綁的馬尾很好看，我很喜歡。」

　　（少年不敢相信那是自己的聲音！）

　　什麼「**妳綁的馬尾我很喜歡**」這種蠢話都說出來了！佇在一旁等阿閔的胖子也不相信，瞪著肥嘟嘟的眼珠識相地先溜了。小玲楞了一下，低著頭走過少年的身邊，緩緩、緩緩⋯⋯；就在距離阿閔心臟快炸裂的10公分時，才仰起俏臉靜靜說了聲：「謝謝。」清純的笑容在她荳蔻年華裡漾了開來。

　　這下可不是流星拳那麼簡單，而是威力更強大的**鳳翼天翔**！阿閔只能趁HP值還沒下降到零以前，瞥見**綁著馬尾的緋紅蕃茄**閃進電梯內，而天使的芳蹤也在同一時間裡消失於七樓天堂。

※　　　※　　　※　　　※　　　※

　　回家的路上，阿閔哼著不成調的**快樂頌**，經過靠站的公車旁時，赫然發現車廂內那尊**醒目的肉靶子**又想悄悄溜走，少年敏捷地掏出忘了吃掉的77乳加，瞄了一下就精準的扔進窗口縫隙，如願砸中胖子前方椅背再彈到他的右手掌心（**擦板得分！**）。

「喂！謝啦！」阿閔此刻的「奇檬子」實在好到無以復加。

（啊！原來她叫小玲。）

小玲——一個很美的名字；屬於那位令少年再也忘不掉的14歲女生。

Lesson 7. 鳥蛋、狼窟、流浪漢

「真的嗎？把朋友找來就有錢可以拿啊？」

「嗯～～『底迪』乖……沒錯！所以說，如果你想領**介紹費**的話，可得幫我們多宣傳喔！只要對方報名時，在介紹人這一欄填上你的名字，那麼你就能得到500元的獎學金，而且是每介紹一位就有500元啦！」

（500元！！少年眼裡閃耀著光輝。）

跟阿閔說話的是雅琴姊，這位就讀五專的工讀生，兼任補習班的總機小姐及阿閔的班導。端莊、親切的她比這裡的學生年長約四、五歲，是大家心目中公認的大美人哩！同時她也是第一個摸著阿閔的頭，而不被少年討厭的人。

「呵呵～你的頭好可愛喔……我收你做我的乾弟吧！」當時她的確是這麼說的。如果換作是平常認識的江姐、歪萍……那群三八女生，阿閔早就怒目相向了，但面對這位大姊姊卻乖得像麻糬一樣，就算是有天大的少爺脾氣，也消失得無影無蹤；因此，日後知道阿閔最多祕密的人反倒是她。

若您想問：那～～要是換成小玲來摸摸頭呢？你會不會生氣啊？——拜託！別耍白目好唄？因為後來還真的有人問他這個無聊的問題而遭白眼。那位仁兄就是**鳥蛋**，至少阿閔在有生之年都一直這麼稱呼他。

※　　※　　※　　※　　※

話說阿閔認識鳥蛋是在稍早之前。幾個月前的某一天，當

時號稱C中快打旋風第一高手的波哥在總部放話，說要在阿諾的馬子面前贏他，讓他輸到**脫褲瀾**；但H中的阿諾又豈是好相與之輩，人稱**不敗阿雷固**的阿諾，一手「黏巴達」的絕技已經練到爐火純青、隨黏隨解，可不是浪得虛名被**巴假的**，要敗他談何容易？因此回嗆一句——「跟那個小學生講啦，你還未夠班！要玩扮家家酒去找那個小GG的阿成差不多。」（挖操！還加碼一次嗆兩個！）

　　這個話題一旦引爆，便如野火燎原般地迅速蔓延；一時之間，總部天天人滿為患，就連過來關切的條子都被迫站了幾天崗。不堪其擾的雄大仔乾脆宣布舉辦「HCG盃快打旋風錦標賽」，讓這群吃飽睏、睏飽吃的「狗死囝仔」好好的尬一尬。

　　何謂H、C、G？其分別是鄰近總部的三所國中，跟某衛浴品牌絲毫沒有關係。這場轟動武林、驚動萬教的**三校聯合武鬥大會**，就這麼莫名其妙的展開，賽程由雄大仔親自安排，詳細報名人數「莫宰羊」，阿閔只知道「賽季」長達將近一整個暑假，光是在預賽期間自己起碼贏了超過100場以上，才突然被告知可以晉級「季後賽」。那是在距離開學剩沒幾天的一個下午，阿閔到總部櫃台換零錢時，叼著菸的夥計手上夾了一張上面蓋著奇怪印章的撲克牌（記得是方塊J），連同兩個5元交到少年手上，含糊不清的說：「少年耶～我插你贏！別給我漏氣啊！」

　　第一屆「快錦賽」的結果頗富戲劇性。那陣子總部門口貼了好大一張像是七龍珠裡的賽程表，阿閔看著上面的那張方塊J越爬越高，就在四強賽時竟僥倖贏了同為H中的阿諾，一旁觀戰的波哥大聲狂笑，但得意不到半小時，自己同樣也在四強賽受到狙擊，意外地慘遭淘汰的命運——至於把他K.O.出局的黑桃K，則是一名穿著G中制服的瘦弱少年。

　　「恁娘ㄟ裝肖維！瘦皮猴你算老幾？是阿成叫你來弄我的是

吧？」波哥的臉孔因惱羞成怒而扭曲著。

「唉～今嘛查埔郎喔～自己沒擋頭，還怪人家小姐吸太快，見笑死，無路用啊！」G中的阿成緩緩越眾而出，操著南部腔的台語盡情**尻洗**兩位輸家。

「像阮G中的男子漢就不一樣，說得出就做得到。」阿成還故意搭著瘦弱少年的肩膀，掏出一包紅白Marlboro作勢邀他哈一口；又意味深長地看向阿閔：「哩看起來嘛係將才，留在H中喔～**剪角**啊！乾脆轉學啦！」兩位少年不知所措地對看著，眼神開始探詢並交流。

接下來的氣氛很是弔詭，由於本次大賽的起因說穿了只是滿足兩位大佬的私人恩怨，未料二人均在決賽前雙雙缺席，而且還是在自己的馬子和跟班面前中箭落馬，這種難堪令他們心中老大不是滋味兒，不但面子掛不住，怎也嚥不下這口氣……總部裡的混混們見沒熱鬧可看，便開始醞釀**另一種熱鬧**，而在蓄意地推波助瀾下，紛紛鼓譟了起來：

「那個大頭仔，吃碗內看碗外，衝蝦米碗糕啊？」

「背骨逆啊！哪不是看文哥面子，舊年就把你撈（ㄏㄨˊ）起來了。」

「恁娘卡好咧！原來攏是肉腳。」

「你懂什麼芋仔蕃薯，吃屎巴放屁你最行。」

「你講三小？有ㄒㄧㄠˊ出來孤枝啦！」

（**孤枝**！多麼敏感的字眼。阿閔腦海裡頓時浮現不好的預感。）

「靠夭喔～～要釘孤枝嘛排不到恁，叫那兩個贏的來嘛卡差不多，干你們屌事？」不知何時從某個角落冒出一個聲音。

這個提議很不幸地立刻被報以熱烈的迴響。一聽到有好戲開

鑼，場內眾人怪聲叫好，立刻有好事之徒自告奮勇去向雄大仔申請賽制變更事宜；而得知決賽的形式似乎在未獲當事人首肯的情況下，即將被擅自更動的兩位準冠軍頓時面面相覷。阿閔和瘦弱少年一見苗頭不對，便識相地藉著尿遁，趁著討論尚未成為結論前，靜悄悄地退出人群，隨即奪門狂奔、逃之夭夭。而當裡頭亂得不可開交時，兩位始作俑者已經跌坐在「小歇」的板凳上閒磕牙。

「媽的！老子腿都軟了。」阿閔憋了一肚子的不爽。

「老實說，他們這種行為叫做no class，也就是沒品！」瘦弱少年更是忿忿不平。

「什麼跟什麼嘛！還說冠軍有一萬元電玩禮卷，結果啥都沒有！」阿閔繼續發著滿腹牢騷。

「不是吧！我們G中那邊說是贏的人有一學期的免費撞球時數卷可以拿我才來的……」瘦弱少年又接著說：「唉～～每次事情只要是從那鬼地方出來的，最後都嘛是亂傳一通，HCG盃名字取得可真好，就他馬屎坑一個。」

「算啦！習慣就好，這一次就算我們被婊到了！」阿閔附和著。

正當兩人你一言我一語地抱怨時——

「幹！那個臭豎仔底佳啦！」店外好像有人在那邊哭么哭爸……

（天！是波哥那幫人！居然追出來了，真是該死！）

這下可好！兩位少年像是中了一鎗的富商，不可置信地互瞪著……阿閔還來不及確認「臭豎仔」指的究竟是誰，就被迫與機警的瘦弱少年一同倉皇逃逸。

原來總部裡的混亂在完全失控前，所有人都被雄大仔給轟了出來，而眾人高漲又無從宣洩的情緒竟指向同一個缺口——

「把落跑的那兩個給恁爸找出來！幹！」波哥惱羞成怒地吆喝著。

於是帶賽的悲情二人組即使擺脫擋在店門口的嘍嘍，仍得東躲西藏，有如通緝犯一般地被混混們四處搜捕著。風聲鶴唳的逃途、宿命的街角，狼狽的冠亞軍候選人居然又好死不死地撞見阿諾一幫人。

（用不著玩得這麼絕吧？大哥！）

「幹！被我堵到了厂ㄛ？我有准你們可以離開嗎？攔造！麥造！」不知怎麼⋯⋯阿諾大聲嚷嚷地沙啞嗓音此刻正糾結著憤怒的情緒。

（怎麼可能乖乖的麥造？）

拒絕英年早逝的兩人發了一聲喊，你東我西的各自逃命。危機總能激發人體無窮的潛能，神祕的內分泌致使阿閔的小宇宙一口氣爆發出來！而此時瘦弱少年也展現了不可思議的非凡腳力。

（原來所謂的第七感不過是在跑路時，才會徹底燃燒起來的東西嘞！）可憐的聖鬥士阿閔不禁在內心深處苦笑。

（開什麼玩笑！本大爺說什麼也不能被抓到！）瘦弱少年如此惕勵著自己。

快打雙雄這當口可成了名符其實的快腿雙雄，雖說是九死一生，但畢竟他倆身為本書的主人翁及第一男配角，基於這個理由，他們必須能夠逢凶化吉，兩位衰尾道人終究是逃出生天。

總之，第一屆（大概也是最後一屆）HCG盃快錦賽就這麼不了了之，而阿閔為了暫避風頭，一連幾天都不敢露臉。此事後來在波哥和阿諾為維護自身顏面的考量下，被刻意渲染成兩名神祕客在HCG三校一百多名混混面前憑空消失的神祕事件，自然也轉移了其他人的注意力。這證明越是荒誕不經的說法，就越是令人感興趣，當然也就越不會有人想去質疑事件的真實性。

（編按：這種玩弄群眾心理的策略，在很多年後的台灣政壇被發揮的淋漓盡致，儼然成為政治人物的必修學分之一，科目名稱有分教：喚作「模糊焦點」。）

　　　　　※　　　※　　　※　　　※　　　※

　　儘管他倆有著富傳奇性色彩的風光未來，但這對好不容易才衝破包圍網的難兄難弟此刻正硬梆梆的癱倒在**狼窟**的石床上，咻咻地喘著氣（瞧！**神祕客**的窩囊樣），累得連吐口水的力氣都沒有。

　　這裡講的**狼窟**並非真的有野狼出沒（雖然曾有襲擊女學生的色狼藏匿過），乃是有別於**集體行動派**混混老是一狗票的進出**流氓總部**，而為一匹**狼型**混混的棲息地；什麼？您說二者根本是一丘之貉！那也未嘗不可，因為同屬**混混工會**的性質倒是眾口鑠金。

　　狼窟位於HCG間的三不管邊陲，為一座小丘陵。在搶地盤寸土必爭的時空環境下，反倒成了不隸屬於任何勢力範圍的空白區域，因為企圖占領、或硬拗者，儘管是雄霸一方的帶頭大哥，也必定會遭受另兩校的聯合反制而一敗塗地，其地理上的戰略位置如同電玩吞食天地裡的**荊州**，所以「欲稱霸HCG者，必先攻取狼窟」遂成了令各角頭無奈的共識。

　　丘陵的出入口只有only one一個（易守難攻!?），沿著近60度的陡峭斜坡上行，第一次來的人會認為這根本是一座墳墓山；事實也是如此，在雜草叢生的土石堆間，您不難發現**先人們的住所**。再往上走，到了山腰處則意外地被開闢成公園（正常人會來這種公園遊玩嗎？），最上方有一間寺廟，廟旁有座「思親亭」及一片假山，假山內鑿以許多坑道相串連，坑道的石壁上刻著

二十四孝的圖樣，且假山頂端矗立著偌大的濟公活佛像，使人大老遠就感受出此地懾人的氣勢。

有鑑於這些地形、地物的絕妙搭配，故此處聚集了各種特立獨行的人物。有化緣的行腳僧、雲水尼、鐵口直斷的半仙，和**聲稱被佛祖開天眼的異能者**（實際上多半是常**開天窗的精神異常者**），也有三不五時跑來免費教授拳法的江湖奇俠（阿閔就曾跟一位退伍軍人學了一陣子的擒拿手），甚至是人格分裂的杜鵑窩病患和逃兵，都理所當然地在此處軋上一腳；也因此，三三兩兩、誰也不搭理誰的混混，在這裡反倒成了行為舉止較為正常的**民眾**。

此外，以通靈人自居的冥想修道團，及妄想救贖以上**所有迷途羔羊**的傳教士亦是狼窟的常客。附帶一提，此處遊蕩的狗多半是瘋狗（**潛移默化!?**）。不過，這座山頭令人無法征服的真正原因其實是——流浪漢。

是的！**危險的流浪漢。**

那些無家可歸的歐吉桑身上裹著草蓆或破棉被，目露凶光地在假山洞中的某處蜷縮著，阿閔如果不是早先見識過這批**荒野浪人**的話，或許他根本不敢跟補習班電梯前的老管理員（對～就是那位兵馬俑老伯）面對面哩！

浪人們對任何事物大都不理不睬、漠不關心，但由於某種因素，對社會極端的不滿，對人群更是充滿敵意與不信任感，你若對其投以異樣的眼神，最好確定自己可以跑得掉，不然……斷手斷腳算是便宜你了。

渾身惡臭的流浪漢情緒極度不穩定，他們甚至將不知從哪弄來的狗、猴、兔、鳥、蛇、蛙……等等各式野味肆無忌憚地宰來吃，並呲牙裂嘴地邀好奇觀望的**民眾鬥陣圍爐**（還會騙說是**家常肉**，超可疑的，您說不？）但也有可能還沒吃完就翻臉不認人，

把剛剛才一起共進美食的少年ㄟ用磚塊打得頭破血流；這種隨著自己心情起伏而快意恩仇，對看不順眼的人、畜或東西，毫無憐憫地動輒施以狂暴攻擊的性情，無非是對身後洞壁上孝親石雕的最大嘲諷。

附帶一提，貪嘴的大頭閔就在這兒吃了人生中唯一一次狗肉，吃完才被惡意告知，然後一吐再吐的蠢樣，令浪人營的渾蛋們遠遠看到阿閔就裂嘴大笑，還會**主動親切地**打招呼，著實可惱！

至於兩位落難的少年到了緊要關頭，竟會有志一同的跑來這裡尋求庇護其實不無道理；在一般情況下，荒野浪人非常厭惡那種喜歡成群結隊、大聲喧嘩，且彷彿不跟同伴在一起，自己一個人就什麼都幹不好的不速之客；反觀行事低調、獨來獨往的小兄弟，反而較合他們的脾味。或許，流浪漢中也可能有曾經了不得的大人物，只不過再多的豐功偉業如今也只是過往雲煙罷了。

※　　　※　　　※　　　※　　　※

「呼呼～～差點**縮缸**！來到這裡總算是安全了。好哩佳在……」阿閔有氣無力地說。

「操！此仇不報非君子。」瘦弱少年依然難掩忿滿之情。

一整天的HCG盃馬拉松跑下來，阿閔從他傲人的腳程和背書包的方式，認知了他與自己同為**狼族**的身分。

「老兄，我叫阿閔。你呢？」

「鳥蛋。大家都叫我鳥蛋。」

臭味相投的兩人就這麼結交上了。他倆分進合擊、流亡到此的默契是他們友情中牢不可破的羈絆，而狼窟在往後的日子裡則有吃重的戲分，它扮演某個謎樣團體類似精神堡壘般的聖地。

Lesson 8. 芳鄰冰菓店

　　基於前述這層革命情感，阿閔與鳥蛋迅速地混熟；自然，在輕狂的年紀裡，兩人也曾經無數次繼續那場**消失的冠軍決賽**，但所謂的勝負在你請我一條士力架、我輸你一包可樂果的笑鬧之間，也就不那麼重要了。

　　某日放學，兩位電玩神童再度於「輕鬆一下」碰面，進行不知是編號第幾場的例行賽。

　　「鳥蛋兄，這次要是我贏，你可得答應我一件事。」大頭少年一瞬間嚴肅了起來。

　　接著便把**雅琴姊**告訴他的**好康A**（介紹費）給說了出來。而事實上，雖然鳥蛋怎麼看都不像是那種會為了唸書而補習的傢伙，但阿閔確實也希望能夠在補習班裡有這麼一位牧童朋友。

　　「廢話少說！出招吧！」瘦弱少年早已化身為「RYU」，飛快地擊出一記波動拳……

　　「靠！居然敢暗算我！」猝不及防的「本田」顯然吃了悶虧。

※　　　※　　　※　　　※　　　※

　　「馬的！你放水是不是？瞧不起我？」阿閔有點生氣。

　　鳥蛋毫不在乎地說：「嘿～老友！不妨告訴你，我剛剛其實就想答應你了。」他頓了一頓，又接著說：「一來我前幾天才把總部那兒鬧了個雞飛狗跳，雄大仔把本大爺列為拒絕往來戶，以後放學就無聊啦！二來本大爺最近手頭有點緊，幫你弄筆介紹費

來個五五分帳正好**擋銀**，而且說不定以後咱哥兒倆還可朝這方面努力，做個**專業仲介人**倒也是門爽差事；三來嘛～～嘿嘿……你說的那個雅琴姊，本大爺老早哈她哈很久了，今後一邊補習，一邊順便……嘖嘖……所以啊～～搞不好哪天你還得改口叫我一聲**乾姊**夫咧！」鳥蛋一口氣說完，並發出一連串的狼嚎。

阿閔驚訝於眼前這個與自己年紀相仿的少年，竟有如斯周詳的智謀，真的不佩服都不行了。

「等等！你說……前幾天總部**那件事**是你幹的？」

「沒錯！本大爺向來有恩必答、有仇必報。誰叫他們上次那樣子惡搞，把咱們整慘了，我這可是爲你出口怨氣哪！」他老兄振振有詞。

「喂！你幹的太過火了吧！你知不知道有多少**帶頭的**已經發出**甲級動員令**外加**一級格殺令**！一旦逮到，你這小子的鳥蛋殼鐵定會被砸個稀巴爛！」阿閔不可置信地搖頭苦笑。

那是一定的！誰能想像在那種悶熱、不通風又擠滿「夭壽囝仔」的鬼地方，被人一下子丟了幾十顆**魔宮臭彈**（時下最流行的整人玩具）後的慘烈景象：首先，原本昏暗的照明突然失靈，就在伸手不見五指之際，一股股臭到不行的各式氣味紛紛撲鼻而至，令在場所有人像得了雞瘟似的橫衝直撞！這還不打緊，六、七串點燃的鞭炮此時又莫名其妙地從天而降，儘往驚魂未定的人叢裡招呼，霹哩啪啦地助起興來……那精采絕倫的混亂場面自是可想而知；據目擊者表示，總部簡直化作哀鴻遍野的糞坑，雄大仔花了差不多一個禮拜才能重新開業。

「所以囉……我才要到『日成』避避風頭嘛！何況他們那種人是絕對不會想到我人在這裡的啦！」鳥蛋慢條斯理地說著。

（咦～～有道理耶！）

「不過呢～～本大爺就是爲了要確定你人不在下面，才會被

爪耙仔給**青**到，如何？我還算夠義氣吧！」鳥蛋依舊掛著一抹郎當的笑意，洋洋地說著。

原來就是這樣鳥蛋他才會成爲HCG間當下懸紅的**要犯**，再加上快錦賽時，兩人**陣前竄逃**的**前科**，阿閔料想自己定必在這波狩獵行動中榜上有名。

被無辜連累的大頭少年則完全不知道該說些什麼，不過鳥蛋兄幹的這「ㄊㄨㄚ」case算是初試啼聲，而往後他們幹的任何一個**偉大任務**與之相較，也都毫不遜色、甚至猶有過之。

「一句話！報不報名？」

「一句話！沒問題。」

新台幣250元確實地進到兩位少年的口袋中。

※　※　※　※　※

劃位時鳥蛋一邊心不在焉地精挑細選，一邊用那雙賊溜溜的鼠眼直瞅著雅琴姊瞧，令阿閔有種想要掐他脖子的衝動；經過長時間的深思熟慮（是飽餐秀色吧？），鳥蛋刻意把座位劃在教室後方的門邊。這位子有個別名：叫做**傳送站**，是牧童們從「星艦迷航記」中得來的靈感，因爲坐在此處的人等於昭告全班：當台上的老賊轉身寫黑板之際，他的肉身與元神都將轉換到另一個空間！而由於傳送站一次僅能搭載一人之故，所以牧童們會饒有默契地依照座位的遠近，採**逐一挺進**的方式來決定傳送的順序。但氣人的是，那**該死的第八節輔導課**則依舊令每個急欲翹頭的野孩子束手無策，因爲那間在資源回收場旁的教室即使與四位「外星寶寶」比鄰而居，卻常因訓導仔的守株待兔而屢遭傳送失敗，流局殘念……

然而，鳥蛋此時葫蘆裡賣的是什麼藥，阿閔可是一清二楚，

因為那個位子除了具備傳送功能外，同時也是最靠近班導辦公桌的地點，真箇是風水吉位。事後根據他本人的說法，說是什麼「進可攻還退個頭」，還有啥「近水樓臺又海底撈月」……等云云。

（真是一箭雙鵰的高招！好你個鳥蛋……果然不簡單！「麻雀學園」破台不是破假的！）

就這樣的，繼胖子之後，鳥蛋成了阿閔在補習班的第二個夥伴，更是唯一的戰友。

※　　※　　※　　※　　※

補習的課堂在阿閔的視野裡，從此多了一個新頻道；看著不遠處的鳥蛋兄三不五時地朝雅琴姊秀麗的臉龐瞄去，不知怎麼就很想虧他一番。不過，在某次收看「鳥蛋奇觀」的瞬間，他卻突然驚覺到，當自己欣賞「馬尾生態」時，莫非在別人眼裡也是這副蠢樣？想想也實在好笑。而大頭閔的國三生涯，就在這種向左看會心跳、向右看想偷笑的無窮樂趣間擺盪了起來。

儘管上課時兩人各有所好，但對於之前提過的遠大事業，食髓知味的兩人可是念茲在茲、無時或忘；因此，如何更有效、且快速地賺取仲介費，便成了阿閔和鳥蛋下課休息時所熱烈討論的話題。當然啦……若是碰到某人請教阿閔問題時，重色輕友的大頭仔還是會毫不客氣地將礙手礙腳的「菲利浦」踹飛到教室的另一端去！

起先，阿閔和鳥蛋很是興致勃勃，他倆的豬朋狗友們往往會被劈頭一句「你要不要補習？」給唬得手足無措，而土法煉鋼的唯一結果，就是令他們很快地驗證「欲速則不達」的人生哲理；所謂窮則變、變則通，鬼頭鬼腦的兩人隨即改採「迂迴戰

術」，當「你有聽過『日成』嗎？」「你願意多花一點點時間讓自己的學業進步嗎？」、「有沒有人想和我一起迎向光明的未來？」……等等連自己都覺得噁心的渾話紛紛出爐時，捨棄尊嚴的少年阿閔一度還以為財富不會離得太遠，但卻事與願違的四處碰壁。試問，除了**動機特殊的有心人士**之外，物以類聚的牧童們又怎會在意「學業」這款不曉得拿來幹嘛、又狗屁不通的東西呢？

「奇怪～～平常天不怕地不怕，怎麼一聽到『補習』跑得比被瘋狗追還快？」

「媽的！那群傢伙沒一個肯用功的。」抱怨之餘似乎忽略了「用功」二字由自己口中說出來，是根本不具任何說服力的。

後來，機會果然是留給有企圖心的人。10月底的某個週六，中午放學沒多久，阿閔在「輕鬆一下」的門口理所當然地碰到鳥蛋，看著拉下來的鐵捲門上貼著「老闆家有喜事臨時休息一天」，兩人也只能無奈地向日成走去，不想卻隔著馬路看到雅琴姊站在補習街的巷口發宣傳單，鳥蛋這傢伙大老遠的就迅速從他那寫著「逆天唯我」的書包中，掏出梳子對著停在騎樓的摩托車後照鏡一個勁兒的猛梳，這個小色胚的一舉一動阿閔則是毫不客氣地笑在臉上，待他老兄打扮妥當後，才和一路之隔的雅琴姊打招呼。

「底迪你今天來得比較早喔……有沒有乖乖唸書啊？」

阿閔順口應了一聲，身旁的鳥蛋倒是大聲喊著——

「Hey～Christine, my angel～」還自命瀟灑的撥弄著那一頭油膩膩的**銹髮**。

兩人幾步竄過馬路後，順手接過雅琴姊手中的宣傳單一邊幫忙發、一邊隨意閒聊著。

「小滑頭，你怎麼知道我的英文名字？」雅琴姊問。

「因為我覺得最美的女子名就是Chris，所以就這麼稱呼妳。」

「胡扯～明明就是我考卷批閱完都會在旁邊簽名。」

「那剛剛的答案妳不喜歡嗎？」

「小小年紀別油腔滑調啊！」

「是有多小啦？妳也只不過比我們大一點點而已。」

「是比你們足足大了5歲喔～你們還在讀幼稚園時，我國小都快畢業了呢。」

「我比阿閦大1歲，所以你頂多只比我大4歲！」

「好啦好啦……你長大了，所以待會幫我把沒發完的傳單發完，來～我請你們吃冰。」

※　　※　　※　　※　　※

「芳鄰冰菓店」位於阿閦的H中與C中的交界處，G中的鳥蛋是頭一遭光顧，而阿閦卻是一踏進店門，老闆那位還在念小三的女兒就會大喊「烏梅桑葚冰1碗」的熟客。今天店裡頭依舊三三兩兩的散布著躲避秋老虎天威的國中生，阿閦本能性地先裡裡外外掃瞄了一番，除了H中的藍男綠女外，偶爾參雜著幾隻C中的紅白雌兒，今兒個倒是不見G中的灰色小可愛。

在那個強者並起、大地爭雄的90年代，校服顏色成了辨識敵我的基本常識。放學後會四處流連的泰半是想找人打架、或是準備挨揍的壞傢伙，基於此，體育外套遂取代制服，成了主流服飾，畢竟格鬥也是運動競技之一。HCG三校中，H中推行無聊的髮禁（男生一律剃平頭）、C中體育服則公認最像小學生、而G中則是清一色水手服，女生穿很卡哇伊，男生穿就很討打；總之，三校的壞胚子們彼此嘲笑著，卻沒人意識到自己才是最可笑

的一個。

　　不過，此刻兩位少年一如往常地早早換下制服，與一位年方雙十年華的大姊姊共桌閒聊。

　　「美女，這是你的蛋蜜汁。兩位帥哥的冰要稍後喔～」老闆娘熱情的招呼著。

　　「我突然想到，我在考卷上寫的是Chris，小滑頭，你剛剛在馬路上喊的是Christine，你知道這兩者的差異嗎？」雅琴姊把臉轉向只比她小四歲的鳥蛋，饒有興趣地問。

　　「嗯～哼～～」鳥蛋微瞇著眼，意味深長的將略顯戽斗的下巴緩緩上下移動著，一付莫測高深的欠打樣。

　　「你是Phantom嗎？」雅琴姊突然冒出這句。

　　「蛤～～飯疼？糞桶？」阿閔當真鴨子聽雷。

　　「為什麼認為我是……幽靈？」鳥蛋這下也是一頭霧水。

　　雅琴姊摸著阿閔的頭笑著說：「你翻譯的可真有創意，不過太低俗；至於你這個小滑頭，看來英文有點底子。」被稱讚的14+1歲少年不由得挺了挺胸，有些得意。

　　「其實啊……學問就在我們身邊，只要……」

　　「帥哥，這是你的漂浮冰咖啡；閔哥，還是給你老樣子，桑葚烏梅都幫你加量不加價。」消暑的冰品終於端上桌，「老闆娘，謝謝啦！」

　　雅琴姊不疾不徐地接著說：「只要我們多用心，處處都是學問，想學就要問。教科書只是把我們要學的東西寫上去而已，不代表只有寫在上面的才是學問，懂嗎？」阿閔和鳥蛋不約而同地點了頭。

　　她嘆了一口氣說：「小滑頭，我看你上課不是很專心，坐在最後一排還東張西望，成績當然上不來，不過你英文成績還不

錯，是特別喜歡英文嗎？」

「怎麼可能？It's impossible.」鳥蛋又說：「誰會喜歡英文課啊？還KK音標咧～」說完倒是頗不屑地ㄘㄟˋ了一聲。

「你是討厭英文？還是討厭英文課？」雅琴姊問。

（阿閔心想：有差別嗎？）

「這兩個難道不一樣嗎？」果然，鳥蛋兄和我英雄所見略同。

「當然不一樣呀！你Walkman裡的卡帶借我看一下？」雅琴姊說完就向鳥蛋伸出手。

鳥蛋迅速地掏了出來，雙手恭敬呈上──阿閔翻了翻白眼，心想：「你老小子還說是啥隱私，跟你ㄠ了好幾次才借我瞄上半眼，這下重色輕友的罪名總算是不打自招。」

「哇～TOP GUN電影原聲帶耶！看不出來喔你，我就在猜你是不是有在聽西洋歌。」雅琴姊笑吟吟地完全不想隱藏猜中別人祕密的得意之情，阿閔也難得欣賞到向來以能言善道自詡的鳥蛋有些困窘。

「所以我說嘛～喜歡英文和喜歡上英文課是兩回事。」雅琴姊隨即正色道：「那你覺得講義、課本、錄影帶和歌詞裡的英文不一樣嗎？為什麼要去排斥呢？不想看教科書也OK，這我可以體會，但何必放棄從別的地方學英文的機會呢？」

「不過是唸書而已，放輕鬆，或許，從自己喜歡的科目著手會比較有意思喔！」雅琴姊說完，將手掌一左一右地分別放在兩位少年的手背上。「好好加油！你們一定會變得不一樣。」

好死不死，店內的喇叭像是事先排練好似地，正巧響起柏林合唱團的Take My Breath Away，那甜死人不償命的前奏，使得多年以後兩位少年即便不再年少，也會記得那個午后的陽光，並沒有被伊能靜在19歲的最後一天偷偷帶走，而是畫面永遠停格。

突如其來的巧合，令三人笑了好一陣子。

「一定是老闆娘故意的吧！哪有這麼巧？」窘了一會兒的鳥蛋趕緊轉移話題。

「閣下此言差矣！沒有巧事何來巧字？」阿閔說完還學「楚香帥」用右手食指摩搓了一下鼻子。

雅琴姊又笑了一下，摸著阿閔的頭說：「就拿剛才的例子來說吧！我們學校正在排演英文話劇，我們班抽到韋伯的The Phantom of the Opera，也就是《歌劇魅影》，小滑頭，你剛才無意間說了一句台詞啷！」

「哪一句？」好奇心完全被挑起的兩名少年這回可是異口同聲。

「Christine, my angel～這句台詞的場景出現在……」雅琴姊促狹似地頓了一下，「想知道的自己去圖書館或是錄影帶店問吧！剛才不是說了嗎？想學就要問。」這個關子賣得恰到好處，一時間令人無從反駁，鳥蛋多年後回想起來，也坦承對於讀書這件事，從「排斥」到「還算可接受」的轉折點，搞不好就是始於那杯Iced Coffee Float。

「底迪，你也是！你喔～真不知道該怎麼說你……」，雅琴姊又一邊摸著阿閔的大頭，一邊說：「你這個腦袋瓜裡有太多稀奇古怪的想法，你跟我很像，我們都愛看倪匡的科幻小說，上次你被班主任沒收的『天外金球』我幫你帶回來了，居然跟身為班導的我開口，虧你想得到；這本我還沒看完，姊就先帶回家幫你保管保管，我看你理化不錯，這次月考如果你……」

「如果我考及格，就還我？」阿閔試探地問。

「算了，考完就還你吧！只是希望你多讀一點書而已，並不想給你壓力。」雅琴姊就是雅琴姊，太體貼啦！

阿閎這時腦中卻浮現前幾天小玲提問時的窘迫，不知哪根筋不對勁，突然衝口而出：「不用！我考及格再還我！」

雅琴姊愣了一下，「A卷還是B卷？」隨即推了一下黑色的粗框眼鏡看著阿閎。

「……A卷……」阿閎有點動搖而囁嚅著。

「A卷？」雅琴姊目光一轉，直直地朝阿閎看過來。

「A卷！我說A卷就是A卷！」阿閎硬著頭皮答道，14歲的心智突然察覺這碗冰不僅帶走了暑氣，也連帶消融了什麼。

「吃這碗冰的代價不輕喔，但我請得滿心歡喜。」雅琴姊笑得很淺、而兩位少年卻記得很深。

※　　※　　※　　※　　※

推開店門，重回懷抱的熱風帶來一陣風鈴聲，以及路邊攤上鹹酥雞的香味，「你們知道嗎？班主任每天告誡你們這群小鬼頭不要靠近路邊攤，其實不是怕你們被燙到，而是知道你們抗拒不了這種聞到就會流口水的味道，就連我也抗拒不了啊！」雅琴姊由衷地道出小鬼頭們老早就知道的真相。

「Christine，你想吃嗎？我去買。」裝模作樣的鳥蛋再度化身為幽靈。

「那就不客氣囉！我要炸雞脖子加辣椒粉，底迪你呢？」

「我要炸花枝丸和炸甜不辣、不要切，胡椒不要太多，一點就可以啦，哈～」身為幽靈之友就更不客氣了。

鳥蛋兄翻了個白眼：「OK，那我先走，你們在天橋上等我。」

他老兄前腳剛離開，老闆娘冷不防湊了過來：「閔哥，上次請你吃冰的那位美女後來又來了幾次，就坐在你們上次坐的5號桌上一個人發呆，冰也沒吃沒幾口，你們**小倆口**是不是吵架了？」說完還擠出一個大大的笑容：「別跟人家女生計較嘛……改天帶來阿姨這，阿姨請客。」

「OKOK……謝謝！再見！」阿閔臉一紅，趕緊揮揮手溜之大吉，沿著馬路一路疾走，幾個箭步竄上天橋。

「底迪～這我怎沒聽你說過？你不乖厂ㄛ？」追上來的雅琴姊有點喘，胸口還微微起伏的大姊姊這回不摸頭了，而是輕輕扭著阿閔的大耳垂。

「來，快跟姊講你們**小倆口**怎麼了？不許隱瞞。」阿閔實在無法拒絕這位大姊姊，是說這件事如果要講，雅琴姊無疑是最理想的傾訴對象。

阿閔趴在天橋上看著下方的車流，突然意識到**這座天橋**也是案發地點之一，「如果這也算，加起來不就剛好三次！」少年一邊幫忙發著傳單，一邊自言自語著。

「夠了喔～再吊姊的胃口，以後你被沒收的小說就真的不見天日囉！」

「好啦！好啦！知道啦！讓我想一下……」阿閔還真得認真想想。

儘管想要趕在鳥蛋這廝回來前長話短說，但事情還是得由國一說起……

Lesson 9. 鴨B仔

　　在那個沒有手遊、沒有社群、沒有YouTube的90年代初期，就連BB Call風行全台也是4、5年後的事，國中生們卻一路走來始終如一，還是一樣的「中二」毫無違和、一樣的「白爛」沒有極限，生活資訊的傳播主要還是來自口耳相傳，造就許多都市傳說——例如：初代快打旋風的一陽指VS超大氣功、或是用3顆星昇龍拳一擊KO美國黑人拳王可以直達最後一關（另有一說是可以開啟內有絕世高手的隱藏關卡）、而某校（某班）女生玩錢仙（筆仙or碟仙）發瘋的奇事也不時耳聞，每天充斥著像上述種種「拔掉獅子的鬃毛可以使掉落的頭髮再長回來」的新鮮消息，但卻沒有詐騙集團、也用不到165或MYGOPEN，真是幸福好時代！

　　對於剛升上國中的12歲少年阿閔而言，所謂一日之計在於晨，因此一早的煩惱還停留在午餐三選一：（1）訂便當／（2）訂漢堡+鮮奶／（3）訂校外便當；其中，選項（1）跟（3）的差別，過來人都懂！後者比起前者好吃多了，但礙於訓導主任「拉虛仔」的三申五令，**各班不得私自訂購校外來歷不明的便當**，因此這些來歷不明的老闆們只得透過各式各樣的裡應外合，善加利用學校圍牆的每一條縫隙向學生們招攬生意，因此想吃到美味的選項（3）還得有門路才行！

　　H中的學子們都知道，那印著藍字的保麗龍餐盒，裡頭是無比美味的牛腩飯（印綠字是咖哩飯、紅字是烤肉飯），啊～那銷魂的滋味，好吃到讓阿閔一度懷疑是不是加了海洛因、古柯鹼……還是其他啥三個字的成分。

如何讓全班在午休時如願吃到選項（3）便是身為康樂股長不容推遲的責任，而鴨B仔同學毫無疑問地眾望所歸，原因很簡單——他家就是**校外來歷不明的便當來源之一**，於公於私他都責無旁貸。話說鴨B仔其人，五短身材加上不可思議的娃娃臉，換穿小學生的制服混出校園不但毫無破綻，就連經過H小的校門口時，那有點癡呆的老校工還會提醒他「你怎麼又穿到哥哥的衣服啦？多用心點哪！」但他老人家若看到鴨B仔在H中高聳堅實的圍牆下，裡裡外外如入無人之境的景象，想必瞠目結舌不已。

　　國一上的某日中午，正當全班餓到飢火難耐時，鴨B仔一付驚魂未定的模樣、**兩手空空**的回來了，眾人趕忙齊聲問道：「便當呢？」康樂股長苦著臉說：「被……被搶走了！」這下全班譁然，男生們勃然大怒像是被人搶了妻子、女生們哭喪著臉像是搞丟了孩子，班長<u>嘉慧</u>難過地說：「怎會這樣？竟有如此亂臣賊子蔑視王法？」總務股長<u>文娟</u>緊接著問說：「銀子呢？班費也被搶了？」

　　「銀兩……班費還在！」鴨B仔餘悸猶存，將錢捧好繳回給掌櫃的，這才道出始末：「我辦完事才剛進來，就被一群惡霸團團圍住，我一緊張，只好把便當和班費交出來，不料對方帶頭的卻說跟我買，而且不准我拒絕，只好賣給他了」。

　　「好個劫糧不劫財，真箇是盜亦有道，這幫匪徒我倒是想見識見識。」阿閔拍了拍鴨B仔的肩膀給予安慰。

　　突然間，<u>文娟</u>掌櫃「咦～～」了一聲，大夥兒循聲望去，只見她眉頭緊蹙，手上的電子算盤可沒停過，過了一會抬頭道：「數目不對啊！怎麼多了？」

　　鴨B仔訥訥地搔了搔頭：「校外便當一個至少40塊（學校便當30塊，但不好吃），我家老頭給咱們班優惠價35塊，那個惡霸問我多少錢一個，我一緊張，就說50塊，然後我拿了錢就回來

了。」全班一聽可樂了，忿滿之情略為平復，各自揣著被強迫賺到的摳摳，直奔福利社去也。

　　隔日，為避免有匪徒劫鏢，因此聘請一位（自以為）受過嚴格的中國武術訓練、同時也夠義氣的武師擔任押送糧草的保鏢，就絕對有其必要性。阿閔由於在開學時的自我介紹聲稱，小學一年級就開始學習跆拳道的事實，故接受班長任命為臨時體育股長以襄助此行任務，加上自告奮勇的副班長國輝親自擔任監軍，務求使命必達；看著鴨B仔從僅容一個籃球通過的洞口鑽進鑽出，將便當一袋袋運進來，熟練的身法令阿閔心中喝了聲采：「回去得跟愛看歌仔戲的老佛爺吹噓一番，七俠五義裡的陷空島徹地鼠也不外如是。」

　　然而，毋須猜疑不用等待，該來的還是要來，正當三人喜孜孜地提著便當望回走之際，自圖書館的樹叢陰影處斜刺裡竄出一彪人馬，為首的操著流利的台語：「站住，便當給我放下，多少錢我跟你買。」鴨B仔打著哆嗦：「啟稟總鏢頭，就……就是他，全仗兩位了。」阿閔定神一看，對方總共6人，左邊兩個身材太過單薄，列入優先擊倒名單可以扣掉，後面兩個明顯跟另外四個不同掛，大概是跟來看熱鬧的，不用理他們，比較麻煩的只有剩下那兩位，不過兩個對兩個，還不至於吃癟……不料身旁的國輝卻說：「天～是阿文，我G小跟他同班，他一個人欺負所有人，全班被他整慘了，原本以為轉戶籍來唸H中可以擺脫他，沒想到今天還是被堵到。」他喘了一下，又說：「他打架超強的說，不但單挑沒輸過，還聽說小4的時候一個人就可以打4、5個國中生呢！」

　　「真的假的？」阿閔吃了一驚。

　　「我也是聽別人說的，不過小5的時候，我親眼見到他把兩個G中的混混打到送醫，這件事很多人都還記得。」國輝又加深

了阿閔的不安，然而身為四六鏢局（一年46班）的總鏢頭，又怎可臨陣退縮？傳出去豈不讓江湖中人恥笑？

「想吃便當不會自己去買喔！用搶的算什麼？」阿閔試著講理。

「飯可以黑白吃，話不可以黑白講，我哪有搶？係伊自己心甘情願賣我的，挖今嘛共款問你，你要賣我某？」那匪首顯然冥頑不靈，居然還振振有詞。

阿閔將拎著便當的左手抬起來伸了出去，一副無可奈何的模樣，匪首使了一個眼色，其中一位身材單薄的傢伙裝模作樣地走過來，一把搶過便當，阿閔等的就是這個時機——一記右旋踢正中單薄1號的下巴，右腳一落地，立即轉移重心朝剛想轉身逃跑的單薄2號送上墊步左側踢，這一下踢到單薄2號的**咖稱**，讓這倒楣的傢伙不由自主地朝那匪首撞去，最後撲倒在地上。

阿閔總鏢頭果然有兩把刷子，整個過程算得上瀟灑俐落，唯一美中不足的是，力道和時間掌握得不盡理想，其中一個便當灑得滿地都是。儘管心臟仍撲通撲通地亂跳著，但趁著先聲奪人的空檔，耍帥還是一定要的：「這裡交給我，你們先把便當送回班上。」阿閔接著小聲說：「摔破的這個算我的。」

國輝和鴨B仔權衡了一下，決定先撤退；那匪首眼看到手的午餐飛了，臉上陰晴不定，緩緩說：「嗆堵還是**孤枝**，你選一個。」

（編按：嗆堵另稱「ㄊㄨㄚˋ」堵，亦即call人打群架；孤枝為釘孤枝的簡稱，也就是單挑。上述二者為90年代中學生必經的成長過程。）

阿閔看著地上還冒著蒸氣的牛腩心疼不已，心想：「馬的！好好的午餐泡湯了，哪有心情陪你玩，此地不宜久留……」一邊

慢慢地往圖書館的樓梯退去，樓梯向來是阿閔心中最佳的格鬥場地，因為對方很難一擁而上，居高臨下的話，還可以給予迎頭痛擊重創敵人。

不料，這時從上面砸下一碗泡麵，傳來幾聲怪叫：

「幹！一年級的，叫小不錯喔！」

「人家問你要嗆堵還是孤枝？大頭仔你想要落跑是不是？」

原來，事態動靜鬧得有點大，驚動到午餐時間溜到頂樓抽菸的學長學姊們，這當口樓上已聚集不少人看熱鬧。

「ㄟㄟㄟ！那個一年仔不是很有名的那個，那個叫做什麼阿文嗎？」

「聽講博仔，就那個明達樓的博仔啊，有夠漏氣，說要入學第一天給人家下馬威，結果在穿堂被人ㄐㄧㄥ到唉爸叫母，有夠笑K。」

「對吼～你講的我有聽過！阿文嘛……63班的嘛～我舊年嘛63班。」

「63班？阿就信義樓那邊，不是水昆仔在管，幹！快叫伊來看戲。」

這個叫做阿文的匪類，中等身材並不粗壯，左眼角旁有一條淡淡的刀疤。阿閔的大頭有一項不為人知的特異功能，就是如同賽亞人戴的那種戰鬥力顯示器一樣，足以判斷對手的各項情報，剛才太遠看不真切，現在距離拉近，阿文只是往前這麼一站，整個氣勢相當懾人。阿閔牌顯示器上只出現一行字──「萬獸之王來襲，快逃！」

阿文再度開口，還是那句：「挖叫阿文，要嗆堵還是孤枝？」

「還要問？當然釘孤枝，還要給學長等喔？」沒買票的觀眾們居然已經迫不及待的開始客訴。

「大頭仔，怕三小，剛才腳手不是金流利，我插你贏！」

「釘孤枝啦～～釘孤枝啦～～」不知哪傳來的鬼叫。

「孤枝！孤枝！孤枝！孤枝！……」

阿閔往前踏了一步，算是給出了答案，群眾報以熱烈掌聲和尖叫聲，H中露天競技場已剅時將這場臨時加賽，排進每日例行的賽程中。

「一年級的，給恁爸聽詳細，阮這釘孤枝的規矩很簡單：第一不可以打卵巴、第二不可以用嘴咬、第三不可以拿傢私。」三樓一個看起來像是帶頭的太保學生，一邊叼著菸一邊給予兩位新人溫馨的賽前叮嚀。

（編按：如果是男生單挑，其實還有第四項「不可以ㄎㄠ頭毛」，不過H中有髮禁，男生都得理平頭，所以沒差。）

「按ㄋㄟ恁攏有瞭解ㄏㄛ？準備好就照過來……」這位裁判老兄架式十足的吸了一大口菸，接著把指尖的菸頭從三樓彈下去。

當平拋運動的曲線劃完，菸頭觸地後迸起的火星點燃了原始動物的本能。

※　　　※　　　※　　　※　　　※

阿文側著右邊將身體如同砲彈般地彈了過來，阿閔往後稍微一退，這下剛好正中阿文下懷，捨棄一般混混會用的左直拳，而是用右手的拳背將整條手臂猶如流星錘一樣的甩了過來，阿閔猝不及防，眼看鼻樑就要遭殃，電光石火間，想起道館教練說的「鼻子軟、拳頭硬、但額頭更硬」，一咬牙，便用額頭往那顆媲美阿共仔導彈的拳頭全力撞去，登時換來一陣天旋地轉，但總算

穩住陣腳，耳朵還隱約聽到來自四面八方此起彼落的口哨聲，阿閔來個充耳不聞，靜下心來觀察眼前這頭猛獸。

那邊廂阿文也是驚詫不已，本想一擊KO大頭仔揚名立萬，這招以往萬試萬靈，而眼下卻被那什麼賤招給婊到，右拳幾乎麻到沒感覺，可謂得不償失。

阿閔看出了端倪（攻右側，上啊！），一個箭步衝上去，起左腳作勢狠踹，果不其然，阿文立刻將重心下移，並曲起右膝防禦，而趁阿文身形停頓之際，迴身攻其左側，右手短鉤拳全力朝阿文露出的左腰埋進一顆炸藥並且立即引爆。這是衛斯理在「紙猴」裡所使出的「幻影三式」其中一招，經台灣北部某少年加以改良精進後，想必讓這可惡的土匪文痛徹心扉，吃點苦頭。

狼窟那個臭道士說得沒錯：「人一得意心就寬，心一寬來就犯傻。」沒想到阿文在劇痛之下仍有餘力還手，阿閔退得稍慢半拍，左臉頰也被禮尚往來的賞了一記扎扎實實的肘擊。

兩人痛得滾倒在地，才剛爬起來，就聽到遠處傳來一陣哨音。

「一年仔，表現得不錯，續攤要講一聲ㄋㄟ！」

「一年仔，小紅帽來了，該閃啦！」在稀稀落落的掌聲中，樓上VIP座的群眾早已作鳥獸散。初次交手的兩人互瞪一眼，才**依依不捨地**分道揚鑣。

※　　　※　　　※　　　※　　　※

當又餓又累的總鏢頭（狼狽地）踏進鏢局時，早就過了午休時間，全班同學在班長「起立、立正、鼓掌」的口令下，給予英雄式的歡迎，嚇得那位留著米粉頭教英文的老巫婆不知所措。一個堆著滿滿牛腩咖哩和烤肉的便當盒被推到阿閔面前，少年毫

不客氣的三兩下一掃而空，摸著飽嘟嘟的肚皮以及迭遭重擊的大頭，青春似乎很充實、但也似乎很空虛。

便當事件在國輝和鴨B仔刻意地渲染下，達到很好的宣傳效果——

來喲～來喲～好吃到要釘孤枝才吃得到的便當，只此一家別無分店，數量有限，要訂要快喔（聽聽～多麼有號召力）！

過兩天，隔壁班也來下訂單，再過兩個禮拜，整個仁愛樓都扛著阿閔總鏢頭的旗號押鏢，而時不時就有生面孔在班級外探頭探腦；一個月後，就連樂天知命的鴨B仔也嗅出不尋常的氣味，打掃時拉著阿閔說：「秉報總鏢頭，咱這樣子弄下去怕會出事，得想法子。」

「你小子倒好，數錢不是數得很爽嗎？怎沒想到我這個總鏢頭？」阿閔老早就覺得不對勁，畢竟校裡校外都有人盯著自己的感覺很不自在，但還是忍不住要揶揄一下這混小子。

鴨B仔尷尬地笑了笑，扭捏著不吭聲。

「現在外邊什麼情況啦？說來聽聽。」阿閔心想肯定有鬼。

「嗯～其實，也沒什麼啦，這陣子阿文沒來找麻煩是好事，但我去打聽了一下，才知道他的惡勢力擴張得很快，就在上禮拜，信義樓國二的學長水昆仔被他揍到住院；而今天又收到風聲，說他昨天同時約了忠孝樓的文俊和和平樓的阿猴放學後到側門的稻香村一起吃魯肉飯順便聊聊天，那兩位學長今天就同時請了病假，恐怕是遭逢不測，還有明達樓的博仔學長不知為何開學第一天就住院，九大樓裡頭，扣掉三年級專屬的莊敬和力行，目前只剩咱仁愛、勤學和自強了，剛好這三棟都訂咱家便當，照這樣發展下來，我看不太妙啊！不如化被動為主動，直接找阿文好好談一談～」好個包打聽的徹地鼠，分享了這樣的**好消息**，還連緊急應變措施都擬好草案呈上來，等著總鏢頭批示哪！阿閔的大

頭又開始疼了起來。

（編按：根據當時不負責任的都市傳說，國小5、6年級的智力測驗成績，會隨著孩子升上國中而直接影響到往後的命運。以H中為例，當時沒有少子化問題，每年級至少有60個班以上，每班至少50個學生，1~20班是升學班，本書所描述的世界和他們是平行宇宙而毫無關聯；21~40班是觀察班，有心念書的用功學生還是可以得到一些教育資源的，而放棄學習的人也有機會往光譜的另一端發展；至於41班以後則是放牛班，只要這群牧童不捅出大亂子，原則上校方是採取放牛吃草的策略而任其自生自滅。至於國一升國二、國二升國三的分班制度，只不過是在這個框架下做為緩衝的彈性機制罷了。

這邊順帶說明一下當時H中混混們的權力結構：國一任憑自由發展不干涉，原則上每班會誕生一位帶頭的，手下親兵約3~5人，算是實習混混；國二時，透過學校分班重新洗牌後，會透過種種校內、外的各項戰績與特殊事蹟的考核，被賦予統管校內整棟大樓地下秩序的權力，每位樓管級幹部手下約20~30人；到了國三，應屆畢業的老大卸任前會依表現，欽定一位最大尾的幹部接棒H中帶頭大哥至尊無上的寶座，掌管全校生殺大權，而其他同年級的混混必須要交出所有地盤和兵權，H中整體總戰力約150~200名混混，C、G兩校檯面上略少一些，但也所差無幾，三校勢力呈現恐怖平衡直至千禧年後，隨著教育政策轉型，莘莘學子們才逐漸迎來和平的曙光。

H中現在的老大是黑狗，黑狗畢業後就由甫升國二的阿文提前「上位」，橫空出世的阿文連任兩屆帶頭大哥，因為他在國一時就擊敗所有國二的樓管幹部，獲得前任老大黑狗的青睞而破格提拔，實際上黑狗也不得不這麼做，因為阿文強烈的企圖心與

實力，導致大他一屆的學長無人敢表態接棒，阿文老大統治H中的時期，堪稱是眾望所歸，而H中的勢力版圖也在當時被推至頂峰。）

※　　　※　　　※　　　※　　　※

「怎麼談？要是阿文一見面就問我『孤枝？還是嗆堵？』還談個屁？」阿閔丟了一個問題給鴨B仔殺殺他的腦細胞，未料答案來得頗快：「所以總鏢頭您不能出面啊～而我人微言輕，又怕一緊張亂說話……對了！上次幫咱運糧的國輝是阿文舊識、又是副班長，請他擔任和平使節的重責大任可好？就像海峽兩岸破冰之旅一樣。」這可愛的小奸商，好樣的，辦法是不錯，但提案人得多一點參與感，您說是不？

「不過，副班長以前受阿文荼毒太深，這事兒的利害關係也沒你清楚，所以，鴨董仔你也得去，不然就咱倆單刀赴會，到時刀光劍影好玩得緊……」邪惡的總鏢頭在「閔」字旁加上了批注。

看著苦著臉的鴨B仔，阿閔忍不住偷笑，摸著他的後腦勺安慰著：「兩國相爭不斬來使，我覺得阿文不會輕易對我們出手，至少目前還不會，但要是等到他把莊敬和力行以外的七棟全部拿下的話，我們恐怕連談的機會都沒有了，所以，這事兒得速辦速決。還有，別節外生枝，儘量不要提到我。」

於是——

班長嘉慧親自挑選班上精於長笛的七位女生，列隊於教室外，在學藝股長惠君的指揮下，吹奏〈滄海一聲笑〉為兩位壯士送行。笛聲嗚嗚與咽咽，見聞者無不流涕。

眾人齊聲低吟：「風蕭蕭兮易水寒，壯士一去兮不復

還⋯⋯」燕太子丹目送荊軻和秦舞陽，噢不，阿閔目送鴨B仔和國輝兩位同學在夕陽餘暉下蕭瑟的背影，朝妖氣沖天的信義樓一年63班的教室徐徐前行，心下暗自幫他們祝禱著。

※　　※　　※　　※　　※

　　和平使節團回來得出乎意料地快，而且是活的（手腳無缺），帶來的勉強算是好消息，不用割地、沒有賠款，是年為庚午年，史稱「庚午和約」，受此條約及其後修正條文之影響，鴨B仔的家族事業在全盛時期，訂單數量達選項（1）的三倍以上，而他家老頭在這個成材的兒子國中三年內荷包賺得肥滋滋，畢業後沒幾年就提早退休環遊世界去了。

　　「庚午和約」內容如下——

（1）今後以優待價幫63班代訂「孤枝便當」。

（2）除鴨B仔的46班外，仁愛、勤學和自強三樓在完全臣服之前，不得為其訂購「孤枝便當」。

（3）仁愛樓一年46班即日起接受文哥關照，校內外如被找碴，准許報出阿文名號。大頭仔例外。

　　「靠夭咧！我例外是什麼意思？」被例外的人滿臉狐疑。

　　鴨B仔連忙陪著笑臉道：「好說好說，我們臨走時，阿文突然丟了一句『叫伊等我』，要我們轉告你；咱牢記總鏢頭的吩咐，裝傻說跟您老人家不熟，他就把我一把拽過去，惡狠狠地跟我說『上次一個便當50塊，當恁爸盤仔膩？』我一緊張，就說總鏢頭您是咱義結金蘭的安答，動我不如動你⋯⋯不是啦！我說動我就是動你！冤有頭債有主⋯⋯」

　　「他怎麼說？然後呢？」阿閔忙問。

「他說……他……他想請你吃魯肉飯。我一緊張，就……就幫您老人家應承了下來。」得以生還的<u>荊軻</u>用憐憫的眼神看著燕太子丹。

Lesson 10. 轉學生

　　雅琴姊靠在天橋上的欄杆旁斜倚著，飄逸的長髮柔柔亮亮、閃閃動人，卽使是背光，已經14歲的少年阿閔仍可看到在午后陽光裡，大姊姊臉上藏不住的笑意：「底迪～你有說故事的天分喔！有想過以後當個小說家嗎？」

　　「小說家？」阿閔大頭上的眉頭一皺。

　　「不是戰國時代九流十家的小說家～而是以創作小說做爲職業的意思。」這位美麗婉約的班導還會讀心術，不簡單。

　　「你說像倪匡、金庸和古龍那樣啊？不可能吧！」阿閔心想。

　　「嗯～或許不太可能，但你可以試著把想寫的東西寫下來啊！一來練習作文能力不是壞事，二來創作是件很神奇的事情喲，你想，在你筆下的每一個人經歷的每一件事，以及說的每一句話都是拜你所賜，人當然不是神，但在寫小說的時候你就是支配一切的造物主。這不是很神奇嗎？」雅琴姊接著說：「如果哪天你寫下了自認爲還不錯的作品，一定一定要給姊看喔，期待你的大作問世。」

　　雅琴姊突然壓低音量：「看在你剛才口說手比劃、唱作俱佳地講故事給姊聽的分上，不妨透漏一個祕密讓你知道，坐你隔壁的小玲啊，就你心儀已久的那位馬尾小姐～喂！你嘴巴張那麼大幹嘛？在姊面前不准裝傻，姊有長眼睛的好嗎？」還故意頓一下欣賞阿閔的窘樣才說：「你知道嗎？她是C中校刊社的編輯喔～數理方面雖不突出，但文筆眞不是蓋的，別說姊不幫你，自己有機會多看書少打電動，不然哪天小玲找你討論文學作品時被嫌草

包，這就叫『書到用時方恨少』哪！」

——真是一語驚醒夢中人，嚇得阿閔屁滾尿流失了魂！

「底迪～你反應也太大了吧？醒醒啊！快回來！你還沒跟姊說後來那碗魯肉飯怎樣了，不可以現在離魂啊！**衛斯閔**。」雅琴姊誇張的搖著阿閔的肩膀，還頗用力的在他的大耳垂上捏下去。

回魂後的衛斯閔揮了揮手，再度開著時光機載雅琴姊重返1991。

　　　　　※　　　※　　　※　　　※　　　※

「蛤～請我吃魯肉飯？這呢好康A代誌，咱兄弟一場，有今生無來世，當然逗陣去啊～」阿閔心下雖不免惴惴，但為維護總鏢頭高大英武的形象，仍得故做瀟灑。

（馬的～這隻鴨B仔老是挖坑給俺跳……）阿閔決定再跟這位可愛的小兄弟多玩玩：「你知道這次的魯肉飯會怎麼吃嗎？咱們會被帶進稻香村裡一個**隔音很好**的隱密包廂，對方鐵定有一大票人，居中而坐的阿文會『ㄆㄚ』地一聲打個響指，身邊的小弟大喝一聲『端上來』，接著店小二就會一次端上9碗魯肉飯，裝5碗空4碗，空的那4碗，裡頭多半裝著那四位**前樓管學長的學生證**或是**身體某部位的零件**，此時阿文會開口說，『這桌上，有兩碗是我的下一頓，剩下的七碗我已經吃了4碗，可是我還是很餓，您兩位說怎麼辦？』」

阿閔饒富興致地看著說不出話的小奸商，有點同情地說：「要是鴨董仔您一緊張又亂說話，害得大家桌上的吃不過癮，那麼桌下還有幾條「白帶魚」可以嘗嘗鮮哩，那些混混哪……一定

把西瓜刀用膠帶黏在桌底下，黏得滿滿的……」再補一句：「魯肉飯要是吃膩了，這下旁邊不是正好有隻現成的薑母鴨可以配酒嗎？」說完還用手摸了摸鴨B仔同學的後腦勺。

這幾句玩笑顯然超出鴨B仔的心臟負荷範圍，諕得他臉如土色，雙膝猶如灌滿了醋般地癱坐在講台上，雙手抱頭：「我我……不不不喜歡吃魯肉飯，也……也不要白帶魚……」哼哼～～終於知道殃及自身的滋味了吧？

既然宴無好宴，那麼自然得趨吉避凶，阿閔不由想起昨晚剛從老爸床邊借來還沒看完的《俠客行》，像這種臘八粥還是少沾為妙；總之，阿閔不是狗雜種，沒興趣到俠客島一遊就是了。而偃旗息鼓低調度日的結果，倒是過了一段太平日子，還算愜意。

阿閔過得愜意，不代表其他人也是。四六鏢局總鏢頭棄戰而逃的結果，帶來骨牌效應──國一上學期結束前，仁愛樓的蒼蠅、勤學樓的志遠和自強樓的凱哥，三位學長一一識相地主動交出地盤與兵權，在含淚吞下魯肉飯的隔天，象徵性地請了一天病假，從此失去了全勤的資格。

※　　※　　※　　※　　※

新學期新氣象，寒假過後，阿文挾著堅強實力與超人氣，以聽牌之姿靜待H中黑狗老大引退前的加冕，可說是意氣風發。

新年新希望，短到靠北的寒假，令大頭閔的時差還沒調過來，開學第一天就睡過頭，好在搭老爸便車反而比平常還要早踏進校門，卻因上衣沒紮好碰巧被站校門口檢查服裝儀容的「小紅帽」賊到，在傳達室旁罰站給眾人看，也算是另類的意氣風發。

（編按：補校主任「滷蛋」、訓導主任「拉虛仔」、體育組長「小紅帽」此三人號稱H中鐵血三巨頭，對當時的混混們極具

恫赫力！）

　　罰站很無聊，人緣還算不錯的阿閔只能跟來來往往對他行注目禮的同學一一微笑致意，沒想到斜後方傳來一個聲音：「死大頭仔，敢放恁爸鴿子。」分明還沒死的大頭仔回頭一看，竟是身邊跟了一票人的阿文。

　　「被人罰站還笑得出來？笑三小！」阿文盡情地奚落著，泛著疤痕的眼角難得洋溢著一絲笑意。

　　「被罰站還敢聊天！不自愛！還有旁邊那個也是，嬉皮笑臉、不知羞恥！兩個都給我站到龍門池上面，要丟臉就讓你們丟個夠！誰在那邊幸災樂禍給我試看看！」小紅帽手裡握著一條又粗又長、又肥又壯的「水晶棒」大吼著。有時候報應就是來得這麼快，阿閔很榮幸地與即將宣誓就職的新科老大一起站上加冕台～哈！

　　要是在人手一機的現在，居高俯視眾生的兩人與 蔣公銅像早早就被拍照上傳加打卡；但當時，所有人（連同目光）都避之唯恐不及的繞過水池迅速離去，而留下心靈受創的阿閔與威信受損的阿文繼續擔任一日銅像的任務。

　　由於龍門池的設計為圓形，而在避開 蔣公銅像正前方及字匾的條件下，阿閔站的位置略為前面一些，過半晌，側後方傳來低低的一句：「幹！請你吃飯竟然放鴿子，面子很大嘛！」阿閔頭也不回地說：「那間歹吃得要死，跟ㄆㄨㄣ差不多，要吃你自己吃。」

　　（編按：H中側門的「稻香村」阿閔小學經常光顧，魯肉飯一碗8元起，中碗12元、大碗15元，人稱「靠北魯肉飯」，因為越吃越ㄕㄨㄚˋ嘴，令人忍不住發出「靠北！有夠好吃！」的讚嘆，升國中後，聽說阿文那票狐群狗黨常去打牙祭，所以就沒再

去了；此處阿閔爲了氣氣土匪文，自是違心之論。）

「你講恁爸呷ㄆㄨㄣ大漢是不是？」
「ㄞ勢！別人口味跟你不共款，沒有你這呢『好嘴斗』。」
「幹！你要找死我成全你。」
「你們兩個居然還在聊天，給我滾下來到訓導處領賞，反正你們去上課也是影響別的同學而已。」不知從哪處轉回來的小紅帽，顯然沒錯過這段雙口相聲。
「他是我不是啊……」阿閔邊嘀咕，邊準備跳下龍門池畔。
忽然後方一陣力道撞來，原來阿文覷準時機，假裝也要跳下卻用肩膀故意頂了過來，阿閔眼看躲不掉，索性順著勢子轉過身來拉住他，想在墜地前拿這個土匪文做墊背，但阿文反應奇快，在被抓牢前已飛起一腳將阿閔踹下去，不料用力過猛，牛頓第三運動定律立即得到了驗證——阿閔在地上跌個四腳朝天，阿文卻在水池裡摔成落湯雞。

※　　　※　　　※　　　※　　　※

阿文顯然是訓導處的常客，阿閔跟著他熟門熟路的三轉四轉五六七八轉地到門口，只見阿文氣定神閑地朝小紅帽奉上雙掌，雙眼卻朝阿閔睥睨著：「ㄍㄞ出來是豎仔。」
那年頭的師長們都相當樂於體罰學生，而三巨頭更是其中的佼佼者，不過像阿文這種級數的混混，平常了不起只能逮到一些頂罪的跟班亂打一氣了事，今天逮到機會更是見獵心喜，將阿文整個人毫不客氣地壓在地上用膝蓋頂住，拿起水晶棒也不瞄準了，夾頭夾腦的便是一陣狂抽，（阿閔若干年後才知道那其實是「熱熔膠」，打人超省力、被打到超痛，簡直是劃時代的犯規刑

具！）連阿文都被打到半晌起不了身，不過連吭一聲都沒有，這股硬氣倒是讓阿閔頗有幾分佩服。

換人領罰，該阿閔了。額間微微見汗的小紅帽，指著還在地上抽搐的阿文對阿閔說：「像這種國一還沒念完就已經兩大過的人，早點讓他滾蛋！你去寫悔過書，就說阿文打你，我記你一次警告，今天就算了。」阿閔衝口而出：「**我什麼都沒看到，我只看到你打人。**」小紅帽怒極反笑：「好啊～監獄風雲看多了是吧？讓你改過自新，還敢給我逞英雄！」戒護科科長在刑房裡即刻行刑，阿閔被打得痛到不願回想，只記得死死閉緊嘴巴，別給這個狗雜碎助興就對了。

阿閔在多年後回想起來，除了懊悔當時為何沒有發狠咬下小紅帽的耳朵外，倒是頗能理解當時教學方的雷霆作風。啥？您問**愛的教育**跑哪去了？各位家長啊～現今所謂的霸凌，是在一個校園只有一個「胖虎」的時候才會被凸顯的現象，而當一個校園出現三十幾個「技安」的時候，根本是殺戮戰場哪……講什麼霸凌？那根本已超出愛與包容的守備範圍呀！

※　　※　　※　　※　　※

挨完了打還沒完，為了要收殺雞儆猴之效，仍得繼續在訓導處外罰站，站沒多久又被叫進訓導主任辦公室內，大概是督學來了吧！這叫向來標榜愛心、包容與鼓勵的H中情何以堪呢？待兩人一轉進，門立刻被迅速地從外邊反鎖起來，並丟下一句：「不准講話！繼續罰站。」

去他的繼續罰站！如果這是對的，何必把我們藏起來？如果這是不對的，那我們又何必照辦？於是，看不到盡頭的無期徒刑得以私自提前假釋，就當作暫時緩刑吧……門一關，阿文這個目

無王法的匪首，果然立刻大搖大擺地走到主任辦公桌，在他老人家的位置上一屁股坐了下來（儘管痛得他齜牙裂嘴），拿起桌旁不知哪個倒楣鬼被沒收的漫畫隨意翻看著。

也好，現在的屁股像是熟透的釋迦，輕輕一掐就會噴出汁來，就算回教室恐怕也只能站一整天了，不如趁這個機會打量一下拉虛仔的老巢，摸摸他的底。

座位正後方有一幅很大的秋海棠地圖，兩側裝模作樣的插著國旗和校旗，左後方有個衣櫃，阿閎大著膽子打開來看，掛著幾件衣服，包含每次在大禮堂廢話連篇時穿的體面外衣，衣櫃下方是一個大抽屜，拉了一下，沒鎖，裡頭赫然全是刑具：雞毛撢子、衣架、水晶棒、藤條（上面還有血跡）、竹條、長柄菸斗、塑膠管、以及一些連阿閎也說不出名堂的東西……等等不下20幾支，各種尺寸應有盡有，林林總總、美不勝收，只要是**可以拿來揮擊的條狀物**，裡面都一應俱全；此外，連購買時報公帳的收據都放在裡面，證明著它們的身價。阿閎忍住想要一把火統統燒掉的衝動，繼續探索。座位右側則是一個更大的玻璃展示櫃，阿文此時也湊過來看，兩人看得目不轉睛——

天殺的拉虛仔有夠變態，展示櫃內陳列著三巨頭歷年搜刮而來的收藏品，第一層為精緻小物：不計其數的雷朋太陽眼鏡、都彭打火機，擺得滿滿滿，隨便一個都美得令人心碎。第二層則令人血脈賁張：各式黑色封面「小本的」、黃色漫畫及成人月曆，等一下，右邊最裡面那本竟然是酒井法子的「LET'S NORI‧P」，簡直是要人性命的夢幻逸品。第三層則完完全全令阿閎想起以前跟老爸一起看的那個叫做「新武器大觀」的節目，由左至右依序為：削尖的木棒、棒頭有著滿滿鐵釘的棒球棍（狼牙棒!?）、腳踏車鍊條、鐵鏈、柴刀、開山刀、藍波刀、扁鑽、戒指虎、童子軍用的帳篷釘、蝴蝶刀、萬用刀、外型是鋼筆的筆

刀（竟然有這種!?）……琳琅滿目，象徵著H中混混們的戰鬥演化史，正由豪邁粗獷逐漸融入精緻化的風格，這些違禁物想必是被拉虛仔以莫須有的罪名沒收後，就一直暗無天日的擺放於此供人瞻仰，期待有沉冤昭雪的一天。

　　阿文突然罵了聲幹，只見他眼前的位置鄭而重之地放著一塊黃絨布，布上有一把比尋常西瓜刀還要大支的西瓜刀，刀刃側面用麥克筆寫著「重劍無鋒　專殺C中」8個字（字有夠醜），下方署名爲「金鍾」，至於刀刃處則濺滿斑斑血跡，旁邊放著一則剪報，字太小，阿閎也不想跟阿文靠太近，只看到標題好像是「校園不平靜　看熱鬧引殺機」，較小的副標題爲「師長捨身護生　額頭掛彩破相」；阿閎立卽想起約莫二、三年前，大約是自己念小四還是小五的時候，在C、H兩中交接處的荒地，曾爆發大規模的械鬥，當天H小和C小都延後放學，據說起因是有什麼「保六」的直升機在此墜機，兩校學生在搶看熱鬧時起了衝突，而雙方烙人越烙越多，最後動用100多名警力才鎮住場面。過程慘烈無比，掛彩之人不計其數，當時勸架的訓導主任「滷蛋」額頭挨了一刀，不但打死不退，還硬是搶下對方的凶器，讓警察制服帶頭的混混呢！也因爲這件事滷蛋主任聲名大噪，才被調去夜補校鎮壓更壞的傢伙們，拉虛仔才遞補上訓導主任的位置。這把刀該不會就是當時……不過「金鍾」是誰啊？只聽見阿文露出崇拜的眼神，喃喃道：「金鍾大仔……原來係金鍾大仔……」

　　此外，展示櫃外還有一把不鏽鋼鐵尺約莫50～60cm長，一端用布纏著，布上還寫著「阿姐神劍」，不知是哪位仁兄最近的藝術作品，還來不及上油、開鋒，就被拉虛仔納入私藏；忽然，一個不起眼的東西吸引了阿閎的目光，竟是自己上學期被抄沒的雙節棍，該物長約10吋、棍身係以西域玄鐵打造，要價不斐（值200塊現大洋），一定是不肖老師趁全班去操場升旗，教室沒人

青春半熟・記憶微溫
Adolescence

之際偷搜書包所查獲，害得阿閌現在只能在書包放一對扯鈴棍應急。

「死拉虛仔，就先借你保管，老子畢業前一定拿回來，把你的狗窩砸得稀巴爛。」阿閌心意已定，畢竟現在行動風險太大。

突然一陣叮噹作響的鑰匙聲，兩人立即面壁思過、繼續未完的刑期，才剛站定，門就被推了開來，東廠的三位檔頭魚貫而入，為首的大檔頭拉虛仔眼皮子抬也不抬只說了句：「外面比較涼，站到外面去。」

「馬的！一群老賊定是在商量如何惡整學生，秋條三小？站外面就站外面～涼什麼？老子還不老子呀！」阿閌用聽不見的腹語術如此回敬著。未料，這一站卻站出一段糾纏至畢業的愛恨情仇。

※　　　※　　　※　　　※　　　※

H中比港片裡的赤柱監獄還狠，周潤發蹲苦窯就算被關犯則房也還有麵包可吃，阿閌與阿文兩人自早上七點半服刑至下午一點半，扣掉中間追加的一頓痛打和自行放風半小時以外，午餐理所當然沒得吃，而這時集體行動派混混和一匹狼型混混的差異性就充分被凸顯出來了。

阿文畢竟是大哥級人物，服刑期間不時有人來探監，他的二把手嵐仔更是每到下課就帶著一票太保太妹前來致意，一來報告在校內各樓的風吹草動、二來將昨日與另兩校在各據點的接戰情形進行匯報與檢討，阿閌對於這絡繹不絕的朝聖行為嗤之以鼻，但看到阿文不斷享受著使徒們進貢的可樂、洋芋片、巧克力……等諸多零食（還只要動口不用動手哩！），心中的無奈與憤恨更是無以復加。

混混們認出了一邊罰站、一邊悄悄挪到角落的阿閔，開始上演登徒子調戲良家紳士的低俗橋段。

　　「訓導處報告，訓導處報告，陷害文哥的大頭仔底佳啦！請大家樓頂招樓腳、七仔招客兄，卡緊來看喔！」

　　「報告主任，有人被罰站想偷跑！」

　　「大頭仔，罰站還不立正站好，雙手打直貼齊褲縫，再給我混嘛！摸魚摸到大白鯊。」

　　「咱老大好意請你吃飯，竟然敢放鳥！」

　　「不只那樣，這箍喔～上學期還敢搶文哥的便當。」（鄉親們評評理！這話居然還可以反過來講！）

　　「文哥花時間幫你練身體，還敢含扣。」

　　阿閔後來乾脆來個充耳不聞，看著他的老相好土匪文也在盯著他瞧，微微冷笑著似乎頗為得意，隨後向旁招招手，身邊的嵐仔立刻靠了過去，兩人交頭接耳了幾句，嵐仔連連點頭，走了過來。

　　這個嵐仔，其實大有來歷，讀H小的都知道，那可是出了名的小霸王，阿閔小學畢業前曾跟嵐仔有過一面之緣，不知他還有沒有印象？一年多不見，只見他又抽高不少，光看那走過來的架勢，就知道這段時間沒有荒廢，有道是：「業精於勤荒於嬉。」嵐仔顯然不斷充實自我，戰鬥力和經驗值提升不少，依舊是位硬爪子。

　　「恬恬啦。」嵐仔一開口，音量不高，但這群快變菜市場歐巴桑的混混們頓時鴉雀無聲，「吵死了～你們要讓拉虛仔出來再加碼害文哥是不是？」阿閔心想：「說得好，馬的到時也會連累你爺爺我。」嵐仔話畢，這時卻聽到樓梯轉角處一陣騷動，吹狗螺和口哨聲此起彼落，一位看起來像痟三的痟三，來到阿文面前滾鞍下馬：「報！C中轉來一個妹仔～有夠水喔！」隨後被嵐仔

作勢一腳踹開。

　　只見校工在前方帶路，一位C中的女生跟著家長，緩緩從樓梯間轉往訓導處這邊走過來，那位女生身材頗為修長、四肢纖細，加上C中的白衣黑裙讓她在人叢中顯得十分突出，遠遠看過去像是一朵被水波簇擁的白蓮花。

　　大概是要去教務處辦轉學手續的樣子，經過訓導處時，只見她目不斜視、神色自若，身旁的龍蛇雜處對她沒有起到任何影響，連一絲一毫都沒有。蓮花過處起漣漪，在這段曾經充滿無數學生慘叫哀號的廊道上，如今卻留下了一抹淡雅清香。

　　那女生一張白白淨淨的瓜子臉，鼻子很挺、睫毛很長，尤其是那清麗脫俗的模樣，像極了影星潘迎紫，走過阿閎身邊時兩人不經意地眼神交會，令12歲的少年頓感呼吸困難。

　　「……出淤泥而不染，濯清漣而不妖，中通外直，不蔓不枝，香遠益清，亭亭淨植，可遠觀而不可褻玩焉。」阿閎喃喃自語著，課文裡的詞句一下子湧進腦海，突然間，那位教國文兼音樂的陶老頭兒對這些字字珠璣的解釋已不再重要，因為就在這一霎那，阿閎已經完全懂了。

　　那邊廂的阿文也是雙眼發直，如同看到頂級肉品般一動也不動地死死盯著那漸行漸遠的高姚背影；幾年後阿閎回想此景，曾這麼自嘲著：「如果我的賀爾蒙指數當時只有6,000，那麼阿文起碼有10,000以上。」總之，這頭萬獸之王顯然感受到更強烈的震撼，一旁知情識趣的跟班們，早早在嵐仔的眼色示意下，以金魚大便的隊形尾隨其後，打探消息去也。

※　　　※　　　※　　　※　　　※

　　「報！妹仔名字叫婉如，C中一年12班。」嵐仔微微頷首：

「再探。」

「報！妹仔有兩個弟弟還在念C小，家裡在C中校門對面開早餐店，就是上個月開幕一連三天都有人幹架的那間『麥多樂』。」阿閎心想：「幹！這些人不去當記者可惜了。」

「報！妹仔身高159cm、體重41kg。」保健室顯然也有阿文的眼線，文件控管出現了重大疏失。

阿文神色稍斂，開口時已完全恢復老大本色，沉穩地下達兩個指示——

（1）從今天開始，我要收婉如做我乾妹。

（2）嵐仔你帶人去查，在我乾妹家鬧事的是誰？給我查清楚，**好好款待**。

「報！妹仔轉到哪一班探聽到了。是**46班**。」報馬仔接著一指阿閎，邀功似地再補一句：「跟這箍死大頭仔同班。」突如其來的消息，讓這對冤家的視線在空氣中再次撞擊，力道之大令在場所有人都看得清清楚楚。

Lesson 11. 乾妹妹

「嗯～我開始覺得你的故事有唬爛的成分喔！想當初我唸H中的時候，一個年級有68班，聽說最近比較少了，但也還有65班，你說你的初戀情人轉學過來恰好和你同班，哪有這麼巧？才誇你兩句就把故事編過頭，底迪你這樣不行啦！還不從實招來。」雅琴姊笑著搖頭。

「雅琴姑娘此言差矣！沒有巧事何來巧字？」阿閔又學鄭少秋搓了一下鼻子。「而且，姊你既然都說是故事了，幹嘛在意真假？」被人小鬼大、一頓似是而非的搶白，眼前這位大姊姊倒是一愣，隨即毫不客氣地捏住阿閔的腮幫子：「厚～你什麼時候變得這麼油條？跟那個小滑頭混太近學壞了是不是？居然敢直呼本宮名諱，看來不給你嚐點手段你是不知道厲害。」接著手指上的力道有逐漸加強的趨勢。

阿閔立刻舉手表示投降：「是真的啦！婉如國一下真的、真的轉到我們班啦！不過她才不是我的初戀情人，我的初戀情人是我唸幼稚園坐我隔壁的小女生，每次她都把自己的手帕借我擦鼻涕，不過她的名字早就忘了。」臉頰上的受力明顯減輕了好幾牛頓，但施力者的嘴裡仍不饒人：「你這個負心漢薄情郎，我要代替那位借手帕給你擦鼻涕的小妹妹逞罰你。」雅琴姊說完忍俊不住還是笑了出來。

一陣罪惡的氣味飄來，鳥蛋已經提著香噴噴的下午茶跑上天橋：「Hey～Christine, my angel……久等了，想我嗎？我還買了冰鎮酸梅湯喔！」雅琴姊笑吟吟的說：「當然想你～買的雞脖

子，而且正因為天天想你，才連帶想到你還欠補習班400元還沒繳，班主任在催了喔！」

鳥蛋趕緊使出乾坤大挪移轉移話題：「剛我在路邊攤隔老遠看到你們在比手畫腳，我錯過什麼了嗎？」阿閔立卽道：「是啊！要不要一起玩？」

「底迪～你知不知道我看『透明光』、『藍血人』要嘛就等考完再看，要嘛就是一口氣通宵看完。」阿閔轉眼看到雅琴姊似笑非笑的表情，臉上挑明寫著：「**你再吊姊胃口嘛，你完了你。**」

阿閔長嘆一聲，這下成了名符其實的天橋說書人，整理了一下思緒：「剛剛的**劇情**講到哪了？鴨子盜墓挖地道那一集，還是白蓮花重現江湖那一集？」善體人意的大姊姊心領神會：「剛剛講到……嗯～男主角衛斯理爲了婉君表妹的幸福，在上海灘比武招親對決許文強的那一集。」

「<u>許文強</u>？」從不看小說只聽死人歌（音似「西洋歌」的台語）的鳥蛋，搶在一頭霧水的阿閔前面先一步問出來。

「嗯……沒關係！爲了方便起見，我們就稱文哥好了。」好個雅琴姊臨危不亂，讓阿閔吁了一口氣心想：「差點穿幫，鳥蛋這廝精怪得很，等下可得移花接木一番，別被聽出破綻開天窗。」

※　　※　　※　　※　　※

阿閔正要發動時光機時，雅琴姊喊了聲暫停：「先等一下！我覺得你們男生眞得很無聊耶！喜歡人家就去追啊～」說到這邊意有所指地朝阿閔看了一眼，才又接著道：「收人家做乾妹妹是什麼意思？」

聽出弦外之音的14歲少年，臉上青一陣白一陣，只好陪著乾笑兩聲：「姊你有所不知，對我們男生來說，乾妹妹有兩種意思，一種是很投緣、才剛認識就像是失散已久的親人，相處起來很自然的那種；至於另一種嘛～嗯～～」鳥蛋不愧是曾併肩作戰的戰友，立刻接話：「有一個現成的例子，像我們G中名義上的老大不是阿成嗎？但是知道內情的都明白，實際上的老大是阿成的乾妹KIKI姐，阿成他超哈KIKI，但是追了好久都碰軟釘子，雖然自己G中的人不會白目到出來橫刀奪愛，但萬一被別校的ㄆㄚˇ造（追走），恐怕臉上無光，於是乾脆宣布收KIKI做乾妹，醬子就算被追走，大可厚著臉皮叫情敵一聲『乾弟』討回點顏面，要是沒人追，須知精誠所至金石為開，在身邊磨久了總有機會，進可攻、退可守，方為『乾妹妹』之真義也。」

　　（編按：幾年後，有一位喜歡把帽子反戴的痞子歌手，把「乾妹妹」這種台灣特有的次文化寫成歌，還紅了好幾年。）

　　雅琴姊一手拿著熱騰騰的雞脖子、一手撫著額頭：「天～我頭好痛，你們男生真的很北七，沒有女生喜歡被這樣對待的啦！還進可攻退可守咧，這招很遜，底迪～你千萬別學。月下老人牽的紅線都被人燒光了，這位KIKI還真可憐。」

　　鳥蛋不慌不忙的說：「非也非也～KIKI姐樂得身邊有個小叮噹可以使喚，水裡來火裡去沒有第二句話，身邊也不會有蒼蠅亂飛，清幽得很。」

　　「這位KIKI還真是異於常人。」雅琴姊不置可否，而天不怕地不怕的鳥蛋此時罕見的壓低聲音：「Christine你得當心，這位KIKI我只聽過沒看過，因為每次身邊都跟著一大票人，隔太遠了，她是體育班的狠角色，你知道KIKI這個外號怎麼來的嗎？聽說被她揍到掉牙齒的人不計其數，苦主哀號著『我的牙齒……』

用台語唸唸看、唸快一點再加上講話漏風，就變成『KIKI』啦！」

「小滑頭，多謝你的關心，我想我不會是這位KIKI的敵人；再說，我有一位受過中國武術嚴格訓練的底迪會保護我，沒錯吧？」雅琴姊陶醉在炸雞脖子的香氛裡，喝了口酸梅湯說：「喂！那個說書的，婉君表妹的幸福後來怎樣了？再拖台錢的話，聽眾可要暴動囉～」

自詡受過嚴格街頭話術訓練的說書仔囫圇吞下最後一顆花枝丸，哼著張雨生的歌，裝滿自信、發動引擎，將超載的時光機一口氣推到三檔，搖搖晃晃地飛向兩年前的平行宇宙，回到根本不在上海的上海灘。

※ ※ ※ ※ ※

《衛斯理傳奇》離子空間鑽石貓之上海灘奇案

原文出處：民明書房刊（卷46）
編劇：阿閔
監製：雅琴姊

【前情提要】
衛斯理接獲忠僕老蔡的通知，受富商陶啟泉所託，與好友陳長青前赴上海灘尋找離奇消失的鑽石貓，調查過程中與上海灘大亨人稱文哥的許文強鬥智鬥力，最後於霞飛路十里洋場在四大洋行代表納爾遜先生的見證下談判，未料消息走漏，衛斯理與文哥雙雙遭巡捕房萊西先生強行押走而受盡酷刑，所幸兩人均受過嚴格中

國武術訓練，忍辱負重方得脫牢籠；過程中，<u>衛斯理</u>以身懷七鈴的盜竊絕技，探知萊西先生密室中的諸多祕密。此時，上海灘出現一名宛若白蓮的脫俗女子，神祕的來歷令<u>衛斯理</u>覺得並不單純，可能與鑽石貓消失的離子空間有關，而文哥竟聲稱這名叫做<u>婉君</u>的神祕女子是失散多年的表妹……

【本文開始】

　　<u>陳長青</u>搓著雙手喜不自勝，道：「此等女子世間少見，若託<u>郭則清</u>郭大偵探深入調查，想必鑽石貓之事很快會有眉目，你我不妨寬心暫待幾日……」

　　我揮了揮手，打斷了他的話頭：「早先勒曼醫院已有消息，此女身長1米59、體態輕盈堪堪41，與地球人無異，且天外來客的資料上並未有相關載明，我們大可不必庸人自擾，眼下不宜節外生枝，更該注意文哥這幫剽匪的動靜。」

　　翌日，我送<u>陳長青</u>至虹口機場返回香港繼續與小郭聯繫，我則孤身一人搭的士重回十里洋場勘查，看能否找到些許蛛絲馬跡，卻一無所獲。方當懊惱之時，卻不經意地察覺有人在身前身後探頭探腦，行徑鬼祟之極。當下冷笑一聲，刻意在長街上信步散策，看看這群鼠輩玩勞什子花樣。

　　我心下思忖：上海灘已盡入文哥之手，前兩次交手沒占到上風，眼下又多個神祕女子攪局，想當然爾，此刻定是布下天羅地網想先探個虛實，若我輕舉妄動，他便會痛下殺手來個漁翁得利，不若我化暗為明、以虛待實，看他葫蘆裡賣什麼藥；計議已定，便驅車直赴那白衣女子下榻的酒店，來個敲山震虎。

　　那匪酋果真沉不住氣，早早得到消息，搶先一步與那名為<u>婉君</u>的女子面晤，並以他處強取豪奪之金銀財寶、珍珠瑪瑙做為厚禮，盼能打動芳心。我見此景，憐惜之心油然而生，便出言申

斥，文哥原為一土豪劣霸，這幾年憑藉一身硬底子功夫和手下這票匪幫，在上海灘翻手為雲、覆手為雨，卻被我兩次三番壞他好事，此時忍無可忍，亦不再故作斯文，遂揚言明日午時三刻，八搭子樓塔頂一決高下！雙方擊掌為誓，約定輸的一方永遠離開上海灘。

我當時年少氣盛，見佳人有難一時血氣上湧，便一口應承下來，待回過神，只見婉君臉上掛著兩行清淚：「二虎相爭，必有一傷，兩位切不可如此壞了上海灘的和氣，讓洋人們笑話。」然而此刻已是騎虎難下，唯有明知山有虎，偏向虎山行。

此事係因那神祕的白衣女子而起，早有好事之徒四處渲染，消息一經轟傳、朝野震動，「兩雄爭美」、「比武招親」遂成了各茶樓酒肆酒足飯飽後的話柄。

回到旅館，門房叫住了我，原來小郭拍了通電報過來，要我一回旅館就打越洋電話給他。他這些年事業已遍及東南亞、忙得不可開交，電話轉了幾位接線生才轉到他手上，他劈頭就是一句：「衛，這女子是個禍水，碰不得。」

我忙問原由，電話一頭的小郭急道：「C國的組織高層為了她鬧內閧，她曾任事的食堂也因受不明人士駁火而屢遭波及，她真正的身分說不定是G國特務。」我沉吟了半晌，把我心中的疑慮說了出來：「我懷疑她與失蹤的鑽石貓有關，但在這地頭上，調查行動因許文強的從中作梗而屢屢受阻，不若就此機會剪除這幫匪類，後續我再尋求國際警方的協助。」小郭嘆了口氣：「那姓許的絕非善類，你自己小心。」說完便收了線。

是日午時三刻，八搭子樓塔頂風起雲湧，因文哥身兼灘南灘北七幫十八會的總管事，視下任龍頭為囊中之物，故各幫各會的耆老均到場見證，就連已呈半退休狀態的現任龍頭「黑鷹」都來了。只見黑鷹半睬著眼，呵呵笑了幾聲：「長江後浪推前浪，果

真是英雄出少年！好極！好極！看來，今日也許是老朽金盆洗手之日呀！」

文哥與我一起上前行禮、互通姓名，同時驗明正身並無貼身攜帶淬毒暗器；須臾，上海灘的第二把交椅「山風」越眾而出，朗聲道：「時辰已到，生死狀下，拳腳無眼，各安天命，如有不從，天人共戮。」黑鷹沉聲曰：「兩位以音滅為信，方可動手。」接著便向手中茶盞彈去。

叮聲悠揚，不知何時消停，然文哥在上海灘日久，顯然精於此道，我暗叫不好，這匪酋武藝嫻熟、出手狠辣，若被他占得先機，恐怕極為不利，於是心生一計──先用手指著他、再指著自己腰部慢慢畫圓圈……慢慢的畫圈，沒錯！便是上次被我用「幻影三式」痛擊的部位，接著便朝他陰側側地笑著。

我記得原振俠醫生曾跟我提到一個有趣的實驗：身體的一個部位受到創傷後便會產生相對應的記憶，如再次給予聲音、圖像或影像等相同訊號，那麼在一定程度上，有可能會激發生理的記憶而在承受打擊前，先行產生痛感。

我在催眠上算是頗有造詣的，手勢在進行時，已下達了足夠的暗示勾起他的生理記憶，現在就差時機的掌握了！因此便要讓他焦躁，並仔細觀察，才有機可趁，即便不成功，至少也能彌補一些先天上的差距。

果然，約莫是在黑鷹彈指後的第6秒，文哥的表請起了變化，像是久經壓抑的獵豹，將背拱了起來……說時遲那時快，文哥雙手門戶大開向我衝來，這真是高招──既然被我製造了一個破綻出來，他乾脆主動露出更多破綻，反而讓我因有所選擇而緩了一下，而這一猶豫，就讓這場比試的主導權重回他手中，文哥一個膝擊正中我的丹田，待我的腰彎了下來，隨即一拳直上直下的朝我太陽穴猛轟。

電光石火間，我心知這下若被打中恐怕就得躺下，趕緊順勢一個懶驢打滾避了開去，雖然狼狽，但總算保存再戰的體力。我一起身就朝文哥撲去，因為我不能讓文哥知道我現在傷勢如何，他也確實沒想到對手挨了自己全力一擊後竟能如此快的反擊，也就是這麼一楞，我就要他付出代價，當下飛起左腳作勢狠踹，這是「幻影三式」的起手式，和上次一模一樣，果不其然，生理上的記憶令他不得不下意識的護住前次慘遭痛擊的左腰，我卻往另一邊迴身，鑽過他掃過的右臂，以頂心肘重重鑿在他背心的大椎穴上，只見文哥往前一跌卻在身形盡失前，向後一個掃腿將我逼退，藉著轉換重心，再次與我正面相對。

　　我靜靜的觀察著，此時文哥全身上下破綻不少，卻瀰漫著一股殺氣，因此讓我有所顧忌。文哥這位上海灘的大亨，此刻就像史前時代的猛獸惡狠狠地盯著我；對付野獸絕不能示弱，我也瞪回去，看著在他眼神中的自己，同時靜下心來用年少時師父<u>王天兵</u>所授的龍虎功呼吸吐納，任白衣女子、鑽石貓的影像都逐漸淡去、遠去……當心如明鏡時果然靈光一閃——原始人捕殺劍齒虎的時候，絕不可能想著如何一擊斃命，而是每一擊都要確實削弱牠！

　　擬好策略，就等這頭畜牲送上門來——我心知肚明，今日這排場絕非市井之徒看熱鬧的擂台如此簡單，而是用看似戲謔的比武招親為表象，掩護內裡江湖幫會龍頭交接之實，讓原本見不得光的事能夠堂而皇之。而我，一介外來客，今日看似敵眾我寡，實則他的壓力不下於我；想通此點，我故意朝黑鷹努努嘴、再朝著自己手腕上無形的手錶指了幾下，接著嘆了一口氣搖搖頭，意思是「這麼拖泥帶水，黑鷹他老人家好失望啊！怎麼放心交棒給你這蠢狗？」

　　果然，這匪類一聲虎吼，揚起右拳衝了過來！那威勢，便是

一座山擋著，怕也要被轟成碎片了。

　　——然而，我等的就是這個。倏地，左手在空中畫一道半弧，格開他僵硬的右臂，進右腳為弓、右掌平推為箭，順勢「啪」地一聲直接擊中他的面門，這古樸無華、後發先至的一掌，有紋有路，正是降龍十八掌中的「亢龍有悔」！此招精妙在一個「悔」字，己身有二十分力、只能出十分力，如此招式勁道不至疲老，後續攻勢方能收發自如、綿綿不絕也。

　　文哥莫名遇襲，猝不及防下已鼻血長流，當下又驚又怒、兇性大發，出拳更如疾風驟雨般；但我已然看得分明、記得清楚，避掃腿、進馬、切掌、中右脅；架開左拐、中路退按、起右腳、再中左膝。文哥接連受創，痛呼連聲，卻仍是宛若金鎗鐵樹、撓而不倒，我一時心浮，竟被一把抱住，正待沉腰坐馬，整個人卻被攔腰扛起往地上重重一摔，只覺眼前一黑，正待暈去時，卻似嗅到一絲不易察覺的淡雅清香，驀然想起白衣女子那楚楚可憐的模樣，當下猛然一提真氣、意守清明，就地翻身挺腰、雙腳一勾一夾，使出正宗蒙古巴圖魯的摔角絕技「風捲黃沙」將這廝捲倒，兩人打得性起，正欲近身搏殺——「夠了！」但見黑鷹一擺手，已然有人將場中二人拉開，黑鷹看著眾人半晌不出聲，氣氛凝重到了極點，隨後緩緩開口道：「今日之事就此作罷。」

　　文哥啞著嗓子忿然道：「好，婉君我可以先作罷；那接任一事又待如何？」黑鷹淡然道：「這事兒不急，得再緩緩；山風，文哥打得很累了，還不扶他回去休息。」文哥正欲分辯，卻聽得塔樓下哨音四起，原來是巡捕房的萊西先生，接獲線報進場逮人，群豪頓時一哄而散。欲知詳情如何，且聽下回分曉。

　　　　　※　　　　※　　　　※　　　　※　　　　※

鳥蛋聽得津津有味，不但吃光了自己的地瓜球，連阿閔的甜不辣都已遭殃大半，嘴饞的大頭閔趕緊一把搶過：「喂～不打賞說書人也就算了，還偷吃！」

　　鳥蛋哈哈一笑：「不好意思！瞧你講得口沫橫飛，我也一時聽得出神，一不小心就……夕勢啦！」將還抓在手中的半片甜不辣送進口裡後又道：「不過……雖然我沒在看小說，可是『降龍十八掌』不是金庸武俠小說裡的嗎？怎麼跑到倪匡科幻小說裡了？劇情是還不錯啦，但總覺得不知道哪裡怪怪的……」

　　「你不知道嗎？這兩位大師是好朋友，金庸稱讚倪匡的腦袋可以編織出無盡時空的永恆矛盾，而倪匡也三不五時在自己的作品裡提到金庸小說的人物呢！」阿閔拍了拍鳥蛋的肩膀加強了語氣，然後接著說：「還有啊～聽說天龍八部裡有一段是倪匡代筆的喔！就是阿紫瞎掉的那一段，這你應該不知道吧？」

　　鳥蛋奇道：「此話當真？」卻見身旁這對姐弟倆饒有默契的大點其頭，他老兄搔了搔頭，看來是信了。雅琴姐說：「小滑頭，你一邊仔細琢磨，一邊幫我一個忙好不好？」

　　這小色胚馬上換上一副諂媚的嘴臉：「Christine有何吩咐？」雅琴姊晃了一下手上已空空如也的牛皮紙袋，說：「剛剛我們一邊閒聊，居然把宣傳單發完了，你幫我回日成跟班主任再拿一疊過來，thank you, please～」哼哼～～Angel有令，你個滑頭鳥蛋敢不照辦？

　　「嗯～可是，如果班主任趁機跟我索討欠款呢？」鳥蛋卻立刻聯想到更敏感、更迫切的財務危機，怪不得這幾天在補習班的舉動比平常更加鬼祟。卻聽雅琴姊說：「別擔心！其實我上上個月已經先用工讀的薪水幫你墊了，你要記得還我，不然Angel就要Anger了。」這下換鳥蛋愣住了！

　　阿閔心想：「Oh my God～姊你人也太好了吧？這麼好的班

導哪裡找？這下鳥蛋還不以身相許？」嘴裡卻說：「鳥蛋兄，我爸說欠女人錢會倒三輩子的霉，你還不快去跑腿，將功折罪。」

鳥蛋立即以待罪之身遭「天橋之國」流放，逐出邊境時還回頭大聲地喊著：「Christine, I'm sorry, I'm very~ very~ sorry.」雅琴姊趴在欄杆上笑著不說話，只朝他揚了揚手算是回應。多年後，鳥蛋有次無意間脫口而出：**「我永遠忘不了她長髮飄飄對著我笑的那一幕，最適合那句台詞的場景就在那一幕。」**

※　　　※　　　※　　　※　　　※

礙事的人終於走了，阿閔終於有機會抱怨了：「姊～你出這啥爛題目？也不先打個pass過來，就只會在旁邊偷笑。」

打從一開始的前情提要，雅琴姊就一直吃吃笑著，卻拼命忍住，雞脖子吃得很辛苦，到後來乾脆打手勢喊「卡」要求暫停；這時她終於開懷暢笑，阿閔等她笑到告一段落，才開口：「姊～你怎麼知道我快撐不下去了？」大姊姊臉上仍掛著笑意：「那還不簡單，開頭是不錯啦，有模有樣地將倪大師的手筆依樣畫葫蘆，後來啊⋯⋯從你開始施展降龍十八掌那裡，姊就知道底迪你快罩不住了，得趕快幫你謝幕才行。」接著又說：「不過沒想到我隨手亂丟的九流劇本，居然可以被你寫成三流小說，底迪～你還真不是蓋的，我都快成了你的書迷了。」

「唉⋯⋯可是，像醬子開鳥蛋玩笑有趣歸有趣，不過金庸和倪匡一定很不高興，有點對不起他們的說。」毫無版權概念的14歲少年總算尚有一絲天良。雅琴姊摸著阿閔的大頭安慰著：「別擔心啦～兩位大俠都是江湖上德高望重的一代宗師，不會跟我們這種無知小輩一般見識。」隨後話鋒一轉，問道：「後來呢？<u>婉君</u>表妹⋯⋯嗯～我是說婉如後來真的成了你的乾妹妹啦？」

阿閔急忙否認：「沒有啦！倒是在頂樓的那一場架打到一半被拉虛仔中斷後，阿文就銷聲匿跡了好一陣子，聽鴨B仔說，阿文因為實質上已經一統H中七大樓，因此也不想在我身上浪費時間，而為了爭取黑狗老大的信任，因此先安內、再攘外，接下來的時間一直到升國二的暑假結束前，他七分發展、兩分應付、一分念書，學校圍牆內還算風平浪靜，不過圍牆外卻是一片腥風血雨。這段期間阿文在校外各據點攻城掠地，C、G兩校的混混甚至有時被迫聯手才得以和我們H中的惡勢力抗衡，而曾在婉如家裡撒野鬧事的那幾票人全都住院了，聽說還是嵐仔親自招呼的哩！」

　　雅琴姊聽完吐了吐舌頭：「好可怕，底迪你千萬別再跟那些人糾纏，你現在都已經國三了，該好好想想自己的未來。」然而，對14歲的少年來說，「現在」都感到茫然了，更何況是「未來」呢？未來──太遙遠了，遙遠到連該不該對它感到不安都不知道。未來確實值得心生敬畏，但我們並沒有。

　　阿閔沒想那麼多，但也不想讓她擔心：「我知道啦，我本來就跟他們井水不犯河水，只要他們不來惹我，我又不是吃飽太閒。」雅琴姊溫柔地摸了摸阿閔的頭，有點語重心長：「底迪～有時候生活不會事事順心，有些時候得要退一步才有海闊天空。」阿閔難得見這位大姊姊面露愁緒，也有些感慨，不由得想到陳松勇在電影裡講的：「姊你不覺得有時候進也難、退也難？」雅琴姊若有所思的點了點頭，過半晌才說：「你想說的是『人在江湖身不由己』？」阿閔有點無奈：「是啊！升國二以後，我、婉如、鴨B仔都不同班，偶爾校園裡碰個面點個頭，倒也著實過了一段太平日子，誰知我不找麻煩，麻煩卻找上門來……」

　　雅琴姊忙問：「又是那個『許文強』？」14歲少年開始苦

笑了起來：「幹！……姊對不起講髒話，我把它吞回去，下不爲例！」看著雅琴姊柳眉倒豎地瞪了一眼，趕緊平復了一下，才又接著說：「眞不知道究竟是造了什麼孽？阿文那傢伙就是喜歡針對我。他升上國二才沒多久，因爲前一段日子H中在阿文的帶領下四處征戰、開疆闢土而居功厥偉，因此黑狗老大在畢業前，破例跳過大阿文一屆的學長們，指定阿文爲H中老大，這個土匪文積習難改，打聽到婉如在哪一班後，又開始大獻殷勤，婉如不堪其擾，她班上的女生看不下去，乾脆把風聲放出來，說是婉如國一下已經認了我當乾哥，阿文如果硬要強來，那麼按照先來後到，會變成我的乾弟……」雅琴姊聽到這不禁莞爾，戳著大頭底迪的臉頰：「**衛斯閔你慘了你～**」

阿閔雙手一攤：「姊你說這是不是無妄之災？簡直莫名其妙嘛！人家這樣講無非是幫他找個下台階，誰知他老兄卻當作是少個下馬威，非但**知難不退**，反而說必定會用**誠意**來打動佳人芳心。」少年誇張地嘆了一口氣說：「而他所謂的誠意則是要求我**公開宣布婉如跟我沒有任何關係。**」雅琴姊一揚眉丟個問號過來，阿閔立即接話：「而我斷然拒絕了他的要求！」

「所以～故事還沒完？」

「當然沒完。讓我喝口酸梅汁先……」

Lesson 12. 亞洲樂園（上）

　　H中校門口前的天橋人來人往，上面一對看似姊弟不似情侶的男女，併肩趴在天橋上的欄杆遠眺。

　　「姊你是不是覺得我很幼稚？根本自找麻煩。」阿閔問。雅琴姊撥了一下頭髮：「不會啊！像這種無知又任性的要求如果還照他的意思做，那也未免太沒男子氣概了；只不過～身為班導，我還是要說你這樣講確實會讓麻煩來找你。你要嘛是不知道該怎麼說該怎麼做，要嘛就是～嗯～～」她頓了一下才說：「這朵白蓮花一定很與眾不同，不知跟現在補習班裡坐你隔壁的小玲比起來如何？你比較喜歡誰？跟姊說說，姊一定一定不笑，也一定一定守口如瓶。」說著還舉起右掌作發誓貌。

　　阿閔略帶稚氣的臉登時變成一顆大番茄：「呃……這個……我……很難講……其實……覺得……我也……」，支吾了老半天卻說不出一個完整的句子，婉約的大姊姊只好主動解圍：「很難形容對不對？」看著連連點頭的14歲少年，幫忙補充他匱乏的詞彙：「喜歡有很多種，慢慢學會分辨它們的過程，就叫做『談戀愛』。」

　　「你做好談戀愛的準備了嗎？」

　　少年紅著臉搖搖頭。

　　「那麼與其急著去『喜歡』，不如多去『認識』，懂嗎？」

　　臉上紅潮漸退的少年心中似乎有一些什麼冒了出來。

　　　　　※　　　※　　　※　　　※　　　※

國二上，阿閔班上那位立志摧殘全台青少年的老賊「摧台青」一開學就以摧枯拉朽之勢整頓班上一顆顆還在放暑假的心，並且頒布一連串的新生活運動——「整齊、清潔、簡單、樸素、迅速、確實」，企圖想要從一株株朽不可雕的漂浮木中，篩選出有燃燒價值的木頭，替這列逐漸失速的教育列車添加柴火；然而，道高一尺，魔高一丈，校園中地下秩序依舊盤根錯節地影響中、後半段的牧童們。每逢下課，大聲鼓譟著將教室內的桌椅推開讓出場地釘孤枝，以及各樓廁所被大量徵用做為喬事、抽菸的戲碼交替上演著，而經過國一的洗禮，牧童們也見怪不怪，還會彼此互通有無、守望相助，更有甚者，竟統計各項奇特的紀錄，例如：31班的<u>昌明</u>單挑4勝2敗1救援、52班拖堵校際盃4連勝……等等。

　　在13歲的少年阿閔拒絕簽署任何不平等條約的前提下，已經升格為H中霸主的阿文老大一反常態沒有任何動靜，只託嵐仔把話傳出去：「任何人，包括C、G兩校，都不准動這個死大頭仔，**阿文老大要親自收這條命，即日起生效。**」

　　這道江湖格殺令一出，簡直媲美南宋大運動家<u>岳飛</u>獲頒的十二道金牌，使得阿閔在混混間也算小有名氣，一時間生活安逸了下來，沒有任何人找麻煩（但也交不到任何新朋友），連上個廁所大家都禮讓他先尿完、痾完才會進去。至於阿文，只見他下課時間優游校園，視察各地群豪為了力爭上游而廝殺著，時而點頭給予嘉許，時而吆喝兩聲痛斥懈怠之人，何等威風煞氣。偶然在走廊瞥見阿閔，更是**主動親切地微笑致意。**

　　在在的不尋常，令阿閔不寒而慄，感覺自己正一步一步踏入死亡的界線；答案無須久候，很快就浮現了——令H中全體國二生殷殷企盼的**校外教學**地點敲定為桃園大溪的「亞洲樂園」，將於第一次月考後的週末、也就是10月的最後一個星期六舉辦，阿

閔之所以記得如此清楚，是因為天天有人提醒他！

「同學，不好意思，有人要我告訴你，要你**準備好**。」午休期間，一名拉虛仔的爪牙（糾察隊）在阿閔班上的黑板寫下斗大的「劣」字，然後又在黑板旁邊寫下「13」之後，向阿閔如此說著。

「同學，不好意思，有人要我告訴你，希望你多吃少睡、**因為以後會反過來**。」另一名朝廷鷹犬在阿閔班上的黑板同樣寫下斗大的「特劣」後，向阿閔傳話。少年看著黑板旁的阿拉伯數字已經變成了「12」，只好無奈地回答：「我儘量。」

這樣的戲碼重複了幾次後，牧童們在走廊上看到阿閔，通常出現以下幾種反應：

（1）寄予關懷（或同情）的眼神，並請其至福利社大快朵頤。

（2）寄予嘲弄（或威脅）的眼神，並用手指比出相對應的數字加以提醒。

（3）背過身子將眼神移開，口宣佛號（或劃十字）。

（4）以上皆非。

當黑板旁的數字無情地降至「3」時，鴨B仔跑來阿閔班上提供珍貴情報：「稟總鏢頭，校外教學那一天，全校的太保、太妹會把過去一整年結下的樑子算總帳，因此也稱之為「君子淑女日」，取其君子（淑女）報仇、一年不晚之意，今年文哥又處處針對您，必定派人在樂園內的各處遊樂設施埋伏，有道是明槍易躲、暗箭難防，您老人家雖藝高膽大，但此行太過凶險，咱瞧不去也罷，留校打掃又何妨？我陪您。」說完神情頗為惶急，阿閔心下感動，撫著他稚嫩的後腦勺沉吟著：「也罷！便避他一避。」鴨B仔歡歡喜喜地回去了。

歹戲拖棚的倒數第二集，午休期間來的人居然是現今H中一人之下、萬人之上的當家二把手嵐仔，只見他孤身一人飄然而至，直接把阿閔喊出教室：「**麥盯青～**裝作不認識，卡早你幫過我，算是相識一場。我今天特別告訴你，那天文哥有安排一些事，你麥來亂，我保你平安畢業。」

　　「安排了什麼事？他想對婉如做什麼？」

　　「我哪知？沒有人知啦，連我也霧煞煞，我有問伊，但係伊咕咕怪怪，蝦米攏沒講，我只知道他最近花了很多錢。總共一句話，你麥來卡好！我話說到這，信不信隨你。」說完頭也不回地走了，任各式各樣匪夷所思的荒謬劇情在少年阿閔的腦海裡翻攪著。

　　校外教學的前一天，當天午休時，黑板上沒有「劣」、也沒有任何數字，只見滿滿的人潮絡繹不絕地來看阿閔，或拍肩、或握手、或寒暄幾句，前四六鏢局的人來了不少，國輝還用拍立得合影留念，說是後年的畢業特刊會用得到，前學藝股長惠君還抽抽噎噎地哭了出來：「……就坐我隔壁……我每次家政課還幫他縫布娃娃……他人那麼好……為什麼……」前班長嘉慧強忍悲痛溫言安慰著：「緣起緣滅，一切都會過去的。」正當大家悽悽慘慘戚戚、悲到最高點之際，所有的議論紛紛忽然全部靜了下來——婉如來了！

　　——這無疑將這齣眾所矚目的肥皂劇劇情推向最高潮！

　　沒錯！正是那個傳說中的、紅顏禍水的、沉魚落雁的、國色天香的、千夫所指的婉如來到阿閔班上，只見她俏生生地站在後門，穿著H中粉紅色制服上衣、深藍色裙子的她，依舊如勝雪白蓮自帶光華，她朝阿閔走來，先是小心翼翼、然後步伐漸趨漸快

地來到13歲的少年面前，阿閔的心臟並沒有戲劇化的、碰碰亂跳的怦然心動，而是壓根兒忘了它原本該做的工作。

婉如有些害羞地開口：「對……對不起，我聽秋萍她們講才知道這件事，都是她們亂說才害你……害你被……」說完已經有些哽咽，眼淚幾已奪眶而出。阿閔趕緊安慰她：「你也知道，這跟上學期一樣，他本來就想針對我，只是隨便找個藉口而已啦！這跟你沒有關係。」婉如低著頭搖了搖：「怎麼會跟我沒有關係？上次你已經……我問了好多人，大家都說你是因為……因為想要……收我做乾妹妹……」雖然她低著頭，雲瀑般的髮絲也將側臉蓋得密實，但因為體態高挑的緣故，身高略矮的阿閔加上離得夠近，得以幸運地（同時也是不幸地）捕捉到她臉上的整片晚霞，而最後那幾個字更是仿若細蚊，恐怕只有當事人才聽得到了。

不想場面太過尷尬的少年當下哈哈一笑，故作瀟灑地說：「這種流言蜚語你別太當真，等集滿三次再來認真考慮還差不多！到時不要忘了請我吃剉冰啊！」略顯困窘的婉如接著說：「總之，那種人你不要理他，過陣子他就會自討沒趣了。明天你不要去了，好不好？」「那你呢？你不去我就不去。」婉如想了想，點了一下頭：「好。」阿閔也道：「好，那我也不去。」

圍觀眾人或許替阿閔留得青山在而感到高興，也或許是替「亞洲樂園大逃殺」的最後一幕草草殺青而感到扼腕；總之，消息已隨著人群迅速散去。

※　　※　　※　　※　　※

校外教學當日，天氣陰，沖蛇煞東，忌嫁娶、交易，諸事不宜。學校基於人力安排這種狗屁理由，強制讓未參加的人留校

打掃；亞洲樂園是當時風靡全台的景點，阿閔因**某些緣故**無法前往，心裡頭嘔死了，但在親眼確認土匪文喜孜孜地坐上遊覽車後，想到婉如此刻正安全地待在校園某個角落，總算覺得自己的犧牲有價值。

約莫上午9點的鐘聲敲過後不久，正當阿閔剛拖完不知道是第幾遍的地板時，鴨B仔氣急敗壞地跑過來，喘吁吁的將壞消息傳入前總鏢頭的耳中：「婉如不在二年16班教室！」

兩人趕緊找人、四處撲空，最後直闖16班教室，阿閔一腳踹開大門喝問，留守的一個眼鏡仔不待刑求，就滿臉驚恐地說：「她今天本來也要留下來打掃，然後65班有幾個太妹過來找她講話，說什麼『去了好商量』……還有什麼『那個誰誰誰也可以活著畢業』，然後我沒聽清楚，然後她們就一起走了，然後變成我一個人在打掃。」

「然後你最好掃乾淨！幹！」阿閔失控的一拳將眼鏡仔的桌子打穿一個洞。鴨B仔一拉阿閔衣袖，大拇指向後比了比：「有人跟蹤。」話音剛落，13歲的少年已如一陣狂風捲向門外探頭探腦的鼠輩。

大頭閔一眼認出這兩位正是曾被自己列入優先擊倒名單的單薄1號和2號，就在重演去年差不多也是這時候上演的戲碼前，兩人就舉白旗和談，未料白旗舉得慢了半拍，阿閔已經一個手刀將當中一個砍倒在地（先擊倒的編號為1），單薄2號被阿閔眼神嚇得動彈不得，正待手起刀落，虧得鴨B仔機警，用手中的掃把擋了一下：「殺不得，留活口。」看著手中只剩半截的殘骸，再看著怒火焚天的前同學，鴨B仔心底著實吃了一驚，事後也對外坦言：「痴情令他迷失本性，嫉妒讓他怒火中燒；他當時真的很不尋常，像是一條會走路的炸藥。」

阿閔瞪著那位倒楣的混混：「把你不能講不想講不會講的

全部講出來。」說完一腳讓還在地上痛哼的單薄1號變得寂靜無聲，單薄2號的嘴巴立即像是被扭開的水龍頭一樣嘩啦啦傾瀉而出：「文哥要幾位大姊很客氣、很有禮貌地請你妹仔去玩，說是今天所有的零食飲料他請客，文哥還說你也會去，有什麼事坐下來好好談一談，大家都是好同學……」

鴨B仔在旁打了個岔：「等一等！既然如此，那你們兩個跟在我們後面幹嘛？」這名俘虜對著阿閔支支吾吾：「文哥叫我們來問你要不要去？但我們想文哥應該也不希望你真的來，所以……也就沒有問……」這廝吞了口唾沫繼續道：「文哥今天心情很好，還說順利的話，過幾天會介紹文嫂給我們認識；到時你這個大舅子不也挺有面子？大家都自己人……」阿閔手刀一揮關掉了這顆水質不佳的水龍頭。

※　　　※　　　※　　　※　　　※

「怎麼辦？」阿閔又是氣惱、又是悔恨。

「總鏢頭稍安勿躁，待我打個電話。」鴨B仔稍後搖身一變化為喜鵲，這不就把好消息帶回來了嘛：「稟總鏢頭，我家老頭今天中午要去桃園龍潭喝喜酒，他正好要出門，我跟他提了一下，只說你沒趕上遊覽車，他就說讓你搭便車OK的啦！你的打掃區域放心交給我，保證不會被小紅帽抓包，咱們合作天衣無縫。」阿閔一把抱住好同學，友情萬歲！YA！

高聳的圍牆難不倒13歲的爬牆慣犯，按圖索驥找到學校側門肉圓店前電線杆下的「鴨董一號」藍色捷安特，阿閔飛快地踩了起來趕赴會合地點；爽朗的鴨爸一見阿閔就開懷大笑：「久仰久仰，你們學校有三分之一都訂我家便當，聽我兒子說是你幫忙大力促銷，今架甘溫蛤～」少年總鏢頭一拱手：「好說好說，都是

江湖朋友抬愛，在下略盡棉薄之力罷了。」就這樣，參與喜事的老頭，以及爲了阻止喜事發生的少年同車共乘，一大一小路上閒聊瞎扯，讓阿閔深鎖的眉間稍有舒展，笑聲倒也不少。

突然，路旁一個告示牌吸引了兩人的目光——「亞洲樂園」。鴨爸笑呵呵地說：「快到囉！少年耶～那是你們學校的遊覽車嗎？」怎麼可能？因爲自己已經晚了快2個小時啦！但阿閔還是立即順著大人的手指看過去，當然不是。

車子沒多久就經過了石門水庫，亞洲樂園的大門就矗立在眼前，只聽裡面不時傳出的笑聲、尖叫聲越來越明顯，但不知爲何，13歲的少年此刻聽來只覺得刺耳而已……

一下車，隔著大老遠就認出了H中一整排的遊覽車悠然地停在停車場上；鴨爸一揚手，一張100元的綠色鈔票已經塞在阿閔手裡：「少年耶～麥客氣啦！溫刀A便當賣得這麼好，感謝你的介紹和高觀，我兒子今天不去校外教學，說要跟我交換任天堂，有空歡迎來我們家一起玩啊，掰掰。」眞箇是性情中人、快人快語，大頭閔虎目含淚，向鴨爸那台墨綠色的福特天王星行注目禮，目送它絕塵而去。

※　　　※　　　※　　　※　　　※

微涼的山風一吹，阿閔瑟縮了一下，忙給自己打氣：「大頭仔～接下來殺機四伏，可要步步爲營了。」才剛轉完這個念頭，就遇到第一個難題，摸摸腰間——沒帶錢！沒帶學生證！連書包都丟在教室裡沒帶出來！鴨爸剛給的獎學金，連入場的愛心票都不夠！唯一帶在身上的，只有插在褲腰後的那對扯鈴棍。

「操！我到底在幹嘛？這樣根本進不去。」還沒來得及沮喪，卻瞥眼見到好幾台遊覽車像是水鴨子一串串似地開進停車

場，甫一停妥，好幾位學生就像下水餃般，急不可待地跳下車，阿閔多瞄了兩眼：「是剛剛山下看到的那幾台……」心念一動，當下便有了一肚子讓恩主公乾爹大發雷霆的壞主意，如此如此、這般這般，立卽依計行事。

阿閔頂著H中的招牌平頭，吊兒郎當的向今早來接學生走的遊覽車走去，他看準了車門依舊打開散熱的第六台，並注意到擋風玻璃上貼著的告示「H中第六車」，正在車旁抽菸的運將挺著大肚腩開口了：「你幹什麼？」阿閔頭也不回含糊地答了句：「……忘了拿。」竄上車後先一口氣走到車尾，再半蹲著身子轉過來仔細搜索著，耳邊還聽到那司機大叔咕噥著：「小鬼頭丟三忘四的，不成大器。」

這也是13歲少年的偶像衛斯理在某本小說裡提到的——要混進某一個地方，費心喬裝改扮只是下乘，最高段的法子就是直接走進去，而且要讓一切看起來「理所當然」！阿閔在找一件體育外套，而且必須是女生的，因爲這批剛來的不知是啥米國中的學生，他們男生的體育外套配色和H中的女生很接近，都是白底綠袖。

阿閔今天留校打掃原本就是穿體育服，但因爲計畫要做後續一連串的壞勾當，所以爬牆出來前已經從抽屜下方的夾層內拿出便服換上，而將體育服留在教室，沒想到，到頭來還是需要體育服。心知自己大約只有15秒、頂多20秒的時間，而且機會只有一次，如果槓龜，那麼這一招用在下台車就不靈了；於是定下心來，厚著臉皮向恩主公乾爹禱告：「拜託拜託……一定有一定有一定有一定有……啊哈～果然小鬼頭就是丟三忘四，有了！」

校外教學爲了方便點名、管制，所以前一天降旗時，拉虛仔還再三強調務必要穿體育服到校，並且每兩個小時都要到指定的集合地點向老師報到，以免走失；但這個年紀的孩子有多皮，師

長們心知肚明，玩瘋了以後根本退化為一整群的尼安德塔人，除了記得自己的名字和尿尿以外，連家裡電話號碼都能忘得一乾二淨。此外，阿閔很清楚，利用這一天算帳的君子淑女們都會把便服穿在裡面、或是偷偷夾帶進去，穿學校的衣服簡直是活靶子！

　　在13、14歲這個年紀，男生女生在身材上並沒有太顯著的差異，這件外套上繡著「汽838張秋萍」的紅色字樣，「咦～這個名字好像那裡聽過……」阿閔穿上後還算合身。果不其然，只見三、四百位國中生擠在入口處，男咆哮、女聒噪，搶著要進去玩樂的場面，要多混亂有多混亂，當真是「數大便是美」；在那個只有人工驗票的年代，「張秋萍」混在一群嘻嘻哈哈大聲喧嘩的男生中，跑向噪音源製造更多噪音時，也就不怎麼奇怪了。前人有詩讚曰：「雄兔腳撲朔，雌兔眼迷離。兩兔傍地走，安能辨我是雄雌？」

Lesson 13. 亞洲樂園（下）

　　第二個難題接踵而至——「婉君表妹在哪裡？」戲魂上身的衛斯閔自問自答：「這個H中特有的平頭太顯眼了，被那些雜碎認出來可沒完沒了。」想到易容術，就不由得想到小時候華視影集有口皆碑的「天龍特攻隊」，隊長「泥巴」可是阿閔認識衛斯<u>理</u>之前的偶像哩！因此決定集中手邊僅有的資源，做最基本的化妝。心裡有鬼的小鬼翻看著園區簡圖，找到紀念品店買了一頂園區工讀生戴的那種黃色飛碟帽（幹～有夠挫），再跟店員阿姨要了一罐要價20元的法舶纖維飲料補充體力（好貴！但這個很需要，等一下會用到大量體力），咕嘟咕嘟地一口氣將聽說大人才能喝的橘紅色液體灌進肚子裡。

　　接下來呢？先撒泡尿吧！廁所超臭，因為有人正在「做蛋糕」！Oh my God～實在有夠臭，阿閔默念漫畫風雲裡的「冰心訣」鎮定心神方不致走火入魔。洗手時，瞥見置物架上有一件工作人員的黃背心，遂當機立斷順手牽羊，快步走出臭不可聞的男廁；須臾，在恩主公乾爹子虛烏有的監視器畫面中，只見一名身高約155公分左右的大頭男性又快步走回，在空無一物的置物架裡放上一張紫色的50元鈔票才又離去，紅面長髯、不怒自威的恩主公也不由得將手上的大關刀緩上一緩。

　　阿閔現在有了不錯的保護色，行動上如入無人之境，也不再遮遮掩掩。這裡曾是阿閔苦苦哀求老爸老媽卻始終無緣的天堂，而各項遊樂設施更是令他午夜夢迴憧憬不已，可現今卻完全沒那個心情，腦中只有「……文哥花了很多錢……安排了一些事……順利的話……會介紹文嫂給你這個大舅子認識認識……」不祥的

聲音交織出自我想像的畫面，四周的歡笑聲傳來一陣陣惡意盤旋著，少年置身其間，只想趕緊找人。

　　咖啡杯⋯⋯沒有、輻射椅⋯⋯沒有、海盜船⋯⋯當然也沒有、旋轉木馬⋯⋯那個有點像，但不是她⋯⋯碰碰車都是小學生⋯⋯可惡！到底在哪？阿閔突然被一陣叫魂也似的嗓音吸引了注意，左前方有兩個女生，其中一位即便已換上便服，但還是一眼認出那位國一時在自己前面坐了一整個學期、名爲素貞的同學，這背影自己再熟悉不過，想起老媽說的「嘴探路」，當下也顧不得其他了，走過去相認。

　　果然沒認錯～～「哎呀～是阿閔耶，好久不見了，你現在很有名你知道嗎？我們班都在說你的事情，隔壁班也是，隔壁的隔壁也是你知道嗎？連一些老師都對你有興趣還跟我們問起你呢⋯⋯你知道嗎？我們這些前46班的同學也都與有榮焉你知道嗎？」連珠炮似的質詢，已經爲多年後的議員問政生涯奠定了堅實基礎。

　　「這一切我都知道。難爲你們了。」事實上阿閔啥都不知道，爲避免跟長舌婦多作糾纏，決定來個開門見山：「婉如在哪裡？你們有看到她嗎？」她身邊那位發出叫魂魔音的主人開了口（自帶布袋戲的口白音效）：「欸～講沒兩句就婉如婉如婉如，你很沒禮貌耶！」聽素貞的介紹說，這位是她國小同學兼鄰居，叫做張秋萍，現在剛好跟婉如同班。

　　13歲的蠢小子這下才會意過來——婉如前幾天就跟自己提過這個名字，所以上遊覽車借用衣服時，才覺得這有點耳熟，沒想到隨便挑一台車就剛好是婉如他們班的專車，楚大俠說得沒錯呀！這真是太巧了！莫非是天意？賜我良機好爲民除害？只不過，身上這件衣服的主人不就是⋯⋯（這個的確很難交待過去呀！）只好下意識的拉了拉身上的黃背心。

「阿閔啊～我聽說你今天不是留校嗎？怎麼來了？還有你幹麼穿成這樣？工作人員的衣服哪裡來的？」素貞理所當然地狐疑著。「這……這個嘛……」平常頗愛亂轉的腦筋，一下子成了**孔固力**，只好長長地、慢慢地嘆了一口氣（**爭取時間**）：「唉～～～一言……難盡……」

阿閔正待扯幾個沒把握的謊，誰知那邊廂的素貞友人Ａ不甘寂寞：「哪有啥一言難盡的，你一定是聽說今天婉如突然變卦，才想要給她個驚喜，ㄆㄚˇㄑ啊就ㄆㄚˇㄑ啊，還那麼多ＧＧＹＹ……」瀕臨詞窮的少年趕緊來個順水推舟：「嘿啊～您說得是，大姐教訓的是。」還故作心虛地搔搔頭，不過臉上和恩主公乾爹相彷的紅潮可不是裝出來的。

素貞幫忙打圓場：「阿閔，你別跟她認真，我這個鄰居厚～從以前就是安奈肖肖ㄟ，去年唸38班，玩碟仙玩到起ㄉㄤˊ、假鬼假怪，把保健室的桂芳阿姨唬得一楞一楞，搞到他們班後來都叫她『三八萍』，這學期分到16班，我叫她趕快去改繡學號，她居然說這個綽號有紀念價值，捨不得改；然後第一天自我介紹你知道她在16班怎麼講嗎？你知道嗎？」確定看到阿閔搖頭後，才願意公布答案：「她說導師是太上皇，**全班不分男女都是她的後宮**，知道婉如的事以後，大家都跟婉如保持距離，反而只有她跟婉如有說有笑，說婉如是她的愛妃，她就醬，你別跟她認真。」

儘管九不搭八，但終於解開學號之謎，阿閔隨即面容一正，再次探詢。

「我們剛剛在鬼屋附近有看到她跟文哥走在一起……喂喂！你跑那麼快幹嘛？我還沒講完……」好心的素貞收下阿閔匆匆回頭送上的歉意眼神，一旁的38萍開啟雲霄飛車般地廣播追殺沒禮貌的少年：「……朕的後宮豈容你個野男人放肆……愛到卡慘死……愛呷給ㄙㄟˋ哩……」儘管在這個節骨眼，但實在受不了

這股穿腦魔音，硬是大聲頂了一句：「哇哩咧……愛拚才會贏啦！」

　　果然，鬼屋雖然不見芳蹤，但附近有不少H中混混把風巡邏的事實，證明線報的來源可靠，鬼屋再過去只剩美食區和摩天輪，怎麼辦？二選一。負責跟監的大頭阿sir哼著不成調的旋律：「……阿閔曾經這麼說，老天有眼不會看錯……」決定先前往美食區伺機而動。

　　「馬了個王八羔子！老天這回瞎了眼，沒有明察秋毫。」已經從地上撿起口罩戴上的阿閔看著H中眾多男女在身邊熙熙攘攘，當中還有不少熟面孔，但就是不見伊人身影。人一急、這膀胱大腸全都跟著著急，「幹！今天哪那麼多屎尿？」阿閔還是得乖乖的去廁間解放，蛋糕堪堪完工，卻聽得外邊進來了兩個人，隔不到幾秒鐘又進來一個人。

　　「欸！不知道今天文哥準備什麼好料的？神神祕祕的，還叫我們到外邊插旗仔（編按：把風之意），不要讓別人靠近摩天輪。」

　　「我也莫宰羊，話說回來，那個婉如金架有夠水～」

　　「你麥黑白亂共，暝阿仔兜愛叫人一聲嫂仔啊～」

　　「栽啦栽啦，麥黑白亂共，黑白亂想A塞某？」

　　接下來便是一陣禽獸的笑聲，不想過早暴露行跡的阿閔此時也快要無法按耐住心頭的怒火，悄悄拔出褲腰後方的扯鈴棍……

　　「青三小？哪一間的啦？」（這兩人不知對誰開嗆？最後進來那個？）

　　「林北龜山鬼頭啦！放一個尿大小聲，厝內沒大人欠人教習膩？」（喔喔～居然回嗆！）

　　「哩共啥？原來是龜山ㄟ龜頭，笑死人～我們在健康教育的

課本有看過你喔～某怪喔，面熟啊面熟⋯⋯」（這活寶嗆得夠創意，阿閔差點笑場）

「幹！」

「幹！！」

接下來會發生的事再清楚不過，按照標準流程，一定是你推我、我推回去，再更大力推過來、更更大力推回去，然後就等著看誰先出拳頭。事已至此，此地不宜久留；聽聲辨位，龜頭兄在中間、H雙人組在其左右，而廁間靠近出口，正前方是雙人組當中阿閔最想扁的那位──這樣最好！

13歲的少年在廁間裡，立即將帽子留在門後的掛鉤上靜待有緣人、再將黃背心脫下來捏成一團塞進褲袋，突然開門將剛才對嫂仔黑白亂想的傢伙踹去，這位仁兄的石門水庫才剛洩洪完畢，拉鍊都還沒來得及拉上就「碰」一聲撞向小便斗，龜頭兄猛一回頭看見綠袖白底的「自己人」，才剛揚起嘴角，頭上卻莫名其妙地吃了一記扯鈴棍，暈頭轉向地蹲在地上。此時蒙面歹徒不理會還一頭霧水、驚訝過剩的幸運兒，逕自向出口走去，同時飛快地收起凶器、穿回黃背心，整個過程不到20秒一氣呵成，充分貫徹台青老賊「新生活運動」中的最後兩項準則。

阿閔戴著口罩、穿著黃背心，直接快步走到美食區的櫃台大聲說：「廁所裡有學生在打架！」此時美食區裡已聚集不少H中及桃園某國中的學生，此時全部「唰」地站起來，大家你看我、我看你⋯⋯一個身影跌跌撞撞地衝出廁所：「幹！有人打我，穿綠衣的⋯⋯」另一個暴怒的聲音衝出來的：「剛剛那個平頭的豎仔給林北站出來⋯⋯」，第三個聲音：「你剛才不是金慶金暢秋？」說完直接從頭上一拳貫下去，有時候，肢體語言勝過千言萬語，既然已辨明敵我，綠衣的與平頭的二話不說、就地開戰，乒乒乓乓打成一團。

阿閎此時早已離開美食區朝摩天輪前進，13歲的心臟毫無罪惡感地跳動著：「衛斯理說得沒錯！人在倉促間，視覺和記憶是分開的，不管看見了什麼，最後只會記得自己原本所熟悉的影像。」虧得如此，後來警方盤問時，桃園某中不敢承認穿白底綠袖的人先動手，而H中則堅稱最先打人的絕對絕對沒有留平頭，而廁所不會有監視器，櫃台人員也只記得最先發現廁所有人打架的是位穿黃背心的工作夥伴；內部清查？得了吧，園方說法用膝蓋想都知道必定「查無疏失」。像這種情況幾年後有一個詞兒，恰足以形容此間之事——「羅生門」。

※　　※　　※　　※　　※

　　少年戴著口罩一路疾走，即便露出整個平頭，但憑藉著身上這件御賜的**黃馬褂**加持，以及剛才突發奇想，在路邊趁那位老清潔工如廁之際，以香港皇家警察CID的身分，徵用了老人家放在榕樹下的掃把和畚斗；這身裝扮令身邊的H中太保太妹們誰也沒多瞧他一眼；摩天輪就近在眼前了，然而唯一排隊的路線上卻有七、八位混混們把守著，爲首的赫然是嵐仔，**很客氣很客氣**的把其他遊客**請**到別處去。

　　「這樣子混得過去嗎？」少年確實沒有把握，心下不免忐忑，只好在路旁假裝掃地靜觀其變：「馬的！老子本來就留校打掃，費盡心思來到這邊還是得打掃是啥小？現在拖越久婉如處境越不妙，難道我還要在這邊耗下去？」正當阿閎從地上再也掃不出樹葉、想要拔出扯鈴棍硬闖的時候，機會來了！

　　「H中的攏總過來！要嗆堵啊！」只聽得不遠處一聲大喊。
　　「今嘛係蝦米狀況？」

「阿全和猴三仔那群跟人相打，在美食區，對方烙人啊！」

「走啦！幹！」、「逗陣來！」

就說吧——「機會是留給準備好的人」這句話是不是這麼說的？只見嵐仔跟身邊那位交代了幾句（那個叫彥棠，也很能打，聽說還揍過C中的糾察隊），接著自己和一位混混往摩天輪的設施走去，其他人則跟著彥棠跑去增援；阿閱悄沒聲息的跟了上去，找個適合的樹叢半蹲下來窺視，看到的畫面令他怒火狂升——只見婉如那高姚纖細的身影佇立著，兩個太妹一左一右、半推半請的要她進摩天輪車廂，而嵐仔在旁抽著菸的臉龐似乎頗為無奈，車廂裡面不用猜當然是阿文那個江湖敗類了；摩天輪的工讀生在車廂前面好像在催促什麼，看著婉如慌急地不斷搖著頭，她身旁的一位女同學卻手足無措……

阿閱登時生出一股勇氣，放開掩飾身分的掃具，沉靜筆直地向前走去，或許場上所有人的注意力都放在這朵最引人側目的白蓮花身上，居然直到距離摩天輪車廂只有兩、三步時，眾人才發覺身旁多了一位不速之客。太近了，連白蓮花身上那股特有的淡雅清香都聞得到；太慢了，連嵐仔凌厲的側身反手抓也只夠將黃背心扯掉而已。阿閱一個箭步竄了進去，將已經被迫一腳踏進車廂的婉如一把抱了出來，放下，接著自己進了車廂，對工讀生沉聲喝道：「關門。」

※　　　※　　　※　　　※　　　※

這下發生得太過突然，旁觀眾人霎時呆若木雞，只有婉如和嵐仔恰恰和不速之客隔著口罩打個照面、對上眼神，前者驚訝得摀著嘴、後者則是大吃一驚，就在還沒人來得及說出隻字片語的

情況下，摩天輪已然隨著<u>伍思凱</u>的歌聲，冉冉上升。

「……**特別的愛～給特別的你，我的寂寞～逃不過你的眼睛**……」車廂內迴盪著甜蜜的旋律，但氣氛卻截然不同，阿閔脫下口罩暗忖：「已經沒有偽裝的必要了，受死吧！你這強擄民女的匪類。」而這不知死活的傢伙還坐著，手上捧著一束超～大束的紅玫瑰遮住了全身，或許是這時也感受到不尋常的氣味，將臉從花叢中挪了出來，不是<u>阿文</u>還有誰？

<u>阿文</u>霍地站起，灑落的玫瑰花頓時將車廂內部點綴得繽紛非凡，只見他身穿白西裝外套搭配同色休閒長褲及黑皮鞋，雙眼睜開老大，臉上的表情先是驚訝、然後是慌張中夾雜著一絲難為情、最後則轉為憤怒，而且是**絕對的憤怒**！那張臉上的表情變化過程之豐富，讓阿閔在隔年上映的搞笑賀歲片中，產生情緒上的直接聯結，在電影院裡笑到快斷氣──<u>張曼玉</u>：「**怎麼樣？驚不驚喜？意不意外？開不開心啊？**」即便接下來發生的事讓他再也笑不出來。

兩人怒目相視，此時無聲勝有聲，因為彼此都知道（或自以為知道）對方有多麼賭爛、邪惡、卑劣……等等不堪的情緒性字眼在腦海中飛快地轉過一輪後，選擇訴諸肢體語言是遲早的必然──無須多言、只求一戰！

阿閔悶燒一整天的怒火，終於有了名正言順的宣洩對象，破天荒地率先揮拳相向，<u>阿文</u>也不惶多讓，幾乎在自己鼻血狂飆的同時一腳正中對手的膝蓋，阿閔痛得蹲下來順手抄起一把玫瑰花擲過去，視線受阻的白馬王子立刻遭受殘暴的洗禮。此次打架不同以往，先前雙方都是保持距離、見招拆招、再尋隙反擊，但摩天輪車廂能有多大？雙方你來我往的挨了幾下後，就知道今日恐難善了；阿閔尋思：「進攻是最好的防守，跟他拚了！」但同為打架老手的<u>阿文</u>又怎會想不到？於是兩人在800秒的過程中不斷

出拳、踢腿、膝擊、肘撞、頭槌……拚著自己挨一下，也要讓對方付出更慘痛的代價。

　　由於此時摩天輪外圍沒有**自動自發的人流管制措施**了，所以有不少園區遊客陸續排隊等著進入車廂享受鳥瞰全區的樂趣，但……那個17號車廂怎麼一直在劇烈晃動？一把把被扯爛的玫瑰花瓣漫天灑落，一開始還有人半開玩笑的說一定有情侶在上面天雷勾動地火、打得火熱，但等到被折成四段的棍狀物掉下來砸在控制台上的時候，所有人都看得出不對勁了，於是開始有人喊：「上面那個車廂有人在打架！」、「哇靠～窗戶破了、有人流血了」、「快叫老師來！」。

　　鼻青臉腫的13歲少年眼看好不容易快到下面了，心想：「別在這種小地方跟他糾纏，等一下看準時機把這廝拖到車廂外邊**解決地**。」那邊廂另一位鼻青臉腫的少年顯然也深有同感，因此當工讀生慌慌張張地跑來開門查看之際，兩人飛快地衝到車廂門口想要先占據有利位置，因此在更為狹小的門口爆發激烈地攻防戰，而今天上班好像忘了給土地公燒香的工讀生在混亂中挨了好幾下，慘呼一聲向後翻跌在地，只能眼巴巴地看著17號車廂再度緩緩上升……這位工讀生老兄不但忘了給土地公上香，他還忘了一件更重要的事——人叢間的交頭接耳被一聲淒厲的尖叫劃破：「你們看！車廂的門沒關！」

　　當兩位少年發覺自己的計謀無法如願時，紛紛向對手投以怨毒的眼神；那聲叫魂似地穿腦魔音提醒稍作喘息的兩位選手一件殘忍的事實：**車廂外邊的門閂沒有插上**。車廂的設計原本是無法由裡面來開關車門的，但幸運的是，前一回合扯鈴棍用力過猛砸破了窗戶，只要有人願意從破洞伸出手，是有可能將門閂重新插上的，然後呢？然後再繼續這場君子之爭？別鬧了～眼下不是你死、便是我活。

看著沒關好的車門，隨著摩天輪高度的上升一開一闔地晃動著，阿閔心想：「這個土匪文心狠手辣，什麼事幹不出來？我要是去關門，他一定會趁機把我推下去摔個粉身碎骨。」阿文心裡也想得差不多：「幹恁娘這箍死大頭仔，扮豬吃老虎，一開始搶林北ㄟ便當，攔來搶林北呷意ㄟ妹仔，現在還要搶我ㄟ位做老大，我哪係去關門，伊一定一腳把林北踢下去摔個碎ㄍㄡ ˋ ㄍㄡ ˋ。」

很明顯，今天要活著走出這個車廂，只有讓對方躺下一途、別無他法。——「與其坐以待斃，不如主動出擊來個先下手為強！」於是當17號車廂再一次劇烈晃動起來時，大片大片的玫瑰花和被扯爛的半截白西裝從天而降，立即引發更大的騷動。

第二回合更是凶險無比，車廂內的配樂同樣極為反諷地換成了哈林的搖滾情歌——「……讓你一次ㄍㄞ個夠……給你我所有（的拳頭）……讓我一次扁個夠……」阿閔已經數不清這該死的匪類到底挨了自己多少下，為什麼還可以一直撲過來？只能利用自己這顆引以為豪的大頭扛住了八成以上的攻勢，重心放低集中全力猛擊對手的橫膈膜、胃袋、腰子及肝臟……等等認得清楚的部位，渾然不知自己的臉已經被K成比鼻青臉腫更青出於藍、腫上加腫的「大豬頭」。

終於再度撐過了這堪比天長地久的800秒，兩人已經癱倒在車廂的地板上，死死掐著對方脖子的手其實早就沒剩多少氣力，只是誰也不願先放手。工讀生這次克盡職守，當17號車廂一轉到6點鐘位置，就立刻按停整座摩天輪，鐵青著臉的拉虛仔和另一位男老師早在車廂門外恭候多時，隨即粗暴地將兩人分開後拖了出來，阿閔記得很清楚，當時車廂裡流洩而出的是張清芳的歌：「……你喜歡我的歌嗎～你喜歡我的歌嗎～我的歌……」累癱的13歲少年對著那位還在幹罵自己所有親屬及其生殖器官的對手露

出無力的笑容：「幹！我當然喜歡囉～我最喜歡你了。」

※　　　※　　　※　　　※　　　※

　　員警及師長的質問、同學的關切……阿閔充耳不聞，思緒還停留在左臉頰上那熱辣辣地一記耳光。

　　由於美食區有近百位學生打群架，相較之下，摩天輪事件被視爲只是邊境地區小規模的**額外加賽**，警察盤問重點主要還是在機械維修保養及人員管理素質方面，上前盤問了幾句就交給學校師長進行「更二審」；這關就不好過了，因爲拉虛仔很清楚知道這兩位當事人的**前科案底**，但礙於維護校方顏面而虛與委蛇，警察筆錄紙上想必只有「青春期的孩子血氣方剛，加強管教……」等等幾句無關痛癢的字句吧！

　　「阿文，你不要跟我五四三，今天美食區這ㄊㄨㄚ一定跟你有關，回學校再慢慢跟你算，大過一支，留校察看。」拉虛仔惡狠狠地說。
　　「喂～這哪位？是我們學校的學生嗎？」拉虛仔滿臉疑惑的看著幾乎面目全非的阿閔，問了正與阿閔交談的男老師，男老師就報上了阿閔的全名，還補充說：「就是上次被罰站在龍門池上，還跟阿文打架的那一個。」
　　「爲什麼打架？」**巡捕房的萊西先生**還是問了例行公事。
　　「……」
　　「那麼愛打架來學校幹嘛？乾脆在外面打死算了！」拉虛仔身旁的女老師趕緊拉了拉他衣袖，提醒這裡耳目眾多，小心措辭。

「……」阿閔忍住想提醒他這裡就是「外面」的衝動，這一題還真不知道該從何說起，這真的很一言難盡。

「不說是不是？」

「……」

突然，圍觀的人群中走出一位打扮得像是潘美辰的傢伙：「欸～這我的衣服耶，怎麼會穿在你身上，還撕得稀巴爛、哇靠夭～上面還有血～嗯～～哩金架有夠變態。」不正是三八萍還有誰？

師長們立刻像是聞到血腥味的鯊魚，一整群的游了過來，只差沒遞上麥克風，這娘們彷彿很享受這風光的一刻，還刻意地清了清喉嚨，發揮了自行拼湊故事原貌的特殊技能：「照過來照過來～這個阿閔哦～是個多情種子，不簡單不簡單，他一年級的時候和阿文就同時愛上婉如，從彼時搶到現主時，聽說這兩位還曾經為了婉如在忠孝樓頂樓決鬥咧～今啊日，阿閔本來留校打掃，一聽說阿文要拿九十九朵紅玫瑰跟婉如告白私奔，欸欸～你們知道九十九朵紅玫瑰的花語是什麼嗎？那代表無盡的愛～FOREVER……結果阿閔伊馬上為愛走天涯，不但偷穿挖ㄟ衫、男扮女裝混進來，在最後關頭橫刀奪愛……還是英雄救美？啊不管啦，攏總一句話，兩個人就這樣打起來啦！哪較挖按ㄋㄟ講，應該嘛是有道理厚？」

阿閔跟阿文互看一眼，頭一遭有了心照不宣的默契：「我要掐死這個賊婆娘。」

「胡說八道！什麼決鬥？什麼私奔？還男扮女裝？連續劇看太多了！本校學生怎麼可能會有如此不檢點又荒謬的行為？」拉虛仔當場又抓了幾位學生逼問口供，由於這些事在各年級、各班的三姑六婆中流傳甚廣，因此，扣掉不想惹麻煩的人一問三不知外，其他人儘管版本不同，但幾乎眾口鑠金地指向一個事實，那

就是「三角戀愛」。

此時，師長們和所有圍觀的鄉親想必都好奇著同樣一件事——婉如到底是誰？果然拉盧仔馬上就追問三八萍：「她是本校的學生嗎？」終於知道禍從口出的「汽838張秋萍」這回好歹該知道閉嘴了，但在場卻有不少人的目光不由自主地移來移去，而在落到同一朵白蓮花的身上前，婉如的眼淚早已掉了下來。眼淚換來同情了嗎？沒有，而是一句句挖苦的刻薄耳語。

「學生的本分就該好好讀書，國中生談什麼戀愛？」

「原來就是她喔～」

「同學有困難怎麼不早點跟輔導室老師說呢？」

「她裙子是不是有點短？」（拜託～是人家腿長好嗎？）

「你覺得她比較喜歡哪一個啊？」

「多情種子是哪位？臉比較腫的那個『腫子』？。」

「天啊～好像瓊瑤劇情，好浪漫喔！」

……

……

……

土匪文心裡怎麼想阿閔不清楚也沒興趣知道，但是看到她那副泫然欲泣的模樣，他寧願自己再挨一頓小紅帽的水晶棒連打也甘願。就在此時，婉如像是下定決心似的抬起了頭，不再擦拭或掩飾臉頰上流個不停的淚水，大步朝自己走了過來——「啪」地一聲，阿閔左臉頰上挨了她一個耳光，那令人心碎的聲音哽咽著說：「我……我還以為你很好呢……原來……原來你也一樣……野蠻人……和他們一樣都是野蠻人……什麼事不能好好講……偏偏要打架……我知道你今天這樣做是為了我……但你以為這樣子

做我會開心嗎？事情能夠改變嗎？」她邊說邊哭、越說越大聲，讓在場不少位成天打架滋事的少年慣犯全都低下了頭，她依舊啜泣地繼續說：「……我只想好好念書……沒想到轉學了還是一樣……我不想再看到你，你也不要再跟我說話！」說完哭著大步走開，連一位女老師搭在她肩膀的手都被用力甩開，卻不知最後一句話是對誰說的？

　　阿閔回過神來已經坐在遊覽車上，一身破爛的衣物沾滿血污、像丟了魂似地坐在最後一排，所有同學都不敢靠近，**彷彿他身上帶菌**。回程時窗外下起了雨，車廂內一片死寂，只收音機迴盪著警廣電台的路況報導，偶然播出的一首歌，觸動了13歲少年的情緒開關，淚水開始自眼眶深處無聲湧出——

黑色的夜燃燒著風
無情的細雨淋得我心痛
最後一班車像是你的諾言
狠心離去濺濕了我的心

一個人走在冰冷的長街
想起分手前熟悉的臉
淡淡地留下一句
忘了我吧還有明天
心碎的聲音有誰會聽得見

我告訴自己愛情早已走遠
可是胸前還掛著你的項鍊
逃離這城市
還剩什麼可留在心底

忘記你不如忘記自己

《忘記你不如忘記自己》～王傑

　　　※　　　※　　　※　　　※　　　※

　　消息很快地傳開了！由於受傷部位明顯的差異，「玩命摩天輪之死亡遊戲」的結局，一致判定以臉比較腫的大頭仔敗戰劃下休止符，但單槍匹馬、喬裝易容直闖敵陣挑戰大魔王的行為太過戲劇化，加上以三八萍為首的大喇叭們，每天加油添醋地詳細解說（版本也一變再變），阿閔兼具張力性與趣味性的行徑亦為人所津津樂道，獲得了混混們一定程度的尊重。至於戰無不勝的阿文老大，傳奇紀錄再添一筆，但因記滿三大過留校察看的關係，稍有收斂，對外多由嵐仔出面，而嵐仔一改先前阿文雷霆萬鈞的處事風格，改以沉穩低調的方式，透過精準的事前準備及情報收集，用3～4人的小部隊暗中鎖定對象的生活作息，再適時施以毀滅性的打擊，雖然少了過去震懾人心的排場，但卻有效率地持續壯大H中的黑暗勢力。

　　自此以後，阿閔意志消沉地上學、放學，然後再上學、再放學，好一陣子沒有婉如的消息，偶爾在校園裡外遠遠看到，立刻別開目光躲得老遠，只知道阿文也沒來煩她，那就夠了……就這麼渾渾噩噩地度過了國二上。

Lesson 14. 模擬考

　　「結果還是得講出口哪！」阿閔一口氣說完，有些難爲情地看著雅琴姊，儘管已經過去了一年多，但把絕口不提的事情與心情重新理過一遍後，心裡確實感到舒坦了不少。

　　雅琴姊看著眼前這位悶悶不樂的少年，似也感染了些許惆悵，摸著阿閔的頭不說話，姊弟倆就這麼在天橋上靜靜地吹著風；過半晌，雅琴姊竟拍起手來，給了陣熱烈卻不刺耳的溫暖掌聲，已經14歲的少年看著遠方、點了點頭。只聽雅琴姊說：「底迪～給我打起精神來！你不簡單耶！我想無論如何，你在婉如的心裡一定留下了一個非常深刻的印象。」

　　「是嗎？一個鼻青臉腫的印象？」

　　「對。一個即使明知會鼻青臉腫、卻心甘情願的印象。」

　　「姊你安慰人的方式好深奧。」

　　「她一定不希望你真的不跟她說話。」

　　「你確定？」

　　「因爲她打了你耳光而不是阿文。還有～別忘了，我也是女生。」

　　雅琴姊似乎想活絡一下秋日午后的氣氛，於是話鋒一轉：「底迪～那個打扮得像潘美辰的『汽838張秋萍』真的很搶戲呢！你可以再多說一點嗎？」阿閔搖頭苦笑：「講到這我真的會吐血～姊你知道嗎？我這學期升國三居然跟她分到同班……」少年說完便抱著頭嘆氣。

「快～快跟姊說說，這個三八萍又有什麼驚世語錄。」

「她現在不叫三八萍了，叫『歪萍』。」

「怎麼說？」

「這娘們國小玩錢仙、國一玩碟仙、國二玩筆仙，到了國三本來大家都以為她變不出新把戲時，沒想到她居然迷上了塔羅牌和茅山道術，說是什麼名堂……噢對！叫啥『東西合璧黑魔法』，而且……嗯～開學一看到我就說我畢業前會有血光之災，還說我一生注定漂泊，無緣和心愛的女人長相廝守，說什麼除非我發自內心深處虔誠地痛改前非，或許『宇宙混沌之靈』可以恩賜我一次追悔往昔的機會……鬼才信咧！大概就醬子。」

雅琴姊果然笑開懷，不過到底是心細如髮的大姊姊，還是瞞不過她：「底迪～你剛剛欲言又止喔？」

「有嗎？」

「你說她國三迷上東西合璧黑魔法，而且怎樣啊？」

「而且……而且她非常非常喜歡講不怎麼好笑的黃色笑話。」

「說來聽聽。」

「蛤？姊你怎麼……你不怕影響你在我心目中的形象？」

「不怕。快說吧！」

阿閔只好實話實說：「她最經典的一則，就是把當初那件我**借用的戰袍**亮出來，用很露骨、很噁心巴拉的聲音說——照過來照過來，各位父老兄弟姊妹們要替小女子作主啊……在那個月黑風高的晚上，閔哥是那麼粗魯、那麼野蠻，我抵死不從，但他還是……還是得逞了，我的貞操就……就沒有了，而他……他也沒有了～～」然後就等著看有沒有人笑。」

「通常到這裡會騙到一些笑聲，如果反應不如預期，就會開始在那邊誇張的假哭，只要我一辯解，她就會將那件被撕爛、又

有血跡的體育外套高高舉起，用包青天的聲音說——如今人證物證俱在，你還有·何·話·說？」然後一定會有湊熱鬧的同學在旁邊喊：「威～武～～」

「你不跟包大人喊冤一下。」

「嗯～～這滿難的，她很會逗別人，而且花樣百出，一答腔就沒完沒了！有一次我忍不住回嘴說『衣服根本不是穿在你身上的好嗎？』她立刻大驚失色地嚷嚷起來：原來你先把我的衣服讓別人穿上，然後才撕爛它，還說對我沒有曖昧的幻想，哩金變態！噁～」

「雅琴姊，怎麼連你也在笑？」

「底迪～你不理她，她就自討沒趣啦！」

「哪有那麼簡單？有一次我抱定主意，連續三節下課都不回應，同學們都等著看好戲，果然她沒讓大家失望太久，在講台上拿著教師專用的小蜜蜂用超級哀怨的口吻對我說——你不承認也沒關係！我會一個人把孩子撫養長大，那怕再辛苦，也是咱倆的親骨肉哇……然後聲淚俱下地向全班進行情緒勒索：『你們說～這還有天理嗎～～』」

雅琴姊又再笑了，左臉頰上的酒窩連明媚的陽光都陷了進去，阿閱接著說：「天網恢恢，剛巧那節正好是邵老爺的國文課，他老人家在窗外把這幕全看進眼裡，大聲怒斥，嚇得她趕緊從講台上灰溜溜地滾下來，下課前邵老爺還用那銀鉤鐵畫、入木三分的板書，在黑板上刻下：「不男不女，不人不妖，年紀輕輕，羞古愧今，國家棟樑，歪斜至斯，早入歧途，貽笑中西。惜哉！痛哉！」得此殊榮，「歪萍」之名不逕自走、更上一層樓。

「底迪～那件浴血戰袍怎麼還在？髒死了。」

「我也很好奇，不但跟她道過歉了，也這麼問她。」

「她怎麼說？」

「歪萍說是啥上面有文哥的血可以鎮煞避邪，還有我這……我這個處男的血可以招桃花帶財！」雅琴姊這下笑得前仰後仰。

※　　　※　　　※　　　※　　　※

「好啦！故事都講完啦～沒欠囉。」阿閔在天橋上伸個懶腰，同時也在心中納悶：「鳥蛋那小子是去西天取經了是吧？怎麼那麼久還不見人影？」

雅琴姊笑咪咪地看著14歲的少年不說話。

「怎麼了？」

「……」

阿閔趕緊用衣袖抹了抹臉，心想：「難不成是花枝丸的屑屑還沾在嘴邊？」然後用疑惑的眼神回望眼前的大姊姊。

「烏梅桑葚冰——烏・梅・桑・葚・冰。」（脣形有夠明顯，但……）

「什麼？姊你還想吃？……」突然腦中警鈴大作，登時心虛了起來；**有時候，女人的記性真可怕。**

雅琴姊似笑非笑地看著有點手足無措的阿閔，柔柔地說：「我尊重你的隱私，只是想讓你明白，如果你願意和我分享，那我也願意傾聽。關心別人、或接受別人的關心並不是壞事哦！」

——也罷！話都說到這邊了，不如趁那傢伙還在摸魚時把事情講完，也免得牽腸掛肚。於是，手握阿閔牌時光機熟客券的雅琴姊這回迅速就座，咻——地一聲，在彼此記憶中的天橋上，再度烙下兩道88英哩的璀璨軌跡。

※　　　※　　　※　　　※　　　※

　　也許有人曾在當年的報紙上讀過類似——「創舉加巧思，校園新風氣！」、或是「浪子回頭，以身作則！」的報導。這約莫是在民國80年前後，全台灣的中學生因師生比差距過大、加上能力分班的陋習，致使校園內暴力問題日漸嚴峻（尤以北部為甚），校方因人力不足，而默許少數流氓學生維持校園基本秩序的現象。

　　以H中為例，全校學生有1萬人左右，光靠「鐵血三巨頭」手中的水晶棒，即便鎮日打得血肉橫飛，但實際上根本鞭長莫及、無濟於事；有鑒於此，拉虛仔或許是得到了天啟，又或許是在農曆年前，從某位國二的大頭少年處沒收「老夫子水虎傳」得來的靈感，國二下一開學就宣布實施號稱H中版本的一清專案——「校園安全網」措施。說穿了，就是**招安**。

　　那根本是以暴治痞的噩夢！亦即，由阿文親自挑選包含自己在內的36名親信成立「校園巡守隊」，而當中的成員可經報備後自行任命兩位「守望相助小幫手」；爰此，遂成三十六天罡星、七十二地煞星、共一百單八條梁山好漢之數。名單內的混混們，在一定程度內享有些許特權，例如：固定星期三至福利社打牙祭可報公帳、午休時間開放明達樓體育器材室庫房做為抽菸區、和平樓地下室有兩張中古的撞球檯為巡守隊專用……等等諸如此類。如果犯錯，只要不是太誇張，就睜隻眼閉隻眼，讓嵐仔或彥棠這些人用地下秩序去清理門戶，一旦遭踢除於名單外，前述特權全部收回。

　　對校方而言，集中心力管制這100多人，然後讓這些人去執行原本糾察隊和部分教職員該做的工作，無疑大幅減輕工作壓

力，同時對外亦可宣稱讓這些曾經迷途的羔羊們，藉由幫助同學、守護校園，重新認知教育的真諦。

　　阿文由於留校察看的緣故，並沒有太多選擇，權衡利害之後也樂於接受；於是，新學期就在這種恐怖平衡中開始。據悉，當時北部陸續也有不少學校跟進，但不知是沒有得到拉盧仔的真傳、畫虎不成反類犬，還是沒有**強而有力且具組織性的執行團隊**，不是擦槍走火就是反受其害，最後在家長會和議員們的輪番炮轟後無疾而終、徒留罵名。整體說來，若純以結果論來看，H中的『辛未維新』無疑獲得了空前的成功。

　　證據在於，阿閔平安度過了這學期（嗯～幾乎啦！），校園內嗆堵次數掛零（全都是文哥的人，有啥好嗆？），而釘孤枝次數也驟減，以往是每週起碼20件起跳，現在則是固定每週四放學後開放和平樓地下室了結私人恩怨，而且要事先申請、最多8組（額滿只能排候補），如遇特殊急件，需親自跟樓管級幹部面議。至於校外，校園安全網充分發揮效能，不時聽聞有企圖撈過界的C、G笨蛋，在居家附近暗巷或電動間被3、4位不明人士伏擊後住院的事情。

　　諷刺的是，在生活獲得了（莫名的）保障之後，居然有不少牧童逐漸重拾書本回歸正軌，而這群包括阿閔在內，從中、後段班奮力地游向升學班的小蝌蚪們，得以開始體會原本就應該認知的學生生活，嚴格說來，還真得感謝這群混混，不過更嚴格地說來，這樣的因果無論在多少年後怎麼想，總還是覺得怪怪的。

※　　　※　　　※　　　※　　　※

　　升學之路像是另一個星球的氣候，考驗著登陸者的求生意志。而牧童們歷經過去一年半的淬鍊，生命獲得了不可或缺的養

分——頑強的適應力以及百折不撓的戰鬥意志；亦即，在報章雜誌頻傳資優生跳樓輕生的日常中，牧童們即便轉性不再打架鬧事，但有輸有贏、只求全力一擊而不追問結果的生活態度，讓蝌蚪們逐漸長出了雙腳，只待時機成熟，便要向萬惡的**北聯**撲過去搏命，那怕中間隔著萬丈深淵也在所不惜！

北聯——沒錯，就是**牠**！讓90年代國中生為之顫慄的「北區公立高中聯合招考」的簡稱，從國中入學就一直如影隨形，到了國二下更會如雷貫耳地被囉嗦的大人們一再提及，這之間的媒介就叫做**模擬考**，教國文的邵老爺說是摸著你去考的模擬考，教英文的Miss阿嬌姨說是Morning call的模擬考。

而模擬考——就是國二下最大的特色，簡直是北聯與各校討客兄之後的私生子，還硬逼著所有人承認這段姦情，幹！而模擬考的分數就是你人生價值的全部，真操它奶奶個熊。

走過這段雞巴歲月的人都很清楚地記得：國文200分（含作文60分）、英文100分、自然140分、社會140分、數學120分，共計700分；而每年參加人數號稱十萬青年十萬軍，加上為數不詳的回鍋、以及回鍋再回鍋的重考生，這當中大約只有不到五分之一的人可以如願；你問剩下的8萬多人該何去何從？黑林刀ㄟ代誌。要嘛念私立、要嘛念五專、要嘛念高職、再不然就重考，總之就是讀書、讀書，秉持「萬般皆下品、唯有讀書高」地讀書，真的不想念就只能早點去當童工，而印象中的童工，則猶如黃飛鴻電影裡被賣到金山做豬仔般地悲慘。

開始回過頭來羨慕後段班的混混了嗎？請先留步，別太快走回頭路。因為在另一條路上，已有阿文、嵐仔那些人抱定主意早早卡位了——他們也得考北聯哪！

你沒聽錯，他們考的是**另一種「北聯」**——台灣新竹以北的一種組織，據說除刑堂外，另設有13個堂口，每年都會吸收

各地輟學或僥倖畢業的牧童們補充新血壯大陣容；透過層層引介、考核與篩選，視報名者的資質、膽識、謀略、組織能力、生財本領、口才、武藝、腳程及人際關係……等各科成績，依其地緣關係與志願分發，錄取率較之正常的北聯只有更低不會更高！（瞧～光譜兩端要的都是菁英哪！國中生的人生真的很難！是不是有夠衰小？）

以長遠來看，他們要付出的絕對比書蟲們多很多．即便是如阿文和嵐仔這樣的佼佼者，最後也只如願「考」上第五志願──轄管景美、木柵的「黑鷹堂」，和前任的H中老大黑狗相見歡（還真巧），一起在儲備的少年組觀摩實習；順帶一提，聽總部的夥計說（不知道是否唬爛），雄大仔金盆洗手前曾是轄管板橋、中和的「赤熊堂」當家，當時還是第三志願喔！

※　　※　　※　　※　　※

言歸正傳，國二下最後一次模擬考考完，阿閔心情糟透了，122分的成績像是貼在額頭上的標籤一樣，評價著這顆腦袋的價值，而放眼望去，每一位同學的額頭上也似乎貼著不同的標價；「喂～你考幾分？」已經成了人前人後最時興的問候語，不禁讓這位頗認真念了三天書的13歲少年有些惱羞成怒，阿閔打定主意，誰要是敢問他分數，就用弓步右正拳的**磅數**來回答（這在遠百8樓有留下134P的紀錄噢！）。

「可惡～上次被沒收的『支離人』騙老闆還沒看完，租書店不知道還給不給欠？零用錢已經被扣到下個月，考試又考砸了，回家等著被老佛爺罵到臭頭……」阿閔一個恍神，居然走上校門口前平常敬謝不敏的天橋（以往都趁糾察隊不注意直接穿越馬路，小學生不要學！），正自心煩意亂間，卻居高臨下瞥見不遠

處有個曾經熟悉的身影──婉如，當然是那個婉如，還有～～阿文，當然是那個土匪文。

　　一行人正緩緩走上天橋，只見那匪類別著黃臂章的手，在婉如背後微微一擺，校園巡守隊員們立即識相地進行交通管制，只見那群梁山好漢隔著馬路互打手勢──「天橋許下不許上、閒人勿近」，三兩下整座天橋就淨空了，而個頭略矮的13歲少年由於一開始就趴在欄杆上發呆不動的緣故，在視覺死角下反而沒引人注意。

　　一看見**她**，阿閔當下就想往另一端離開，但不知爲何雙腳卻牢牢地釘在橋上，雙眼也牢牢地盯著漸行漸近的兩人。阿文像是陪著笑臉在說什麼，而婉如只是低頭聽著卻顯得有些尷尬、然後搖了搖頭，隨後對阿文講了幾句，土匪當然聽不懂人話，又像是極力想辯說什麼似的**（大概是強調壓寨夫人的正當性與合理性吧！）**……卻倏地看見這位**特別來賓**，婉如當然也和阿閔打了個照面。於是乎──摩天輪事件的原班人馬在睽違七、八個月後再次聚首，**攜手共創收視佳績!?**

※　　　※　　　※　　　※　　　※

　　「底迪～你這段髒話好多，將來要是拍成電影，負責旁白的人可能會很傷腦筋喔！」雅琴姊接著繼續講：「不過我覺得罵得好，姊聽著消氣，讚！」

　　「姊你消氣，但也讓我喘口氣，好渴～你的小滑頭爲什麼酸梅湯給你大杯的，我這個知心好友卻是中杯的？」阿閔對著只剩空氣的空杯一吸再吸。

　　「來乖～別客氣。」說著把手邊還剩半杯的飲料遞了過來，「底迪～你看！他快回來了，旁邊好像還跟著一個人，趕快把故

事講完啦！」阿閎只覺那鳥蛋旁的身影有些熟悉，但在唯一的聽眾熱情的催促下不及細看，順手吸了一口冰涼的燃料補充能量，讓場景再度轉換到四個多月前的這座天橋。

※　　　※　　　※　　　※　　　※

　　三人面面相覷，阿閎正想開口打破僵局，只覺右側身旁鬼魅似地多了一條影子──但見嵐仔雙手插在褲袋，看似隨意站著，卻隱隱地牽制住阿閎的慣用手；阿文就那麼一句話：「免！我自己處理。」嵐仔略一點頭卽悄沒聲息地退到天橋盡頭，一邊跟橋下打手勢命他們插旗子把風、一邊緊盯橋上事態發展。

　　終究是婉如先開了口：「你們不要……不要打架。」見兩個男生都無動於衷地盯著對方，又說：「你們很無聊……真的很無聊，以為自己是誰？不要太過分了！」說完還抓住阿文的手。

　　有道是：「狹路相逢強者勝。」土匪文緩慢、卻又有點粗暴地撥開這鐵定是他肖想很久的柔軟小手，面無表情地對阿閎說：「看來不用等到畢業，今天沒把你收掉，我直接從這上面跳下去。」接著一個箭步衝向前來，一記右拳直取那打從第一次在資源回收場碰面後，就怎麼看怎麼不順眼的嘴臉，想起摩天輪那一次精心策畫的真情告白被搞砸後，還吐了兩天沒辦法吃東西，新仇舊恨，加上一眾混混們都在旁看著，下手更是絕不留情。

　　阿閎卽便這大半年來已少有實戰機會，但有空還是會回道館動一動、流流汗，畢竟李教練那邊常有好喝的綠豆湯可以灌到飽，這種好康絕不容錯過（尤其是在零用錢被扣光的關鍵時期）；此外，狼窟那個老神經病每次都宣稱阿閎是他的關門弟子，這次教擒拿手、下次教八極、下下次又變成截拳道，不學還不成（不然就哭著耍賴），硬要他學起來發揚光大。有一次阿閎

實在忍不住問了：「老頭，您要我發揚光大，那咱們這叫什麼門派？」

老頭愣了半晌，才道：「我的門派。」阿閔接話：「這我知道，當然是你的不然還會是誰的？我是說你的門派叫什麼門派？」那老頭神經病又犯了，粗聲粗氣地說：「我的門派就是我的門派，你心存不敬，我廢你武功。」話沒說完，頭腦清醒且得來不易的徒兒早就溜之大吉。

撇開瘋言瘋語不談，這個老神經病教的十招裡管用的大概只有一半，而且還得靠天縱英明的關門弟子自行修正改良，但他嘴裡卻說得頭頭是道——「小點子啊，我跟你講，你們這些毛沒長齊的小傢伙打架就是那麼回事，你這顆大頭啊，真不愧是我徒，簡直是極品！」

「極品!?怎麼說？」阿閔聽出興趣來了。

「就是特別討打哇。這個好哇～你不用去想別人要打你哪裡，十個有九個半一定會打你的大頭，剩下那半個還是會打你的大頭，不過還沒想到該怎麼打！你說這不叫極品叫做什麼，你有看過飛機降落的指示燈嗎？就那個意思～就那個意思，哈哈。」阿閔當時覺得是渾話，但幾年的經驗累積下來後，卻慢慢悟出了道理。

每次跟混混們打架時就等著對方出手，果不其然印證了那瘋老頭的理論，還曾經跟道館裡某個白爛道友一起研究，在一張牛皮紙上寫下冠絕古今的上乘武學「八十一陰陽寶典」——

（1）右直拳直攻大頭：約60%，對策→右側中端內腕架開，右腳猛踢敵左膝，視情況起左肘或左膝攻敵右側→K.O.

（2）衝過來用右手ㄎㄡ脖子：約30%，對策→縮下巴，左腳重踩敵右腳背，左手肘猛撞敵右側腰子，迴身視情

況起右手刀或左膝攻敵左側→K.O.

（3）其他：約10%，對策→隨機應變→K.O.

（4）承上，如敵爲左撇子則換邊，具此要領、依序操作，即可百戰百勝、無入而不自得也。

裡頭的內容阿閔身爲起草人自是了然於胸，而無須隨身攜帶，像這樣的武林瑰寶當然要找機會縫在大象林旺的肚皮、或是藏在中正紀念堂　蔣公銅像裡邊，留待後世有緣人將「我的門派」發揚光大。

※　　　※　　　※　　　※　　　※

說時遲、那時快，在右直拳直擊腦門的一瞬間，13歲的少年已經提前按下人生快轉鍵——依往例右手架開出右腳，雙方大戰300回合→假設打贏，又如何？→當H中新任老大？帶一票混混在力行樓上豎起一面「替天行道」的大旗隨風飄揚？→和嵐仔他們一起去考另類「北聯」？→N年後如果四肢健全有威望，搞不好當上護法、甚至幫主，然後時不時出現在社會新聞？→找萬梓良來演「我在黑社會的日子」續集？……這是我大頭閔要走的路？——太累了！光是想想就覺得累，而讀書，輕鬆多了，課本、自修、講義、參考書、評量卷……相較之下，不是很「卡娃伊」嗎？

「碰」！的一聲，阿文的拳頭這回勢如破竹、又狠又重地砸中目標，阿閔幾乎是站著不動、正面承受了這記憤怒的鐵拳，頓時登登登……地連退三、四步才穩住身形；阿文像是有點意外地停了一下，然後像是突然想到什麼似地怒氣勃發：「你在裝肖ㄟ是不是？」再度衝過來用膝蓋猛撞阿閔的肚子、再順勢朝阿閔彎下來的背送上毫不客氣的肘擊。幾個月不見，這個土匪文功力顯

然精進不少，阿閔連挨三下，除了第一擊在拳頭觸及的前一瞬間下意識地扭轉頸部卸去了幾分力之外，饒是如此，但接下來的兩下雖早在意料之中，可照單全收了下來，此刻正痛得趴倒在天橋上撐不起來，只能靠著意志力勉強保持著清醒。

阿文打發了性、一雙血紅的「瘋狗目」閃爍著生人勿近的凶光，正待撲過去將眼前的獵物撕碎時，卻見婉如已經跪坐在地上，擋在大頭仔前面……阿文這才回過神來，只見她張開雙手哭紅了眼睛、嗓子不知何時開始的，都已經哭啞了：「……不要打……不要再打了，咳……你已經贏了，你贏了……你高興了吧？高興了吧？……咳咳……不要打了……嗚嗚嗚……」好不容易說完，已是嚎啕大哭。

斷斷續續哭了一陣後，慢慢抬起還掛著兩行淚的臉龐，一字一頓地對著阿文說：「請你不要勉強我。請你尊重我。這跟別人沒有關係……」接著便扶著欄杆站了起來：「還是，你要我跳下去你才會明白？」說完就踩上了欄杆下方的踏條，阿閔趕緊掙扎著要站起來，但無奈才剛站起來，雙腿一軟又跪了下去，婉如看到後急忙跑回阿閔身邊幫忙撐扶著。

阿文看在眼裡、一語不發，良久才迸出一句話：「恁兩個……熊好係真心真意，幹！愛到卡慘死。」接著沒好氣地大吼一聲：「嵐仔，給我把話放出去，這兩個……後擺麥擱管恁兩個啊，這胭脂馬林北袂爽騎了，吼伊去放水流啦，幹！」講完直接從另一端下橋，沿途還把天橋上的一個垃圾桶直接踹到樓梯下，發出巨大的聲響。

十幾個黃背心的巡守隊立刻衝上來探頭探腦，嵐仔喝道：「看三小！垃圾打翻不會撿嗎？等一下全部和平樓地下室集合。」囉囉們立即抱頭鼠竄。嵐仔撿起婉如的書包，快步走過來交給她，然後一把扶起阿閔，用只有他聽得到的音量在耳邊說：

「算你巧。送你十分鐘。」接著頭也不回地離開天橋，那是阿閔最後一次近距離見到嵐仔，而下一次則是在報紙上，當然，是好多年以後的事了。

Lesson 15. 烏梅桑甚冰

　　由於前友人體貼的好意，天橋的交通管制暫時還持續著，得以獨處的兩人，一時相對無語。阿閔終於在婉如的攙扶下站穩，摸著時不時還抽痛的肚子，看婉如又開始有些抽噎，擔心她又要哭，勉強一笑想打個哈哈，沒想到人體的肌肉牽一絲而動全身，腹部又是一陣絞痛，不由得縮了縮上半身。婉如察覺到異樣，關心地說：「你還好吧？」這句關懷俗套歸俗套，但聽著就是舒暢。

　　少年點點頭，只聽她又說：「你怎麼不還手？至少也擋一擋啊……」阿閔苦笑著說：「我……我不是野蠻人，打架不能解決問題。」婉如何等聰明，立即明白這個男生還記得摩天輪那天自己說過的話，當然，也連帶想起更早之前發生過的事情，以及彼此曾經有過的對話；一念及此，登時不用照鏡子也知道自己現在已經臉紅，好在這個人沒注意到、也還沒想到……呃～應該吧。

　　阿閔把握難得的機會找話題，卻那壺不開提那壺：「你剛說，你要跳下去，真的假的？」

　　「……」

　　「還有啊，你跟那個阿文說是不是跳下去他才會明白，明白什麼？我怎麼都聽不懂？」

　　「……」

　　在13、14歲這個年紀，男生除了少數異類之外，普遍比女生晚熟，所以當阿閔懵懵發問的同時，卻絲毫沒察覺身邊女孩臉龐上的紅潮已經從三分熟變成七分熟，再多問幾句恐怕就要焦掉啦！

「好了啦～你不要再問了，天氣那麼熱，我……我請你吃冰，這樣，總可以了吧？」婉如把頭轉到另一邊低著頭提議著。

「YA！好啊好啊！我知道有一間冰店俗擱大碗，老闆娘超親切的，眞奇怪～每次打完架都會想吃冰，沒想到連挨打也會想吃冰……不是啦不是啦！我的意思是說我以後都不打架了。」有點語無倫次的阿閔被白了一眼後，趕緊翻口供。

※　　※　　※　　※　　※

「媽～大頭葛格來了，『烏梅桑椹冰1碗』。」阿閔隔老遠就聽到芳鄰冰菓店第二代繼承人王小美稚嫩清亮的招呼聲，便朝她揮了揮手。

婉如好奇的問說：「你跟老闆那麼熟啊？」阿閔略帶得意的說：「我念H小五年級的時候，有一次跟死黨，一個滿白爛又有趣的傢伙，放學回家時看到一群G小的王八蛋在欺負她，就剛剛喊我的那一位，當時她才幼稚園中班，不知道爲什麼一個人在外面迷路了，G小的王八蛋還借了她的溜溜球玩又不還她，我跟我朋友兩個人打對方四個人，不但把他們打跑、也搶回溜溜球，最後還送她回家，喏～她家就這間冰店。」兩人邊走邊聊地走到店門口，一陣風鈴響處，入店的同時剛好說到最後兩句。

老闆娘果然熱情，一邊擦著桌子笑著招呼兩位入座，一邊接下阿閔的話頭：「然後我就請兩位見義勇爲的小帥哥吃冰，這位閔哥不知道要點什麼，我就說你臉上怎麼紫一塊、黑一塊跟桑甚烏梅沒兩樣？我這裡的烏梅桑甚冰很好吃，要不要乾脆來一碗？把所有的不愉快都吞下去，閔哥說好，沒想到這就一試成主顧啦！美女，你要吃什麼冰？」

「嗯～給我……」婉如說著瞄了一眼牆上的價目表後，又

問：「請問你們這邊有沒有……靑芒果冰？」跟每一位客人都會強調自己是「第二代」的小美妹妹轉過頭說：「有啊！不是貼在牆上嗎？這邊有寫……」旁邊的老闆娘卻立刻插口：「妹妹啊～你去把3號桌的碗收來洗。」小美嘟著嘴說：「等一下啦！我要幫大頭葛格多撈一點桑葚，他今天頭上黑靑了耶！還有那個靑芒果明明就……」

老闆娘使出了殺手鐧：「趕快去收！動作快一點！不然第二代要讓給你的弟弟<u>王國權</u>囉！」已視繼承權爲囊中物的小美，爲了避免落入流鼻涕的弟弟手裡，已然捧著碗到騎樓邊賣力地刷洗著，看來繼承權的爭奪已經趨於白熱化。

「靑芒果冰是嗎？給你多一些，不過這個不能打折，得讓男生請你。怎麼樣？閔哥，沒問題吧？」老闆娘講話的語調阿閔聽起來怎麼怪里怪氣地，而最後一句卻是對著自己說。阿閔正待比出OK的手勢，已被婉如搶先了一步：「不用不用……今天是我請他，已經……已經<u>答應他了</u>，就……不勉強～」

「喔～我懂我懂。」老闆娘的笑容怎麼也怪怪的？

老闆娘把冰端了上來，兩碗冰上滿滿的料，站在5號桌旁說：「兩位順其自然，開心吃冰。」離開前又加了一句：「要把握時間，冰融了味道就變囉！」

※　　　※　　　※　　　※　　　※

「這次的模擬考……你考得怎麼樣？」不擅長找話題的少年有些侷促不安，結果還是問了當下最時興的話題。**（三分鐘後他就後悔莫及）**

「我喔？最近……你也知道……就那些事情，眞的滿困擾

的，成績多少有些影響，比上次退步了60幾分，回家肯定要挨罵，所以，剛剛在天橋上⋯⋯情緒有點失控⋯⋯你不要跟別人講，好丟臉。」婉如低著頭說完，吃了兩口看起來就很酸的青芒果。

「勝敗乃兵家常事，升國三以後還有很多模擬考，扳回一城的機會多的是，加油！」阿閔心想她不好意思明講，大概真的考糟了，就別再追問了。誰知婉如嘆了一口氣，自顧自說了起來：「這次只考了527分，差點落榜，聽說國三數學還有幾何證明和三角函數，補習班的學姐說三角函數超難的⋯⋯不好好用功的話，別說『前三』沒指望了，一不小心說不定還得重考呢⋯⋯你幹嘛？」婉如看著眼前的男生好像靈魂出竅，趕緊說：「不好意思，今天是我要請你，結果好像變成聽我在發牢騷⋯⋯你呢？考得如何？」

13歲的少年心中嘔死了：「大頭仔你個豬腦袋，怎麼會想要去拿隕石砸自己的腳？你才是最該跳天橋的人。」一顆頭越來越低，低到想用烏梅和桑葚把自己埋起來算了，天人交戰許久，口中才擠出：「四⋯⋯（四分之一都不到）」後面的字卻無論如何都說不出口。

畢竟是善良脫俗的白蓮花，接口說：「400多分？那要再多加加油，還大有可為，我們一起努力吧！明年一起金榜題名。」阿閔立刻點頭如搗蒜，謝主隆恩。

什麼「前山」後山？什麼「三角兔」？補習班？是指每天放學在校門口前發廣告紙的那個嗎？太多的問題想問，但基於前車之鑑，還是少開口為妙，回去自己再好好研究——都已經考到500多分了居然還是有可能槓龜，這⋯⋯套句三八萍的口頭禪：這還有天理嗎？

阿閔費了九牛二虎之力企圖把自己從模擬考這坨話題流沙裡

拖出來，無奈卻始終功虧一簣；畢竟，「北聯」種在莘莘學子們心中的陰霾太深沉了，一旦冒出芽來，就很難徹底根除。所幸如此，這位13歲的牧童，得以蒙受升學班的強者親自現身說法，並傳授各科最有效率的讀書心法，只見她侃侃而談，全身都散發出聖潔的光輝，雖是寥寥數語，但就像是**先知把陌生的星球描繪成地圖，再交到拓荒者手中一樣格外重要**。

所謂師父領進門、修行在個人，今天這碗冰猶如當頭棒喝，打通了阿閔的任督二脈；有了**白蓮聖主**的灌頂加持，小蝌蚪自此蛻變上岸，開始在升學大道上奔馳了起來⋯⋯

※　　　※　　　※　　　※　　　※

「⋯⋯所以說，補習是有幫助的囉？」阿閔再確認一次。

「並不是說一定能夠考上好學校，還是要看自己，如果去補習班只是和朋友聊天玩耍，那還是不行的。」婉如的表情很認真。

令人肅穆的話題終告一段落，阿閔深深吸了一口氣，由衷地讚嘆道：「你真的好厲害～我好佩服你。」婉如卻說這句話應該由她來講才對：「其實我才佩服你，做事情可以那麼堅決果斷而不拖泥帶水，就像剛剛老闆娘說的，那怕全身上下青一塊、紫一塊，把遍體麟傷當作一碗冰全部稀哩呼嚕吃光光，我就沒辦法這樣⋯⋯有時候真的很氣自己瞻前顧後、小心翼翼的個性⋯⋯你笑什麼？」

婉如話匣子一開原來也滿健談的，阿閔這樣告訴她，還說：「我一直以為你都是那種恬恬的⋯⋯」婉如笑著說：「嗯～～要看人吧！確實有不少人覺得我文靜內向，不過我家是開早餐店

的，以前沒補習時假日也要幫忙招呼客人，不說話也不成哪！」

　　阿閔一時說溜了口：「就是開幕一連三天都有人打架的……」婉如摀著嘴說：「欸～你怎麼知道？」阿閔立即用拉鍊把嘴拉上，但仍被追問：「你還知道什麼？」少年眼看混不過去，只好說：「聽說是在C中門口斜對面那間『麥多樂』。」（當然，無意中聽到的身高和體重可說什麼都要裝作不知道了。）

　　婉如的表情先是看來有些生氣、然後搖了搖頭說：「算了，都過去了。」阿閔歉然道：「我也是聽人家說的，當時的情況太突然，我還來不及把耳朵塞起來呢！而且……那是真的嗎？怎麼回事？」只見她雪白的瓜子臉露出一絲紅暈：「沒什麼啦……家人怕影響學業，就幫我辦了轉學，而那些鬧事的後來也都沒再出現了。」

　　13歲的少年於是將聽說的小道消息透漏了一下，但不明白的部分還是問出口：「有報警嗎？鬧事的原因後來有查清楚嗎？」婉如這時卻有些扭捏，支吾了一下才說：「就……就跟你和阿文那樣子差不多。」

　　「我和土……阿文是哪樣子？」始終點不通的少年依舊納悶著。

　　婉如趕緊低頭吃冰不出聲，也幸虧頭髮蓋著，才沒讓這個男生注意到她紅到發燙的耳根；未料，這人還不解風情的追問：「你跟阿文……你們剛剛是在說什麼？他該不會是要你教他功課吧？」

　　「……」

　　阿閔看她低頭猛吃冰不答，不禁有些自討沒趣：「不說也沒關係啦！只是覺得……呃……怎麼說呢？我有一種直覺，覺得你們好像認識，但又不是很熟的樣子……所以才有點好奇，沒別的

意思。」

　　婉如一聽話題轉移，趕忙說：「其實你沒猜錯，我跟他曾經念同一所幼稚園，我剛轉來H中的時候還認不出來，直到有一次他在走廊上喊了我幼稚園時的綽號，我當時吃了一驚，後來看到他左眼旁邊的疤痕，才想起他來。」

　　「疤痕？那個疤不是他跟人家械鬥時掛彩的嗎？該不會是你的傑作吧？」玩笑話沒想到居然被證實：「讀大班的時候，有一次作美勞，他先做好跑來幫我，我當時年紀小又任性，不但不領情還把他的作品割壞，拉拉扯扯時，一不小心他的眼睛被我的雕刻刀劃到，差一點就傷到眼睛，害他破相，說起來很對不起他。」婉如說到這，情緒有些低落地說：「後來他就很少跟大家一起玩，同學找他講話他也不理，過沒幾天他就不來了，聽園長說是家裡頭出了事情，沒想到會在這裡碰到他。」

　　「他現在變這麼壞，該不會是因為你對他的童年造成陰影吧？」講話不知輕重的少年想到什麼就說什麼，婉如聽了卻有些發呆，阿閔怕她心裡又要難過，趕緊找個爛理由讓她釋懷：「唉～一個人會學壞原因有很多，你就別太在意啦～拉……訓導主任朝會時不是有說嗎？不自愛的人會誤入歧途，自己要負最大的責任。」卻忘記自己其實也不算是師長心目中的好學生。

　　多愁善感的白蓮花此時若有所思，怔怔地看著阿閔道：「在亞洲樂園那一天，你知道我為什麼打你嗎？」少年搖頭，只說：「大概……你討厭使用暴力的人，我以後不打架了。」婉如卻說：「你答對了一半，其實……我不希望你變成像他那樣的人，不然我會無法原諒自己，既使……既使你是為了……為了……」後面卻沒說下去，但13歲的少年也似乎似懂非懂地懂了。

　　氣氛有些微妙地尷尬著，持續了3、4口冰，到底是早熟的女生，情緒的波動平復下來後，看著面前的這位男生緩緩地開了

口：「你……你不問我嗎？」

「問你？嗯……喔～為什麼那天說好不去，最後卻又去了？我想你應該是聽說我也會去，想找機會大家好好把話說清楚，只是沒想到後來事情發展超乎預料吧！」

「他們要我進車廂時，我真的很害怕，還好你來了……不過，接下來你們在上面打了起來，我都快被嚇死了，心臟差點休克，我好怕你們會掉下來……拜託你，那個以後就別再提了……話說回來，你不怕嗎？」

「當然不怕，我當時勇氣百倍哩！」阿閎挺了挺胸膛。

「……還有呢？」婉如的眼神好似有些……怪怪的。

「還有？嗯～對了，你幼稚園時的綽號叫什麼？」阿閎好奇的問了。

婉如停頓了好幾秒鐘，才搖了搖頭輕輕地笑了笑，然後用湯匙敲了一下手邊的瓷碗，發出「叮」地一聲。沒想到眼前的呆頭鵝這回居然福至心靈地脫口而出：「『碗公』？不會吧？他們叫你『碗公』!?」

※　　※　　※　　※　　※

愛過就不要說抱歉
畢竟我們走過這一回
從來我就不曾後悔
初見那時美麗的相約

「聽過這首歌嗎？」婉如用手指了指天花板。

阿閎點點頭地～嗯了一聲：「最近搭公車、電台、便利商

店都常常聽到，到底是誰唱的啊？」婉如跟著旋律哼了一段，還一邊用手指在桌上打節拍，阿閔等她哼到告一段落後再問一次：「誰唱的？」婉如不答，卻反問：「好聽嗎？」

「還好啦，有點像……嗯～女生的話，我還是比較喜歡城市少女、憂歡派對或是星星月亮太陽。」13歲的少年硬生生地把「有點像是哭調仔」連著一整匙的桑葚吞了進去。

「你記性如何？」

「不是太好耶，有時候自己說過的話會忘記，不過滿奇怪的，別人說過的話卻會大部分記得喔！」

「是嗎？」婉如像是有點小心翼翼地反問

「嗯～也不是全部記得住就是了，有時候要看人，哈～」

「原來……也要看人啊……」婉如默默地攪拌著已融化的青芒果冰許久，才幽幽地說出這句話。

烏梅桑葚冰還來不及融化卻已然見底，13歲的少年按照慣例整碗捧起，以口就碗，大口喝著酸甜的湯汁；突然之間，面前這位女生幼時的綽號和此刻的動作產生了聯想，一時心慌，嗆了滿襟，婉如看在眼裡也笑了，微翹的雙脣彎成了青芒果的弧度，任憑微風吹拂，登時，「芳鄰」的店內洋溢著青澀酸甜的春光。

少年將這唯我獨享的幸福片段，隨著風鈴聲，珍而重之地收進重重心扉深處，鎖了又鎖……

Lesson 16. 雅琴姊

「終於講完了，The End，全劇終。」阿閔呼了一口氣。

「全劇終？你確定？」趴在天橋欄杆上的雅琴姊把頭埋在雙臂間不斷地搖動著。

過了好半晌，才把頭抬起來，轉過身對阿閔正色說：「底迪～看來你真的沒騙我，我的天啊！」

「都這麼明顯了……天啊！」她又說了一次，這次用拳頭在這顆冥頑的大頭上輕輕地ㄅㄠ了一記脆芭樂。

「怎麼了嗎？」少年不解，等著班導開釋。不過這回卻沒有等到答案，只見雅琴姊順了順頭髮，笑著搖搖頭、不說話，那樣的表情……跟婉如當日好像。

雅琴姊把那副黑色的粗框眼鏡拿下來，用面紙小心的擦拭著；那沒戴眼鏡時的側顏，是鮮少看見的模樣。她重新把眼鏡戴好，目光一轉便對阿閔說：「看來班主任欠婉如一筆獎學金，你的介紹費應該要頒給她才對。她去補哪一家？」

「興學。靠近C中，她說離家近。」

雅琴姊點了點頭：「我知道，以前我就補那間，出了名的勤教嚴管。你怎麼沒去興學，反而跑來開不到一年的日成？」大頭閔陪著笑臉說：「當然是因為這裡有最親切的班導啊！」大姊姊果然一下被逗樂，笑著說：「你不要變成大滑頭了，講實話。」

「學費比較便宜。」

「還有呢？」

「有介紹費。」

「少來！當初你來的時候，明明就還不知道，要誠實喔～」

「離『輕鬆一下』比較近，可以順便輕鬆一下。」

「你的白蓮聖主不是說，補習還想玩樂的話，補了也是白補，越補越大洞嗎？」

「呃……話是這麼說沒錯啦！不過……不打電動哪有心情念書啊？」話音剛落，只聽班導噗哧一笑，接著就被她不知從哪掏出來的摺疊尺輕輕敲了一下頭：「這種歪理我還是第一次聽到，還有呢？」

「……」卽便已經大了一歲，未經風霜的14歲臉皮還是太嫩，逐漸地紅潤起來。

「這位底迪你怎麼不說話啦？你不說我就幫你說囉……」阿閔突然發現這位姊姊也很會逗人，只好從實招來：「……就……就試聽的時候啊，看到……看到那位綁馬尾的女生很……很可愛……所以就……」

「厚～原來你居心不良，居然敢打C中校刊社之花的主意，這樣子文昌星君又怎會保佑你呢？而且啊……變心的翅膀飛得太快，會讓痴情的腳步追不上喔！」雅琴姊說完後停了一下，然後皺了皺眉又說：「其實還有一個原因，但我正在猶豫要不要告訴你。」

看著少年露出求知的熱切眼神，雅琴姊嘆了一口氣：「你可能還沒發現，其實你已經不知不覺地談完了一場戀愛；那碗烏梅桑葚冰讓你對婉如更加熟悉，但同時也讓你更認識自己一些，當婉如從『白蓮花』變成『碗公』時，你們自然更親近了，但你卻再也沒辦法像以前一樣用『婉君表妹』那樣濃烈的情感來喜歡她了，這樣的念頭遠比你自認爲的**別去打擾她**還要強烈得多，所以你才沒有跟在她後面跑。當然，也還有一種可能……」

阿閔像被雷劈到一樣地僵立當場，無法言語，因爲想不透的

事情突然間變得明朗了；如同剛穿過隧道時刺目的瞬間，總令人逃避似地閉上眼睛，但又不得不接受光亮的事實。卻沒注意聽到下面幾句：「……還有一種可能，就是『當時』的你還沒做好喜歡她的心理準備，所以先將這顆種子保留下來，等到春暖花開、時機成熟，才會再次埋進土裡灌溉它，有點像是錄影帶看到一半先按暫停去洗手間，回來後再接下去看那樣。」

雅琴姊拍拍他的肩膀，用最最柔軟的聲音說：「**這就是青春**。就像老闆娘說的，順其自然吧！」心裡頭忍住沒說出來的是這一句──「你談完了，對方呢？也陪你按下暫停了嗎？」而大頭底迪心裡想的卻是──「老闆娘說順其自然的下一句是哪一句？以前我好像說過幫她三次的話，就……就怎樣？怎麼才剛想起又忘了？」

※　　　※　　　※　　　※　　　※

雅琴姊顯然也想轉換一下心情，於是迎著陽光伸了個懶腰，對仍在凝思的少年說：「底迪～看在你今天跟我分享不少心事的分上，姊我破例告訴你一個我從沒跟人說過的祕密喔～」果然，成功轉移了阿閔的心神：「好啊好啊，不然都是我在說，換人當聽眾啦！」

雅琴姊推了一下鼻樑上的鏡框，笑道：「你別太期待，我不像你這麼會蓋，可以講得活靈活現的，我以前最不拿手的就是作文了，每次模擬考都是敗在作文。」

不解風情的聽眾插嘴了：「姊你當年考幾分啊？」

「不好意思又要打擊你了，姊升國三時念的是三年4班，打從國中開始，成績好得一蹋糊塗，國二下的模擬考都保持580分以上的水準哦，有一次還破600分呢！所以<u>婉</u>如在升學班的壓

力，我完～全可以體會、也感同身受……恬恬～我知道你要問什麼，等一下會說到，很快。」

「國三時第一次月考考完，差不多也是這個時候吧！放學等公車去補習班時，一時無聊，剛好旁邊又沒有糾察隊，就跑進站牌旁的漫畫出租店，原本只是想逛一逛，結果就在要離開的時候，瞥見一本人家拿來還，老闆還沒歸位的書，就是倪匡的『天外金球』。」

「好巧！」

「還不夠巧！」

「當時我看還有時間，就隨便翻了幾頁，沒想到不翻還好，這一翻，我當天就沒去補習班，一回家，老爸老媽扳著臉等著對我大刑伺候，罵了一頓後我實在受不了了，就吼了回去：剛考完讓我放鬆一下不行嗎？結果大人們會有什麼反應你也知道……」

「好可憐！當天姊你一定哭著進入夢鄉。」

「才怪！當晚我在棉被裡用手電筒繼續與衛斯理一起抽絲剝繭，奮戰到天明，哭是隔天的事。」雅琴姊喘了一下，繼續講：「隔天我在下課時繼續探索外星人，結果被老師發現了……」

「升學班才不管你上課下課，我驚慌之下，只來得及在那一頁下面寫個『C』做記號，就被老師一把搶過沒收，當著全班同學的面痛罵我足足半節課，還說我是不自愛的害群之馬。」

「有那麼嚴重嗎？像我常常被沒收，遠景那44本搞不好在教職員辦公室都可以湊全套了。」

「底迪你有所不知，在升學班，偷看漫畫小說，就等同搶了銀行，更別說是談戀愛會掉腦袋了；事情還沒完，校長直接把我父母叫到學校，我爸氣得搧了我一個耳光，這是我懂事以來，他第一次打我，我當場就哭了出來，我媽也在旁邊哭。」

「所以，姊你被矯正後，得到教訓了？」

「並沒有，有些事一旦有了開頭就很難結束；那件事過後，我開始迷上小說，看完了倪匡、又看金庸，不過『天外金球』卻始終停留在差不多三分之二的地方沒再繼續往下看，大概是心理障礙吧！每次只要一想租那本，腦中就會浮現那天在校長室內的畫面。」

「那間漫畫店該不會是靠近G中那邊，莒光路上的那間『十大』吧？真巧，那間我也常去。」

「是很巧，但也還不夠巧。後來雖然還是會唸書，但分心以後真的有差，成績從被認定穩上北一女到前三志願、又從前三變成前五，成績逐漸往下滑，國三上結束時甚至因『嚴重敗壞班上讀書風氣』的理由，被通知下學期可能會離開莊敬樓，是我媽一直求校長、還拜託認識的市民代表去說情，最後發配到三年20班、也就是升學班的最後一班，在莊敬樓的地下室那邊……」

「你們升學班有夠誇張，太扯了吧！」雅琴姊無奈的苦笑了一下：「所以你剛剛在罵北聯時，聽了真痛快，我要是男生，一定也這樣罵。不過，聽說教育部也有想要改變就是了。」

「真的嗎？」少年眼裡露出異樣的神采。

「應該是真的，班主任也這麼認為。不過別高興，那起碼還要好幾年，輪不到你們，你們還是給我乖乖念書準備北聯。」

「真可惜～不管怎麼改都好，總之一定比現在好。」

「也許吧……但也有可能改來改去，到頭來還是讓人懷念北聯也說不定。像你們在唱《歷史的傷口》時，我剛升專二，大家當時義憤填膺、對共匪都恨得牙癢癢的，但天安門事件過去才兩、三年不到，現在卻聽說兩岸要破冰了，有些事真的很難講呀……」

「國三下，課業越來越重，一整天下來，教室裡難得聽到一兩句說話聲和笑聲，體育、美勞和工藝全都變成國英自數社，說

有多悶就有多悶，好在有倪匡、金庸兩位大師鼎力相助，才沒有成為**活死人**。」她吸了一口酸梅湯，繼續說著：「到後來啊～我索性寫起小說來了，唸書也是裝個樣子，讀沒半小時就繼續沉浸在自己編織的世界裡；無奈文筆真的是我的致命傷，寫了又撕、撕完再寫，等到終於明白自己不是那塊料時，回過神來，距離北聯已經剩不到兩個禮拜，結果……」

「結果？」

「結果當然是落榜了，這種事不會有奇蹟啦！所以底迪～你要努力的話要趁早。看著貼在校門前的紅榜，建中、北一……認識的同學們一個個榜上有名，我獨自一個人走到莊敬樓的六樓天台……」

「姊你幹嘛？使不得！萬萬使不得～」

「……把最後一本遠景——《蜂雲》看完，你以為我要幹嘛？我覺得教室鬧哄哄的很吵，終於可以一個人安安靜靜不被打擾地看自己想看的書了，自由自在的感覺～真好。」

「後來喔～就老老實實地去念五專啦。而且那時候跟家裡的人嘔氣，五專還特別挑了一下，故意跑去林口那邊，只因為可以住宿舍不用住家裡。」雅琴姊說完，把手中的酸梅湯一飲而盡。

少年聽完後有些出神，過了好一會才問：「如果小叮噹的時光機借你開一次，讓你回到那個晚上，你會走進『十大』嗎？還是乖乖去補習班？」眼前這位班導有些調皮地眨眨眼睛：「我會把時光機開到國小畢業的那年暑假，一口氣把倪匡金庸全部看完，帶著了無遺憾的心好好念書拚北聯考上北一女。」

阿閔吐了吐舌頭：「姊你真天才。」誰知天才立刻更改了時光機的設定參數：「騙你的啦～其實我會直接關掉時光機的引擎，然後從抽屜爬出來，面對現實生活中的一切——因為不管重來幾次，我相信都必然存在著遺憾，遺憾就是生命的一部分

呀！」

※　　※　　※　　※　　※

「什麼一部分啊？」鳥蛋長滿青春痘的臉突然冒了出來，西天取經的唐僧終於回來了，阿閔正經八百的口宣佛號：「這位施主，班導說，北聯是生命不可分割的一部分。」鳥蛋不理睬阿閔，直接跟他的Angel報告：「Christine, 這是衝刺班和英數加強班最新的DM，我不知道要拿哪一個，就全裝進來了；還有，我要清償我的債務。」隨即高舉雙手過頭，裝模作樣的拍了一次「愛的鼓勵」，對著空無一人的天橋盡頭喊了聲：「COME ON, MAN～」，卻毫無動靜。

正當姊弟倆搞不清楚他葫蘆裡在賣什麼藥的同時，他又喊了一次，還是悄無聲息……爲了化解尷尬，雅琴姊隨口聊著：「底迪～我以前就很想問你一個問題……嗯～這樣問好怪，就是啊……你的頭……也還好，並沒有大到很誇張啊！爲什麼你的綽號叫大頭仔？」

突然，不知從哪裡傳來一聲朗笑：「哈哈哈哈……問得早不如問得巧，這個問題楚留香不知道，我胡鐵花知道。」旋即從杳無人蹤的空間裡蹦出一個身影，先是聽見那白爛無匹的笑聲，阿閔已猜到了六、七分，再看到那猶如發情狒狒走路的雄姿，便知道是舊時相識——本名胡德華的「胡鐵花」，《八十一陰陽寶典》起草者之一，土城「劉的華」，白爛界的天王。

此人國小低年級與阿閔同班，升中年級時兩人結束這段孽緣，沒想到在H小五年28班的教室裡，兩人再續前緣；而他的身高從較阿閔高出一個頭到被追平，現在已遭到逆轉，反而比阿閔

略矮半個頭，不過全身上下依舊充滿白爛到有春的旺盛精力。

只見他老兄穿著和鳥蛋同樣欠K的G中水手服，神氣活現地走上前來，也不在意佳人在旁，突然迅捷無倫地對阿閔來那麼一下「潑猴偷桃」──就愛這調調是吧！阿閔早就有備，明白這下「桃子」要是真被偷到，他多半還會說：「怎麼那麼軟（或硬）（或濕）（或短小）……等諸如此類的白爛話。」自己一世英明便付諸流水，立即一個下防擋了開去。

那廝一開口還是老樣子：「老臭蟲就是老臭蟲，走到哪身邊都有漂亮的姑娘。」這才轉頭對雅琴姊說：「不好意思！一時情不自禁，等等……**借我P一下**」然後他的（壞）習慣就來了，果然，從懷裡端出一台奇形怪狀的照相機，後退兩步，對著咱美麗的班導姊姊瞄準：「來～美女，肩膀開一點，對，漂亮！撥一下頭髮，左臉對我，笑一個，放一點、再放一點，想像一下郭富城對著你笑，對～漂亮！右手食指輕輕戳臉頰，嘴唇嘟一下，對～漂亮！現在手指變手槍，放到下巴，側臉用眼角看我，有一點點生氣，一點點就好，再收，再收，對～漂亮！OK的啦！」雅琴姊有些不知所措，身體卻不由自主地照著做。

這系列「亮麗風中的班導師」一套共六張，即興演出的模特兒先挑了兩張，雅琴姊把比著手槍ㄅㄧㄤˋㄅㄧㄤˋ的那張分給阿閔，剩下四張分別送給了阿閔的四位少年好友，但後來全被鳥蛋用各式各樣荒誕的理由給拐走了，至於最想收藏的攝影師自個兒則一張不留，這並非基於職業道德而是某種原因，**他不能留、他有苦衷**，後有詳述。總之，這套天橋寫真替雅琴姊留下了難得的倩影，卻也爲白爛天王和無辜的大頭仔埋下後患無窮的甜蜜殺機。

打從國小開始，這姓胡的老小子上學就拿著一台「拍立得」東拍西拍，人蟲花鳥樹無一不拍，而拍久了自己也摸出門道，算

是無師自通，國語日報、今日兒童以及校刊都常見他的作品——而「借我P一下」的口頭禪，有一次居然還成為H小某期校刊攝影專欄的標題。

「小滑頭，這位是……」意外客串model的班導總算有機會回復正常站姿，鳥蛋便說：「他是我隔壁班同學，整天都在那邊『借我P一下』，大家都叫他『胡P』；剛剛在日成巷口遇到他，我靠著三寸不爛之舌、費了九牛二虎之力才說服他加入我們日成這個大家庭，Chris～我這麼努力，是不是值得嘉獎？」

雅琴姊笑著點頭：「Thank you so much, Michael.」鳥蛋一聽，登時雙眼發亮，還來不及出聲，Angel就公布了解答：「你在評量卷上寫了N次啦！怎麼？怕我記不住？」趁著滑頭小子高興的轉圈圈時，轉頭對未成年的業餘攝影師說：「同學，歡迎你加入日成的行列，希望你好好用功，明年金榜題名。你剛新來，選班、劃位下禮拜一放學來找我；至於環境方面，這兩位舊生會幫你儘快熟悉。」官方辭令講完，又笑著說：「剛看你架式十足，照片洗出來記得讓我欣賞喔！」

「一定一定。」新來的菜鳥連連點頭。

阿閔對這個G中的胡P太瞭解了，什麼三寸不爛之舌、九牛二虎之力全是幌子，鳥蛋這廝鐵定是說：「同學，日成裡面有好多別校的女生可以『P一下』，來不來？」瞧～～這不就來了嗎？叮咚叮咚……500元輕鬆入袋，還什麼藍波洛基李麥克，爽死吧你！拿我的白爛道友來抵債，算你行。不過也太巧了吧？——咦～等一等，說到這個，剛剛為什麼每次我說很巧，姊就說還不夠巧，什麼意思？算了，下次再問她吧！

※　　　※　　　※　　　※　　　※

「對了，阿閔為什麼叫做大頭仔啊？你們以前認識？」心細如髮的班導果然沒放過這則亮麗風中的情報。胡鐵花白爛歸白爛，好在不是白內障（至少現在還沒有），身為攝影師引以為豪的1.2視力捕捉到班導身後連使眼色的阿閔，於是避重就輕的說：「這個嘛……萍水相逢一場，有過幾面之緣，班導你不覺得他長得很像誰嗎？」

雅琴姊回過身來，再次仔細地打量這位底迪，接著慢慢地把手中的牛皮紙袋遮住阿閔那H中特有的平頭，凝視了半晌，突然「啊」地一聲笑了出來：「對耶～果然沒錯！我以前怎麼沒注意到？是他、是他、是他，哈哈、哈哈、哈哈，我終於明白為什麼李秋水要這樣子笑了。」

穿著水手服的胡鐵花大方地享受阿閔送來的怨恨白眼，還一副君子坦蕩蕩的口吻，補上最後一槍：「我就說吧！你長得真～的真的有夠像萬梓良。」而除了身分被識破的人以外，兩男一女全都笑成一團。

白爛之人無視於自己的白爛，依舊繼續旁白著：「小六那年，班上要演話劇，我跟阿閔同組，他是點子王，提議來點不一樣的，於是幾個小蘿蔔頭去錄影帶店找靈感，然後同組一個女生，叫做巧莓（綽號當然叫草莓），她突然說：『阿閔你爸是不是電影明星？這個人長得好像你喔！』大家靠過去看，就是萬梓良演的『大頭仔』，於是大家一致鼓掌通過，讓他自編自導自演……」

「我告訴你們，我這個兄弟啊，吹牛胡扯講故事等類的玩意兒他一流的，他改成爆笑版的劇本，結果沒想到廣受好評，後來我們這組代表全班參加全校話劇比賽還得到第三名和最佳歡樂獎。」鳥蛋忙問：「最精彩的橋段是什麼？」胡鐵花就等這句，啊哈一聲，不管此刻頻頻喊「卡」的閔導，繼續白爛到底：「他

當時暗戀草莓很久了，公然利用導演的特權要她當女主角演恬妞，然後在舞廳那一幕，硬要安排一段火辣辣的吻戲，人家當然不願意啦，最後只好改成跳舞，排練時明明還好端端的，沒想到正式演出當下，這對亡命鴛鴦太緊張，記錯站位和腳步，雙雙跌倒，結果兩人在舞台地板上直接雙唇對接，小女生超生氣的，站起來就是一個耳光，哭著說：『你這個死萬梓良、死大頭仔，假鬼假怪……活該要被判死刑！這是我的初吻耶！哇～～』大家以為是節目效果還一起熱烈鼓掌，事後大家在校園看到他，都會指著阿閔說『故意的、故意的、大頭仔是故意的……』像繞口令一樣，只有我幫我的好哥們說話。」

「你幫這個強奪小女生初吻的冒牌萬梓良說了什麼好話？」雅琴姊這下可是興致盎然，倒是她可愛的乾弟弟已然將雙眼緩緩閉上、聽天由命。

「我說那不是事實！是草莓故意跌倒強行奪走大頭仔的初吻，阿閔才是受害者好不好？」白爛天王果然振振有詞。

收下了乾姊投來的安慰眼神，阿閔終於逮到機會為自己分辨分辨：「什麼我太緊張？還不是你在旁邊唱『浪子ㄟ心情』唱到走音，害我分心！拜託～走音就趕快閉嘴，還越唱越大聲，讓寶島歌王聽到他會切腹的好嗎？還有……明明碼頭槍戰配上曲祐良的歌要一氣呵成，你這副導還硬要進廣告，那什麼爛廣告……要草莓和你假裝情侶吵架，踢你那邊一腳後走人，然後你再擺出一副不會痛的硬漢表情說：『哼～幸虧我有穿比威力防彈內褲』，結果那天草莓已經很火大了，那一腳踢的超級暴力，然後你的表情和台詞完全對不上……」鳥蛋已經笑得在天橋上打滾。

阿閔槓上開花地追加攻擊COMBO：「那座最佳歡樂獎就是這麼來的，頒獎的時候評審還要你再說一次台詞，你他媽的白爛也該有極限，就不會忍一下嗎？校長、家長會和所有來賓都還坐

在台下，你老兄還在台上一邊搓著你那裡一邊拿著獎盃喊『乙蝶乙蝶』，你沒注意到那座獎盃從頭到尾都沒人想碰，直接讓你帶回家嗎？」

原來，往事除了回味之外，還可以拿來做成安非他命服用哩！當天路過的行人一定很好奇，天橋上那一群男女怎麼空空肖肖？笑什麼可以笑到東倒西歪？

※　　※　　※　　※　　※

雅琴姊雙手遮臉、連連深呼吸，好不容易等到端莊的形象回來得差不多以後，這才開口：「江山萬里晴，你們兩個……」鳥蛋接了下去：「真行！」說完又笑了幾聲，才像是想起什麼似的：「啊！笑得太投入，差點忘了，Chris～剛剛班主任要你先回日成，宣傳單就交給我們來發。」

雅琴姊皺了皺眉頭，隨即笑著說：「那就有勞三位了，今天太陽滿大的，一個小時以後不管有沒有發完，都要回日成找我報到喔！要是我不在位置上，呃～我桌下有一箱愛爾蘭涼茶和半箱生活400，你們自己拿別客氣。」看著幾位少年聽話地點頭接下任務，也頗為高興，殊不知那一閃即逝的猶豫神情，已同時被兩位鬼靈精給注意到了。

他倆默默看著雅琴姊轉身離去的背影，阿閔順手將鳥蛋掛在左耳的耳機塞進自己的右耳，隨身聽傳來的歌聲被適時調大——

……

……

I don't want this night to end

Don't say goodbye
Just hold me close my darling
I don't want this night to end
Pretend a while
And let's forget tomorrow
……
……

　　卽便阿閔在國三上的第一次模擬考英文考24分（已進步將近300%），而完全聽不懂歌詞；饒是如此，蕩氣迴腸的旋律已深深打動少年的心。幾年後，阿閔在大學旁的租屋處，一個人深夜亂轉第四台，不知不覺間把藥師丸博子和眞田廣之主演的一部古裝片給看完了，直到男女主角最後騎馬離去時，才又與這首歌重逢。不知爲何？腦海裡揮之不去的便是此時此景，而鳥蛋兄此刻的眼神亦無須解讀，分明刻得眞眞切切：「我的公主，我的愛人，我願追隨你到天涯海角，直到世界的盡頭。」

Lesson 17. 酒鬼與臭蟲

　　「喂～哈囉哈囉～～兩位，你們誰理我一下好嗎？」被晾在一旁的胡鐵花心有不甘，順著兩位同學的視線延伸過去，出了餿主意：「不如讓我來幫你們多P幾張留念，就叫做『亮麗風中的背影』如何？」鳥蛋不說話，用手穩穩按下偷偷伸出一半的鏡頭；身分被揭發的假萬梓良對他的白爛道友說：「『亮麗風中的照相機』今天下班了，這麼愛亂P，當心早晚會出事。」（沒想到還真的一語成讖，幹！）

　　鳥蛋終於變回吊兒郎當的「本大爺」了：「喂～原來你們認識哦！怎不早說？介紹費分你一半啦！」阿閎正想假意推遲一番，那邊廂的胡鐵花又放砲了：「你當他是什麼人？他視虛名如浮雲，視錢財如糞土，跟他談錢？俗氣俗氣……我說的沒錯吧？老臭蟲。」說完還從書包裡，拿出那種工地大人在喝的扁酒瓶，對著嘴有模有樣地灌了兩口。

　　阿閎見怪不怪：「這……那當然。」250元像是被剜掉的一塊肉，讓貪財的香帥心中一陣絞痛，只能腹中暗罵：「好你個死酒鬼，揭我醜事、斷我財路，改天要你好看！」（別急別急，他的報應快來了！天國近了！）

　　一旁的鳥蛋失聲道：「Oh My God～你喝酒？太屌了吧？」又是那種白爛的笑聲：「哈哈哈哈……這膨風茶啦！」這小子自從小一、小二在阿閎家看免錢的《楚留香新傳》時，閎爹一句：「你叫胡德華？還是胡鐵花？」之後為了符合形象，他家裡是開藥房的，中藥西藥都賣，當然能弄到那種蔘茸藥酒的空瓶，沒事放個麥茶、烏龍茶什麼的混淆視聽，倒也其樂無窮；無奈賊星該

敗，小二那年，有一次他又興沖沖的把「冬瓜茶」和桌前桌後的男女同學分享，大家不疑有他，一口乾掉之後，卻有將近一半的人同時噴了出來，原來他拿錯拿到他爸私釀的虎鞭酒，隔壁班的招治老師挺著大肚子走過來聞到一陣濃濃酒味，入內察看後，驚呼一聲：「你們這群夭壽死囝仔巴，小小年紀竟然大白天喝壯陽藥酒？」破口大罵之餘還吐了一地，連禁說方言的校規都忘了。

當天全班有好幾位男生回家後精神異常亢奮，還被家長寫聯絡簿投訴的事情自是不在話下；基於這檔糊塗事，老酒鬼之名自是鐵打的招牌，沒得躲～怎知現在還是死性不改？而老酒鬼的好友，常常說長大後要買一條船，船上要載很多像蘇蓉蓉那樣的絕世美女的阿閔，自然就是老臭蟲楚留香了，這也是為什麼阿閔幼時有陣子苦練彈小石頭、練到十根手指都流血的原因。

※　　　※　　　※　　　※　　　※

在鳥蛋好奇的連番追問下，胡P遂娓娓道出過去與阿閔相識的種種趣事，無奈記憶久遠、時光機不堪超載，兼且有人酒醉上路、亂踩煞車又強搶操縱桿，根本是危險駕駛，因此唬爛成分居多，此處僅略提一二作為交代。

阿閔小一那年由於太過頑劣之故，家中老佛爺聽鄰居們說，練武的小孩不會變壞，因此被送去當地頗負盛名的跆拳道館進行深度管訓。道館的館長兼總教練具有拿過亞運金牌、銅牌的國手資歷，叫做李鑑明，只見其人兩道劍眉間內蘊正氣、目如朗星卻略帶一絲憂鬱，口齒清晰、溫文儒雅的形象，活脫是「雲州大儒俠」的化身，再加上挺拔的身高、厚實的胸肌，深獲地方婆媽們的信賴與喜愛。

「胡媽媽請您放心將孩子交給道館，我看他天資聰穎、骨骼清奇，將來必成大器，我一定盡我所能傾囊相授，努力教導讓您孩子成龍成鳳。」李教練有條不紊地對來訪家長如是說。

　　當時長得還沒那麼像<u>萬梓良</u>的阿閔，聽著十分鐘前的同一套說詞，在換了第一個字以後，又重新播放了一遍，心裡頭就不是滋味，尋思：「天資聰穎、骨骼清奇的人不是我嗎？怎麼又多了一個？」看著身邊那位和自己年齡相仿的小鬼，心想有機會倒要和他比劃比劃。

　　目送家長離去後，「大儒俠」文雅地轉身，走近後蹲下來輕拍兩位「大器之才」的肩膀，用文質彬彬的表情惡狠狠地說：「你們這兩個小王八蛋給我聽好了，我不會讓你們變壞的，因為我比你們還要壞！從現在起，要是誰打鬼主意讓我發現了，我就把他的皮扒下來包水餃，聽見了沒有？」

　　兩位六、七歲的兒童駭然失色，頭比較大的那個拔腿想跑，後領早被一把揪住提了回來，而看起來傻呼呼的那一個扁著嘴嚎了出來：「你不是史艷文，你是藏鏡人！」現出真身的李教練溫和地說：「我不是史艷文、也不是藏鏡人，我只是一個愛吃水餃的人。」接著回頭對道館裡邊喊了一聲：「張廚子，來了兩顆新餃子，把他們帶下去包起來！」

　　正值危急存亡之秋，兩位不良兒童展現了求生意志，拼命的掙扎……無奈還是被張廚子抓了進去，只見地上放了兩團白色的水餃皮，他隨手一指，面無表情地說：「1分鐘，穿好出來，我抓超過的人煮湯。話講完剩50秒，49、48、47、46……」邊倒數邊走了出去，順手將門帶上。

　　兩位新生才剛同班沒幾天，不料今日緣盡於此，頓時你看看我、我看看你，不約而同發了聲喊，飛快地脫下衣褲，撿起地上的「水餃皮」把自己包好，堪堪完成動作，張廚子已推門走了

進來，看了看後便齜牙一笑：「好新鮮哪～等一下看哪個先下鍋。」說完還發出黃玉郎漫畫裡反派的那種專屬笑聲，桀桀桀桀……：「還楞著幹什麼？走！」粗聲粗氣地在待宰羔羊後頭推了一下。

上到二樓，隔著牆板還聽得到裡面傳來的吼叫聲和哀號聲不絕於耳，阿閔全身雞皮疙瘩都站了起來，忍不住出聲相詢：「張廚子，您行行好，快告訴我，這裡是什麼地方？您要把我們帶到哪裡去？」張廚子陰側側的沙啞嗓音從後頭傳來：「這個，你還是不要知道比較好，人嘛……從哪裡來就往哪裡去。」接著又是桀桀桀的笑聲：「這裡邊的，都還半生不熟，樣子難看，別看了。」然後又往上一指：「給我走～上邊才是你們該去的地方，皮都還沒扒呢～得先洗乾淨，慢慢來……咱們……慢慢地來。」

冰冷的鐵梯發出一聲聲沉重又不甘願的悶哼，灰暗的長廊也僅上方不遠處的一燈如豆發出慘白的微光，彷彿象徵著世間一切終將完結……而三樓，到了。

難聞的氣味透過門縫刺激著兩位兒童的五感和想像力，張廚子尖聲尖氣地問：「都準備好了嗎？」裡面像是有幾十個餓死鬼發出了怪叫回應著他，門推開的同時霎時大放光明，阿閔和胡同學不由瞇起了眼睛，只聽張廚子大喝一聲、猛然一推：「餃子兩顆帶到，綁起來！下鍋！」阿閔正想做垂死掙扎，卻已被人七手八腳的牢牢按在地上，肚子像是有一條繩子越勒越緊……越勒越緊……，只能咬緊牙關苦撐：「老媽，對不起！下輩子再做您的孩兒罷！小咪，對不起！老是借你的手帕擦鼻涕，其實我有帶，只是故意要跟你說說話而已，再見了……」

※　　※　　※　　※　　※

「起來！你們兩個是要躺多久？」一個陌生的聲音。

「李館長、張助教，拜託兩位可不可以不要再玩這種把戲，他們才多大？小一而已耶～上次那個小胖弟都尿褲子了，害我教拳教到一半還要穿著道服跑去買尿布，有夠怪的，再這樣下去招不到學員我不管喔～」阿閔立刻睜開眼坐了起來，面前是一個穿著水餃皮的阿姨，身旁四周全是和自己一樣裝扮的「餃子」，差別在於腰帶的顏色有藍有黃，但是大部分和自己一樣都是白色，只有眼前這位阿姨的腰帶是黑色，上面寫了好多字，嗯～陳……筆劃好多，看不懂也不會唸。

張助教嘻皮笑臉地說：「有學姊夫這根台柱在，這邊的婆婆媽媽們超愛，不怕不怕！」接著捏了一下阿閔的腮幫子，變出「張廚子」的聲音說：「你這顆大餃子剛剛打了我兩下很有力啊，還摔倒兩顆咖哩餃～我就愛這口感，嚼起來特別帶勁兒，桀桀桀……」

「你還玩？還不去看另一個三魂七魄回來了沒？學長，你也真是的，都已經快要當爸爸的人，還這樣瞎鬧？」

愛吃餃子的大儒俠這下又道貌岸然了起來：「學妹太座您有所不知，這年頭會被家長送來道館的孩子，在家都是張牙舞爪野慣了，不先殺殺他們的威風，等爬到我們頭上，到時可就難教了。」

「學長、學姊！這一個……他……」張助教指著攤在地上、動也不動的胡同學，說不出話來。水餃皮阿姨迅速移過去趴在地上把耳朵貼在胡同學的胸口，又用手指探了一下鼻息。隨後，抬起的臉龐帶著一絲茫然和驚異……

「老公！這個睡著了。」陳助教這麼說。

「學長！看來我們今天收了兩個奇葩。」張助教這麼說。

※　　　※　　　※　　　※　　　※

於是乎，在電視劇楚留香迭創收視紀錄的同時，小酒鬼與小臭蟲和另外23名天資同樣聰穎、骨骼同樣清奇的師兄、師姐，在貌似斯文的大儒俠門下進行著各種修業。

李教練的教法很不一般，阿閔印象最深刻的是第一堂課。他先教了第一招：馬步正拳、然後又教了第二招：弓步正拳、然後……然後就沒有了!?

——「你們兩個新來的，立刻給我去穿護具，等一下和師兄們開始進行實戰對打。」

「什麼？我們都還沒學呢？」

「不要懷疑！剛不是教你們兩招了嗎？」

「……」

雖然師兄們一個個都已手下留情、儘量點到為止，但毫無根基的難兄難弟還是被修理得很慘；張廚子在一旁說：「教你們那兩招，不代表就只能用那兩招啊，笨死了！」

有了張廚子的提醒，幾個月下來戰績總算有了點起色，但如此一來，學長們也不再放水，所以被修理得更慘；這一次卻換陳助教說了：「亂打也只比不會打好一點點而已，最多就這樣，教你們的，得自己找機會加進去，學了不用幹嘛學，笨死了！」

如此又過了幾個月，兩位武學奇才總算勉強趕上其他人，即使實力有所不及，但身體素質上起碼較能經得起打，在小二升小三的暑假，兩人已從白皮餃子升為咖哩餃，黃帶之後，依序是藍帶、紅帶、紅帶黑頭，最後則是黑帶；而兩人一年參加檢定一次，小四那年均已穩穩升上藍帶，過程異常艱辛，每當有人吃不了苦，終於說服家長忍痛離開大儒俠門下時，**中原群俠們**便會用羨慕的眼神加上嘲笑的聲音代替珍重再見歡送他們，好一個溫馨

的大家庭！

　　道館裡的教練嘴巴一個比一個賤，那句「笨死了！」聽了不下千百遍，有一次阿閔忍不住問了：「踢就踢、打就打、想那麼多幹嘛？又不是考智力測驗？」李總教練「賤」明先生臉色一正：「你是人還是山豬？野獸才靠本能，那不需要道館來教，路邊混混都會，跆拳道是現代技擊的智慧結晶，教你善用本能並且隨機應變，當然要多觀察多紀錄、活學活用，有腦子不用那不如煮來吃！」年僅10歲的資深兒童深有同感，除了最後一句。

　　三位教練嘴巴賤歸賤，卻不約而同地很會煮東西，阿閔甚至覺得他們會不會是為了替將來萬一招不到學員而預留後路，道館改行做餐館，像少林寺的火工頭陀那樣——冬天煮薑湯、雞絲麵，夏天煮綠豆湯、杏仁茶，舊生都知道，道館一樓後面的廚房，不定期可以吃到美味的料理；大鍋大鍋的，花樣層出不窮，算是少數值得回味的樂趣之一；唯獨有一次挺著大肚子的陳助教笑咪咪地包了兩大盤餃子，卻發現端出來過半晌連一顆都沒少，才知道這群孩子心中的陰影，恐怕比整棟道館的榻榻米加起來還要大。

　　道館三樓內的「將來必成大器」之人來來去去，比阿閔資深的師兄師姊也由原先的23人逐步汰減，到了四年級的時候，小臭蟲和小酒鬼都已經被叫做七爺八爺了，領到藍帶過後沒幾天，兩人第一次無意中撞見這種好康，當然不知節制的猛灌，沒留意到師兄師姐們都很克制的適量服用，導致阿閔後來劇烈練習後，一個人在廁所把綠豆湯吐了半桶回來，那位白爛道友卻渾然沒事，令所有人嘖嘖稱奇……未料，下半場的對打訓練卻成了往後道館的招牌好戲——「蝴蝶劇場」。

　　阿閔先上場，由於吐過一輪全身發軟、腳步虛浮，勉強撐過一個回合後，自己跑去廁所吐了第二回合就沒再回來被判定棄

權；換花蝴蝶上場了，他老兄拳腳上的功夫差強人意，但不知爲何卻**異常的耐打**，可能跟長年偷喝自家老爹私釀的虎鞭酒有關，連阿閱都有被KO擊倒的紀錄，他卻全部都是因爲得分較低或是犯規扣點而落敗，由於怪招連連、令人防不勝防，所以是同級師兄弟中最不想抽中的對手，因爲**跟他對打等於是在考驗自己的當日運勢**。

當天運氣不佳的倒楣鬼叫做鍾夫強，外號「功夫強」，當時五年級，已是紅帶中頗爲厲害的師兄，壓根不把四年級的藍帶小鬼放在眼裡；果然戰況一面倒，不過胡鐵花這個小酒鬼倒了又起、起了又倒不知幾次了，搞到師兄都開始懷疑對手是不是生化人，終於覷準空隙，一個後側踢正中對手小腹，只見胡同學雙目瞳孔放大、臉也異常腫大……不，是嘴整個鼓了起來，然後將蓄滿綠豆湯汁的「波動砲」射得師兄滿目瘡痍，魂飛魄散的功夫強立即左滿舵全速迴避，卻不想能量填充完畢的「波動砲」不發則已、一發驚人，戰鬥意志頑強的胡鐵花猶如穿花蝴蝶般邊吐邊追，而所謂**春蠶到死絲方盡**，所到之處遍地狼藉、鬼哭神號，連裁判張廚子都被掃到退避三舍。

當張廚子小心翼翼地提著鍾夫強的袖角，將他的手高高舉起宣布：「藍勝。」全場對滿頭滿臉一踢糊塗的幸運兒報以最熱烈的掌聲，至於苦戰得勝的師兄，從他空洞的眼神中不難發現，勝利的喜悅早化作男兒淚無聲地流下。

這傢伙食髓知味，隔沒幾天，抽到要跟阿閱對打，還故意在好友面前大口大口**地灌下海量酸梅湯**，令實力原本高出一籌的阿閱疑神疑鬼，同樣陷入意外苦戰的泥沼，直到第三回合再也受不了了，拋開競技規則的束縛，用一記自創的掃腿將這廝掃倒，撲過去按住他要開不開的嘴狠K他可疑的肚皮，才讓這場兄弟鬩牆的鬧劇以違反運動精神的名義取消。

往後的歲月中，「蝴蝶劇場」接連上演，不是拉著對方的腳滿場游走、就是不小心從護甲的縫隙中準確地偷了對方的桃，再不然就是被踢倒的同時猛扯對方的腰帶，有一次失手，扯斷了人家的褲帶，害得贏家的手被陳助教舉起時，另一手還得提著自己的褲子。

　　最絕的是，某日他感冒抱病上場，自己踢得太大力，一個重心不穩，竟然整個人旋身滑進對方懷裡，師兄郭文晉是位白面書生型的翩翩佳公子，順手扶住這個天外飛來的溫香軟玉，四目相接的定格畫面好比雙人探戈，羨煞所有師姊師妹；文晉師兄敬謝不敏，正待推開，卻聽一聲哈啾，大量的病菌化作成千上萬個小花蝴蝶鋪天蓋地襲來，嚇得白面書生捏住鼻子暫時停止呼吸、連連後退，最後乾脆跳出場界搖手棄權讓他撿到一勝……諸如此類罄竹難書，迫使裁判在蝴蝶劇場開播前，朗讀競技規則的時間一再延長並且不時修正更新。

　　怪就怪在即使他本人循規蹈矩、老老實實地比賽，可還就是會發生莫名其妙的事；有一回跟別間道館舉辦交流賽，共三場，前兩場雙方一勝一負，第三場原訂是由實力堅強的龍傑師兄出馬壓軸，卻因身體不適只得臨時找人頂替，而為了發洩平常被教練們荼毒的苦悶，大家舉手異常踴躍，最後決定抽籤，結果是由「土城劉的華」代表中原群俠出陣，這令大儒俠憂心忡忡——替對方擔憂。

　　上場前，張廚子在胡鐵花耳邊嘀嘀咕咕，對方或許以為是面授機宜臨陣磨槍，但阿閎的順風耳卻聽到「不可偷桃」這四個字最起碼被提了不下五遍。裁判右手一落，對方便如出閘猛虎般地節節進逼，小酒鬼醉醺醺的往後連退、一退、再退，阿閎心下暗自著急：「平常看你不三不四、無法無天，該不會不偷桃就武功全失了吧？」突然，不知是腳沒踩穩、還是前一場選手流汗過多

的緣故，這酒鬼腳底一滑摔了個四腳朝天——對手也是！只不過是面朝下，鼠蹊部恰好撞在胡鐵花曲起的膝蓋上，只聽慘嚎一聲——**他終究還是偷到了桃**，不過這回是桃子自個兒掉下來的，沒有犯規、無須扣點、不用禁賽，這老小子又撿到一勝。

時光荏苒，道館三樓的七爺八爺持續承受著皮肉之苦，就在兩人升上小五沒多久，練習場所也被調整到二樓。如果三樓是第十八層地獄，那麼下方的二樓，便是第十九層！師兄師姊平時個個和藹可親，可一旦在場界內面對面對打時，卻個個化身索命的厲鬼、面目猙獰，當初隔著牆板聽到的吼叫和哀號原來是這麼回事；除此之外，就只剩擊破木板的爆裂聲和教練的口哨聲，以及纏繞不休的「笨死了！」吆喝聲。而小五結束前，酒鬼與臭蟲雙雙晉級紅帶。

為了紀念這個人生的里程碑，兩位十一歲的小鬼決定**幹一票大的**以茲慶祝——由於音樂老師潘夏末公然批評胡鐵花五音不全，為了維護自身顏面，當事人決定翹掉一堂音樂課當做身為男性的復仇，可惜賊無賊膽，硬要拉人做陪。阿閔原本屬意翹掉批評自己紙雕傑作有如狗啃的美勞課，至於音樂課嘛……由於坐在中間第一排的VIP位置，可以得天獨厚地欣賞音樂小老師巧莓同學彈奏風琴的天籟，因此對老友的提案興致缺缺。

對付重色輕友之人當然不得不使出非常之手段，平時鐵公雞一隻的胡德華同學也拍著老友的肩膀：「兄弟啊！**我真的真的**不是針對潘老師，我像是那種雞腸鳥肚的人嗎？靠～你還給我點頭！我是為了兄弟你啊！這個禮拜四上午11點在後火車站旁的遠東百貨8樓，你知道誰會在那裡嗎？你當然不知道，因為你整天就只會看草莓，不會去看攝影雜誌呀！我告訴你，這一期的攝影雜誌有一個天大的好消息呀！」話說完，胡鐵花便裝腔作勢地要老臭蟲附耳過來傾聽。

「什麼！你說的……是真的嗎？」阿閔霍地站起。

「當然啊～『北台灣特攝迷大會師-影友聯誼會』，主辦單位將邀請相關戲劇的演員親臨現場哦！包含你的偶像第一代太空戰士金虎，還有金龍、金鳳全員到齊，而且還有特別來賓，聽說是維尼坦星還沒露面的神祕戰士喔！小三那年我們錯過了太空戰士見面會、小四那年我們錯過了哈雷彗星、今年要是再錯過這個，你活著還有意義嗎？」

「喔喔喔喔！！！！」阿閔的熱血被徹底點燃了。

> ……燃燒自己照亮別人　　化成一道光彩
> 　不管是黑夜黎明　　不管狂風暴雨中
> 　我絕不怕邪惡強權挺立風雨中　　迎接未來……

正義的旋律一響起，立卽驅走腦中風琴的靡靡之音；老酒鬼打蛇隨棍上：「入場費每人150元……」在阿閔眼中的光彩還來不及黯淡之前，趕緊添柴加火：「我對發票中到400元，我們兩人進場，結束後還有錢去打電動、去『儂特利』吃炸雞喝奶昔，兄弟我請客全包了，好哥兒們，一句話，去不去？」

「一句話，我去！」

「還看不看草莓？」

「還是要看。不過草莓天天有，金虎只有這一次！」

人在福利社買草莓麵包的巧莓同學不知爲何噴嚏連連。

※　　　※　　　※　　　※　　　※

體育課一結束，阿閔與好哥兒胡德華，拚著殺頭的風險爬

出H小的校牆，跳上公車307航向「維尼坦星」……不，是後火車站旁的遠東百貨。阿閔今天全身上下充滿著積極的正面能量，覺得人生充滿希望、世界充滿愛、對生活充滿信心，至於翹課這種小事嘛……不要被世俗限制了，成大事者又怎能拘於小節？而朋友，則是一生的財富，能得一知己夫復何求呢？吾友胡鐵花，實乃平生摯友也。（**稍晚一點就會想將他一把掐死了，諸位等著瞧……**）

搭著電梯直上遠百8樓，門還沒開就聽到正義的旋律在聲聲呼喚……8樓終於到了，等到親眼見到氣球拱門旁等身高的龍、虎、鳳人形立牌，回想起兩年前錯過見面會時的悲痛欲絕，阿閔當下差點哭出來；終於相信這一定是夢，不過是即將成真的美夢，看著身邊摯友憨厚的臉，**連直接親下去的心都有了！**

只見胡鐵花神氣活現地走到入口處，大方地將**發票**遞了出去。殊不知——同一時間，阿閔突然想到：「發票，他手裡拿的是發票……」，一陣莫名的恐慌自內心深處襲來，有不好的預感……

「先生，我們這裡只收現金不收發票喔！」大方的手僵在半空中。

胡鐵花乾笑兩聲：「請問要到哪邊換現金？」問題不大，應該不難解決……吧？（**想得美**）

「今天28號，中獎發票要到下個月6號以後才能領獎你不知道嗎？」工作人員的話語和阿閔的心念同步，在他的胸膛上打出一排排無情的彈孔。

他老兄倒是拿得起、放得下，嘻嘻一笑：「老臭蟲抱歉啦……一時不察，身上剛好沒帶錢，真不好意思。我們回學校吧！」

阿閎登時萬念俱灰，一顆心直往下沉、下沉、再下沉……沉到那本「寰海探奇」裡所說的馬里亞納海溝深處，沉到他媽的第二十層地獄裡。金虎沒了，草莓也沒了……唯一支持著他的信念，就是在人生完全變成黑白之前，親手宰了這個偽酒精中毒的混球。

　　大概是看到老友眼中缺乏善意的回應，以及逐漸漫出全身的殺氣，「土城劉的華」趕緊陪著笑臉：「不然這樣好了，你在立牌旁邊擺個『正義組合』的POSE，我幫你P一下，保證帥氣，來過就不要錯過。」阿閎搖了搖頭，只能抱著無以復加的失落和沮喪，一個掉頭便朝電梯走去，他的最佳損友則如影隨形，真箇是「雁蝶為雙翼，花香滿人間」。

　　下到一樓，初夏的陽光依然明媚，但阿閎的心境卻已是大不同啊大不同；他覺得全身上下充滿著消極的負面能量，覺得人生毫無希望、世界沒有愛、對生活失去信心……而誤交損友，則是一生的負債，賊人胡鐵花，我要殺了他！

　　心情激盪之下，一陣亂走，突然肩膀不知被什麼撞了一下，這才回過神來，卻見自己已然身處遠百後方錯綜複雜的巷弄之中。

※　　　※　　　※　　　※　　　※

　　「撞到人不會道歉是不是？」一個流里流氣的口音。阿閎心下一驚，趕緊道歉。不料對方卻引用一句漫畫裡最能代表混混的經典台詞：「對不起可以了事的話，那世界上就不需要有警察了。」阿閎這才抬頭看去，這句台詞的主人果然是混混，身邊還有五位同樣穿著C中制服的傢伙。

　　帶頭的混混開誠布公地表明對於解決這件事情的看法與期

許：「小弟弟，我被你撞得好痛，要去看醫生，你身上有沒有錢可以借我？」——顯然，這就是朝會時大人所一再提起並告誡過的「不當的金錢借貸行為」，簡稱勒索。

一比六！

那討厭的騙人精居然不見蹤影，分析利害得失之後，阿閔從淺薄的口袋裡，心不甘情不願的掏了又掏，拿出身上所有的財產。

「24塊？騙肖ㄟ膩？」混混們顯然對於這個每人新台幣四塊錢剛好整除、卻連一道電動都玩不起的獲利不甚滿意，因此頭頭順應民意地往阿閔的肚子送上一個善意的提醒：「聽說現在的小學生都很愛講白賊哦～」阿閔跪趴在地上、狀甚痛苦的表情，對這不痛不癢的一下給予適度的尊重，同時命令腦袋開工。

「欸～原來你在這兒，我還以為你跑到另一邊去哩！要不要喝冬瓜茶……咦～這些人是你朋友，我只買兩包，不夠喝怎麼辦？」阿閔對他說：「還不再去多買幾包回來請客？」正欲飛離的花蝴蝶，卻被兩位混混勾著肩膀帶了回來：「不用那麼麻煩了，你把錢給我們，我們自己去買。」

二比六！

現場狀況一目瞭然，再怎麼白爛也該清楚了吧？而咱們這位胡德華就是有辦法屢屢突破自我、超越巔峰，他遲疑了一下便胸有成竹的開口：「各位各位～我給你們100塊錢可以放我們回家嗎？」阿閔心想：「這傢伙總算有點義氣，危急關頭還是朋友重要，甘願把暗槓的身外之物交出來，看來我錯怪了他。」而混混們的眼神驚喜交集，均想辛苦的勞動終於有了回報，帶頭的滿意地點點頭，接著便將手伸了出來；而談判成功的胡鐵花再次大方地將發票遞出，平平整整的放在此路是我開的山大王手裡，於此同時，一副理所當然地也將手伸了出去：「這張發票中到400

元，下個月6號記得去領獎，找我300元，謝謝！」

突如其來的行徑由於超出常人可以理解的範圍，令混混們面面相覷、一時不知所措，帶頭的愣了好幾下才想起該怎麼做，於是飛起一腳將這白爛的二百五踹了個狗吃屎，但演技不佳的胡德華反應過快，還順手幫他把穿在右腳的愛迪達脫了下來。

趁著白爛道友胡扯之際，阿閔一邊尋思：「這群國中雜碎不怎麼樣，死酒鬼再不濟事也可以糾纏住兩個，自己也差不多……好吧！在這節骨眼就甭謙虛了，自己應該可以勉強頂住三個，可是對方有六個……」小五數學即便還沒教到「不等式」，但阿閔功課再爛，「3+2=5<6」的基本認知能力還是有的。

——要拚嗎？正當阿閔的本能和算數斤斤計較時，突然聽見一聲清亮的嗓音：「大欺小，袂見笑！」從長巷暗處轉出一個瘦高的身影，重點是，他雖穿著便服外套，但露出來的上衣下擺，明顯的是H小的體育服，是友軍！

這下子三比六！阿閔緩緩地握了握拳頭，胡鐵花也揉揉屁股，一骨碌地爬了起來……然而對方也有增援，從巷尾又鑽出兩隻，阿閔正待重新估算不等式，怎知那位生力軍甫一抵達就迫不及待地投入戰場，已經迅雷不及掩耳的擊倒一名雜碎，好個先下手為強！

既然已經表明立場，阿閔也不再做無謂的數學習題，手腕一翻，直接將已經按在自己肩膀上很久的那隻手拗到他的主人唉出來為止，再順勢推出，讓他跟另一個雜碎一起朝胡鐵花撞去，然後便往帶頭的混混衝去來個擒賊先擒王，閃過他那不像樣的踢腿（請問你這是小狗撒尿嗎～「笨死了」！），同樣朝他的肚子回敬一個惡意的體諒，在他還來不及彎下腰前，手刀已俐落地砍中他的後頸，痛都來不及唉就倒了下去，向旁一瞥，見那新夥伴身手矯捷，以一敵三毫無懼色，在躲開敵人拳腳的同時狠擊對

鼻、腰等柔軟部位，端的是硬爪子、好幫手；而斜後方傳來兩下尖細的嚎叫，太熟悉了，阿閔無須回頭就知道那是男性獨有的珍貴桃兒被偷走的痛呼之聲，眼看戰況正逐步控制，朝優勢邁進……

「幹！底佳啦～」

「衝三小！這麼多人還搞不定三個小朋友喔！」

對方一口氣又來了五、六個，將大禍臨頭的小學生們團團圍住，其中一位竟然掏出一把藍波刀，瘀青腫大的嘴唇發出殘忍的預告：「雞掰咧～恁北今天要讓H中將來少收三個新生。」還穿著H小制服的酒鬼與臭蟲，在得知未來的註冊費會在今日一次付清後，顯然不認為這是值得高興的事。

失職的外交官胡鐵花此時趕緊端出牛肉進行深度交涉：「等等！我們回家馬上改戶口、換學區，你別衝動！來～這個先還給你，有話慢慢說……」說完便將一直拿在手上當武器的那隻愛迪達充滿善意地遞了出去。可惜，「腫唇藍波」並不買單，一把撥掉和平的橄欖枝，用狂熱的眼神宣告談判破裂：「我不准！那個不需要！叫恁老北老木明天直接去申請除戶證明。」

三人背靠背站在一起勉強擺出「正義組合」的姿勢，而包圍網越縮越小，距離冷冽的刀鋒也越來越近……

※　　※　　※　　※　　※

忽聽得丈許開外一聲悶雷似的虎吼：「**你們在幹什麼？**」長巷盡頭傳來一陣陣澎湃的引擎聲浪，令混混們不由得轉頭為之側目——

只見一位頭戴全罩式安全帽的男子，身穿黑色皮衣和牛仔長褲，騎著一台藍白相間的大摩托車，赫然是全宇宙最ㄆㄚ、最屌

的「王牌」，突然間，燈光大亮、油門全開地衝了過來！輾過中途的一個水坑後，車上騎士整個人立了起來而顯得異常高大，跨下的摩托車彷彿是身體的一部分似的，前輪竟也跟著高高抬起，伴隨著震耳欲聾的喇叭聲，猶如噬人猛虎般地張狂咆嘯著！

天～那是電影裡頭才看得到的「抓孤輪」，雖是一人一騎，卻勝過千軍萬馬！當真是神威凜凜、霸氣十足！衝到近前，前輪一個打橫便向前壓將下來……混混們嚇得膽戰心驚四散逃逸，跑最慢的兩個從姿勢上看來，絕對是方才遭到「蝴蝶穿花七十二式」光顧的店家。

那位騎士眼看賊眾竄逃，有道是窮寇莫追，於是見好就收，將車子安安穩穩的停下，身旁沙塵便再沒揚起一絲一毫，實已臻收放自在、人車合一的境界。

三位小學生眼看得救，心頭七上八下的水桶頓時散落一地，就地坐了下來，阿閔喘著氣向路見不平、揮拳相助的少俠道謝：「多謝啦！」接著便說了自己和發票老弟的名字，那人站了起來邊拍灰塵邊說：「恁係北七喔！翹課還明目張膽穿制服，我叫嵐仔！」

砰砰聲響，那騎士緩緩掉頭靠了過來，隔著面罩問：「上學時間你們為什麼在這邊遊蕩？」嵐仔斜睨著臉：「要你管。」那人不理他，又說：「趕快回學校，不要讓老師和父母擔心。」隨即輕催油門，便要離去。

阿閔突然大喊一聲：「金虎！你是金虎！對不對？」王牌的車後燈紅光一閃，黑色騎士停了下來，阿閔趕緊追上前去。

「你怎麼知道是我？」「金虎」移開了反光的面罩。

阿閔半是興奮、半是緊張的說：「雖然跟片頭主題曲唱最後一句時的飛車畫面不一樣，但是……但是有一集你抓孤輪的時候，就像剛剛那樣把輪胎橫過來，我不會記錯的！」

金虎拿下了安全帽，露出廬山眞面目，只見他留著像「李麥克」那樣的長捲髮，這隻虎和小虎隊的任何一隻比起來一點都不帥，但那雙眼睛像會燙人似地炯炯有神、比錯過的哈雷彗星還要亮一百倍！

　　他首先跟阿閔道歉：「其實，我不是金虎，也不是他的替身，我只是劇組裡的一位工作人員，有一回金虎的替身剛好家裡有事臨時請假，導演只好從工作人員找，剛好我有在練散打，身材又差不多，所以臨時當了一集替身，抓孤輪是我那陣子常跟朋友在大度路上玩的把戲，剛好派上用場，沒想到你從我的習慣動作就把我認出來了。」說完表情似乎有些得意。

　　一旁的嵐仔卻對阿閔潑冷水：「你北七喔？那攏嘛假的。」金虎聞言，將車停妥後向他走去，左手突然迅疾無倫地向他抓去，嵐仔反應奇快，右手立即格擋，眼看就要攔住，突然金虎左掌向外一翻一蓋，反將嵐仔右手拍下，於此同時，將藏在懷裡的右掌向上翻出，以掌背向嵐仔面門彈去，嵐仔一驚向後急退，卻慢了一步，整張臉已盡在金虎翻轉過來的虎爪掌握之中，金虎笑問：「金ㄟ啊假ㄟ？」這左右齊發、虛實交錯、連翻三次的絕妙高招，令人看得目眩神馳，阿閔在旁眼睛眨也不眨地全看在眼裡，臉上盡是滿滿的欽佩之色，手也不由自主地跟著比劃起來。

　　金虎看到又笑了：「你也想試試看啊？」左手同樣地向阿閔猛抓，儘管剛看過一次，心裡已有準備，但一模一樣的情形卻再度重演，不到半秒鐘，阿閔的大頭同樣也在虎爪的掌握之下。他又問了一次：「這是眞的還是假的？」阿閔感受到從金虎手掌中透過來的溫度和信念，又是敬佩、又是感動：「難怪連宇宙黑帝的手下大將天蠍妖女都被你消滅了。」

　　金虎豪邁地哈哈大笑：「就是那一集。導演要我自由發揮，沒想到加上特效後，連武指老師都覺得效果不錯，就保留了下

來。」接著正色道：「這招『風翻荷葉』攻敵必救，練熟以後，百發百中。最後那一下不管是攻敵雙眼還是咽喉，非死即傷，出手前務必三思。」

年僅11歲的少年點了點頭，突然覺得自己長大了一點點，有些感慨地問出那早已知道答案的問題：「其實，世界上根本沒有太空戰士對不對？」沒想到金虎卻說：「誰說的？有維尼坦星的地方就有正義，有正義的地方就有太空戰士。」

「維尼坦星在哪？」

金虎不說話，只用右手食指在自己心臟的位置點了兩下，又在阿閔的胸膛點了兩下。隨後，這位王牌重新跨上王牌，撥下面罩、發動引擎，離去時再度秀了一次獨門的抓孤輪絕技，阿閔再也壓抑不住，發出興奮的吶喊，無名英雄則用最帥氣的背影，和一聲喇叭長鳴來回應今日無緣進場的忠實影迷。

Lesson 18. 班主任

　　三人閒聊間，手沒停過，鳥蛋看剩下的宣傳單不到一半，便拍拍隔壁班同學的肩膀說：「謝啦！胡P。剩下的就交給我們跟班導覆命，今天就醬子，不如你先回去沖洗照片。洗出來不要忘了先給班導看過嘿～」

　　「沒問題！那我先走一步～掰囉……老臭蟲，青山常在綠水長流，後會有期，告辭～」說完胡P還拱了拱手。阿閎也拱手回禮，再次提醒：「禮拜一放學就直接來日成選班劃位，道館那邊我幫你跟教練講；還有，介紹人的名字不要寫錯字啊！班主任會刁你。」

　　送走了胡天胡地、亂開時光機的無照駕駛者後，鳥蛋好一會不出聲，阿閎等著……果然他還是問出口了：「方塊J，你覺得班導她……她有沒有男朋友啊？」

　　阿閎等著就是想虧他一下，原本想說：「當然有哇……好多好多喲～～我都不知道該叫誰『乾姊夫』呢？還是說，這個名詞後面乾脆加個s？」但話到唇邊想了想又吞了回去，對他開這種玩笑太不厚道，於是只好坦言：「我怎麼知道？我沒想過這件事耶～」

　　「你不好奇嗎？」

　　「為什麼要好奇？不過我倒是可以幫我的戰友黑桃K問問。」

　　「你打算怎麼問啊？」

　　「呃……就直接問啊，就說『姊～你有沒有男朋友？』」

　　「他一定會反問你『底迪你問這個幹嘛』？」

「我就說『是Michael要我問的。』」

「看！你馬上就出賣本大爺了，這樣一定問不出來的啦！」鳥蛋停了一下，又繼續沙盤推演：「那根據你對令姊的瞭解，她會怎麼說？」

阿閔想了一下，倒是滿有把握的代答：「底迪～你叫那個小滑頭好好念書，不然就自己過來當面問。」

※　　※　　※　　※　　※

天橋那邊上來了一個熟悉的身影，阿閔立刻跑過去攀談，聊了一陣後便將手中的宣傳單遞過去；鳥蛋看在眼裡，不由得納悶，也靠了過去：「阿閔，你發給小學生幹嘛？」這是兩位好戰友沒有說破的默契，只有兩人時，才會用當初快錦賽的撲克牌代號來稱呼對方，只要有外人在場，就會改用其他的稱呼；至於這個習慣成自然的原因，兩人都說不出所以然來，但之後卻起了莫大的效用。

「不是啦！他是我國一的同學，現在跟你我一樣都是國三。」鳥蛋驚訝的打量眼前這位同學，只見他身高絕對了不起140多一些，乾乾瘦瘦、小頭銳面，但那對眼睛卻閃爍著與身高無關的高度精密性，使鳥蛋聯想起「夥計」在霹靂車前方掃過來掃過去的雷射眼。

這不是鴨B仔還會有誰？

※　　※　　※　　※　　※

一直以來，由於補習班同業間競爭激烈，為了搶錢，不但搶學生、也搶老師，甚至有所謂的「搶手名師」一個人有六、七個

化名，遊走於各門各派之間，像日成目前教數學的「湯杰」、其實就是班主任從興學硬挖過來的「程龍」；當然，這些名師更有甚者，在賺飽了以後，乾脆自立門戶將手邊的學生全部拉走也時有耳聞。

補習班為了開拓客源，會巧立名目地開設各種菜單：英數（數理）加強班、暑期先修班、平（假）日班、考前30天衝刺班、考前60天總複習班、建北（前三/五）保證班、春節不放假的魔鬼訓練班、班班班班班……、媽的死人骨頭班，疊床架屋不說，還推出各式各樣刻意讓人目不暇給的優惠。

因此，補習班的「班主任」一職不是任何人都能夠勝任的，除了招生、財務及管理等檯面上的基本功外，檯面下的進階技巧更加重要。什麼技巧？同樣還是招生、財務及管理，But～～一字記之曰「賤」！

招生賤——那年頭學生跟著老師跑，誰跟你乖乖招生？校門口發傳單只是幌子，直接把老師挖過來呀笨蛋！學生還不像一整串肉粽熱騰騰地跟過來？這才叫高明！

財務賤——多數名師還是出自學校，得提供法律財務諮詢，幫這些賺外快的老師解決報稅問題，誠實納稅是好國民的義務？兩本帳冊懂了嗎？你有張良計我有過牆梯呀笨蛋，這才是高招！

管理賤——我會挖別人，別人也會挖我！旗下的名師誰想跳槽、班上的資優生誰懷有二心？誰該留、誰不用留？得一清二楚才行！「師父領進門、修行在個人」言下之意就是學生繳完學費後就沒有利用價值了，你修不修行根本沒人在乎好嗎笨蛋？趕快讓你捧著銀兩選班劃位，這才是真理！

而迷途的鴨B仔這下也走到人生的分歧點，手裡捧著鴨爸給的銀兩，打不定主意～～這樣的肥鴨從補習街的街頭晃到街尾、

又從街尾晃回街頭，讓沿途目光銳利的班主任們，看得口水直流⋯⋯

不蓋你～一位厲害的班主任光看你走路的姿勢，就知道你今天有沒有把準備選班劃位的鈔票帶在身上！這是阿閔有一回在日成樓梯間的密道，偷聽到班主任對那位長得超像司馬中原的兵馬俑老伯自吹自擂時所說，而且他的修為顯然段數更高：「⋯⋯你在這邊當管理員人你也看得多了，但我告訴你，我大老遠就可以聞到學生身上放在書包還是口袋裡邊的鈔票味兒，鈔票越大把～嗯～～聞起來那氣味就越香濃，令人通體舒暢啊！」說完還發出那種貪財歐吉桑特有的呵～呵～呵～的笑聲，還好阿閔當時身無分文，不然搞不好會立刻從藏身之處被揪出來，咱這位班主任還真是賤到出類拔萃。

「總鏢頭，跟您請安啦！瞧您身子還是一樣硬朗啊！身邊這位氣宇軒昂的帥哥，想必是G中有頭有臉的代表性人物，你好你好！」這傢伙果然一見面就送了兩頂高帽子過來，還主動伸出友誼的手和鳥蛋熱情打招呼，許久未見，交際手腕又更上一層樓了。

只聽鴨B仔得意地說：「我剛剛在補習街那邊走來走去，故意一邊看著手上的宣傳單、一邊在每一家補習班的門口探頭探腦，果然，不用我一家一家走進去問，他們自己跑出來報優惠給我聽，還一家比一家優惠呢！」阿閔心想：「這小子真有長進，這方面還真的不誇他不行。」

鳥蛋立刻問了：「日成呢？你覺得怎樣？」鴨B仔回道：「就日成沒派人出來，裡頭只有一位大姊姊對我笑，我也對她笑，她還向我招招手，人看起來滿親切的。」他說的當然是雅琴姊，幾個月前阿閔一半出自私心、另一半也是因為這樣才走進去

報名的，嚴格來說，班主任應該要把所有日成學生的介紹費分一半給雅琴姊才對！

鴨B仔嘆了一口氣：「雖然我可以弄清楚哪一間最優惠，但是我真的不知道哪一間比較適合我，就老爸一直塞錢過來，說什麼只要我能念高中多少錢他都願意花……」阿閱想起之前不知道在哪曾聽鴨爸閒扯淡，說他以前想讀初中家裡卻沒錢，只好小學畢業就去賣菜，望子成龍心切，因此一直要鴨B仔唸書準備北聯或是念私中也沒關係，然後高中、大學一路念上去；無奈鴨B仔功課太差，如今也動了要上補習班的念頭。

這時候就是身為總鏢頭對其曉以大義的時候了：「我的國一好同學啊！健康教育裡面不是有提到啥『投射作用』嗎？父母的期望其實只是把他們自己以前沒去做、或是做得不夠好的目標投射到我們身上來，讓孩子像賽馬一樣跑個不停，但他們並不知道我們真的要的是什麼，對吧？不然你說，你要什麼？」

鴨B仔表明只想趕快幫忙家裡負擔經濟，對念書實在沒興趣，但又不忍心讓爸媽失望，不知道該怎麼辦才好？阿閱想了想便說：「你現在成績太差是事實，所以不管說什麼大人們都不會相信的，不如讓自己畢業前的成績好看一些，這樣子比較能夠說服爸媽自己是個有思考能力、而且能對自己的將來有所規劃的人。如此一來，既能夠做自己想做的事，也不會讓關心自己的親人操心，一舉兩得，如何？」

阿閱這一段既未強迫推銷補習，同時也充分凸顯學業進步之必要性的超齡說詞，讓鴨B仔和鳥蛋聽得連連點頭——沒有錯！就是出自雅琴姊的手筆，被耳濡目染的14歲少年原汁原味地再次重現。

果然，鴨B仔立刻贊同：「對對！我就是這麼想的。」接著便把錢掏了出來——這真不簡單！想當年就算在危急存亡之秋，

連阿文老大他都敢狠削一筆，能夠讓這可愛的小奸商心甘情願地主動繳械，雅琴姊就是有這種魔力。於是阿閔咳嗽一聲，有樣學樣地說：「同學，歡迎你加入日成的行列，希望你好好用功，明年金榜題名。你剛新來，選班、劃位下禮拜一放學去補習班找班導；至於環境方面，我和這位鳥蛋兒會儘快幫你熟悉。」

事後選課劃位時，鴨B仔不經意地把整個心路歷程覆述了一次，包括國一同窗好友苦口婆心地開導與勸說，讓阿閔的腮幫子當天晚上又被不輕不重地款待了兩顆「紅龜粿」：「底迪你有出息啦～竟敢盜用本宮名言錦句。」

眼看魚兒上鉤，鳥蛋立即收線，提醒著這位升學大道上的準夥伴有關填寫「介紹人欄位」時的注意事項，並且提議介紹費的比例可依三七五減租為分贓原則，不料被捕撈上船的魚兒不但把釣鉤連同釣線、釣竿全吞了，還把奇怪的餌拋進釣客們嘴裡：「那有什麼問題呢？總鏢頭的朋友就是我的朋友，三個人分500塊怎顯得出前四六鏢局總鏢頭的海派與大器？依小弟之見，不如我再多奉獻500塊出來，兩位一人一張　蔣公不要分，分了傷感情；以後啊～兩位每賺一筆介紹費，就分我100塊，然後啊，跟你們介紹的同學說，請他們每介紹一個，也讓你們各抽100塊，你們這100塊當中分我10塊就好；依此類推，一個拉一個，介紹費一層一層地由下邊抽將上來，這不正是效法咱們　蔣公小時候看見魚兒逆水上游的精神嗎？到後來啊，嘿嘿嘿，咱三人根本用不著站天橋發傳單，等著別人捧著銀票上門就好啦！你們幹嘛那樣看我？」

方塊J和黑桃K面面相覷，這段精闢的言論聽得兩人如痴如醉，雖然不明就理，但好像很有搞頭；鳥蛋兒登時對這其貌不揚的小兄弟另眼相看：「果然果然……天下奇才都是這種其貌不揚、神形特異之人！果然是尖端科技的結晶，這法子本大爺怎麼

沒想到呢？這個冒牌萬梓良身邊的都是奇葩，哇操～這位人型夥計簡直是國家棟樑呀！二十年後的財政部長就他準沒錯！」

　　儘管這種在十年後才出現專有名詞的商業行銷模式已然有了簡單的雛型，但JK二人此刻仍一知半解、有聽沒有懂，但無論如何，卻無疑給了兩位財迷心竅的少年全新的靈感，經改良後，以符合當代人思維的方式重新包裝上市，而在鳥蛋全力操盤下，畢業前總算不再為零用錢捉襟見肘所苦，甚至畢業後還有結餘款可以到海邊玩。

　　真箇是一座發財好天橋！

※　　※　　※　　※　　※

　　天色已近黃昏，傳單也發完了，該回補習班向班導交待，阿閔便對鴨B仔和鳥蛋說：「你們先回家吧！補習班我去就可以了。」鴨B仔便揮手道再見：「我要先回去幫忙清點明天菜飯的帳款，下禮拜一見囉，掰掰～」阿閔待鴨B仔走遠後，見鳥蛋依舊一言不發的跟在旁邊，便說：「幹嘛？你的Angel又沒有真的長出翅膀，擔心她飛走喔？」

　　鳥蛋遲疑了一下，說：「我之前回補習班拿廣告單的時候，那時還沒遇到胡P，卻被主任叫過去問了幾句話。」他抿了一下嘴唇繼續說：「他問我知不知道Christine學校的課表哪一天課比較少？我回他說我怎麼知道，順口反問他問這幹嘛？他就用那種跟學生收錢時的笑臉跟本大爺打哈哈，又想探我口風，說我們幾個學生跟班導走得比較近，知不知道Christine男朋友的事？」

　　這番話說中了阿閔的心事，於是乾脆說了出來：「黑桃K，剛你有沒有注意到雅琴姊的表情？」鳥蛋立刻給予肯定的答案：

「剛才我說『班主任要你先回日成，宣傳單就交給我們來發』的時候嗎？有！我有注意到喔，我話都還沒講完，她一聽到『班主任』三個字，表情就不對了，好像是……」阿閔接了下去：「好像是進到廁所卻看到前一個人的大便沒沖、或是被人家已經喝進嘴裡的飲料噴到一樣。」

貼切的形容令兩位少年不自主地加快腳步，到了補習街巷口，只見「日成文理補習班」七個大字的招牌依舊通亮，但一樓的鐵捲門卻已拉下，只與地面留了一道大約10公分左右的縫隙，透過縫隙，雖然可以看到裡面還是透著燈光，但大廳的日光燈明顯已被關掉了大部分，雖然這個時間是英數加強班和國三衝刺班中間的空檔，但應該不至於在明知有人還會回補習班的情況下，把鐵門拉下又關燈吧？

兩人驚疑不定，先退至巷口全家便利商店再行商議：「方塊J，你還記得Christine剛是怎麼說的？」阿閔點點頭說：「她說『一個小時以後不管有沒有發完，都要我們回日成跟她拿飲料』……大概是醬子。」突然，在一種怪誕的感覺萌生之際，戰友鳥蛋已提醒：「不對！不是跟她拿飲料，而是『找她報到』，她要我們找她。至於後面那些愛爾蘭涼茶生活400什麼的，比較像是硬加上去的內容。」

阿閔陡然醒悟：「說得也是，黑桃K，她後面還說『要是我不在位置上……』，感覺她好像知道自己可能不會在位置上，但也不曉得會發生什麼事，所以才沒辦法跟我們明講，而是希望我們找她。」

※　　※　　※　　※　　※

接下來的事頗為棘手，因為要進到補習班一樓大廳，除了

從正前方的玻璃門進去外，別無他法，但目前卻被那道鐵捲門擋著。阿閔正一籌莫展時，鳥蛋卻說：「其實還有一個方法……」確認一下夥伴的眼神後又繼續說：「前陣子因為怕被主任催繳學費，東躲西藏，卻剛好讓本大爺發現一條密道。」

「密道!?」阿閔直覺地想到無忌哥哥偷練乾坤大挪移的那種地方。

「沒錯。上禮拜五中間休息時，我正準備等電梯回七樓教室，卻遠遠看見那錢鬼的車開進巷口，電梯當時還停在5樓下不來，算一算時間，有可能會在電梯裡被他堵個正著，加上樓梯又在整修，媽的不知道還要修多久，所以把心一橫就躲進太平門……」

「操！那個『兵馬俑』肯放你進去？」

「當時我看他剛好去廁所，就閃了進去。靠！裡面有股死老鼠的臭味，漏水的牆縫都長香菇了，當時就想退出去，沒想到兵馬俑已經回來坐在位置上看「八千里路雲和月」，聽聲音像是才剛開始，等下去就沒時間了，你也知道，那錢鬼一到補習班就是到各教室查勤，遲到翹課不但要被打手心，還要扣點，你要是報名時有注意看切結書的話，點數扣滿20點就會以影響他人學習通知家長帶回，且**不退費**。」

「可是你沒有遲到紀錄啊！反倒是我被扣了兩點，連電梯太慢等太久也不行，真是錢鬼一個。」

「因為那天本大爺吃了熊心豹子膽，繼續往裡邊走呀！我跟你講，太平門進去，直直走到底右轉，再走到底有個樓梯口，往上被封死了，往下可以下到地下室，你剛剛說到地獄十九層和第二十層，那我剛剛講的就是第二十一層，而地下室是第二十二層，可能是要當做共匪空襲時的避難場所，因此地下室很長而且四通八達，原則上和『輕鬆一下』那棟大樓之間總共六棟大樓相

連通，有些很好走、有些則被雜物堵住，要費一番手腳……」

「難怪～難怪好幾次跟你打完電動，明明是我先走，結果我搭電梯到七樓的時候，你人居然已經坐在教室了，還有，放學時回家也沒看你等電梯，卻在巷口的全家遇到你……咦～不對啊！密道再怎麼神奇，你還是得過兵馬俑那一關搭電梯上樓才對啊？」

「所以我還沒講完，方塊J你先不要打岔。這條密道我雖然還沒完全走完，但對我們來說，已知的連結點有三個：『輕鬆一下』祕密隔間的後門、補習班一樓茶水間到最後面小教室的那個小門，以及隔壁棟三樓美容美髮店的後窗平台。」

阿閎在腦海裡順著鳥蛋的描述勾勒著「光明頂」的密道地圖，前兩項還好理解，其中一項等下就用得到，但最後那個後窗平台實在很難理解呀！由於表情寫在臉上的緣故，方塊J的底牌很快被看穿：「其實，密道地下室有一道鐵梯，往上爬到最高，一出來就是隔壁棟大樓三樓外邊的一個廢棄水塔，從那邊開始貼著外牆走，經過三樓理容院的後窗平台時得要蹲著走別被發現，越過去後會看到一扇門，推開進去就是隔壁棟的太平門避難梯，裡邊有個送貨專用的小電梯，根本沒什麼人在用，往上直達6樓……講到這邊你了不了？」

阿閎立即點頭，接口道：「隔壁棟6樓和日成這棟相通，我們這邊的太平梯，堆滿東西很恐怖的主要是集中在地下室到五樓之間，六樓以上其實還好，人可以過，往上走一層就到七樓教室啦！」

兩位少年又走回日成門口，途中阿閎突然說：「我想起來了，上禮拜五那天看你一副灰頭土臉的樣子，還以為你被總部那群傢伙逮到了，原來是去探險，這麼好玩的事居然不找我！」

「別急！機會這不就來了？就在今天。」說完便向那位長相

酷似<u>司馬中原</u>的兵馬俑指了指。

※   ※   ※   ※   ※

　　有道是：一動不如一靜，一靜不如好好尿乾淨，人年紀大了膀胱欠佳也是很合理的吧？誰知這位第二十一層地獄的守門人硬是要得，膀胱堪比石門水庫，反倒是喝了過多酸梅汁的兩位少年仔憋得有些辛苦。

　　「操～是怎樣？這老頭是結紮了嗎？怎麼不上廁所咧？」鳥蛋兄英文雖然不錯，但顯然G中的健康教育不夠紮實。

　　「搞不好他老人家這個禮拜剛好練成了『六脈神劍』，可以從左手小指尿到別的地方去哩！」異想天開的阿閔給予合理的解釋，卻換來不看小說只聽「西郎瓜」（**西洋歌**）的夥伴一堆問號，當下便揮了揮手不想解釋。

　　由於補習街通往日成一樓後方的防火巷，與兵馬俑老頭的尿道二者同時被堵住，心急（尿急）如焚的快打雙雄決定變更探祕路線，得反過來進行。由於「輕鬆一下」今天休息，所以只能先跟全家借個廁所解放，然後在經過隔壁棟管理員面前時，頭髮長度已經超過標準的阿閔和鳥蛋一同在頭上比了個剪頭髮的動作，就直接走上三樓的理容院，接著兩人依先前推演的路線，一路來到了廢棄水塔。

　　鳥蛋在水塔內扭開了鑰匙圈上的小手電筒，兩位少年看著半開的圓鐵蓋，其下透著令人望而生畏的黑暗，不禁有種即將進入惡魔之口的感覺，先天懼高的阿閔想到這道鐵梯是從地下室直達三樓，爬下去時要是有個萬一……只聽鳥蛋苦笑著說：「這鐵梯又長又暗，之前我都是向上爬，根本不敢看下面，現在卻要往下爬……」哪知他話鋒一轉：「方塊J，我們有點耽擱了，要快

點，我很擔心Christine。」說著便一腳踹掉惡魔的門牙鑽了進去，阿閔義不容辭地跟上。

兩人一上一下地往下爬，兩個人的重量致使鐵梯不時發出一些抗議似的悶哼聲響，警告著侵入者「摔下去可能一輩子不會被人發現」的恐怖訊息，阿閔憋著氣來個充耳不聞，由於怕回音把自己跟同伴害死，因此兩人誰都沒有開口出聲，一路下探……再下探……等到腳踏實地時，阿閔向上望去，這才有些後怕。鳥蛋也大方承認：「如果不是為了Christine，要本大爺賣老命門兒都沒有。」

撲鼻的霉味和眼露青芒的黑貓宣示著第二十二層地獄的主權，然而，兩位守護天使憑藉著以愛為名的翅膀克服心魔從天而降，終於站在日成一樓後方的小門前。

這道門從裡邊推開之後，原先的防火巷可與補習街相連通，但因為被大量的違章建築所堵住，反而形成一塊後花園似的內地；錢鬼主任向來把這當作吸菸區，有時會和幾位老師在這兒邊抽菸邊閒聊，所以印象中除了下班熄燈時，不然應該是不會關的。然而，莫非法則此時又再次得到了證實——門是關的。

這下鳥蛋也急了，一個大腳就要往門上踹去，阿閔趕緊將他攔下，他當然也急，但剛剛仔細瞧了一眼後已經有了一個主意。

只見這門是舊式的公寓鐵門，門板並非是一整片鐵板，而是有鏤空，鏤空的部分恰好是縱向而非橫向，不然就只能和鳥蛋一起雙飛腿踹門了，四周找了一下就讓他找到想要的東西——一根拉鐵捲門的細鐵棒，長度正合適，於是將鐵棒從門鎖上方鏤空的部分伸進去後往下捅，等到鐵棒的下端從門鎖下方鏤空的部分露出來時用另一手接住，然後隔著門板將鐵棒中央抵住門鎖的L型滑溝輕輕一拉，「喀噠」一聲門開了，但這只是第一關。

它還被人上了閂。這代表裡面現在有人，而且不想讓別人進

去！沒關係——我還有一招。

於是阿閔將這支獨門鑰匙抽了回來，把隨身攜帶的橡皮筋（從小到大的習慣）全部拿出來，總共有七、八條，全部套到鐵棒上大約中間的位置，然後再來一次，用這根鐵棒中央抵住門閂的末端，然後雙手上下輕輕搖動，利用橡皮筋提供的微弱摩擦力跟門閂進行拉鋸戰；這裡就要看運氣了，如果門閂鏽蝕嚴重卡死，那就白忙一場，最後還是得飛踢踹門；如果門閂願意給衛斯閔一個面子的話……還真給面子，在搖了一分鐘左右門閂就從閂孔裡滾了出來——補習班後方的小門被輕輕地打開，只見兩條靈蛇迅速潛入，隨後又將門悄悄掩上。

※　　　※　　　※　　　※　　　※

「哪裡學的？馬蓋仙？」刻意壓低的聲音依舊止不住好奇。
「商業機密啊老皮，小聲點，瘋狗老莫在裡面。」

由於錢鬼主任極度摳門，廁所和茶水間平時都不開燈（用完忘了關還會被扣點），兩人亦步亦趨地在黑暗中朝前廳挺進，慢慢地、漸漸地聽到了人聲……

「……這是我的私事，請您不要干涉……」兩人一聽是雅琴姊的聲音，又往前蠕動了幾步。

「呵～呵～別這麼見外嘛！我擔心你涉世未深被人家騙了還不知道，我只是關心，沒別的意思。」

（阿閔心想：「幹！成崑那奸賊在密道中就是發出這種笑聲，還說你沒別的意思。」）

雅琴姊的聲音又傳來：「那請您以後不要在校門口等我，我朋友還以為您是我爸，這樣會造成我的困擾。」

錢鬼主任又是一陣錢鬼笑聲：「別人要怎麼說隨他們去，其實我倒是很希望我有一個像你那麼懂事、又那麼漂亮的女兒呢，呵～呵～」

　　「主任，請您自重！您已經有太太和女兒了，他們難道知道您現在的所作所為？」雅琴姊的聲音明顯比剛剛高了一些，兩人立即再往前挪動一小段距離，蹲下身來，隔著玻璃窗已經可以看到教室內的情況，驗明正身，說話的兩個人正是雅琴姊和班主任無誤。只見前者在教室內靠近黑板的地方，而後者擋在前者與唯一進出的門口之間。

　　錢鬼主任也將音量提高了一格：「別提我家那口子，我跟她分居很久了……」語氣中隱然冒著火氣，停了一下後，又儘可能地和藹可親：「雅琴，打從你在興學時我們就認識了，看著你一路從穩上第一志願的資優生最後卻跑去念五專，我比誰都感到可惜，你實在太可惜了……」

　　「我承認當時是自己太過任性，不過這是我的事、我的選擇，是自己應該承擔的，謝謝您的關心，但我現在過得很充實，學得一技之長早點投入職場，規劃好將來的生活，我不覺得這是件糟糕的事，至少，沒有您說得那麼糟……」

　　「我跟你父親也算認識，當年你的事鬧得家裡有多不愉快，我多多少少也知道一些，你爸媽就你一個獨生女，把所有希望都放在你身上，你怎麼忍心就這樣放棄。」

　　雅琴姊沉默了一會，沉靜地說：「您說了這麼多，無非就是希望我答應上次您提過的事，是不是？」

　　「呵～呵～別這麼見外，你看我從興學出來自己創業也還算成功，妳那麼年輕，只要你有心，我也樂意扶你一把，送你出國深造只是小事一樁，憑你的資質啊～等你學成歸國後，我們再一起經營，你看看現在的教育制度，我們真的大有可為呀！當然，

最重要的，是你自己要有那個心，其他的，我們都可以好好商量。」說完便往前走了幾步。

美麗的班導師一邊用不明顯的步伐向後挪動，一邊仍保持平靜的口吻：「感謝主任您的青睞，給了我這樣一個工讀機會，讓我不用跟家裡頭拿錢這點我很感激，但我已經向實習的公司遞了履歷，對方要我明年畢業後去試試，我很有興趣，也希望您能念在過去師生一場，尊重我的決定。」

眼看情勢危急，阿閦這時已將扯鈴棍抽了出來，正準備衝進去痛打這個想做自己便宜乾爹的老不修時，肩膀卻被鳥蛋牢牢按住，丟了一個眼神過去詢問後，得到了一連串的手勢——「方塊J快去撥119然後到後門待命，黑桃K繼續監視。」阿閦火速執行，因此漏掉了下面幾句影響鳥蛋兒一生的畫面與對話；若非如此，今晚14歲少年手中握的「聖火令」怕是要見血了！

「雅琴～你又何必拒人於千里之外？我第一眼見到你，就覺得和你有緣，你是個聰明人，只要你想開一點，前途無量啊……」進兩步。

「我沒什麼遠大抱負，能夠在升學的路上做這些學生的守護天使，已經心滿意足了。」退兩步。

「雅琴～你有沒有想過，我其實是看得起你。那些學生個個都比不上你，根本不值得為他們浪費時間，你還有沒有想過，你守護他們，那誰來守護你？靠你那位還在當兵的窮小子？」又進兩步。

「其實我也沒什麼了不起的，而且我的私事不勞你費心。」再退一步。

「雅琴～有時候，我還真希望你爸可以真的不要你這個女兒，換我是他，我會給你真正需要的，因為我比他還要懂

你……」再進兩步。

「……」班導再退半步，背已靠在黑板上。

「雅琴～我也需要你懂我……」「咚」地一聲，錢鬼色魔已將右手按在黑板上，左手便向班導的身上搭過去。

※　　　※　　　※　　　※　　　※

「鈴鈴鈴鈴鈴鈴鈴鈴鈴鈴鈴鈴鈴鈴鈴鈴鈴鈴鈴……」

刺耳的火警鈴聲伴隨著大片大片地水花噴霧，在日成補習班的一樓平面區域炸了開來，幾乎是同一時間，一台消防車也駛進補習街，準確地在日成的大門前停下，打火弟兄十萬火急地拿出斧頭、破壞剪……等專業傢私，三兩下便將礙事的鐵捲門清除，隨後直接撞破玻璃門欲搶救受困的民眾，只見通報的火災現場沒有火、卻是一片水鄉澤國，有一男一女從裡面一前一後地跑了出來、狀甚狼狽。

此時，有位戴著口罩和補習班帽子的員工熱心幫忙，但熱心有餘、經驗不足，抓著滅火器便往剛從「火場」裡逃生的人噴去，只見那位中年男性首當其中被噴得滿頭滿臉、全身上下都是白粉而咳嗽連連，另一位年輕小姐只有牛仔褲被稍微帶到一下，隨後這位越幫越忙的熱心民眾接受消防員的規勸，迅速離開現場不再添亂。

※　　　※　　　※　　　※　　　※

「黑桃K，你時間也算得太準了吧？還有，你是怎麼讓天花板灑水的？誰教你用滅火器的？」鳥蛋兄將沾上白粉的便服外套

脫下丟進垃圾桶，一臉臭屁樣地回敬一句：「這也是商業機密哪！學著點。」

　　兩位少年此時在狼窟的涼亭裡，一邊喝著生活400，一邊繼續對話著。

　　「……雪人兄弟不是雙打比較有趣嗎？幹嘛兵分兩路，要我留下來伺機而動，你自己一個人繞去前面玩噴滅火器這麼酷的事情？沒親手把賊禿噴成雪人實在太可惜了……」

　　「雖然噴滅火器的時候她應該還來不及看清楚狀況，但Christine跟你太熟了，就算沒把你認出來，但聊個幾句搞不好你馬腳就露出來了，換成我，果然比較容易過關，她只跟我說謝謝幫忙發傳單，問我你怎麼沒來？我就說你想去我學校門口那邊多發一點，晚點才會回去，然後她就給了我這兩罐飲料，說你是H中的學生一個人在那邊可能不太好，要我這地頭蛇陪你。」

　　「我去撥119的時候，那賊禿還有對我姊說什麼嗎？」

　　「嗯～～還好啦，那錢鬼就一直想當你的uncle嘛，你想不想替家裡省點補習費？」

　　「去你的，剛要不是你攔著，我早就衝進去海K這賊禿一頓了。」阿閔講到這還猶有餘恨。

　　「你怎麼那麼慢來會合？還有你幹嘛一直賊禿賊禿地叫班主任？」

　　「喔對！還沒跟你講。我想到又要爬那鐵梯就有點腿軟，想說那個兵馬俑要是看到我們補習班這頭灑了那麼多水，應該也夠提醒他自己的石門水庫該洩洪了吧，於是便想要從他櫃檯旁的太平門鑽個空子出去。哇操～那邊還真的有好幾甕你說的鬼玩意兒，搞不好哪一甕還有他砍下來的日本鬼子腦袋喔……」阿閔看著鳥蛋也贊同似的點著頭，便繼續說：「沒想到他人雖然不在，但擠在櫃台旁看熱鬧的人實在太多不適合，所以只好又退了回

去。就看到班主任一身雪白地往回走，還邊走邊咳……哈哈！」

阿閔喝了口飲料又繼續說：「我一進後門就聽到他的聲音，他大聲抱怨消防設備太爛一定是房東貪小便宜，然後又說消防隊砸爛他的門要跟縣政府申訴求償什麼的，還叫我乾姊等下要負責找學生留下來幫忙清掃，沒清乾淨不准回家；然後邊罵邊走進洗手間，我想到他全身白帥帥肯定是要沖洗，一樓廁所裡面不是有一個拉門嗎？我有拉開偷看過，裡面什麼都沒有，但牆上有蓮蓬頭，另一邊靠外面的牆上有個裝抽風機的小窗子，所以我拉了張椅子又從後門出去，站上去往裡面瞧，原本想找個機會整整他，結果靠夭咧～我發現一個日成補習班的天大祕密喔！」

「那錢鬼該不會是個童山耀耀的禿子吧？」

「那還用說！混元霹靂手當然是童山『濯濯』的賊禿～那個字念『啄』，啄木鳥的啄，我前幾天國文就錯這一題。」阿閔如同用功好學生似地推了推不存在的眼鏡，又繼續努力地讓這個祕密不再是獨家新聞：「那錢鬼先是坐在馬桶上，『啪噠』一聲，把他整片頭髮拆下來的時候，我嚇了一跳，差點閃尿，幹！然後看他走進拉門，調整了一下蓮蓬頭的角度，就開始在那邊上沖下洗、左搓又揉，跟胡德華胡P他老爸在細心呵護裝虎鞭酒的骨董瓷罐沒兩樣，而他的頭頂跟『天津飯』有得比，連根毛都沒有……」阿閔說完還比出「太陽拳」的手勢。回報他的，則是花生醬的廣告歌：「陽光照耀我眼睛，主任照亮我早餐，主任的營養真多，顆粒柔滑又好吃……」，惡毒的歌聲中當然參雜著有夠不專業的笑場聲。

意外發現班主任禿頭祕密的兩人，狠狠地給予不道德地竊笑；而這個匆匆一瞥的印象由於太過深刻，加上相貌意外的神似，導致多年後阿閔見到周星馳電影《功夫》裡面穿著西裝外套的「火雲邪神」時，有很長一段時間一口咬定是班主任賠光落魄

以後偷開副業，才不是武打明星梁小龍哩！

　　至於多聽了一段對話的鳥蛋，則抱定主意要當「守護天使的守護天使」，因此起了一肚子**既怪誕又浪漫的壞水**，欲知如何，且聽下回分曉。

※　　※　　※　　※　　※

　　稍晚，兩人回日成時，已將近傍晚六點，阿閔看著一樓辦公室裡雅琴姊一個人正在拖地的身影，想起不久前發生在她身上的事，實在有種想衝過去抱著她安慰她的衝動，但想起跟鳥蛋的約法三章——

（1）謹言慎行。女生遇到這種事，除非自己想講，不然多問多錯。

（2）關於消防火警，就說有聽巷口麵攤的阿桑在講，輕輕帶過就好，少說少錯。

（3）有機會跟Christine說，每個禮拜三晚上10點30分，在宿舍如果無聊的話，不妨可以聽聽ICRT，別說是我講的。

　　因此只好隔著玻璃落地窗怵目驚心的缺口跟她揮手打招呼，並表示想要幫忙，卻被班導師還帶有朦朧水氣的秀麗臉龐，用溫暖笑容予以婉拒，並提醒兩人再10幾分鐘國三衝刺班就要開課了，要兩位少年好好用功，於是三人便樓上、樓下分道揚鑣。今天阿閔上課超級認真，馬尾的下課連問四題數學理化不僅對答如流，還將〈五柳先生傳〉背誦了一遍，連右手邊的胖子都有點訝異，放了一隻肉掌在阿閔的額頭上確認體溫是否正常。殊不知，人在「傳送站」上的鳥蛋，今天上課也破天荒將一直掛著的耳機

收起來，不再看著門外空無一人的班導桌，比阿閔還用功地聽課。

晚上9點準時下課，阿閔在巷口跟鳥蛋、胖子道過再見後，又回到補習班的一樓大廳，只見環境已大致收拾完畢，只剩一些攤開風乾的文件尚未歸位，便趕緊過去幫忙，忙完了以後，順手接過班導遞過來的愛爾蘭涼茶，姊弟倆隨意地聊著。這時，頭髮已然安裝妥當的班主任走過身邊，便忍著怒意與笑意，裝出好有禮貌的表情：「主任再見。」

「咳咳……放學趕快回家，不要在這邊逗留。咳咳……那個班導，我先走，記得關燈鎖門。」他說話的對象只點了點頭當作回應。

阿閔記起鳥蛋交待的「錦囊妙計」第3點，雖然很明顯地是出自戰友個人的私慾，但為了轉移大姊姊鬱卒的心情，還是代為轉達。

「ICRT？不錯哦！以前我也常聽，底迪你也可以多聽那個提升英文能力，不過時段是不是有改過，好像有點晚？聽完要早點睡，不然遲到的話又要站到龍門池上『度估』給學弟妹看了，哈～」

14歲的少年臉上一紅，但看到這位大姊姊心情轉好，也跟著笑了起來，趁著氣氛不錯，於是大頭阿sir開始錄口供——

「姊～你有沒有男朋友？」
「底迪你問這個幹嘛？」
「是Michael要我問的。」
「嗯……他想幫我介紹嗎？還是你？」
（咦～怎麼跟推演的不一樣？）阿閔登時腦袋打結，停了好

幾拍，索性徹底發揮國中生的求知慾：「姊，等等，讓我們倒帶一下，剛我說『是Michael要我問的。』我以爲……」

雅琴姊接了下去：「你以爲我會要你轉告那個小滑頭好好念書，不然就自己過來問——這樣對嗎？」

阿閎連連點頭：「身爲班導不是應該醬子說嗎？」

雅琴姊刻意「嘿嘿」地笑了兩下：「我本來正想這麼說的，不過一想到那個小滑頭必定是先找底迪你串通套招，所以就來個出奇不意，偏不讓你們猜到，剛看你的表情就知道八九不離十啦！你們這些小毛頭就那麼點微末道行，還想糊弄本宮嗎？」說完自己也覺得好笑地笑了起來，有那麼一瞬間，14歲的少年覺得這位大姊姊的年紀跟自己的差距好像也沒那麼大了。

「呃～我……我們只是好奇。」

「我已經有男朋友啦！他是大我一屆的學長，現在人在林口當憲兵，手上有槍喔～要橫刀奪愛還請三思……」說完還惡作劇似的將手比出手槍，用側臉和眼角看向少年，像那張照片一樣。

阿閎伸了伸舌頭：「我會如實轉告有意願的人。」

Lesson 19. MISSON ONE

　　補習街巷口，但見五位少年雙手抱胸、一字排開、何其壯觀！由高至矮及所屬學校分別是：胖子（C）、鳥蛋（G）、阿閔（H）、胡德華（G）、鴨B仔（H），待後到的兩位選完班、劃完位，便齊聚在日成補習班的一樓門口。

　　「太好了！我們五個終於到齊了。你們知道爲什麼我們會在這裡共聚一堂嗎？」鳥蛋春風得意地說。

　　「爲了捕捉亮麗風中的倩影！」

　　「我承認馬尾是稀有品種！」

　　「畢業成績好，鈔票數到老！」

　　——「不是⋯⋯爲了金榜題名嗎？」

　　相較衆人五花八門的斬釘截鐵，最後發言的胖子反而有些手足無措，而被投以訝異的眼神。儘管「國三衝刺班」的五人各自懷著不同的期許衝刺著各自的未來，但當阿閔問出「補習班的教職員誰對學生最好？」時，卻異口同聲地說：「**雅琴姊！**」

　　「補習班的教職員誰最棒？」

　　「**雅琴姊！**」

　　「補習班的教職員最喜歡誰？」

　　「**雅琴姊！**」

　　由於音量越來越大的緣故，不免驚動到在辦公室內批改考卷的當事人，也將頭抬了起來而報以和煦的笑容，阿閔趕緊把鳥蛋快要石化的臉轉開，貼過去小聲地說：「還看？辦正事要緊。」

　　這位主謀立刻神色一正，將衆人帶到巷口麵攤，坐定後，先

叫了一大盤黑白切和一大罐蘋果西打，酒過三巡，接著便把小班導如何被大主任壓榨的「不對等勞資糾紛」斷章取義、移山倒海地說了一遍，眾人聽得是群情激憤、罵不絕口。

「他媽的～居然把我的模特兒當廉價勞工，老子摘了他的桃來泡酒！」

「老酒鬼，我支持你，不過這酒你敢喝？」

「我又沒說我要喝，他的牲禮當然得讓他自己嚐。」

「總鏢頭，君子愛財取之有道，這老兒太不像話了。」

「可不是嗎？咱們出來跑江湖，管他是走鏢還是開錢莊，不就『誠信』兩個字，怎麼可以苛扣班導的工餉？」

「各位同學，再這麼下去，雅琴姊恐怕無法陪我們到明年畢業，會提早離職喔。」胖子說出大家最擔心的事。

鳥蛋等的就是這句話，立即打蛇隨棍上，提議：「我查清楚了，一個禮拜有七天，班導她星期二要實習、星期四晚上學校有課不會來，其餘五天我們一人排一天晚上留下來問問題，問什麼都行，待到主任先走，確定班導騎上摩托車以後再回家，反正就是別讓那錢鬼有機會叫她做這做那為難她，大家贊不贊成？」酒鬼與臭蟲立即同聲附議，鴨B仔隨即也點頭決議，胖子用足足有三百盎司的肥厚熊掌一拍桌面，桌上的餐具全跟著跳了起來：「本席宣判，三讀通過、三審定讞。」

基於以上判決主文，五位少年檢察官自行簽發的保護令即時生效，致使錢鬼主任那台雪白色的豪華賓士屢屢在補習街巷口空等，不過，他大可好好細心保養他的秀髮，應該也不至於太過無聊。

※　　※　　※　　※　　※

　　當「距北聯還有250天」的字樣同時出現在學校和補習班的教室黑板旁時，迫使全體國三生們不得不注意到一個必須面對的事實，亦卽——生命的意義除了創造宇宙繼起之生命，還必須拿到一組**生命密碼**，也就是寫在成績單上總分欄位中的數字。

　　有鑒於此，五位少年在日成的日子裡，除了各懷鬼胎的特殊企圖外，也有了明確的一致性目標。學業原本就不錯的胖子當然以北聯爲首選，鴨B仔和胡德華早早放棄北聯而瞄準五專和高職做爲致富的捷徑，阿閔則明知不可爲，卻爲了不知名的原因堅持與北聯糾纏到底，至於鳥蛋，則在嘴角揚起一抹詭異的笑容：「**將相本無種，男兒當自強**；本大爺豈是凡夫俗子，有槍是吧？憲兵是吧？我要去念軍校，開坦克、拿機槍……」阿閔正待追問軍校的種種，卻看他不知從哪變出一個啞鈴或是奇怪的東西，一邊訓練肌力、一邊得意地說：「**憲兵是吧？有槍是吧？**」等到他從G中畢業時，他的父母大概怎樣也想不明白，補習班到底是安排了什麼課程，爲什麼補了一年，也沒看兒子功課進步多少，倒是讓他從一個瘦弱少年長出一身勻稱精實的肌肉說要投筆從戎（以前就只會「**投幣**從戎」）。

　　鳥蛋本就是個軍事迷，阿閔有次去他家玩，發現滿坑滿谷的BB槍、模型、指北針、藍波刀、各種軍服，據他本人透漏，原本要念H中，但爲了穿G中的水手服，還特別要求父母把學籍掛到姑姑那邊（不像某不肖損友轉學籍是因爲小學畢業前被人拿藍波刀恐嚇要幫他把學費提前結清）；在阿閔如實轉告美麗的班導姊姊已經名花有主的時候，並沒有看到預期中的唉聲嘆氣、借可樂澆愁或是拔花瓣的情節，鳥蛋兄反而興高采烈地宣告：「太棒了！這證明本大爺的審美觀是符合時代潮流的，而且，她的回

答也透露出她欣賞的男生特質——就是『安全感』！這是彌足珍貴的情報哪～方塊J，你沒聽過嗎？時代考驗青年，而青年創造時代。My angel～Christine的美絕對經得起時代考驗，而本大爺也是！連那賊禿都看出這一點了，所以，現在放棄的是蠢才呀！」

「到底比我大了一歲，說話聽起來好像就是比較有學問噢～」14歲的少年在心中如此嘀咕著。

　　　　※　　　　※　　　　※　　　　※　　　　※

距北聯還有N天，而「N」則盤據在黑板的一隅無情地跑動著，當N值等於200時，儘管去年已經有過一次倒數數字歸零的經驗，但阿閎依舊感到一陣窒息感——時間過得真他馬的快！不過，阿閎並沒有白費，在12月中的第三次模擬考，阿閎的分數從半年前的122分進步到374分！儘管實力提升到三倍界王拳的層次，依舊在殘酷的門檻前被刷了下來，連晉級資格賽最低籌碼的500分都沒有。「北聯」這傢伙有如狂傲的達爾，在高聳雲端上俯視孱弱的地球人，並嘲笑著大頭仔的無能為力：「噴～出醜的掙扎，放棄吧！你只剩200天啦！」但它卻忽略了來自放牛班的牧童奮戰不懈、死纏爛打的草根性：「塞恁娘！恁爸還有200天！」

阿閎發覺讀書附帶另一個好處，那就是和左手邊馬尾的互動越來越頻繁，她可不像某人那麼一板一眼，認真觀察的話，其實，還有那麼點迷糊——好幾次上課總是匆匆忙忙地進教室就坐，斜背著一個比她身高矮不了多少的藍色圓筒，還有還有，真不知C中是有多累，連補習班裡把數學教得超有趣的「湯杰」都無法阻止瞌睡蟲在她可愛的臉龐上彈奏搖籃曲，阿閎好幾次都

「不小心」用手肘把她碰醒（有一次還看到她托腮的手背上有口水印哩！）

下課時，馬尾的精神就來了，兩人無話不談，阿閔也趁機調劑緊繃的心情，這才發現馬尾的還真是古靈精怪，就像她老是隨身攜帶的藍色圓筒，始終讓人猜不透裡面裝的是什麼？有一次實在忍不住強烈的好奇心：「小玲，那個你小心翼翼背在後面的圓筒裡面到底裝啥啊？」她笑了一下：「終於捨得問了？我可捨不得告訴你～」等到少年臉上爬滿了問號後，才說：「這是我們C中校刊社的機密，指導老師交給我保管，說是『稿在人在、搞丟掉腦袋』。」

阿閔一聽奇了：「放家裡不就好了？」卻看到馬尾的臉色陰晴不定，過半晌才說：「家裡很亂……正在整理，家人不喜歡我做這些事，說是對將來沒什麼幫助。」阿閔順口一句：「為什麼一定要對將來有幫助才能去做呢？」未料卻引起相當大的共鳴：「就是說嘛～我就是喜歡新詩、散文，愛讀也愛寫，這樣錯了嗎？阿閔你呢？」

還好，乾姊提醒在先，這段時間有多多充實文學素養，此時肚裡總算有點墨水：「呃～～當然喜歡啊！像蘇軾的〈記承天寺夜遊〉、吳均的〈與宋元思書〉意境都很不錯。」

「現代文學呢？」校刊社之花眼神開始透出光彩。

「課本中介紹過的徐志摩啦琹涵啦自是不在話下，最近看報紙，除了因為要寫週記會看一週大事外，也會去翻翻副刊上的詩文，我覺得如果我們不再為了考試硬逼著自己去看題解、注釋和作者生平，而是單純去體會作品裡描述的情境，其實是一件很棒的事啊！」

「說得真好！剛剛講到情境，你讀過的作品裡印象最深刻的是……」突然聽到班導的聲音從教室後方傳來：「同學們上課

囉！請迅速就座，保持安靜。」

　　沒關係～辦法是人想出來的。阿閔將右手邊胖子的計算紙順手撕下一張，儘管無法全文記下，但仍不假思索地寫出讓自己當初閱讀時胸口不知為何一片悶痛的字句——

　　……等在季節裡的容顏如蓮花開落
　　……東風不來……柳絮不飛
　　……小小的寂寞之城

紙條很快傳了回來——
「恰若青石的街道向晚」
這一句超美的！我好喜歡
下面呢？

阿閔再度振筆疾書——
記憶有點模糊
好像是
……三月的窗簾不揭
……你心是小窗緊掩
再來就是
……達達的馬蹄是美麗錯誤

紙條從左邊傳了回來——
是「春帷」，不是窗簾啦！
明年的三月，你是歸人？還是過客？

文字下方，還畫了一個馬尾女孩笑咪咪的側臉。阿閔暗忖：

「有這句嗎？」還沒決定該不該回的同時，紙條已被左手邊的鄰居迅速回收，再次傳來時已經有所塗改——

是「春帷」，不是窗簾啦！
明年的三月，你是歸人？還是過客？
爲什麼「蓮花」兩個字寫得特別工整？
濂溪先生，您投胎轉世了嗎？

「!?」奇特的文學評論讓14歲的少年聽見莫名其妙的敲門聲。一時竟有點恍神，等到坐後面的同學一拍肩膀才恢復神智，後方傳來的紙條，是雅琴姊娟秀的字，不過內容則一點也不可愛——

「底迪～不好意思打擾你的甜蜜時光，主任剛剛巡堂，你跟馬尾小姐都被扣點了，專心上課啊！」

在阿閔還來不及收起紙條時，也被扣點的馬尾小姐已將文字盡收眼底；登時俏臉一紅，正襟危坐乖乖上課，阿閔也迅速照辦，將不明的敲門聲視作第二運動定律中的摩擦力把它忽略不計。

※　　　※　　　※　　　※　　　※

用功之餘，阿閔與鳥蛋二人依舊眼觀四面、耳聽八方，並不時透過**惡魔的腸道**探查班主任是否有一絲一毫對雅琴姊的不軌企圖，卻發現這傢伙興趣廣泛，既然班導師沒有可趁之機，便將目標轉移到學生身上，透過<u>胡德華</u>東P一張、西P一張的證據顯示，

日成裡有不少清秀可愛的模特兒都曾被**課後約談**，雖沒聽說有搞出啥人命關天的大事，但正義感過剩的五人組依舊覺得渾身不自在，不時分進合擊，透過各式各樣防不勝防的小惡作劇，給予班主任**公平而寬大的制裁**，譬如：把花椒和八角切碎後摻入主任桌上的龍井茶罐裡（這種東西鴨B仔家應有盡有多得是）、把長期服用可能會導致**那個翹不起來**的中藥材熬成青草茶慰勞作育英才的主任（這個餿主意太缺德了，胖子當場又加封胡P一個外號叫「胡華」）……諸如此類，倒也其樂無窮。

說來奇怪，不知何故，惡作劇之後當天上課的精神總是特別集中，可能是為了與罪惡感平衡吧！畢竟，佛祖為了渡化眾生，甚至不惜割肉餵鷹；而在座位後方的偌大匾額上書「般若波羅密多心經」的班主任，應該也能為了救贖這五隻迷途羊而化作肉身菩薩才是。

——「小玲被約談了！」聖誕節前一週，鳥蛋在中間休息時傳來這個壞消息。由於小玲忙校刊社的事，因此遲到次數偏多，當天衝電梯時滑壘慘遭封殺，被主任要求放學後留下來做**深度懇談**。同樣遲到的鳥蛋卻因走密道而探知這個消息，趕忙來通知阿閔。

「原來如此！怪不得今天她一進教室，我就覺得不對勁，而且我有注意到她常常背的那個藍色圓筒不見了，看她眼睛紅紅的，問她她也不說，沒想到那賊禿死性不改，居然想在太歲頭上動土，是可忍孰不可忍？」

「方塊J，小不忍則亂大謀，密道經過這陣子的探索，就我們倆最清楚，我擔心人多手雜反而壞事，這事就我們兩個處理，這一次可不能像之前那麼小兒科輕輕放過。」

青春半熟・記憶微溫

Adolescence

放學時，兩人先跟主任道再見晚安，確認離開他的視線後，立刻從鄰進一棟大樓的太平門下到地下室，一回生、二回熟地返回補習班一樓後門，正待潛入時，卻發現班主任已領著小玲從後門出來，差點被撞個正著，好在JK均是靈活之人，一個閃身已躲進防火巷的陰影堆裡，但見主任一付道貌岸然地對少女說教，小玲有些唯唯諾諾地不斷點頭，接著那淫棍便不客氣地將手搭在小玲的肩上，少女嬌小的身影一陣震動便向後退去，賊禿的腳步向前進逼，情勢頗為危急……

　　大頭兵的扯鈴棍還沒出鞘，準軍校指揮官的指令已然下達——「黑桃K先移防進行調虎離山，方塊J監視戰場隨機應變。」戰場果然瞬息萬變，就在鳥蛋走後沒多久，就聽得小玲提高了聲音：「主任，遲到是我不對，我以後會改進，但請把我的東西還給我，**它很重要！**」

　　「你說的是什麼話？再怎麼重要會有讀書重要嗎？」

　　「我說的是真心話！那些東西我**真的真的**必須拿回來！」沒想到這小妮子個頭雖小，聲音倒還挺洪亮的。

　　「真心話？我怎麼知道你有多真心？」主任的腳步又往前進逼。

　　「不能再等下去了！」阿閔立即站起身來，從黑暗中將蓄勁已久的扯鈴棍向斜後方不知是哪一棟的太平門甩去，發出「匡噹」一聲，隨即蹲回暗處，手腕一抖，已將甩出的那端悄沒聲息地收了回來，再將中間棉繩調整到適當的長度後打結，像雙節棍一樣地握在手中。

　　主任和小玲被突如其來的音效嚇了一跳，主任連問兩聲「誰在那邊？」只換來如大海一般地沉默，接著果如預期般地走了過來，阿閔知道當危險離自己越近，也就代表小玲離它越遠；於是

在陰影裡擺好架式，準備來個出奇制勝、大戰混元霹靂手這個武林敗類。

就在此時，一陣刺耳聲響劃破補習街的夜空，是主任那台寶貝賓士的防盜警報器正在防火巷外，扯開喉嚨聲嘶力竭的哭天：「主人～快來救我！您的愛車正在被一個穿水手服的瘦弱少年侵犯ing！」車主的腳步立即停了下來，過了一陣，又再度向可疑的陰影處走去，只要再靠近約莫一個小玲身高的距離，後腦杓就準備被阿閔握在手中的半塊磚頭拍個正著！

嗚伊嗚伊嗚伊嗚伊嗚伊嗚伊嗚伊嗚伊嗚伊……雪白賓士顯然又再度遭到那位穿水手服的瘦弱少年二次侵犯ing……，這下車主陷入兩難，揪竟是要放任愛車被不知名的野男人調戲、還是自己要繼續調戲未遂的犯行？此般糾結的心思，尋常人怕是無法體會箇中奧妙，不過切記一句話——除了萬里獨行田伯光這個怪胎肯與他人分享同嫖之樂以外，好色之徒必定自私自利！

果不其然，或許後車廂裡有他所有的寶貝秀髮吧！主任權衡之下，立即轉身從後門回補習班搶救愛車去也。阿閔把握良機，便向小玲走去……不料，由於光線角度的關係，還驚魂未定的馬尾少女尖叫一聲，已帶著哭腔：「你是誰？不要過來！」見義勇為卻來歷不明的人士先停下了腳步，然後開口：「我噠噠的腳步是瀟灑的衝動，我不是正義使者，是你右手邊的雪克33。」

阿閔不想聽到（也難以回答）小玲要是問說「你怎麼會在這裡？」，乾脆直接表明：「我有點擔心你，所以過來看看……」後面還是不免俗的加了句：「你沒事吧？」卻見小玲嬌小的身軀還有些顫抖，從肩膀起伏的頻率來看有快要哭出來的趨勢，趕緊說：「先別哭！趁他現在離開，我們快走！」抽噎聲立刻止住。

「可惡！居然關門上閂是怎樣？還想回來續攤喔？」阿閔在

心中暗罵，同時也留意到汽車防盜警報器已好一陣子沒在響了，這意味著……此地不宜久留！評估一下弄開門閂所耗費的時間，可能會讓自己和小玲被主任撞個正著，但想起和鳥蛋的保密約定……一咬牙，還是決定先帶小玲離開這個是非之地。

「小玲，你信得過我嗎？跟我走！」馬尾女孩不答話，只點點頭默默跟上，兩人隨即在防火巷內陰暗處一轉，從一扇不起眼且鏽跡斑斑的鐵門縫隙中一閃而沒。密道一路往下延伸，第二十二層地獄裡，無論是視覺、聽覺或嗅覺，種種的**浪漫氛圍**自是不消多說，連不知天高地厚的狂妄少年都覺得毛骨悚然，更何況是甫受驚嚇的小姑娘？

誠所謂「屋漏偏逢連夜雨」，這些老舊大樓漏水的地方自然是數以百計，不過今晚無風也無雨，但卻在這要命的節骨眼，竟然——**跳電了！**

阿閱立即站定，畢竟在一片漆黑中瞎走絕不是好主意，或許等一下就復電、或許稍後鳥蛋會用他鑰匙圈上的小手電筒過來搜救、也或許手電筒是握在化名「圓真」的奸賊手上、更或許真的要練成「乾坤大挪移」才能帶「馬尾小昭」從密道裡脫困、或許……14歲的少年正待一路或許下去，突然有一條蛇爬上了自己的左手，阿閱下意識地摒住呼吸，卻又感到那條「蛇」尺寸不大、形狀有點奇怪、而且……而且還溫溫的，這跟生物老師說得不一樣呀！

黑暗中，小玲的聲音突然在耳邊出現：「怎麼辦？我好害怕。」阿閱這才定了定神：「別怕！這麼黑不見得是壞事，主任就算追過來，也不見得找得到我們，先休息一下，放輕鬆，深呼吸～」說完為了表示安慰，還輕輕地握了一下手掌裡的那條小蛇。然而，小蛇反撲的力道卻強得多：「你怎麼知道這裡的？你

知道路嗎？」

　　爲了加強這馬尾的心理建設，阿閔便說：「這個防空洞是我跟朋友無意中發現的，似乎是把補習班鄰近的六棟大樓地下室全部貫通，我們走過好幾次了，你別擔心。」爲了緩和一下氣氛，又接著道：「我和我朋友，就是坐在教室後面最靠門的那位，我和他發誓這條密道絕不跟別人說，但今晚C中校刊社之花有難，事急從權，所以……」

　　「所以？」

　　「所以你是第一位駕臨本密道的女性VIP喔！」

　　這下果然聽到久違了的笑聲，卽便伸手不見五指，但阿閔幾乎可以看得到那馬尾左右輕微晃動的嬌俏模樣。阿閔從小鼻子就特別靈敏，總是能找到被大人們藏起來的零嘴（而且偷吃完還會依原貌放妥），此時由於一再地深呼吸，嗅覺感知能力逐漸擴散出去：嗯～死老鼠的臭味、霉味、菸味、自己身上的汗臭味、還有……馬尾的髮香味……不知爲何，最後一種氣味好像越來越濃，自己的嗅覺都快麻痺了，印象中，武俠小說的世界裡，有這種特殊異能的好像都是淫賊!?去你的～老子是盜帥，不是採花大盜……趕緊一拳打跑腦中的心猿意馬，咦～等等，剛剛爲啥會聞到煙味？

　　笨死了～這顆腦袋不打就不會轉！一念及此，心下便一片雪亮，沒錯！那是電動間裡必定漂浮著的菸臭味，於是閉起雙眼，在心中畫出「光明頂」的密道全貌，讓若有似無的菸味帶領著，在一片漆黑裡**勇踏前人未至之境**。

　　「雪克33，你讀過但丁的『神曲』嗎？」

　　「我只買過贖罪券，現正兌換中。」耳邊立刻傳來一聲極輕地笑聲。

「你噠噠的腳步不僅是瀟灑的衝動，也是正義使者，更是C中校刊社之花生命中的**維吉爾**。」

「那玩意兒是啥？新上市的花生醬嗎？哪有人會自稱校刊社之花？」

「你說我就信。」

　　　　※　　　　※　　　　※　　　　※　　　　※

逐漸地，前方有些許微亮，牆上的緊急照明燈總算不是裝飾品了，一陣熟悉的笑聲傳來，令阿閔更加確定——沒錯～那是春麗勝利時的笑聲！前方燈光大亮，後方地下空間卻是烏漆嘛黑，不知道這棟大樓的管理員到底是幹什麼吃的。總算來到「輕鬆一下」裡的隔間後門，那裡一如往常地有幾位不良少年躲在那邊抽菸，看到突然冒出來的兩人也吃了一驚，其中一位混混是第八節輔導課和阿閔同教室的阿全，在阿閔認出他的同時也將這位**校園名人**認了出來：「大頭仔不錯喔～補習補到**娶細姨**，某怪喔～聽講這擺模擬考300多分ㄋㄟ～」旁邊的蝦兵蟹將也瞎起鬨，唱了起來：愛情ㄟ力量……愛情ㄟ力量……大頭仔有時嘛會變英雄～～

只當了一下下英雄的大頭閔，頭也不回地和小玲進入隔間，在轟隆隆的波動拳和旋風腿中穿梭自如地回到繁華的街道，烏蛋果然在轉角的全家超商裡等候，「叮咚」一聲，阿閔正欲跨進門去，卻發覺有些窒礙難行。原來，自己和小玲的手還**緊緊地牽在一起**，馬尾的紅著臉卻不知該說些什麼，阿閔反應還算快：「你怎麼流那麼多汗？裡面冷氣強，來～擦一擦，別感冒了。」然後右手從書包裡拿出那自從把綠茶濺到人家裙子後，就隨身攜帶從沒用過的面紙，在鬆開左手掌心間那條小蛇的同時順勢抽了兩張

遞過去給小玲。

　　當14歲的少年放開左手時，有那麼一瞬間想將那股暖熱再次搶回，但他沒有，**以後也不再有**。鳥蛋隔著櫥窗將這些小動作看在眼裡，把才跨出的腳步又收了回來，繼續握著手裡沒開過的小虎咖啡，等著。

　　「恭喜兩位歷險歸來，來～這是兄弟你最愛的巧克力派司，C中的美女，驚險刺激的密道巡禮還不錯吧？這罐統一蜜豆奶讓你壓壓驚，咱們HCG三校一家親。」

　　「還好跳電一片黑，不然一定會看到更多可怕的畫面！以後除非**閔哥**帶我，不然還是乖乖走康莊大道比較好！」

　　「叫我阿閔就好了！以後班主任找你千萬不要一個人去，知道嗎？太危險了。」

　　鳥蛋突然想到一事，便說了出來：「那色胚回去後院找不到小玲一定很納悶，小玲同學，這樣好了，你不如請個幾天假，我們幫你做個尋人啟事貼在補習班門口附近的電線杆，每到警車喔咿喔咿地開來開去時，保證嚇得他心神不寧，哈～」三人登時哈哈大笑。

　　小玲邊笑邊說：「那可不成，主任一定會打電話到我家問，一問就穿幫啦！改天要是他有提起，就說有鄰居聽到聲音報警把我帶出去，諒他也不敢找警察求證。」兩位男生一齊點頭稱是。阿閔看看手腕上的卡西歐，顯示著晚上9點47分，已經太晚了！便提議解散，誰知小玲倔強地說：「不行！他把我的東西沒收了，上禮拜校刊截稿，那些是所有的原稿和校訂稿，全是投稿人的心血結晶，明天老師要帶我們四位編輯去和印刷商談排版的事，這個真的超級重要！我一定要拿回來！」

　　阿閔用眼神詢問了今晚的指揮官，鳥蛋立刻說：「禿……主

任他已經開車先走了、Christine也走了，鴨B仔親眼確認的，而車裡並沒有那個藍色圓筒，我很肯定。」那麼，只有一個可能，東西還在補習班裡。因此，鳥蛋兄便企圖說服倔強的C中校刊社之花：「同學，不如請你們社團的指導老師明天跟班主任通個電話，大人之間應該可以講得通。」這確實也是不錯的辦法，至少比阿閔剛才一閃而逝的念頭保險多了，但馬尾的只一個勁兒地搖頭，才剛平復下來的情緒眼看又要潰堤……（唉～女生真麻煩，搞不懂她們。）

要是雅琴姐還在的話，三個人就算用「猛虎落地勢」也要拜託她伸出援手，但現在……接下來，事情很簡單、但也很棘手，就是潛進去、然後把東西拿出來；話雖如此，即使公民與道德沒怎麼認真聽講，阿閔也知道**犯罪的下場很不妙**！但看著淚水在馬尾的堅毅眼眶裡打轉時，卻自然而然地想起「強人陣線」裡的某位角色曾這麼說過：「作弊只要不被抓到就不算作弊！」因此，便自動將公民課本的教誨修正為「犯罪**被逮到**的下場很不妙」！而要是有個萬一，那說什麼也不能連累小玲。

於是阿閔用雙手輕輕地將連連甩動的馬尾穩穩固定，然後說：「小玲，你聽我說，現在快晚上10點了，你再不回家，家人會擔心，到時四處打電話找人，事情終究瞞不住，不如你先回家，我一定想辦法把你的東西拿回來，明天一早送到C中給你，萬一真的找不到，我們再用剛剛G中同學說的辦法。**我保證一定盡力！**」

馬尾的仰起小臉看著阿閔，點了點頭：「你說我就信。」

※　　　※　　　※　　　※　　　※

送走了馬尾的，阿閔便抓起鳥蛋的手：「黑桃K，事不宜

遲，動作快！」卻聽到呼痛之聲，阿閔回頭一看，看到戰友已將外套脫掉，露出雙臂上調虎離山之計的代價——一條條紅痕與瘀青，原來爲了替夥伴爭取更多時間，同時確認藍色圓筒的下落，讓機靈的鳥蛋兄在賓士旁一再磨蹭而遭活逮，這老色龜回頭又找不到待宰的小美人，於是便拿著雞毛撢子遷怒到這個企圖偷車的賊兒身上。

「幹！這賊禿下手還真狠，跟我們學校的訓導主任有得比！」

「痛死我了！剛在女生面前還得充硬漢，這罐小虎是拿來冰敷用的，方塊J，我現在想喝了，幫我換那罐歐香。我鑰匙圈上的手電筒你自己拿，我手現在不方便，今晚看來幫不了你了，得回去養傷才行。」（稍後便知這廝應該另有目的，但佛曰：「不可說。」）

既然戰友身負重傷，看來今晚要獨挑大樑、孤軍深入了。阿閔將書包裡小小圓圓的虎標萬金油掏出來交給鳥蛋的時候，他還很皮地說：「在我手受傷期間，第一屆HCG快打旋風的冠軍金盃就暫時讓你保管，不准給我隨便輸掉啊！」

相同的台詞讓阿閔今晚又說了一遍：「我保證一定盡力！」而保證再保證的結果，換來14歲少年價值新台幣一塊錢的一句謊言：「媽，我阿閔啦～今天補習班下課比較晚，我到同學家裡寫功課洗澡加過夜喔……嘿啦嘿啦，就胡德華啦，你免操煩啦……」心裡想：「『寫功課洗澡加過夜』這個暗號從小學用到現在，老酒鬼還敢給我忘記的話，改天換我摘了他的頭（台語）。」

交待妥當後，便隻身一人，同樣駕輕就熟地來到補習班後門，「開門」進入後將門輕輕掩上，只留一絲月色入戶。阿閔心

中卻莫名響起朗誦過的字句——

　　……何夜無月？何處無竹柏？但少閒人如吾「一人」耳……

　　不禁在黑暗中苦笑了起來：「馬的，老子念書念到起肖啊！」想到現在正是不折不扣的犯罪，趕緊收斂心神，卻被眼前一隻綠幽幽的鬼眼嚇到——才不是竹柏的影子哩！原來是自己手腕上卡西歐的夜光功能不知何時按到的，先前在密道跳電時怎沒想到？一想到密道就想到小玲，以及……那股沁人心脾的髮香味，唉唉～趕緊揮手驅散，綠光舞動之際，順手將錶拿下以免敗露行跡，放進口袋前看了一眼，10點23分。第一次闖空門就上手的偷兒想到自己忘東忘西、連連分心的糗態，居然還自詡為盜帥，可笑！可笑！

　　扭開鳥蛋兒資助的小手電筒，青藍色的光束向周圍來回掃動搜索著，原以為像藍色圓筒這麼明顯的物品，應該可以很快入手走人，沒想到大致找了一圈，竟出乎意料地槓龜，正想大著膽子打開日光燈進行深度搜索時……「嗡～～～」是鐵捲門開啟的聲音！由於猝不及防且事發突然，地理位置上，往後門跑去必定會被看到，唯一較佳的選項只有身邊主任座位旁的落地窗窗簾，手無贓物的盜帥立即關掉手電筒鑽了進去，同時撥動腳邊的盆栽遮住自己露出的鞋子。才剛躲好，靈敏的鼻子已經告訴大腦，進來的人是誰、或是說進來的人至少有誰。

　　——「那是炸雞脖子的味道。」

　　　　　※　　　※　　　※　　　※　　　※

　　鐵捲門再度關閉的同時，日光燈被一盞一盞地打開，從窗簾縫大著膽子望出去，來者只有一位，果真是大家公認的美麗班導

師雅琴姊！卻不知去而復返所爲何來？這下守得雲開見月明，直接請乾姊幫忙也省得躲躲藏藏，正要走出去嚇她一跳時，轉念又想：「不行不行……現在我是小偷，姊是一定會幫忙沒錯，但她也一定會叫我先回家，而如果老淫蟲也去而復返發現她偷東西，以此要脅，那豈不是害了她？」於是便繼續隱身幕後。

由於主任的座位在大廳側後方的角落，因此斜前方班導師的動靜看得一清二楚，阿閔尋思：「這老賊大概就是成天從這邊盯著我乾姊看，希望他多喝一些「胡記青草茶」退退虛火，別心裡淨想些走火入魔的歪念頭。」看雅琴姊輕鬆地哼著歌，曲調有點像某一次從鳥蛋耳機裡傳過來的聲音；突然一陣聲音西西刷刷地吸引了阿閔的注意力：「啊！姊一定是在調她座位旁那台收錄音機。」轉念再想，今天鴨B仔值班，所以是禮拜三，這個時間……對了！姊要聽那個「什麼什麼T」的，奇怪～幹嘛不在林口宿舍聽？還特地回來。

夜闌人靜，喇叭傳出來的聲音分外清晰，少年聽得一清二楚……

（一陣歡樂的音樂響起，最後有人唱了一句～～　I‧C‧R‧T）

男聲：各位聽眾朋友大家好！我是電台DJ兼主持人Keven，又到了我們「情歌傳情」的單元，接下來的90分鐘裡將由我陪著大家度過。聖誕節將近，不管你是才子佳人還是曠男怨女，你們找到了一起共度the holly night的另一半了嗎？欸～我們上一段節目的主持人，面容姣好身材佳的阿娟正在收拾包包準備要去跟男朋友約會去囉～對～沒錯！她已經～～死會啦！來，阿娟，臨走前跟大家打聲招呼吧！我們有超多朋友點歌給你喔。

女聲：Hello everybody, This is Audrey speaking, 我是阿娟，死會還是可以活標的喔～希望大家多多支持Keven的節目，阿娟在這邊先祝大家聖誕快樂！

（接著阿娟嘰哩咕嚕地講了一串英文，阿閔只聽得懂最後那句「3塊給你買麻糬」還有so long my friends, Merry Christmas～love you～）

Keven：bye bye Audrey, We love you too～各位癡心男子不要難過，聽到沒？死會還是可以活標，請大家再接再屬、不要輕易放棄自己喜歡一個人的權利，也願天下有情人終成眷屬。Come on man～首先，我們第一位點歌的聽眾是來自中壢的思婷，思婷要點給去年同班的小翔，希望小翔能夠接受她的道歉並再次包容她的任性，我們一起來聽聽這首由高明駿和陳艾湄演唱的「誰說我不在乎」。

……
猜不透的是你的心
誰說我不在乎
昨天的你變得好模糊
難道只為了一封信
……
……

（優美的旋律，加上動人歌聲，令窗簾後的少年死命忍住想要鼓掌的衝動）

Keven：謝謝這首好聽的深情之歌「誰說我不在乎」，人與人之間，誤會和摩擦總是難免，沒有放不下的事情，只有過不去的心情。事過境遷，希望小翔能夠聽見這首歌，和我們的思婷重修

舊好；Okay～我們下一位接聽的是……

（阿閔在窗簾後聽著一首又一首的勁歌金曲輪番上陣，每首歌都有一段他或她的故事，有時同一首歌也會有不同的故事。突然間，心底響起一陣旋律，那是略帶疲憊和哀怨的女聲，阿閔立刻甩甩頭把音量關到最小，最後乾脆用力往自己大腿捏下去把插頭拔掉。）

……

……

不知為何，此時主持人的聲音開始高亢起來，變得興奮非常──

Keven：I know I know～我知道，挖知影，大家都在等什麼，沒錯……這已經是本節目的優良傳統了，打從10月底開始，本台出現了一位自稱幽靈的神祕聽眾，對～就是那位Phantom，只為了抒發心底對美麗的老師Christine瘋狂的迷戀，讓本台史無前例地播了歌劇。這兩個月來，起碼有800個Phantom和500個Christine透過本台，共同串起一段段不被世俗接受、又撲朔迷離的愛戀故事，誰是真的Phantom和Christine我想已經不重要了，因為真實的情感，總是會透過音符直達內心的最深處。今天這位不願透露地點的Phantom想對他的Christine說，今天他受傷了，為了自己的幸福所受的傷是甜美的，但為了守護別人的幸福而受傷同樣也令他甘之如飴，如果有機會，他甚至願意折下自己的雙翅成為墮天使，為他心底獨一無二的Christine換取再次高飛的機會……哇～Keven聽完真的是超級超級感動，希望所有的Phantom都能夠早日摘下面具，與你的Christine共同翱遊天際，不再受禮教的束縛。我們來聽聽這首同樣是由Andrew Lloyd Webber作曲的《歌劇魅影》The

Phantom of the Opera裡頭相當好聽的Think of Me……

雅琴姊此時將音量調大，整間大廳迴盪著不知名男子的歌聲，但見她將眼鏡拿下，把腳放在旁邊平常阿閱坐的矮椅上，然後把雙手枕在腦後，將身子伸展成優美的曲線，傾聽這飽含思念與渴望的旋律……

阿閱終於知道為何雅琴姊不在宿舍聽了，因為聽音樂就要像現在醬子，這樣才爽！這樣最讚！曲聲稍歇，偷眼望去，看到雅琴姊正在講電話，聲音有點小，講完後就把話筒放了下來繼續吃她的宵夜。在〈對你愛不完〉、〈鍾愛一生〉之後，又傳來主持人的聲音——

Keven：這首鍾愛一生是杜氏情歌的代表作，恭喜三重的志軍能夠在退伍後的第二天迎娶我們新店的淑芳，祝福兩位鍾愛一生；Well～接下來同樣是一位不願透露地點的Christine要對Phantom說，呃……我們今天這位編號不知第幾號的Christine好像與眾不同喔，她呢，不點歌，要Keven轉達給那位真正的Phantom～～我的媽媽咪呀！Keven怎知道誰真誰假，Anyway請那位真正的Phantom仔細聽好來，嗯咳……「小滑頭，不要胡思亂想，不然你的翅膀真的會被班主任打斷，還有，本宮喜歡吃炸雞脖子，翅膀炸來吃應該也不賴，下次記得加辣。」嗯～～這位Christine小姐，本台是情歌傳情，如果您叫外賣的話，恐怕沒辦法幫您外送喔～～看來，這對歡喜冤家已經進展到火辣辣的程度了，我們繼續接聽下一位，下一位不要再跟Keven點餐不點歌啦，這個時間講什麼炸雞脖子，誰受得了……

阿閔看著雅琴姊一手佇在桌上，發出吃吃的笑聲，自己卻憋笑憋到肚皮抽筋，真不公平！節目轉眼間已近尾聲，阿閔往後也成了忠實聽眾，時不時也會加入幽靈們的行列抒發一番。

　　Keven：韶光易逝，歡樂年華總是特別短暫，又到了跟各位說再見的時候，我們下個禮拜同一時間空中相會，相信只要真心真意，即使沒有喜鵲搭橋，依舊能夠透過一首首繾綣纏綿的情歌，將我們的心意傳給心中那位無可取代的人，我是Keven，祝您有個甜美的夢，Have a sweet dream and Merry Christmas. Bye Bye～

　　雅琴姊收拾好後背起包包、開鐵捲門、關燈、關鐵捲門，日成補習班一樓大廳重歸黑暗，只殘留空氣中令少年飢腸轆轆的香味。

　　　　　※　　　　※　　　　※　　　　※　　　　※

　　阿閔待雅琴姊摩托車的聲音消失在巷口後，掏出褲袋中的錶看了一眼，凌晨33分。重新擰開手電筒走到雅琴姊的位置，熟門熟路地從桌下拿出一罐名古屋紅茶和餅乾，唔～是綠盒子的V型蔬菜餅，這是好兆頭！YA！坐在平常自己常坐的位置上嗑了起來，畢竟待會兒還得幹活，得補充體力才行。黑暗中，思考特別敏銳，藍色圓筒這麼大的東西要藏一定不好藏，說不定賊禿把圓筒子丟了，然後把裡面的C中校刊社機密文件藏起來，而之前沒收的漫畫和小說都交給班導保管，會不會這次也交給她？嗯～有這個可能……姊，不好意思啦！要開你的抽屜了。
　　結果沒有。轉念一想，如果老淫蟲想以此要脅小玲，這個東西當然會放在自己的座位。嗯～這個可能性更高，本席決定簽

發搜索票，卽刻調查……當下把飲料一口乾掉，空罐連同沒吃完的餅乾全部塞進書包，朝錢鬼主任的位置走去；都說是錢鬼了，抽屜當然是鎖起來的，不過阿閔不擔心，先前和鴨B仔執行任務時，恰好發現龍井茶罐的蓋子內層用膠帶黏著一隻鑰匙，當時不動聲色放回，此時正好派上用場。

抽屜很快地被打了開來，東翻、西找，還是沒有～幹！懊惱之餘，無意中發現一個講義夾，裡面是一位女學生的基本資料，不用猜，當然是雅琴姊。從大頭照裡的髮型看來大概是國中剛畢業兩三年，大概是十七、八歲時的模樣，哇～～雖然沒有現在漂亮，但卻有另一種說不出的美感，而資料填寫日期則是去年，嗯……身高168cm、體重46kg，14歲的少年當然對這些數字沒啥概念，只隱隱拿來和某人相比後覺得誰大誰小而已。咦咦咦……不會吧？姊說她跟我一樣，都是金牛座，沒想到居然也是5月7日，和我同一天耶！怪不得第一眼看到她就覺得超親切的……還有還有，我想起來了，之前好幾次每當我說啥很巧的時候，她老說還不夠巧，原來如此。明年畢業前一定要送她生日禮物才行，現在就得開始存錢，不能再亂花了。

輕微的「嗶嗶」兩聲從褲袋裡傳出，拿出來看一下卡西歐，上面顯示凌晨一點，操！距離跟小玲說好的「明天一早」，去頭去尾剩不到六個小時，現在還是兩手空空，徒負老臭蟲的香帥美名。當下把心一橫，將所有的日光燈開個燈火通明，從一樓大廳、教室、茶水間、廁所到後堂做地毯式的搜索，上至天花板輕鋼架下至每一隻課桌椅抽屜的隔板全都翻了個底朝天，就是沒有那該死的機密文件，直到再次聽到褲袋傳來「嗶嗶」兩聲整點報時之際，已是半夜三點了。

阿閔攤坐在數學天王「湯杰」的專屬按摩沙發上，心中的懊

喪與失望實是無以復加，由於這張班主任特別買來禮遇補教名師的按摩椅過於舒服，加上一整晚處於高張力的精神狀態一旦鬆弛下來，飽受折騰的少年忍受不住陣陣襲來的倦意，不久便開始打盹……

又是「嗶嗶」兩聲的整點報時讓阿閔整個人跳了起來！一看錶，真恨不得一頭撞死自己，居然已是清晨五點了，頓時急得猶如熱鍋上的螞蟻，開始漫無目的的東翻翻西找找，卻是一籌莫展；無可奈何之下，看來只能先鳴金收兵，畢竟自己也已經盡力了，再待下去也不會有什麼改變。隔著鐵捲門已經隱約聽得到早起的鳥聲、人聲、還有那不知道是什麼聲音，喔～原來是旁邊那位兵馬俑老伯電視裡的節目聲，起得可真早，咿咿呀呀地，大概是平劇吧？無聊透頂……還不如家中老佛爺看的歌仔戲比較有劇情，至少還有武打的橋段，比那些臉上畫個大花臉頭髮甩來甩去卻不知所云的劇情好看百倍。

想到這，就想到小時候陪老媽子看歌仔戲的時光，印象最深刻的莫過於女俠呂四娘刺殺雍正皇帝的那一齣，其中最刺激的橋段當屬雍正為了奪皇位，派出麾下首席大內高手年羹堯施展壁虎游牆功竄改康熙皇帝遺詔的那一集，他把聖旨裡「傳十四皇子」的「十」改成「于」變成「傳于四皇子」，讓當時還是皇子的四爺順利登基～～

等一下等一下等一下等一下……康熙皇帝的聖旨藏在哪？**不就藏在正大光明殿的那塊大匾額後面嗎？**想到這，阿閔不由得將眼光飄向主任座位後方牆上那塊「般若波羅密多心經」的牌匾，突然心跳加速了起來，可以的，那個長度夠放下那個藍色圓筒！

——C中校刊社的密詔當真就在那裡！老媽我愛您！

阿閔不會壁虎游牆功，但是桌子上再疊一張椅子，14歲的

盜帥也就跟年羹堯所差無幾了，得手後先確認「聖旨」在裡頭無誤，便將圓筒斜掛在背上準備「扯乎」；隨後想到賊禿可能會檢查，萬一不在，豈不橫生枝節？因此重新將圓筒的蓋子旋開，將裡頭的文件一張不漏地掏出來，順手拿一個空講義夾裝好放進書包，把空筒放回，正打算「阿婆仔浪槓」時，突然興起一個惡作劇的念頭——想把防火巷裡那隻死老鼠塞進筒子裡，但由於太過噁心，事到臨頭恐怕難以說服自己；一計不成，再生一計——隨便找了幾張空白的考卷，捲一捲塞進去後，便拉下褲襠拉鍊，將憋了一整晚的怨氣隨著膀胱內的「名古屋黃茶」灌溉入內，這泡尿撒得好不痛快，足可排進人生的TOP 3。完事後抖一抖，怎一個爽字了得？將蓋子徹底旋緊，然後學那賊禿保養秀髮般地上沖下洗、左搓又揉，待混合均勻，方將其插回匾額後端，這驚喜且留待老色魔他日好好品味。

少年終於得償所望地身懷贓物，成了名符其實的盜帥，揮一揮衣袖，向犯罪現場告辭，千山獨行，不必相送！

Lesson 20. MISSON TWO

　　阿閎從補習班出發時，還看得到天頂的月明星稀，到C中時，手腕上的錶顯示6點48分。一路急行軍，再也止不住腿痠，便靠在校門口警衛室冰冷的外牆下席地而坐，12月清晨的寒風雖不致刺骨，但已透著涼意，過不多時，已開始陸陸續續有人到校，對於這位穿著H中制服的少年，個個報以懷疑與警惕的神情，阿閎低著頭來個視而不見，心裡不知為何，總覺得有些悶悶的。

　　「喂～H中的，在這邊衝三小？死回去！」很明顯，混混不是H中的專利，而是遍地開花的土產；阿閎現在的心情是既滿足又疲憊，何況再也不想打架了，因此便打算站起身來移到旁邊去，看著C中那像是小學生的制服，腦中卻想起在拉虛仔辦公室裡看到的畫面——那是一把好大好大的西瓜刀，真的有夠誇張，臉上不由得露出了笑容，感覺這一切好像已經是很久很久以前的事情了……或許是複雜情緒下的笑容過於詭異，兩位C中太保看著阿閎緩緩站起來的身影居然有些害怕，還往後退了兩步，其中一位為了壯膽，問了一句：「恁大仔是誰？要衝蝦米？」

　　只見眼前這位穿著H中制服，眼神滿布血絲、笑得有點癲狂的可疑人物，不知是真瘋還是假瘋，竟然緩緩地說：「對！我想起來了……**金鍾大仔**，就是**金鍾大仔**沒錯！『重劍無鋒　專殺C中』哈哈～哈哈～～」兩位混混敏銳的觸角立即憶起前輩們曾經提過的都市傳說——幾年前的那場荒地血戰！H中的帶頭大哥，就是一個人、一把刀砍倒C中20幾個混混的傳奇人物，這箍來歷不明、又看起來痟痟，該不會透早就中**竹仔尾**！當下互看一眼，

走爲上策。

　　阿閔就這麼站在C中大門口，看著對街的店家和日漸增多的
人潮，總覺得渾身不自在⋯⋯好在沒多久，馬尾的出現了！那是
一台又大又長的黑色轎車，比臭老爸的裕隆計程車大多了，先是
直接停在校門正中央，然後從前座一左一右走出兩位穿黑西裝的
高大男人，其中一位繞過車尾、拉開後座車門，當阿閔以爲下車
的會是C中校長的時候，卻看到集所有陽光於一身的女孩跳了下
來，正是小玲。

　　小玲一下車便東張西望，隨卽很快地發現衣著與衆不同的
目標，她三步併兩步地跑了過來，看著眼前的阿閔，身上還穿著
昨晚的舊衣，從眼睛、臉頰⋯⋯各個小地方都不難得知徹夜未歸
的事實，心下一陣難過和感動，再看到他左手手背上的污痕，不
禁想起不到12小時前自己還和這隻手緊緊相握，登時又是一陣
害羞，便從書包裡同樣拿出一包面紙，同樣抽了兩張出來，不過
並沒有遞給阿閔，而是再往前兩步靠過去，一邊把少年平頭上的
蜘蛛絲及頸側的汗漬清掉、一邊心疼的說：「你⋯⋯看起來好
慘。」然後又說：「對不起～昨晚是我太任性，這是我的錯，不
應該讓你爲我冒險，我昨晚一回家馬上就後悔了，想再回去找
你，但是爸媽不讓我出門，對不起對不起對不起⋯⋯」說完已是
語帶哭音。

　　阿閔最怕這種哭調仔，原以爲這種灑狗血的劇情在校門口上
演會引起衆人圍觀，但小玲身後站著兩位黑西裝的男人，等同知
府大人出巡時前面那兩塊「迴避」和「肅靜」一樣，連糾察隊和
導護老師也只敢遠遠看著，偶爾才瞄上一兩眼。

　　馬尾的和自己一樣，都不太會藏心事，打從她一下車到現在
所有的言行在在透著眞誠，自己覺得一整晚的忙碌全都值了；而

且，從她不時繞來繞去的視線，想必已經發現沒有藍色圓筒的蹤影，擔心我會內疚，才搶在前頭跟我道歉，難得這小妮子如此體貼，姑且跟她逗個樂子，讓她一早開開心心地踏進校門。

只聽14歲的少年長長地嘆了一口氣：「唉～～我真的真的已經盡力了，徹夜未眠地找了一整晚，但是……」果然，她連連甩動馬尾：「別說……你別說了，我好擔心，擔心你會碰到什麼麻煩，我才要跟你說對不起，對不起對不起……這是我的錯，是我的錯。」

——「當然是你的錯。你說錯話啦！應該說『謝謝』才對。」接著把藏有整疊「聖旨」的講義夾從書包拿出來，刻意很有分量地在她小掌心中頓了下去，該說的話還是要講：「小玲同志，革命黨的名冊全在這兒，交給你了，切記——和平·奮鬥·救C中。」然後趁她還沒反應過來時，哈哈一笑：「那個圓筒太明顯啦！得留在那邊做個障眼法，裡頭我用考卷似模似樣地掉了包，投稿人的心血絕不容有失，我一張不漏全部拿回來了！誰叫咱們校刊社之花有言在先『稿在人在，搞丟掉腦袋』看來我這顆大腦袋瓜應該有保住，不至於在C中校門午時問斬。」

小玲驚喜交集，緊緊地握著講義夾，看著眼前少年的臉說不出話來，阿閔也回看她俏麗的臉，只覺青春洋溢、難以匹敵，馬尾的終於笑了！而整個世界都跟著亮了起來。

小玲又是想哭、又是想笑地說：「我……我真不知道該怎麼謝謝你。」阿閔難得有機會裝酷，這下連不該說的話也溜了出來：「我喜歡的女孩已經送給我全宇宙最棒的笑容了，所以，不客氣。晚上見，別又遲到啦。」

小玲到底還是蹦蹦跳跳、一路晃著馬尾，開開心心地踏進C中校門。

※　　　※　　　※　　　※　　　※

　　阿閔坐在偌大的黑色轎車裡，裡頭好溫暖；前座那位被小玲稱呼「志傑叔叔」的男人，不苟言笑、卻十分客氣地要阿閔按下一顆按鈕，原以為會像柏青哥的小鋼珠一樣被彈射出去，誰知卻是一個驚喜——很難想像車裡居然還有小冰箱，裡頭的沙拉麵包和鮮奶，現在全被阿閔一掃而空；這台黑色霹靂車相當沉穩，幾乎完全感受不到馬路上的坑坑巴巴，當它停在H中校門口時，穿堂的大鐘顯示現在已經遲到兩分鐘，而小紅帽已經站在一旁的傳達室開始招募罰站小隊，阿閔想到他褲腰裡那條粗肥的水晶棒，不免有點忐忑，只見志傑叔叔戴上一副墨鏡隨阿閔下車，直接走到體育組長面前從懷裡拿出一張證件「督」過去，小聲地講了幾句話，然後指著身旁的14歲少年；只見小紅帽立刻摘下他的小紅帽，瞪大著眼看著那張證件，然後……沒有然後，阿閔就跟志傑叔叔和小紅帽揮手說再見，大搖大擺地走進川堂。

　　少年直到彎過轉角才吁出一口大氣，剛揮手道別時，看到車子前方的擋風玻璃有一張亮晃晃的藍色貼紙，依稀看見上面印著「外交部」三個大字……這事兒有機會再問問小玲，既然她一直不說，也就先別跟其他人講。

※　　　※　　　※　　　※　　　※

　　當晚到補習班，阿閔絕口不提昨晚電台之事，卻見鳥蛋笑吟吟地心情不錯，也是暗自訝異，畢竟這廝最近精神異常，不能以常理度之。打過招呼後，便把今日清晨偷換「密詔」的經過簡明扼要地說了一遍，鳥蛋聽得笑逐顏開，待大頭閔講到名古屋紅茶透過堂堂五呎血肉之軀吸收過濾再資源回收時，更是拍案叫絕：

「真有趣！本大爺也想加入灌溉的行列；那個老色胚日後一打開呀，你那窖藏14年的珍釀禮讚，想必讓他一試成主顧，回味再三、無法自拔……」JK二人笑得合不攏嘴。

笑了一陣，鳥蛋說：「馬了個巴子，本大爺的手差點廢掉，你出氣了～可我還一肚子火呢！我想到一個主意，送他一個special的聖誕禮物，方塊J你過來，我跟你說……」只看兩位少年連連點頭，不時竊笑。

※　　※　　※　　※　　※

今年的平安夜剛好落在禮拜四，雅琴姊不會來，因此鳥蛋指揮官將執行任務的「行動日」（D-Day）同樣挑在雅琴姊有充分不在場證明的前兩天，禮拜二，可以少一些顧忌。當天12點一到，阿閔當自己是只上半天課的小學生，準時從H中的圍牆翻出，四下無人，趁下午兩點前補習班還不會有人的機會，戴著帽子、快手快腳地潛進去「洽公」，過不多時，便提著一包裝垃圾的黑色大塑膠袋出來，順便去巷口麵攤買了兩碗沙茶魷魚羹冬粉、還各切了一份粉腸和肝連，反正都已經動用「天橋基金」了，何必虧待自己？

阿閔壓著帽沿快步走向精神堡壘——「狼窟」，那天冷到靠北，雖是中午，但還是看得見自己吐出來的熱氣冒著白煙呢！手裡拿著這堆哩哩叩叩，有夠麻煩，好歹還是到了目的地。看來是自己早到了，坐在涼亭裡，聞著假山洞中飄出來的誘人香氣，那是流浪漢烹煮各式野味時所散發的味道，阿閔說什麼也不敢靠過去；只怪當初自己一時嘴饞，誤吃了一塊癩痢張給的「麻油家常肉」後還想再吃第二塊，拿著老鄭的瓢子在大鍋裡撈啊撈，等

到撥開浮在上層的菜葉才認出那是一隻小狗的頭後，嚇得連連倒退，還撞倒旁邊的跛腳李，被那個老番癲拿著拐杖給轟了出去，自此以後，有多遠躲多遠。

　　四周極靜、甚至開始罩上白茫茫的一片薄霧，感受著這景緻，儘管不認為自己有什麼詩情畫意，但卻毫無來由、斷斷續續地想起一段背過的課文——

　　……大雪三日，湖中人鳥聲俱絕。……擁毳衣爐火，獨往湖心亭看雪。霧凇沆碭，天與雲與山與水，上下一白。……

　　亭上有兩人鋪氈對坐，一童子燒酒，爐正沸。……拉余同飲。余強飲三大白而別。……舟子喃喃曰：「莫說相公癡，更有癡似相公者。」

　　從前根本不在乎所謂的意境不意境，只在乎別寫錯字、作者的稱號是啥……這些小地方，跟小玲相處久了以後，倒是開始靜心體會作者寫下這些文字時的心情，以及透過文字想要表達的弦外之音，這或許就是陶淵明所說的「好讀書，不求甚解」吧？也或許，所謂「意境」這種東西，正如同小玲所說的：「時候到了，自然就會明白。」

　　然而，無論如何，對14歲的少年而言，現在雖然已略有會意，但卻還不到欣然忘食的境界，於是便在這上下一白的思親亭當中，開始享用熱呼呼地沙茶魷魚羹冬粉，才剛夾起一片肝連，鳥蛋兄也前腳後腳地到了。

　　「方塊J，都辦妥了？」

　　阿閱一踢腳下的黑塑膠袋，比了個「OK」的手勢，嘴裡西西蘇蘇地邊進食邊含糊地反問：「你呢？搞定了嗎？」也同樣獲得了肯定的回應。

——「飽了，開工！」祭完五臟廟後，鳥蛋指揮官一聲令下，兩人立卽七手八腳地開始幹活……

※　　　※　　　※　　　※　　　※

「黑桃K，你幹嘛剪報紙上的字？」

「你不會想被認出字跡吧？」

「英文報紙哪來的？」

「學校圖書館ㄅㄧㄤ來的，聽過The China Post吧！」

「你昨天說的MISSION是啥意思？」

「任務呀！天才。知不知道我爲何要你等個幾天再去拿這些道具？」

「廢話，要是今天打你，明天就不見，不懷疑你還懷疑誰？借問一下，這什麼鬼？I WATCH YOU？」

「WATCH不僅是手錶，也可以當作注視，是『我盯著你』的意思。」

「懂了，I WATCH YOU就是『我婊你』的意思，跟這幾天新聞一直在報的一樣，一個中國然後什麼各『婊』還是互『婊』的，其實都是盯著對方，哈哈～」

「方塊J，我眞的覺得你才智過人，只略遜本大爺一籌而已。」

「聽你在吹，我是H中的明日之星呢！靠夭～你連這個都敢拆下來亂畫，造反了喔？」

「明日之星哪個星？發情的猩猩還差不多。本大爺天不怕地不怕……這水晶棒有夠難割，等下還要穿孔眞麻煩……挖哩咧，shit～美工刀斷啦！」

「眞的假的!?我試試……幹！眞是敗給它了，沒關係，我來

加一段話……沒差啦～這不用報紙，我剛好有拿麥克筆，聽說用左手寫每個人的字跡都差不多。」

「我突然覺得我們兩個很適合幹這種事耶～你是不是也有同感？」

「胡說八道，我要跟『母雞帶小鴨』裡的<u>高明輝</u>看齊，拚北聯上建中當個紅樓才子，現在只是暫時被你帶壞而已。把剪刀膠水給我。」

「紅樓才子？聽起來好像是採花大盜的稱號，而且，你也不可能被本大爺帶壞，因爲你已經沒辦法再更壞了。等一下！我先噴一些香水你再封起來，讓那個色魔以爲是年輕小姐仰慕他卻羞於啟齒的心意。對了，怎麼交給他？」

「還不簡單。待會我們先把包裹藏好，這一兩天，我一到補習班會先幫你把後門弄開，就等賊禿巡堂，他都嘛先搭電梯到七樓再一層一層往下巡，樓梯又在整修、燈也壞了，他必定也是搭電梯，等他一進七樓電梯，你不是跑很快嗎？上次你說100公尺11秒83，比我12秒44還快，位置又在門邊、我乾姊不在場最好、要不然就說你要上廁所，走密道鐵定來得及在他回座位前，把這份驚喜放到他桌上再趕回來裝無辜。喂！你好變態，不但用粉紅色的信紙還學女生摺成愛心？」

「昨天練了一整晚，作戲做全套嘛～好啦！大功告成！還有什麼沒想到的？」

「他會不會報警啊？到時全面徹查，如果還要隔離偵訊、測謊怎麼辦？」

「應該不至於啦～他要是大聲嚷嚷，不就等於昭告世人自己其實是個**移動式點光源**了嗎？這叫啞巴吃黃蓮。活該！誰叫他竟敢對我的Christine……的乾弟的心上人黑白亂來？」

「說得好！嗯～我們在信的最後要不要留個署名？像是<u>廖添</u>

丁跟紅龜把松本那個爪耙仔的耳朵割下來送進總督府，還放在<u>後藤新平</u>的桌上那樣？我覺得很酷！」

鳥蛋想了想，說：「好主意！你不是方塊J嗎？方塊的英文是diamond，唸起來跟惡魔demon很像；我是黑桃K、也是幽靈phantom嘛！署名就用『J. K.惡靈』如何？保證沒有人猜得出來！」

「帥啊！老皮。」

　　　　※　　　※　　　※　　　※　　　※

12月24日當晚，在這個充滿祝福的平安夜，日成補習班的班主任和阿閔兩人都收到了一份畢生難忘的聖誕禮物——

甜蜜蜜的放前面。

馬尾的今天來得特別早，當阿閔踏進補習班時，金黃色的夕陽彩光透過呼嚕作響的抽風機灑滿了整間教室，小玲先給了14歲少年一個燦爛的笑容後，當著阿閔的面前，把自己的招牌馬尾解了開來，確定眼前的男孩看見了自己現在的樣貌後，接著便轉過身去，背對著他說：「剛頭髮有點鬆，幫我把它重新綁好。」這下可難倒阿閔了，只聽他訥訥地說：「這個……我不會耶……」馬尾的用俏皮地口吻說出讓人很是緊張的回答：「既然這麼為難～那我只好請別人幫忙囉～～」

「其實……那個，不……不為難啦，可以教我一下嗎？」大頭仔再怎麼不解風情，也知道機會稍縱即逝，得好好把握。

「你先照自己的想法綁，我再來調整。」

阿閔想起兩、三年前替幼稚園表妹綁馬尾的手法，於是開始進行這項**偉大工程**，原本以為應該不會太難，沒想到手一碰到小

玲的髮絲，就全亂了套……力道太輕，柔順的秀髮就很不聽話地溜來溜去，太用力又怕把頭髮扯斷，再加上離得夠近，那股從少女髮際和頸肩漾開來的青春氣息，毫不間斷地鑽進少年的五感之中直達記憶底層，令阿閔必須一直將意志力的方向盤牢牢抓緊才不致失控打滑。等到勉強完工，已是滿頭大汗，比在道館跟人對打三回合還辛苦，再看看成果……唉～醜斃了，真不知該如何驗收？

未料，小玲看也不看，就任憑那條努力告訴別人自己是馬尾的阿勃勒掛在腦後，甜甜地笑著：「今天就醬子！謝謝你送我的聖誕禮物，這是回禮。」然後便從藍色的C中書包拿出阿閔這輩子第一次收到的金莎巧克力——盒子，不大也不小；形狀，則是愛情的模樣。當少年把它接到手裡時，終於明白「來電五十」這個節目名稱取得有多好、多貼切！

阿閔心神激盪之下居然忘了自己到底有沒有說謝謝，只記得立刻將心型禮盒拆開，裡頭一共八顆，對她說：「我們一起吃。」馬尾的笑了一下，問說：「你知道為什麼一盒八顆嗎？」

阿閔還來不及想，小玲就幫他說了出來：「別告訴我一人四顆、剛好整除，要有點創意才行！」既然都這麼說了，那就……嗯～～好吧！阿閔點點頭便說：「因為集滿七顆龍珠，可以召喚神龍許一個願望，所以七加一等於八。」小玲果然是好奇寶寶，立刻追問願望的內容，阿閔故作神祕地道：「許願好像不能講耶，講了就不靈了。」原本只是開個玩笑，這下還真的煞有介事地偷偷向不存在的神龍許了一個不可能成真的願望。好在馬尾的也不在意，接著道：「這是我們認識的第一個聖誕節，想個比較有意境的答案吧？亂掰也沒關係哦。」

既然如此，要掰的話還不簡單，想了一下就說：「一個禮拜有七天，每天都想著同一個人，所以七加一等於八。來，我幫你

服務。」說完就拿起正中間的那顆，開始拆包裝紙，由於是第一次拆金莎這種高級貨，它不像滋露或甘百世可以粗暴撕開後當成餅乾來啃，因此動作顯得頗為笨拙，好不容易拆開金色包裝紙，卻不小心讓裡頭那顆胖嘟嘟的巧克力球掉到地上，一轉眼不知滾到哪了！少年頓時腦袋打結、僵立當場……小玲噗哧一笑，一伸手已將阿閔手裡的包裝紙接收過來，促狹地說：「別在意啦，心領了。七天都想著同一個人好像太累了吼～所以文字之神特別放你一天假；我第一次拆也是這樣，讓金莎變成自由落體。」

阿閔報以一個苦笑：「明年再給我一次機會，我想我會做得更好。」小玲頭低低著說：「你說我就信。」

※　　　※　　　※　　　※　　　※

爽歪歪的要壓軸。

班主任今天心情不錯，哼著小曲推開玻璃門向座位走去。雖然稍早之前去林口撲了個空，沒等到想等的人，不過剛剛巡堂時把好幾位學生登記扣點，還沒收了1本小說、2本漫畫，有一位學生點數被扣滿了，等下打電話通知他家長，要嘛滾蛋回家吃自己不退費、要嘛再追繳一筆「學習保證金」，那鈔票的味兒啊～只要聞過一次就上了狗癮，怎樣都戒不掉。話說回來，那個清潔工是不是偷懶？怎麼這幾天老是覺得辦公室裡有股騷味，還怪了～別人都聞不到，就自個兒聞到那麼一絲絲……對了，那個喜歡東拍西拍的矮冬瓜之前說什麼來著？說他家的青草茶長期飲用對於耳聰目明和泌尿系統有神奇療效，不喝白不喝，幸好一瓶也沒浪費，一定是藥效開始發揮，連帶讓嗅覺也變得更加靈敏了，這小子既然上道，我就儘量地灌，反正又不用錢，呵～呵～～咦……桌上怎麼會有這個？上面還有一張卡片，難不成是雅琴終於想開

了？不過會把信紙摺成這樣的應該是國中小女生……也對，她那麼不識抬舉……待我觀來，看是哪位可愛的丫頭……搞什麼？學人家剪報拼字……一定是害羞，怕被我認出筆跡，還有錯字呢：

「看著您焚膏繼軌的認真身影　令我心頭一陣悸動　明知不應該　但千言萬語都無法表達對您的依戀　只能寄情於潘朵拉之盒中　請回家再拆　祝您平安喜樂　　不知名不具」

焚膏繼晷狂飲青草茶的班主任又怎堪按捺？當下不聽勸地打開潘朵拉之盒，須臾，只見他雙手微微發抖、整張臉迅速脹成豬肝色、隨即暴跳如雷，把其他的班導師嚇得心驚肉跳——好在雅琴今天沒來，不然就瞞不住了，更好在高血壓的藥就在身上，趕緊抓起來丟個五六七八顆進去……

潘朵拉之盒的內容物及其說明書如下——

〔蔣公遺照1張〕
光頭被用紅筆大大地圈起來，旁邊用剪報拼字加上註解：「別難過你比較亮」
〔一包雞毛&半罐膠水&半罐礦泉水〕
剪報拼字：「黏上去就能擁有與眾不同的秀髮記得澆水保濕」
〔項鍊半條〕
剪報拼字：「水品項鍊讓酋長更顯尊貴」
麥克筆加註：「已為您示範兩顆，別不勞而獲！」
〔信紙一張〕
剪報拼字：「I　WATCH　YOU」

麥克筆加註：「多行不義必自斃　剩蛋快樂　　J.K.惡靈」

只見媲美　蔣公的光頭主任，非但不領情，還怒不可遏——

「誰？究竟是誰？要讓我逮到這小龜蛋，我發誓絕對抽筋剝皮、挫骨揚灰！」

　　　　※　　　※　　　※　　　※　　　※

JK二人很快地被逮了，和日成文理補習班裡其他的243位嫌疑人一起落網，在班主任「寧可誤殺、不願錯放」的策略下從容就義。

12月25日，日成補習班各班的班導師們，被迫傳達如下相同地訊息——因此，雅琴姊在上課前走上講台，以無奈的表情和語氣宣布：「各位同學，主任說，昨天對他惡作劇的人務必要在今天放學前跟他自首，他大概已經知道是誰了，但還是要給那個人自我反省、勇於認錯的機會。」

「請問是怎樣的惡作劇？」胖子舉手發問。

「我有問主任，但他沒講，所以我也不知道。」

「那我們怎麼知道要認哪一條？」發言的是一位不知名的C中男生，幽默的文法引起一片哄笑，就連雅琴姊也不禁莞爾。

「不是應該要表揚嗎？」「土城劉的華」風采不減當年，依舊妙語如珠，使七樓的笑聲又更上一層樓。

不料樂極生悲，在教室外邊虎視眈眈的班主任，終於逮到發飆的機會，「砰」地一聲推門而入，雙手抱胸好不神氣：「剛才講話的那三個都給我站到講台上，排隊領罰。」雅琴姊立刻說：「主任，這樣於理不合，他們並沒有做錯事情。」班主任卻強詞

奪理：「你不用幫他們講話，沒有人承認的話，就全班受罰，罰到有人承認為止，就從你這班開始，昨天你沒來就剛好發生這種事，依我看，這一班嫌疑最大。」雅琴姊仍舊據理力爭：「主任，不教而殺謂之虐，究竟發生什麼事讓您那麼生氣呢？」

「你不用管什麼事，做的人自己心裡有數！哼哼～敢做不敢當。」

「我身為班導師，怎麼可以不用管？況且您不是說知道是誰嗎？又何必讓其他人跟著受罰？」阿閔突然覺得這個乾姊平時溫婉，但在關鍵時刻卻是條理分明、詞鋒犀利，套句邵老爺讚賞<u>梁紅玉</u>時說過的：「巾幗不讓鬚眉，有大將之風。」

此時班主任已不可理喻，指著台上三人說：「這些人都是一個樣、全是一丘之貉，是誰幹的有差別嗎？來～手伸出來。」由於稱手兵刃水晶棒已成為手工藝品的一部分（**而且還是半成品**），此時手上拿的雞毛撢子，除尾端有阿閔刻意留下的幾撮毛以外，光禿禿地一整條（**仍比此刻將它握在手中的主人略勝一籌**），然而現在卻不怎麼好笑了。

情急之下，也難得雅琴姊急中生智、兩害相權取其輕：「主任，既然您認為這三位同學都有嫌疑，而他們都是男生，是不是代表您覺得不太可能是女生？」主任恨恨地說：「好！就看在你的分上，女生暫時免罰。男生全部起立，過來排隊領罰，打到有人承認為止。」

奇特的現象於是展開——

國三衝刺班的男生包含並非無辜的那兩位共計27位，只見一個一個上台，禿頭主任揮動禿頭撢子抽3下手心換下一位、再抽3下再換下一位，教室內的肅殺氣氛異常凝重，已經有幾位受到驚嚇的女生開始啜泣，差不多打到**第五局**的時候，雅琴姊已經看不

下去，紅著眼睛丟下一句「……不應該……喪心病狂……」後離開教室。而隨著人龍規律的蠕動，少年五人組自然而然、慢慢地湊在一塊兒……

「我曾聽興學的人說，這招叫做『瘋狂地獄車』又叫『歡樂喜連來』，是那邊的招牌好戲，沒想到今天有幸一睹風采，很榮幸與各位一起見證這歷史的傷口。」雖是無關痛癢的情報，但還是感謝胖子無私的奉獻。反觀鳥蛋則以務實主義展現準軍校生的思維與革命軍人的典範：「我算了一下，打一輪要揮動100次左右……胡P你別插嘴，我跟你打賭，一定有人會不乾不脆在那邊縮來縮去，揮空棒的次數加上去絕對不只81次，那賊……老賊絕對撐不了多久，等著看，超過兩輪我請你們吃蔥油餅。」

另一位心中有那麼些許愧疚的14歲少年也開口加碼：「我賭三輪，超過的話我買黑松沙士請大家，還請諸位多多擔待、忍辱負重。」

鴨B仔扯著阿閎的衣袖：「總鏢頭，快輪到咱了，咱皮薄餡多，就怕疼，可怎麼辦？」阿閎從班導桌的抽屜迅速摸出一罐白色的南寶樹脂：「傳你一招，終身受用。」說完就往自己的掌心抹上厚厚一層，

等乾了之後，就像是多了一層防護罩一樣；結果旁觀的烈士諸公們也有樣學樣，大家把樹脂當成資生堂還是蜜斯佛陀等類的護手霜一個勁地猛擦，而防禦力提升的結果，造成皮屑、肉末紛飛的錯覺，加上男生在這方面的表演天分，讓坐在「搖滾區」的幾位女生逼近歇斯底里的邊緣，咸一致認為是主任發瘋的前兆。

大難當前，五人組在個人特質上的差異性在此充分凸顯出來——

啪！啪！啪！

「謝謝。主任您還好吧？惡作劇的不是我。」這是憨厚卻無痛感的胖子。

啪！啪！啪！
「幹！走著瞧，還沒完呢～」大頭仔默不作聲的內心戲著實精彩，已開始彩排下一集的「新虎膽妙算」。

啪！⋯⋯
「你幹嘛？」
「對不起～對不起～是我是我⋯⋯我不應該借了您桌上的原子筆沒跟您說，不告而取謂之偷，我知道錯了，跟您誠心道歉悔過絕不再犯。是我不小心忘了，主任您就饒了我吧，好痛哇～～」
「不是你！我說的不是這個！像這種膽大包天的事，諒你也沒這個種，馬上把我的筆放回去，順便罰你掃地拖地，去去去⋯⋯」鑽門路一流的徹地鼠立刻關掉眼淚水龍頭節省寶貴資本，直奔一樓去也。

啪！──「憲兵是吧？」
啪！──「有槍是吧？」
啪！──「我是G中，男孩不哭！」
在沒有Angel的屠宰場裡，瘦弱少年將苦戀單戀的鬱悶，隨著痛感盡情發洩出來，而最後一句則使得現場穿著水手服的男生全挺起了胸膛。

「主任等一下。」
「幹甚麼？我們公私分明。」

「您高抬貴手行行好，可不可以請您……」

「不行！不可以！」

「……請您直接打我30下，剛吃壞肚子現在要烙賽，沒時間了，就……就讓我一次付清吧，快快……嗨呀庫……快忍不住了……」白爛之人無須介紹，且任由甜美的啪啪聲衝擊他的括約肌……

啪！啪機啪嚓……

賊禿專用的撢子應聲而斷，教室內起一陣寂靜地歡呼聲，國中生們顯然想得都差不多（但鐵定和您差很多）——謝天謝地！還好他老兄沒有爆肛！這卻也讓連一輪都還沒打完已是氣喘如牛的主任找到下台階，當下吼了一句：「要去快去！朽木不可雕！今天全班給我站著上課。」怒髮卻不能衝冠的主任拂袖而出，下樓休息加冰敷；這位日成的大家長恨透了這群天殺的賊胚子，他們簡直混蛋透頂、無可救藥，待會兒先洗把臉，再沖一壺「高洋」上次送的特等龍井茶解解氣，人家大陸產出來的茶就是不同凡響，茶色如琥珀、入喉溫潤不但會回甘，還略帶一段辛辣的底韻，不一樣就是不一樣。

至於莫名儲值了將近20下的胡德華，這根朽木此時此刻正心滿意足地跨坐在馬桶上神遊太虛，算術向來不及格的他想必不會為這種事操心。

※　　　※　　　※　　　※　　　※

站了一整晚，好不容易熬到下課，七樓教室HCG三校的學子們正欲作鳥獸散，卻看到鴨B仔抱著兩箱津津蘆筍汁和一箱王子

麵走了進來，然後費力地往講桌一放，扯開喉嚨招呼著：「各位大哥大姊請留步，班導有話想對大家說。請等一下，她很快就上來。」然後便將聲音調低兩格，又說：「雅琴姊叫我不要講，但我不說對不起自己，這些東西全是她自掏腰包說要勞軍⋯⋯」一陣電梯開門的聲音傳來，鴨B仔立即住嘴。

只見雅琴姊提著一個「大葫蘆」走進教室，長髮飛揚的班導師在講桌前站定後，一開口就讓盤據七樓的愁雲慘霧淡去不少：「現在不是上課時間，我也不是老師，不過呢，倒是你們的椅子寫了不少意見書跟我打小報告，說主人今晚都不理它，所以⋯⋯各位請坐。班導在這邊跟各位報告一個好消息和一個壞消息，好消息是我們辛苦的大家長已經先回家休息啦⋯⋯」台下立即有了笑聲；「⋯⋯壞消息是，」她先停頓一下沒收了大約10%的笑聲後，才微笑著將噩耗告訴大家：「壞消息是，補習街巷尾那家國術館的推拿師傅剛剛打電話來被我接到，他說大家長的肩膀肌腱嚴重發炎，要我提醒他老人家注意這兩個禮拜不能再做激烈運動了，請大家默哀30秒。」沒想到自己先笑場，讓歡樂的默哀持續了超過3分鐘以上。

眼看鴨B仔已適時地將慰勞品發放完畢，雅琴姊便道：「今天大家都辛苦了，尤其是男生，讓你們承受這些莫須有的罪名和傷痛，主任這麼做是不對的，我代替補習班跟各位致歉。」說完便向台下深深一鞠躬，又接著說：「各位HCG的帥哥們，對不起啦！剛剛只能先救女生，不過雅琴姊覺得你們都很有男子氣概，默默地幫我們女生承擔下來，在場的淑女們可以給這些紳士一些掌聲嗎？」說完自己已先鼓起掌來，待掌聲傳到台下後，便從懷裡拿出今天還來不及點名的點名單一一唱名——

C中，三年10班，楊順典／G中，三年45班，陳明吉／C中，三年26班，郭建霖／H中，三年18班，林翰鈞⋯⋯

一個名字換來一聲「有！」和一陣掌聲加尖叫聲，27個名字點完，接下去是31個女生的點名時間，全部點完後，七樓教室只剩一個名字——

「雅琴姊、雅琴姊、雅琴姊、雅琴姊、雅琴姊、……」

　　這位大姊姊順手拿起麥克風，故意用平常時的聲調：「各位同學，今天是**行憲紀念日**，你們一直喊我的名字，有什麼需要幫忙的嗎？」

　　「唱歌、唱歌、唱歌、唱歌、唱歌、唱歌、唱歌、……」

　　「就知道你們這些小鬼頭小丫頭會來這套，我早有準備。」說著說著便從「大葫蘆」裡拿出一把吉他抱在懷中，往講桌上一坐，才撥兩下琴弦，教室便靜了下來。雅琴姊一推眼鏡，有些不好意思地說：「最近剛學的，請各位多多包涵；夜深了，太晚的話孫叔叔會生氣。我也只會這一首，沒辦法接受點歌，也沒有安可哦！」

　　雅琴姊又彈了幾下，調一調音，先是一段輕快的前奏，恰似青春期的雀躍腳步，然後，便開始自彈自唱……而歌聲，有如透著陽光的鄉間小鎮、任由少年們恣意喧鬧，那是一首阿閔常常聽到、也相當喜歡的不知名英文歌——

When the night has come
And the land is dark
And the moon is the only light we'll see
這邊開始，有一些會唱的同學便開始哼出聲來

不會唱的也開始拍手打著節拍⋯⋯

No, I won't be afraid
Oh, I won't be afraid
Just as long as you stand
Stand by me

間奏時，雅琴姊用手勢鼓舞會唱的人儘管大聲唱出來無妨～

So darling, darling, stand by me
Oh~ Stand by me
Oh, stand, stand by me
Stand by me
⋯⋯
⋯⋯
⋯⋯

　　一曲唱罷，全場歡聲雷動，雅琴姊跟大家點頭致意，居然直接喊了鳥蛋的全名：「Michael～這首歌的歌名是？」靈魂還在陶醉的小滑頭居然閉著眼睛不假思索地脫口說出：「Stand by me, just stand by me, Chris.」好小子居然來個一語雙關；雅琴姊笑了笑，拿起粉筆轉身用流暢的書寫體在黑板上寫下大大的「STAND BY ME」，回過身來向大家說：「沒錯！就是Stand by me，中文可以翻成『站在我身邊』或是『伴我同行』，同學們，明年聖誕鈴聲響起時，各位就已經不再是國中生了，認真讀書之餘，也請好好珍惜在這條路上曾經與你相伴的人，相逢就是有緣，祝大家聖誕快樂，加油！」

追憶似水年華，這個聖誕節又苦、又甜、又難忘，如同青春。而雅琴姊收尾的這段話，總會在阿閔往後生命中的每一段黑夜裡熠熠生輝。

此時，不知是誰喊了出來：

「起立」
「立正」
「敬禮」

58位國中生發出由衷地心聲——「謝謝導師」！而其中一位穿著白衣黑裙、身材嬌小的馬尾女孩更偷偷地低頭垂淚。

Lesson 21. MISSON THREE

　　黑板邊「距北聯還有170天」的文字提醒著考生們，時日無多，請好好把握！——「時間有過那麼快嗎？」阿閔看著雅琴姊走進教室整理講桌，想到她坐在上面彈吉他的畫面，感覺像是才兩、三天前的事情，沒想到1個月就這樣過去了。

　　學期結束前的第四次模擬考，阿閔終於突破400大關，來到再創新高的413分，連在學校的老師們都注意到了，拍拍阿閔的肩膀嘆氣著說：「可惜呀可惜～你要是早點開竅就好了。」

　　「碰碰」兩聲將14歲少年的思緒拉回，這是班導的習慣，大家反射性地看過去，只見17的倍數170在跟板擦一陣親密接觸後失蹤、取而代之的是13的平方數169，明天就是國三上學期的最後一天，而今晚，有**待辦事項**。

　　想起去年聖誕節，被作育英才的班主任招待了一頓聖誕大餐還沒回禮，就覺得人生存在著缺憾，而缺憾必須被**填補**；當晚離開補習班後，就想付諸行動，跑沒幾步、肩膀就被人拍了一下，這種腳程不用看就知道是誰，當下頭也不回便說：「黑桃K，我跟這老賊沒完，你可以不用淌渾水。」

　　「什麼話，禮尚不往來，非人哉！他同樣也冒犯了本大爺，怎麼可能這樣就算了？不過方塊J，雖然我不知道你想幹嘛，但你仔細想想，他根本搞不清楚是誰，今晚整個日成五個班全被罰站，但只有我們班『歡樂喜連來』，要是馬上弄回去，不就等於平白告訴他添丁跟紅龜躲在哪？哪有這麼便宜的事，我們要讓賊禿整天提心吊膽、疑神疑鬼，這樣他才不會有心思對Angel和馬尾巴動歪念頭，聽鴨B仔夥計說，我們罰站上課時，Christine說

服其他班的導師一起向老賊陳情，說是已有不少家長寫信抗議補習班的管教方式，縣長換人後，就一直在盯這個，連興學最近也已經不用過去那一套了，要是日成還繼續亂搞，難保縣政府的督學不會找上門來。」

「那你覺得呢？」腦袋冒火的14歲少年總算冷靜下來。

「我看他應該會有所收斂，這陣子不如我們先暫忍一時之辱，當他以爲這一切都是一場遊戲一場夢的時候，我們再幹一票告訴他想得美！這陣子先避避風頭持續WATCH他如何？」

阿閔點點頭，然後把原本的計畫告訴了他的好戰友，鳥蛋聽得眉飛色舞：「這個好！這個精采！新奇、有趣、又好玩，而且寓教於樂，看來你確實有當紅樓才子的本錢喔！不過呢⋯⋯身爲鳥蛋黨的黨主席兼黨鞭，這邊要提一個憲法修正案，方塊J你靠過來，如此如此⋯⋯這般這般⋯⋯」兩位少年再次連連點頭，竊笑不已。

※　　※　　※　　※　　※

阿閔和鳥蛋在夜色的掩護下朝G中徐徐前進，沿路開始飄起細細雨絲。

「眞的假的？你說這個idea是『高洋』給你的靈感？」

「那還用說。」阿閔當下就模仿起日成補習班理化名師『高洋』每次上課前的開場白——

「各位同學，大家好嗎？NONONO～～（食指搖兩下），不好不好，你不好，我不好，社會不好，學校不好，考試不好，北聯不好，大家都不好，功課更不好，所以才需要高洋，高洋是何許人也？說大聲點，一起說（麥克風轉向台下）——」

「拯救迷途羔羊的高洋！」鳥蛋知情識趣地接上。

「謝謝大家！現在開始上課啦～」兩人腳步不停地繼續前往上課的地點。

「黑桃K，為啥今天不去H中拿『那個』？我是班上的理化小老師，我拿得到實驗室的鑰匙啊，幹嘛臨時改說去你們G中的實驗室？」

「本來那是沒有辦法的辦法，你想想嘛～東西不見了？老師第一個會懷疑誰？到時也只能寧死不招這一千零一招，不過今天敝校剛好有人打架，聽說還踹破了理化實驗室的門，今天放學前我特地去看了一下，滿誇張的……不是門板倒下來喔，而是門板被踹破一個洞，那個洞離門把不遠，手伸進去一點就可以從裡邊把門打開，所以有鎖等於沒鎖，天助你我向賊禿報仇雪恨。」

「你當時幹嘛不進去拿？害我們現在還要花時間搞夜襲？」

「本大爺當場就想進去光顧，不過那個時間人來人往不適合，而且我對理化超沒感覺，每次上課看到那些瓶瓶罐罐頭就暈了，你不是理化小老師嗎？還常常誇口說自己是啥馬蓋仙還是什麼盜帥……等等有的沒的……當然得讓你出出風頭。」

「那也用不著拿你的制服給我穿啊？」

「你不是很崇拜衛斯理？說他會喬裝易容一堆假鬼假怪的玩意兒？方塊J，你這樣推三阻四，該不會是想臨陣退縮吧？」

「胡說！我不是怕，啊為什麼你讓我穿水手服，自己卻穿紫色體育服，對調不行嗎？」

「當然不行～因為我想看看我的知心好友穿水手服的鳥樣，有沒有革命軍人的氣概，來～轉兩圈我瞧瞧……」講到這，鳥蛋這廝的嘴角終於失守笑出聲來，居然趁勝追擊：「可惜胡P不在這，不然大可借他P一下，再把照片拿給C中的校刊社之花，我看你這輩子就毀了。」

阿閔爲了自己老是交友不愼感到懊悔，正欲反脣相譏，鳥蛋已先發制人：「說到照片，上回在天橋，胡P不是幫Christine拍了好幾張嗎？說是什麼『亮麗風中的班導師』，還記得吧？他後來有拿給你嗎？」阿閔才剛搖頭，就聽鳥蛋說：「校門口到了，你先把你們學校的書包收進手提袋裡，用提袋遮住你的平頭假裝躲雨，我們小跑步進去，放自然點。」

　　通過山海關之後，依舊由衝冠一怒爲紅顏的人繼續擔任**在地嚮導**，爲來自H中的闖王引路前行，兩人直奔目的地「頤晴樓」二樓的理化實驗室，一路上阿閔還跟鳥蛋打趣：「這個名字取得眞好，『移情樓』移情別戀，擺明著警告學生不准談戀愛，乖乖念書！」不料，思考異於常規的鳥蛋卻另闢蹊徑：「沒錯沒錯！所以畢業前本大爺要常來，但願Christine早日移情別戀，我的機會就來了。」說完還不打緊，又從口袋摸出一個ㄍ字型的東東開始在那邊握啊握……「有槍是吧？憲兵是吧？」

　　14歲的大頭閔站在理化實驗室的門前倒抽一口涼氣，這門並不一般，不是那種一踹就破的夾板門，摸了一下，是實心木，而且它足足有4～5公分厚！從破口的形狀和斷面來看，顯然是由外往內踹，眞要猜的話，大概是用左腳踢的，阿閔向來對腿法頗有心得，自忖若要一擊踹破應該也辦得到，但非助跑不可，不過這裡是二樓，門進出時的動線和走廊垂直，而走廊的寬度明顯無法提供足夠的助跑距離，要說是原地貫破，自己豁盡平生功力之所聚或許有機會，但實在沒把握，多半還要再補個一腳，只是這樣一來，破口就不會如此乾脆；此外，高度也不對，自己試著比劃一下，正面衝擊力最強的踢法當屬「滑步後踢」，但估量走廊的寬度並不足以迴旋，所以應該是次一級的「滑步側踢」，而側踢命中的部位以胸腹之間爲主，眼前這個破口高了將近20公分，幾

乎是在咽喉，要攻擊這個部位必須是由下至上的前踢、或由側面攻擊的旋踢，但，都不對！絕對是側踢，而且是勁道非凡、豪快的一擊！要嘛是大人，再不然就是其他原因，國中生混混打架踹破的？開什麼玩笑？吹牛比較快。

「喂！方塊J，你要憑弔到什麼時候？計畫有變！」阿閔循聲望去，只見鳥蛋愁眉苦臉的指著門……上面的一道鎖。原來，盡職的G中工友已經在短短的3、4個小時內做好了補強工作，雖然門還來不及換，但卻用金屬片將門板和門框扣在一塊，並上了一道鎖。哇～～這下機關算盡一場空，不死心的鳥蛋還在那邊測試每一道窗戶是否有人忘了關，只見他喪氣地搖搖頭說：「千金難買早知道，現在說什麼都於事無補，除非你真的是馬蓋仙了。」

講到馬蓋仙，阿閔心中一動，便走過去仔細看著這道補強措施，嗯～～鎖頭本身是無懈可擊，但其他的配件嘛……看我的！當下從隨身行李掏出一把萬用刀。

自從影集馬蓋仙紅遍全台後，萬用刀登時成了男生最想要的東西之一，無奈原裝進口的（**註冊商標很像十字軍東征的盾牌，當時最便宜的也要180元，而且只有5種功能**）價格貴得嚇死人，只好趁某次逛夜市，臭老爸用骰子贏了老闆128條烤香腸龍心大悅時，死皮賴臉的ㄠ了一支雜牌萬用刀，共有13種功能，而且只要30塊錢喔！不過呢，這種東西一分錢一分貨，用沒幾次，兩片紅色塑膠片就碎裂了，入手不到兩年只剩3～4種功能勉強可用，但，今晚阿閔只需要一種就夠了，而它剛好堪用。

「方塊J，你該不會告訴我你真的會開鎖吧？那太犯規了！」

「不需要開鎖呀～只要會用『羅賴拔』就OK啦！你過來看就知道。」鳥蛋兄果然是聰明人，一看之下大喜過望，因為鎖頭

所扣住的金屬片是校工臨時用螺絲起子，各自用4支螺絲釘分別固定在門框及門板上，只要擇一卸下卽可，根本不需開鎖。

心動不如馬上行動，阿閔立刻開工，鳥蛋一邊把風一邊還在那邊「登登登登登登登～登登登……」地用馬蓋仙的主題配樂助興，增加懸疑氣氛，還沒等他「登」完第二遍，門已經開了，阿閔順手將螺絲釘朝二樓外拋去，幸虧鳥蛋手快搶下2支：「等下還得鎖回去哪，還紅樓才子？『盤子』還差不多，這麼想去火燒島是吧？」阿閔頓時醒悟自己又犯傻：「無妨，等下拆門框上的來補。」

鳥蛋旋開他鑰匙圈上的小手電筒，低聲說：「好啦～別再賣關子了，要拿什麼好料招待賊禿的豪華座駕？硫酸還是硝酸？喔～～方塊J，我看你笑得這麼淫蕩，該不會想要調『一宵三元』吧？」事不宜遲，JK二人立刻展開搜索行動，很快地發現目標放在一個櫃子裡，但卻再次碰壁，一張告示擋在兩位少年面前──「強酸強鹼及各式管制性化學品請向師長登記，獲同意後，由師長陪同領取使用」，暗夜潛入的偷兒當然不可能獲得任何師長的同意，但問題是貼著這張告示的櫃子是保險櫃，要打開它除非知道六位數的密碼、或是用一些會發出巨大聲響的大傢伙從外面硬敲。

「黑桃K，你在這邊都念到國三了，難道你不知道這些東西平常放哪裡嗎？」

「不好意思，本大爺真的對理化課沒轍，說來慚愧，今晚還是我進來這裡精神最集中的一次。」說完後，心有不甘似地連連搖頭：「怎麼辦？要撤嗎？」

阿閔沉吟了一下，正要開口，鳥蛋突然關掉手電筒「噓」了一聲：「有人來了。」

※　　　※　　　※　　　※　　　※

　　阿閔看了一下錶，晚上9點55分，這個時間還在校園的如果不是準備搞鬼的混混、就是巡邏的警衛或校工，糟！門是關上也上鎖了，但從門板上卸下的金屬片和鎖頭此刻還掛門框上，靠近一點仔細看就不難發現整組補強設施是懸空的！而前來查看的如果是那位校工，這下可是甕中捉鱉……且聽對話聲由遠至近，居然是兩個女生，經過實驗室時，腳步卻在門前停了下來，身處犯罪現場的兩位少年緊緊靠著藥品櫃遮住身形，大氣都不敢喘上一口，外邊的人影恰好被門擋著，但對話卻聽得一清二楚。

　　一個相當甜美的聲音：「……也真夠誇張的，整天帶那麼多人東晃西晃，要他逮個矮冬瓜居然三番四次空手而回，上次更扯，小宇他們四個總算把人給堵到了，沒想到還是讓他跑了，小宇自己和柱仔居然還受傷，說什麼走路不方便，只能託人送紙條回來，說是那人一放學就往補習街跑……紫瑄，那些男生都靠不住，要不我來？」

　　阿閔只感到手腕一緊，往身旁的鳥蛋看去，即便在微弱的餘光中，仍看得到他臉上的驚恐，阿閔用眼神詢問後，鳥蛋立刻在阿閔的手掌上寫下「KIKI」。誰啊？好像在什麼時候聽過？然後阿閔想到了——G中老大阿成的乾妹妹！

　　另一個較為低沉略富磁性的嗓音：「別了吧！青妹，讓你去？我不是擔心你逮不到人，我是擔心被你逮到的人。補習街靠近H中，要去逮人不用先跟他們的文哥打聲招呼嗎？這種事你我向來都讓阿成去處理的，那個文哥是什麼角色？你別害阿成被人家吞了，到時連渣都不剩。」阿閔只覺得手腕上的力道又增強了幾分。

甜美女聲先傳來一陣令人骨頭酥麻的悅耳笑聲，然後說：「我幹嘛還要跟阿文打招呼？怎麼？開始關心你的成哥啦？我們G中的幕後大黑手終於紅鸞星動了厂ㄛ～～」

　　磁性女聲：「別亂講。我只是覺得，要嘛自己來，用不著搞那種借刀殺人的伎倆；阿成人是不錯，但他不是我喜歡的類型，倒是你，一天到晚換男友，國一時，男生搶著跟你告白，到了國二輪到你到處找人家告白，現在升國三可好了，除了幾個外校不怕死的以外，G中男生看到你跟看到鬼一樣。」

　　甜美女聲：「哪有那麼誇張？人家是常常『交』男友，不是常常『換』男友？那些男生喔，交往的時候一個個都嘛說會包容我的任性和無理取鬧，其實腦子裡就只想跟我摳摳摸摸，其他的全是幌子，真的交往下去沒幾天，個個都把自己說過的話忘得一乾二淨。最後才說什麼個性不合啦、配不上我啦、家人反對啦、最近這個更糟，居然說要專心唸書準備什麼北聯……去！想到就一肚子火，全是豎仔。」

　　磁性女聲嘆了一口氣：「不是我愛說你，你個性太衝、又急性子，真不知道你在想什麼？你看這個，今天早上輪到你搬實驗器材，10點10分上課，你自己提早了半小時這裡當然沒人你怪誰？等一等不就好了，非要把門弄壞你才甘心，人家阿成還好心幫你放風聲遮掩，不然你怎麼賠？你個性不改喔，以後會吃虧。」

　　甜美女聲：「好啦好啦～紫瑄姊姊的說教時間又要開始啦！對了，那個偷拍的矮冬瓜該怎麼辦？阿成靠不住，你又不讓我出面。」

　　磁性女聲「嗯」了一下，過半晌說道：「我們先別打草驚蛇，尤其是你，青妹，你我過完年都還有比賽，上次區運我們倆都只拿到銀牌不是很嘔？今年是國中最後一年，這陣子安分點別

惹事，不然到時候被禁賽可划不來。對了！聽阿成的人說，那個偷拍的似乎是針對我，只要我有出賽，就會有人看到他，只是每次都被他跑了；這次區運我也在選手名單上，既然他對我的賽程瞭如指掌，不如我來個將計就計。」

甜美女聲又笑了一下：「欸～～說不定這個仰慕者是我們KIKI姐的真命天子喔。紫瑄，你喜歡什麼型的，應該不會是矮冬瓜吧？」

磁性女聲也笑了出來：「你這樣講太籠統，現在身邊的男生幾乎都可以被我們叫做矮冬瓜，不過呢，身高不是距離、體重不是問題、年齡不是差距，其實我覺得我太老成、太酷了，我比較喜歡能常常逗我笑的男生。」

此時聲音已漸行漸遠，只隱約聽到大約在樓梯轉角處甜美女聲的哈哈大笑：「……逗KIKI姐笑？這句話本身才好笑！你眉頭不過皺一下，那些男生就嚇得像是要被推下鍋的蝦子一樣，全縮成一團，逗你笑……」

※　　※　　※　　※　　※

良久，才聽鳥蛋吁了一口氣，這才慢慢放開阿閎的手，阿閎一邊按摩手腕、一邊納悶：「我又不是你的Angel，握那麼緊搞啥？還捨不得放咧～」鳥蛋說：「那天在天橋沒機會講太多，我不說你不知道，我們G中跟你們H中和C中不太一樣，混混的老大只負責對外，而校園裡面的地下秩序向來是掌握在**體育班**手上，剛才那兩個女魔頭就是體育班的，加上成哥和KIKI的關係，所以KIKI才是實際上的真正老大。你也聽到了，剛說話的其中一個就是KIKI本人，她常常代表我們學校去參加柔道比賽，還得過不少獎，至於另一位，能夠跟她這樣子講話的女生，我想不出別人，

一定是混混們口中的那個『青姐』，她也是常勝軍，不過她參加的是跆拳道，跟你算是同門。」

阿閔聽得嘖嘖稱奇：「我是有聽說G中體育班赫赫有名，這幾年連連得獎，尤其是柔道和跆拳道，原來有這個典故，不過也太誇張了吧？那兩個娘們又不是三頭六臂，有那麼可怕嗎？說什麼男生一個個都嚇得像蝦子……」鳥蛋苦笑著說：「你沒看過被他們修理過的人，**沒有一個是完整的！**而且KIKI的老爸不但是家長會長，聽說還認識體育方面的政府官員，這兩位在校園簡直是橫著走，KIKI還跟你講道理、下手算是有分寸，另一個才糟！而且是最糟最糟的那種！」

「有多糟？」阿閔聽到這樣反而感到好奇。

「她有時會……穿制服。」

「所以……？」

「唉～我很難跟你形容，總之，你眼睛千萬別亂瞄，但是你一定會忍不住偷瞄，要是被她察覺了，旁邊的人就會幫你開賭盤……賭你等一下會掉幾顆牙齒，我不蓋你！」

「這麼恐怖？怎麼從沒聽人說過？」

「廢話！打架打輸女生這種事你好意思大聲嚷嚷？」

「我當然打死都不認，不過，這有可能嗎？」

「講那麼多你還是不信，我不妨告訴你，她們兩個原本因為名字裡有青有紫，在體育班被叫做『紫青雙姝』，但因為得罪她們的人都會被扁得又青又紫，大家背地裡都說是『紫青雙煞』，後來她們乾脆把頭髮挑染成一青一紫當註冊商標，好讓識相的大老遠看到可以先閃人，方塊J，我們今晚差點被宰掉，你可別不信邪……你還笑！好啦～言歸正傳，今晚要不就先撤了。」

阿閔笑著說：「我以為你不看武俠小說的，還『紫青雙煞』咧？不過託她們的福，提到啥幕後黑手、還有銀牌……這讓我想

到一個絕妙的替代方案。黑桃K，我們來找**硝酸銀**，『高洋』不是說它可以……」話還沒說完，就看到鳥蛋兄雙手比出兩個大大的「讚」，兩人泛著笑意的嘴裡異口同聲：「可以拯救迷途的羔羊。」

「理化小老師，我有問題！這麼多罐，上面不是英文就是日文，哪一罐才是啊？」

「不要看字，找$AgNO_3$就對了，我記得是水溶液，它會放在不透光的玻璃罐裡，應該不難找。」

「在這邊！不過只剩一咪咪，這樣不夠……等一下，旁邊還有一瓶沒開過的，咦～怎麼搖起來沙沙沙？像冰糖？」

「那是結晶，也行～就那個。既然如此……我還需要大一點的量筒、幾隻滴管、攪拌棒、秤量紙、拭鏡紙、燒杯一大一小、乳膠手套多拿幾雙……你總當過值日生知道放哪吧？」鳥蛋點點頭，迅速拿著小手電筒四處張羅，阿閔在門口把風。

鳥蛋很快地收工，待同伴把金屬片鎖回門板後，兩人便揚長而去，阿閔臨走前又瞄了一眼那個破口，然後搖了搖頭。離開「移情樓」的時候已經快晚上11點了，一出G中校門，阿閔立刻找個樹叢脫下那礙眼的水手服朝戰友扔過去：「馬的以後誰再讓我穿這個，老子跟他沒完。」鳥蛋嘻皮笑臉地將這個警告接個正著：「東坡先生，今天的『記頤晴樓夜遊』還不錯吧？」

「麥擱練肖話，東西先放我這，明天記得帶你的護目鏡和黑色的垃圾袋到老地方會合，還有，我已經叫胡德華明早把他家秤藥材的電子天平帶來學校，你一併帶來。要是他問起，你就說作模型借用一天，千萬別讓他跟，有他在就一定會出紕漏，屢試不爽。」

　　　　　※　　　　※　　　　※　　　　※　　　　※

　　學期的最後一天，補習班從明天起也連休五天到大年初四，
該是跟賊禿做個了斷的時候，因此比照小學生只上半天課也是理
所當然的，像這種小事就不要太計較了。

　　狼窟，假山洞，石床，只見兩位14、15歲的少年全副武裝
——頭戴護目鏡、口鼻上覆活性碳口罩、身穿白色變態實驗袍、
手穿乳膠手套，面無表情的阿閎猶如怪醫黑傑克向他唯一的鳥蛋
助手發號司令，那個那個……這個這個……

　　「方塊J，有沒有人說你穿實驗衣的模樣很像變態科學
家？」

　　「哼哼哼哼哼哼哼……」阿閎報以一連串變態的笑聲，接著
又學道館裡某不肖教練陰側側的語調：「聽說，發育期的童男童
女肉質最鮮甜……桀桀桀桀……」此時，假山洞剛好吹進一陣寒
風把氣氛點綴得恰到好處。

　　「你倒底有沒有把握啊？『高洋』是這樣講沒錯，可是也不
知是真是假，搞不好他是為了上課的笑果唬爛我們。」

　　「上個月他講完課的隔天我就跑去我們學校實驗室，當時學
弟妹們正在上課，我就說想要旁聽再溫習一遍，當時只想要印證
一下，沒想那麼多，不料昨晚靈光一閃讓我想到。」

　　「這種事要怎麼印證？」

　　「我直接滴在自己的手腕上，所以**我很確定**。效果大約是第
二天開始呈現，最多維持一個禮拜，平常因為戴著錶，所以沒人
知道。」

　　「有沒有人說你很變態？」

　　「哼哼哼哼哼哼哼……」大頭少年再度發出了變態的笑聲。

JK二人足足忙了兩個小時才搞定，終於可以卸下一身行頭，阿閔一邊用剩下的拭鏡紙擦去滿頭大汗，一邊說：「黑桃K，我的部分大功告成，現在太陽還沒下山，東西得先用黑色塑膠袋包好，晚上才好修理『黑手黨』，到時該換你表演了。」

　　鳥蛋哈哈一笑：「包在我身上。給你一個驚喜，你看這是什麼？」阿閔看過去登時眼神一亮：「還來？昨晚趕工的？」

　　「那還用說？添丁跟紅龜的精神是一定要傳承下去的啦！」

　　「麥克筆給我，靈感說來就來……」

　　「噗哇哈哈哈哈……」那是兩位少年既狂妄又白爛的笑聲。

※　　　※　　　※　　　※　　　※

　　是日晚間，日成文理補習班的班主任也正在進行理化實驗，因為他無意中發現，將略帶辛辣底蘊的特等龍井茶冷藏後，和學生孝敬的青草茶混在一起喝，居然意外地好喝，這陣子喝得兇、藥氣也走得快，耳聰目明雖始終和以往的水準持平，然而嗅覺卻日益敏銳；另一方面，這茶，還真是養陰滋補，前天晚上在紗帽山的天祥泡溫泉，就算全身浸在池子裡通體暖烘烘，下腹部卻還是保有一絲涼意，不錯～不錯～當真不錯！

　　只見他把龍井冷泡茶和胡記青草茶，輪流在六個小瓷杯裡做不同比例的調配，然後一口一杯、一口一杯不斷地喝下去，瞇著眼，用心品嘗著之間微妙的差異，試圖找出**黃金比例**……

　　突然——嗚伊嗚伊嗚伊嗚伊嗚伊嗚伊嗚伊嗚伊嗚伊……停在街口的小老婆顯然正在跟野男人調情ing，想到她橫陳的雪白嬌軀居然有人膽敢染指，怒不可遏的班主任拔出第二代的雞毛撢子挺身應戰：「死小孩，就不要讓我逮到！」爐主既然都這麼說

了，結果當然就沒有逮到，只看到擋風玻璃和引擎蓋上有著兩團黃白之物……以及蛋殼，看著心愛的賓士遭到玷汙，心中憤恨不已，口中喃喃咒罵著這群小雜種都該下地獄的同時，也只能無奈地朝補習班一樓鐵捲門旁的水龍頭走去，剛好看到地上放著一個臉盆，裝著一塊海綿和抹布，看起來濕濕潤潤、大小適中，裡頭的水還有一半……嗯～～大概是管理員老陳的，就先湊合湊合頂著用，晚一點再開去給人家清洗打蠟。

當下也懶得跟老陳報備，順手就將整組清潔用品端走，如同往常一邊哼著歌、一邊盡心地替座駕清潔，只不過，這水……老陳是不是沒換，怎麼擦來擦去老是擦不乾淨？算了，班主任搔搔滿頭濃密的三千煩惱絲，唉～～這年頭就是這樣，小的可惡不爭氣、老的擺爛不管事，他奶奶的就自己一個人辛苦……抱怨歸抱怨，牢騷發完擋風玻璃依舊一團糟，還搞得自己一身汗，一手揉著太陽穴、一手撫著滿臉疲倦，最後索性一揚手將整盆水向雞蛋造成的污漬潑去，怎知那團穢物依舊頑固地攀附其上，倒是力道沒控制好，面盆裡的水還濺了一些到身上來，趕緊快手快腳地一陣亂撥，這才注意到這大樓的水質有夠差、還有點黏，水塔不知多久沒洗了？

班主任最後還是不得不跟那兵馬俑老伯借了水管接上水龍頭後，將愛車徹底沖洗一番；回到座位，人剛坐下血壓又瞬間竄高，趕緊四處張望了一下，幸虧沒人注意，只見桌上平放著一封粉紅色信紙摺成的愛心，勾起不久前**極度不愉悅**的經驗，拆閱之際，乒乒乓乓地心跳聲席捲而來，映入眼簾的是一片漆黑的窒息感——

剪報拼字：「STILL　WATCH」
「警報前暗巷內人在做天在看」

「縱能滌去髒污　豈堪洗淨罪孽」

「舉頭三尺有神明　車黑手黑心更黑」

麥克筆加註：「七日後筋斷骨爛見血封喉　罰抄心經三十遍貼門口換解藥」

「不垢不淨是爲菩提　不乾不淨乃是閣下　　　J.K.惡靈」

隨信還附上一張漢星東路上的洗車優待券

班主任回過神來，發現自己的鼻息異常粗重，一雙**毀人不倦**的混元霹靂手竟可恥地些微顫抖著……錢鬼主任自此不敢再對女性同胞做深度約談，只好拚死命地藉由特調的「龍井青草茶」提神醒腦，用各項（自以爲）神不知鬼不覺的途徑聚積財富來轉移注意力；在阿閔從H中畢業後的隔年，日成補習班也因多項財務糾紛，連帶引發師生集體出走，最後遭縣政府調查稅款後難以經營而被迫轉手他人。至於漏夜捲款潛逃的班主任，則如「倚天」結尾那位**謎樣的黃衫女子**般地絕跡江湖。

對了，G中畢業典禮當天，「胡華」還特地提著兩大罐的青草茶回去探望班主任，並且恭敬地將**祖傳祕方**雙手呈上，囑咐大家長日夜飲用、不可中斷，必能體健康泰、延年益壽，甚至返老還童。

※　　　※　　　※　　　※　　　※

阿閔和鳥蛋將大家長的一舉一動看在眼裡，心中滿是快意，等到連休完回來，看到鐵捲門上貼的30張《般若波羅密多心經》終於一吐悶氣；遂將一大罐南寶樹脂的瓶腰撕去，用早就做好的剪報拼字在瓶身貼上「外敷患部不可內服　心誠意正三日見

效」，瓶蓋上則有麥克筆註記的「JK」字樣，逮個無人注意的空檔，將白玉斷續膏放在沒毛的<u>後藤新平</u>的辦公桌上。

完事後，JK二人在狼窟的石床上開慶功宴，將所有的零食和飲料全部殲滅後，背靠著假山洞的洞壁天南地北聊著。

……

「黑桃K，你為什麼想要去念軍校？」

「Christine是原因之一，但其實我更想走一條自己原本想都沒想過的路。」

「為什麼？」

「人貴自知，要本大爺抱著書本猛K……我知道自己不是那塊料。」

「你說的軍人是像阿雷固那種？」

「也許吧！其實這陣子看了不少介紹軍校的書，軍中要學的東西很多，讓我更有興趣了，軍人保家衛國收入穩定福利好也有保障，對我來說，比高中大學一路念書要來得明確多了，不是說讀書不好，只是……」

「只是有些事情時候到了，就會想要這麼做！」

「對！沒錯！而有些事情，卻是過了那個時候，就不會想再去做了。」

「所以？『J.K.惡靈』還要繼續？」

「方塊J，這叫單飛不解散，了不了？」

「我心亦然。」

——在一匹狼型混混棲息地「狼窟」的一隅，黑桃K與方塊J最後一次互碰雙拳、達成協議。

Lesson 22. 紫青雙煞（上）

　　阿閔單腳跪在地上綁著鞋帶，豆大的汗珠沿著耳際自臉頰滑落，感受著四周奚落的眼神與敵意，心思卻飛回幾天前⋯⋯

　　　　　※　　　※　　　※　　　※　　　※

　　「碰碰」兩聲——「距北聯還有154天」的字樣，數字部分照常減去該扣掉的配額，變成因式分解時很像質數的非質數153。基於「國三生沒有休假的權利」這件殘酷的事實，師長、家長⋯⋯和其他一堆G8長全都無所不用其極地將這個觀念無限上綱，最常聽到的理論莫過於**龜兔賽跑**——「在你休息的時候，敵人已經超越你了，兔子就是這麼輸給烏龜的！」所以，國三生像是一群驚恐萬分的兔子，發了瘋似的向前躍進，至於前方有啥？管他的，跳吧！跳吧！跳吧！

　　學期進入國三下，開學第一天就進行模擬考，彷彿你不應該有寒假，就算有也應該拿來念書，不管日曆上是黑色還是紅色，全都應該拿來念書，更枉論**某些**在東方人的日曆上不存在的日子。

　　對國三生而言，二月是相當奇妙的月分，彷彿唸28天的書和唸29天的差異至關重大，今年湊巧少了一天，若將這28天由小至大排序，差不多在取「中位數」的那一天，是的，**西洋情人節**，既陌生又遙遠的詞兒；在它初抵達阿閔心中的前兩週，14歲的少年第一次聽到這幾個字。

「阿閔，你這幾天會送你左邊鄰居禮物嗎？」坐右手邊的胖子下課時冷不防地問了這麼一句。

「我爲什麼要送她禮物啊？」阿閔不解地反問。

經過一陣交叉詰問，真相終於大白！

「什麼？校刊社之花收到很多巧克力？你怎麼知道？」

「我跟小玲同班啊！原本一群同學都往興學擠，但那邊真的不是人待的，我和她就跑來日成，當時她在忙社團的事，我們試聽了幾天，她就託我幫她一併劃位，我當時感冒，隔天一早就去了，然後當天晚上你就來了，我們還換位置，這你應該還有印象吧？同班的事你沒問我就沒提啦……」

想起往事，阿閔不禁有些靦腆，趕緊把話題再拉回來：「你剛說她收到巧克力……」胖子一拍腦袋，忙道：「對對……就這幾天啊，去年也是這樣，多到夠全班吃囉！跟她同班兩年真不錯！羨慕吧？喏～這顆是昨天的、這是今天的，分你，別客氣！」大頭閔此時心中五味雜陳鬧著彆扭，手一推，秉持**不接觸、不談判、不妥協、不嘻皮笑臉**的四不原則予以嚴正拒絕。

在少年阿閔14歲的人生中，最重要的兩張考卷——學業上，似乎遭遇瓶頸、越來越難進步了，435分，這是本次模擬考後，貼在他大頭上的標價，如果真有人想知道的話；至於愛情，雖然不是繳白卷，但鬼畫符的結果，就是一蹋糊塗，依舊零分。

※　　※　　※　　※　　※

「同學，考你喔，<u>李白</u>的〈送孟浩然之廣陵〉背來聽聽。」最近馬尾的越來越常玩這種抽考遊戲，阿閔爲一凝神，邊想邊說地背了出來。

「不錯嘛～承上，本詩的**詩眼**爲哪一個字？爲什麼？」

阿閔回想了一下，把國一時那位陶老頭兒講過的話搬了出來，便說：「是『孤』，因為大江之上不可能只有一艘船，而是李白眼裡只有那艘載走他好朋友的船。」

　　小玲晃動著可愛的馬尾說：「可以這麼解釋。但我認為並不完全是這樣，其實我覺得，<u>李白看見的是他自己</u>，他看見自己那孑然一身的孤單與寂寞。」然而此刻她卻看見眼前少年的茫然與困惑，便接著說：「這是我自己的想法啦！考試還是要照注釋裡的來寫才不會被扣分，意境嘛……時候到了，就會有感覺。」

　　補習班放學時，這陣子小玲收拾書包的速度越來越拖泥帶水，胖子識相地先走一步（好樣的）趕著去搭最後一班265公車，待前後左右人走得差不多時，小玲開口了：「你知道情人節的英文嗎？」

　　「呃～不是Lover's Day嗎？」阿閔還真的不知道，先猜再說。卻聽到門邊先是「哈哈」兩聲，然後傳來：「是Valentine's Day才道地～加油啊兄弟。」阿閔頭也不回地向還在班導桌旁沒話找話聊的傢伙比出手槍姿勢，小滑頭一聲byebye就先撤了……廢話！今天是禮拜三，有時間吐我槽、跟老子玩雙關語，不如趕快回家收聽ICRT好粉墨登場。

　　「你朋友英文滿強的，上次還請我喝蜜豆奶～真是個好人。」

　　「別被他騙了，他就只有英文和勞作比較行而已。」

　　小玲一笑，眼睛跟著彎彎地瞇起來，說道：「我本來也不知道，後來去查，才知道西洋情人節的由來，你想聽嗎？」說完就用很特別的眼神看著少年的臉，阿閔被瞧得有些不好意思，這馬尾的怎麼最近越來越常用這種神情看著我？好像……好像是畫家在看模特兒一樣？這麼形容又不大貼切……雖然不明就裡，但想到胖子說的，還是點點頭。

馬尾的順了一下瀏海，看著阿閔的臉說：「雖然只是傳說，但我覺得就是應該要這樣子，才配稱爲『情人節』──在羅馬帝國時期，有一位皇帝爲了窮兵黷武，下令全國單身的男生都要當兵，不可以結婚，但這時卻有一名神父，也就是你朋友剛說的Valentine，他爲了幫眞心相愛的一對新人證婚，不惜抗旨而惹惱皇帝，因此將他逮捕後於2月14日這天處決，而後世的人爲了感念這位神父守護愛情的堅貞情操，便將這一天訂爲『情人節』，你說，這是不是很有意義呢？」

　　阿閔聽罷由衷地說：「豈止有意義？簡直應該比照偉人逝世，全國放假一天才對！」小玲哈地一聲笑了出來：「你也有同感ㄏㄛ～我也這麼覺得，那你打算怎麼慶祝這麼有意義的節日呢？」阿閔想了一下，心底已經有了主意，雖然了無新意，但心意比新意更重要，不是嗎？口中卻還是故作神祕：「噓～保密防諜，匪諜就在你我身邊。」

　　馬尾的笑著說：「拜託～解嚴都五、六年了，還念念不忘啊？對了，問你喔～你幾月生的？什麼星座？」聽到阿閔的答案後，小玲對於接踵而來的反問並不正面接招，而是瞇著彎彎的睫毛笑了起來：「試試看嘛……你一定猜得出來。」

　　「水瓶？雙子？」阿閔接連看著可愛的馬尾左右甩動了兩次，露出了既訝異又困惑的表情，馬尾女孩頑皮地吐了吐舌頭：「有那麼難以捉摸嗎？最後一次機會，給你個提示……你等一下。」說完從書包裡拿出一台AIWA，耳機一人塞一邊，說：「再等一下喔。」然後就是一陣呼嚕嚕地倒帶聲……聽她說了一聲：「嗯～差不多是這邊就可以了。」14歲的少年豎起耳朵，一陣熟悉的前奏過後，傳出了女生的歌聲──

　　……喜歡看你坦白的眼眸　一片蔚藍晴空

四季還有夏和冬　誰說只能做朋友

　　音樂到這邊嘎然而止，接著她按下快轉鍵，又是一陣呼嚕聲，像是算準時間般地按停，又再按下PLAY——

……你　天地也會變溫柔
讓我鼓起所有的勇氣　向你說聲新年快樂
（男聲：我也好想聽你訴說）
不管天上的雲怎麼笑　路上行人怎麼看我
（男聲：讓我牽著你的手）
愛情總會有點緊張　都會有點徬徨
（男聲：不要緊張不必徬徨）

　　音樂再次被按停，馬尾的說：「應景一下拜個晚年，恭喜發財，祝你新年快樂還有金榜題名。猜到了嗎？」

　　「這不是憂歡派對的那首？」這個提示讓阿閔有點丈二金剛摸不著頭腦。

　　「咦？原來你知道啊？」

　　「小六的時候我們班音樂課男女帶動唱就這首，當時還有排動作呢！」想到當時的一些趣事，嘴角不由得揚了起來～突然心中一動，莫非……當下脫口而出：「金牛座！」馬尾的用右手大拇指比了個讚，賓果！

※　　※　　※　　※　　※

　　情人節當天剛好是禮拜天，往年不知道也就算了，今年仔細觀察，才發現不少跡象：街上一對對的男女變多了、泡沫紅茶

店兩個人一起進去可以打折、雜貨店和便利商店賣的巧克力變多了……，當阿閎從腰帶夾層拿出一整包零錢放在櫃檯上時，店員一句：「存很久厚？你女朋友收到一定很感動，祝你們情人節快樂啦！」14歲的臉皮一定是紅了，不然心裡頭不會這麼亂爽一把的，嘿嘿！趕緊貼身藏好，待會先吊一下馬尾的胃口，再讓她笑開懷。

日正當中，邊想邊笑，來到補習街巷口，卻直覺地發現不對勁！一群穿著水手服和紫色體育服的G中混混，大約不下二、三十個，在補習街上晃蕩著，雖然還不至於流露明顯的敵意，但肯定有事！

果不其然，遠處傳來一陣歡呼聲——

「幹！賺到了啦，還躲？」

「不是很會跑？攔造！」

接著阿閎便看到令他啼笑皆非的畫面，只見一個身材頗高的女生，用一隻手扣住一個較矮男生的後頸，把他從一個巷弄裡拖了出來，真的是用拖的喔！不知是哪個衰尾道人？得罪了家中母老虎，哈～～那女的也真夠嗆的！然後便是一陣想當然爾地拳打腳踢，只不過，十幾個人圍毆一個，這票人會不會太有出息了？好在那隻母老虎不知吼了一句什麼這才住手。

那一行人由遠至近的走了過來，咦～那個衰尾的怎麼看起來那麼眼熟？此時他剛好轉過身來跟阿閎打了個照面，這不是自己的最佳損友胡德華嗎？但看他遍體鱗傷，顯然吃了幾下狠的，這傢伙一看到阿閎，登時雙眼發光，立刻一拱手：「老臭蟲，幸會幸會，兄弟蒙難，還望搭救。」但全身依舊像是麻糬一樣動彈不得，只能任由那隻母老虎把他拖著走，阿閎心下駭然：「這酒鬼雖然在道館裡打混摸魚不用功，但花招百出、身子骨又硬，一般

混混就算是5、6位只怕也沒能留得下他，這女的看來不是等閒之
輩。」

　　那穿**紫色**體育服的女生聞言停步，便轉過來正對著阿閔，阿
閔一看之下，14歲的心臟便突突亂跳，這位女生身高比雅琴姊還
高一些，小麥色的皮膚，手腳四肢蓄滿勁道，雙眼清澄透徹，顧
盼之際有股豪邁颯爽的英氣，留著男生頭，額前一撮頭髮從右眼
垂至下巴，挑染成紫色。她一開口：「他是你朋友？」阿閔就完
全認出這個極富磁性的女聲。

　　「我跟他認識很久了，是不是有什麼誤會？」阿閔想起鳥蛋
說的「這位還算講道理」，因此嘗試用外交解決。

　　「誤會？鬼鬼祟祟偷拍我乾妹，還有什麼誤會？」一幫混混
已將垂頭喪氣的人犯團團圍住，為首一人，說話的正是G中老大
阿成。阿成話一講完，像是故意顯威風似的，朝全身依然受制的
倒楣鬼猛貫兩下腹拳、一拳一句得意地說：「面子很大是不是？
蛤～」、「喜歡照相是不是？蛤～」

　　胡德華慘呼兩聲，身子癱軟、跪倒在地。阿閔心下可樂了：
「都這麼多年了，老酒鬼演技還是不長進，馬的虛情假意毫無真
誠……不過看那阿成揮拳的模樣，也只是一般般，跟阿文比起來
差遠了，這草包不足懼，問題是那位KIKI，得想想辦法……」

　　這位頭髮做紫色挑染的女生正是KIKI，她臉色一沉，便說：
「成哥，校外的事你做主沒有問題，但是不是先問清楚再動手？
不然就你處理，我不過問就是。」阿成趕忙陪笑臉：「KIKI，這
次人贓俱獲，還跟他客氣什麼？既然人都逮到了，交給阿兄，阿
兄幫你討公道，你在旁邊看看戲、消消氣啊！來～別氣別氣。」
說完又回頭對嘍嘍們吆喝著：「還不快拿椅子來，給你們的KIKI
姐坐，你們兩個把那個矮冬瓜帶過來，我來跟他**好好問清楚**。」

　　KIKI任由阿成的手下將人犯押走，也不坐旁人遞過來的椅

子，身形一側，躍上道旁汽車的後行李廂，看著阿閔這邊的方向。倏地，方才像是一條死魚的人犯，甫脫KIKI的掌握後，便生龍活虎地一個翻身，同時伴隨兩聲真情流露地慘嚎，胡德華一個打滾便脫出混混們的包圍圈、再一個挺腰已識相地躲到阿閔背後。阿閔也不回頭，便問：「認栽啦？那娘們什麼路數？」答案傳來：「老臭蟲，我這可不算丟人，柔道加合氣道，簡直要人命，小巷子裡還用寢技，之前陰陽寶典裡頭的全都不管用，真的栽了！」

阿閔這才想起，張廚子和那個老神經病好像都曾講過相類似的話，學跆拳的實戰要是碰到柔道可得打起十二萬分精神，因為從某些層面來看，不是誰強誰弱的問題，而是一物剋一物的問題。

隔著一段距離，卻看到KIKI依舊坐在原處，對於情勢的逆轉似乎不怎麼在意，反倒是微微搖著頭，好像在笑……突然，一陣甜到令人骨頭酥軟的笑聲傳來：「紫瑄～聽說那個變態小冬瓜讓你給手到擒來，笑那麼開心，就地正法了沒？」阿閔循聲望去，卻見G中混混們無一例外，都把視線轉到不相干的方向、再不然就看著自己腳下的柏油路，彷彿看到那個甜美女聲的主人便會遭遇不測一樣。

只見路旁一台紅色喜美前座門一開，從裡面走出一位穿著G中招牌灰色水手服的女生；KIKI已經夠高了，這一位又再高上個3、4公分，頭髮是一般女生的長度，但額前那撮染成青色的頭髮長得不像話，從左眼一路垂到胸口，向海草一樣迎風招搖，更誇張的是那雙腿，連正常的裙子穿在身上都已然顯短，這太妹還拿去改，像是跟所有人誇耀她有雙修長的纖纖玉腿一樣！

甜到發膩的聲音還刻意裝嗲：「同學～看夠了沒有啊？你要不要靠過來可以看得更清楚一點。」阿閔這才看向她的臉，關於

容貌的形容詞在14歲的詞彙庫中還找不到，倒是皮膚白皙，而那雙冷月般的眼神兼具好奇心與侵略性，還略帶一絲絲的⋯⋯瘋狂（!?），有種似曾相識之感。不過畢竟一直盯著人家看也確實是不禮貌，便將視線移開，轉向身後的老友：「這回你又惹了什麼麻煩？」

胡德華還沒開口，就看到四位G中混混靠過來想要逮人，其中一位也不打話，朝著阿閔肩膀便是猛力一推，警告他不要逞英雄，應該夾著卵蛋望風而逃，其他三位也跟著口出污言穢語，問候了少年的爹娘及其性器官，阿閔往後退了一步、順便調整了一下自己需要的角度，但仍是擋在欽犯和衙差的中間。

令人期待的第二下果然又推了過來，既然是對方先動手的，那麼出於防身就不算打架了吧？當下眼明手快，右手抓右手、再向右一個旋身往下帶，便聽到一聲撕心裂肺的呼痛聲，「幹⋯⋯」還沒聽到他想幹啥，阿閔已經用左手肘招呼旁邊那位老兄的下巴讓他閉嘴，再一個墊步，右膝撞上第三位來賓的小腹，最後一個滑步側踢，將第四位混混踹還給阿成。這四下一氣呵成，一來惱恨這些雜碎打自己的朋友、二來也有意先聲奪人提升己方士氣，等下才好談判，因此力道用得不輕，看那四人躺在地上哼哼唧唧，一時半刻起不了身；阿成果然大吃一驚，見阿閔朝自己瞪了過來，竟有些膽怯，反倒是一青一紫在側邊看戲的兩位女生喜形於色、居然相視而笑，頗有躍躍欲試之意，阿閔心頭一凜，暗叫不妙，自己可沒有要下戰帖的意思，希望今天事情到此為止，不要再節外生枝。

阿成也不想在KIKI面前示弱，吆喝幾聲，嘍嘍們重新集結，集體行動派的混混就是這樣，膽子像海綿，一捏就扁、等人一多又膨脹了起來，一干人等便將原本就不是很寬的街道圍了個水洩不通。突然，人叢中一陣小混亂，勢孤力單的阿閔和胡德華身邊

多了三名夥伴，不是胖子、鳥蛋、鴨B仔還有誰？五位少年一字排開，二對三十和五對三十的結果不會有太大的差異，但這杯水車薪的stand by me，always給予阿閔滿滿的溫暖與感動。

「哪位好心人解釋一下本大爺被圍在這邊的原因？」

「問問貴校的胡P呀！」

「石紫瑄同學為校爭光，我想幫她P一整本寫真集，我錯了嗎？」

「總鏢頭，您別不吭聲，怎也講幾句幫咱壯個膽，咱……咱好怕……胖子你怎麼也不說話？」

「我看鳥蛋往前跑就跟著跑，我來補習怎麼了？」

這時，有一位嘍嘍附在阿成耳邊講了幾句，G中老大「哦～」了一聲：「我還在想這兩箍怎麼看起來有點面熟？某怪喔～上次在總部快打旋風沒比完就落跑，把所有人當盤子，原來躲在這，後來幹了什麼好事心知肚明吼？雄大仔很思念你們兩個，來～帶走！」說完自己卻是往後退。

阿閔往前站了一步，打開體內深處的阿閔牌顯示器，準備哪一個先靠過來就先讓他躺下休息，混混們你看我我看你，再看看那四位還賴在地上納涼的同伴，嗯～～這事還得從長、從長計議。

此時，在**戲棚**旁邊的看台上，卻傳來旁若無人的對話聲——

「紫瑄，怎麼辦？他們都不上，可是人家很想上耶～」

「不行！這裡是校外，別壞了規矩。」

「可是你看那個大頭仔，你剛剛看到了嗎？是那種一流的，你不會手癢嗎？」

「當然會呀！確實是難得一見，如果是在校園裡就好了。」

「怎麼可以這樣？說好了你一次我一次，你抓到小冬瓜，所以該換我了。」

「不要說了，那個攝影師是我們G中自己人還說得過去，為了逮他花了好大力氣，今天追到這邊還沒來得及跟文哥拜碼頭呢！那個大頭的不一樣，他穿H中的制服，青妹你別亂來！」

……

……

……

（看來紫青雙煞陷入莫名其妙、討價還價的爭論之中）

鳥蛋不忌諱自己也穿著水手服，大著膽子往女魔頭坐著的車頂走近幾步豎起耳朵聽著；而麻煩製造者此時尚能苦中作樂：「老臭蟲，真有你的，戲裡戲外都那麼受姑娘們歡迎，光那攝『髮菜』我就吃不完兜著走，現在又多了條『海草』，這位姑娘跟你一樣，都是跆拳加空手的兩棲類生物，絕對合你胃口，你自個兒看著辦，兄弟是無福消受了。」鴨B仔則縮在胖子後面，恨不得自己可以變得像紙一樣薄，一雙細眼卻滴溜溜地朝四周做七百二十度的超精密掃描，尋找一絲一毫逃生的可能……

……

……

……

為校爭光的石紫瑄同學看來成功說服那條「海草」：「總之，青妹今天不行就是不行，你再盧我要發脾氣囉。」「海草」嘟著嘴心有不甘地說：「好啦好啦～～我自己找機會去跟阿文講總可以了吧？……你幹嘛？找死是不是。」說完從車頂一躍而

下，站在鳥蛋面前，鳥蛋身高比阿閔略高，但此時卻比站在面前的海草小姐矮了快一個頭。那廝在搞什麼鬼，居然往兩位煞星看戲的車頂連連挪動腳步，他到底想幹嘛？不是大老遠看到就得閃人嗎？莫非想來個擒賊先擒王不成？

正愁有氣無處發的青髮妹這下逮到宣洩的對象，轉過頭對KIKI說：「這個吃裡扒外的總不用阿文同意了吧？」接著故意面向阿閔緩緩將手握成拳頭，好像巴不得引這個大頭仔過來和自己打架一樣……

「青妹等一下！你說什麼？你剛剛喊我什麼？」KIKI先喊停磨刀霍霍的夥伴，下半句卻是對鳥蛋而說。

「小蒨，小蒨是你嗎？我是小飛俠1號鐵雄啊！」

KIKI愣了一下。

「G小一年7班對不對？我們同班兩年，有一次拿錯聯絡簿，我還騎腳踏車拿到你家給你記不記得？」

「那天下雨，你騎車落鍊跌倒，我幫你貼OK蹦還拿溫豆漿請你喝沒錯吧？我想起來了。」阿閔沒想到這兩位居然還是故人，看來這次應該可以滿血通關。

「好久不見！平常隔太遠，剛剛就覺得你有些面熟，原來你改名字了～你怎麼變得那麼……嗯～與眾不同？」

「家裡有些事，而且我家已經不賣豆漿了，我們改天再聊。成哥～跟你討個人情，他是我小學同學，總部的事都那麼久了，人家雄大仔搞不好早就忘了，就別為難他了可以嗎？拜託囉～」看見心上人跟那隻瘦皮猴有說有笑的阿成，早就靠了過來，又聽乾妹給自己做足了面子，只要KIKI喜歡，有什麼不可以？便朝小飛俠1號揮了揮手：「聽到我妹說的話了嗎？去去……快滾啦，還有，旁邊那隻小可愛也一樣，不要傳出去說我阿成欺負小學

生。那個C中的大箍呆，這邊沒你的事，還站著幹嘛？等著領獎狀喔？」

遲遲等不到**特赦令**的阿閔心下雪亮，看來今日難以善了，夥伴們的友誼心領了，但留下來於事無補，不如化整爲零靈活運用比較實際。於是便對胖子說：「今天雅琴姊剛好請假，你請其他班導師幫忙報警；還有⋯⋯小玲要是問起我，就說我今天會晚點到就可以了，其他的別多說。」

至於默契更佳的鳥蛋早就丟了個眼神過來：「撐住！我去搬救兵。」拉著人型夥計鴨B仔迅速撤離。眼看著伙伴們一個個離開是非之地固然欣喜，話雖如此，卻也爲自身遭遇及稍後卽將面臨的局面感到無奈：「他們自由了，那我呢？」環顧四周，全是敵人或不相干的人，KIKI還賣不賣鳥蛋人情實在難說，莫說對方人多，就連那個靑髮妹一看就知道不是紙糊的，而身邊也只剩這個半傷殘、又未喝先醉的老酒鬼，怎麼辦？少年阿閔遭遇14歲人生中的重大危機，至於轉機⋯⋯有嗎？

胡德華這時又湊了過來做無謂的提醒：「老臭蟲，抱歉啦！今兒個咱們哥倆恐得命喪於此了。你有沒有未了的心願？」阿閔心中打了個突，呸呸呸⋯⋯眞不吉利，回了一句：「當然有哇～當年草莓在舞台上怎沒一腳廢了你，實在太可惜了。」

「老臭蟲就是與衆不同，這麼緊要的關頭還惦記著你的老相好，怪不得你以前常說什麼『牡丹花下死，做鬼也風流』，看你一片痴心，我跟你講草莓的下落，她現在⋯⋯等等，那個靑髮妞在對我們招手，我看她瞧著你的樣子怪怪的，你是不是有欠啥不該欠的風流債？」

阿閔立刻望過去，由於對方已坐回車頂、裙子又短，自己要用很大很大的意志力才能把視線從腿移到她的臉上，她渾不在

意，只一味笑吟吟地盯著自己瞧，兩人對看了一下，青髮妹便用甜美的嗓音出聲引誘：「同學，要不要來我們學校玩？校園很漂亮喔！你一定會喜歡。」雖然明知是坑人的陷阱，但卻還是有那麼一絲絲想答應的衝動，趕緊勒住心猿意馬，搖了搖頭，心下暗嘆：「卿本佳人，奈何為寇？」不理她。

※　　　※　　　※　　　※　　　※

對方陣營一陣騷動……

「洗出來了洗出來了。」

「成哥，小林他們從銀箭回來了。」

「照片總共216張，成哥，照你的吩咐，全給你沖出來了，底片也全燒了。」

阿成一把將紙袋搶過去：「有哪個不要命的偷看過嗎？」眾嘍嘍連連搖頭、有的指天立誓，開什麼玩笑？偷看KIKI姐被變態狂偷拍的照片要是被發現，可是會被宰掉的！更何況，最想看的人其實就是成哥你自己吧？阿成當然想看，但有色無膽，可不想因小失大。

阿成一個轉身，將厚厚的三大包照片雙手呈上車頂，接下來便是難熬的「堂下聽判」時間……趁這空檔，阿閔向胡德華問清楚事情始末，如同心中所猜想，這老小子升上國三後，一次偶然的機會，在外校無意間看見自家學校體育班的競賽，從此醉心於體育攝影，尤其對連戰連勝的柔道隊當家主將石紫瑄情有獨鍾，便著手製作一系列「亮麗風中的力與美」，倒也沒有什麼非分之想，純粹是嗜好使然罷了！可惜功敗垂成，今天失風被捕，不但相機被砸爛、提袋裡的6捲底片也全被搜了出來做為呈堂證物。

車頂上的兩位審判長人手一袋，雙手不停地翻閱罄竹難書的

罪證，並不時交換意見，偶爾發出幾下輕笑聲……

　　雖然同伴嘴裡說得漂亮，阿閱心中依舊惴惴不安……那個水手服青髮妹成天跟KIKI焦不離孟，難保這酒鬼不會起邪念，只要鏡頭有那麼稍稍一滑、滑到不該P的地方P下去，到時可就跳到濁水溪都洗不清了。話說回來，那個寧采臣死鳥蛋，你是找不到回蘭若寺的路嗎？你的小倩搞不好等一下成了姥姥，再不趕快找一拖拉庫的燕赤霞來救駕，知秋一葉就要被吸乾啦！搞什麼～那個青髮妹也看得太慢了吧？每一張都要盯著看好久，又不是在用顯微鏡看草履蟲，這樣到底要看到什麼時候？

　　至於KIKI就看得快多了，像是在照X光；她的表情很是精采，從一開始的恚怒與不屑，變成猜疑與困惑，待看完第一袋時已是和顏悅色，等到第二袋堪堪看到一半時，臉上綻放的笑容越來越盛，甚至連身旁的青髮妹都連連點頭發出讚嘆之聲——原來，老酒鬼的攝影技巧真不是蓋的，國小無師自通，升國中後還掏錢函授自學，攝影展、同好會都沒缺席，還會主動去問前輩，各報社、青年世紀、北市青年……均有不少他投稿的作品，在那個圈內同年齡層裡也算是小有名氣。

　　KIKI但見每一張照片的主角都是自己：勝利時的振臂高呼、教練中場時面授機宜的凝重、出場前在選手休息室的冥思、和隊友擊掌的歡笑、把對手過肩摔的剎那、與對手互擁的汗水、受傷上藥時的咬緊牙關、甚至也有落敗時不甘的淚水……這個小冬瓜居然是用照片為自己寫日記，每一張寂靜無聲的照片都看得到光、聽得見回音、有些還聞得到味道，每一道光影都捕捉了當時最真實的瞬間……想起小學時父母離異後不堪回首的童年，心中突然有股又想哭、又想笑的感動。

　　「啪」地一聲，KIKI將第二袋看完後，和前一袋相疊，紫青

雙煞連袂從車頂一躍而下——但看來「髮菜」沒打算讓「海草」隨行，留她靠在車旁繼續看手邊的第三袋照片，自己卻直直向那個小冬瓜走去，阿成一幫人也伺機靠向前來。

　　阿閔立即如臨大敵、全神戒備，而向來胡天胡地的胡德華則是一朝被蛇咬、十年怕草繩，儘可能地躲在好友背後給予無限量的精神支持：「老臭蟲，揚名立萬，就在今朝，還不快上。」

　　KIKI來到阿閔面前大約兩步的地方停下，先對阿成說：「成哥，我這邊沒問題了，接下來是我的私事。」阿成接口道：「KIKI啊，不要那麼見外，你的事不就是我的事嗎？那些照片……」KIKI皺了一下眉頭：「我都說沒有問題了，現在是誰有問題？」一股不怒自威的壓迫感頓時漫了出去，阿成乾笑幾聲將場面撐住：「我乾妹說沒問題就是沒問題，看誰敢有意見就來找我！」說著腳步便向後退去，但一票人還是在周遭盯場。

　　KIKI再次與阿閔面對面：「別理他們。不好意思，我找他。」話說完便把雙手攤開，顯然並無敵意。阿閔察覺到空氣中的微妙變化，便向旁讓出一步，對亦步亦趨的「背後靈」小聲說：「別耍白爛，應該沒事。」KIKI等到胡德華鼻青臉腫的尊容從阿閔的肩膀上冒出來以後，才又開口：「胡德華，三年33班，你有一個妹妹叫胡曉卉，今年唸G小五年6班，你家在青雲路開藥局，沒錯吧？」鼻青臉腫的人點了點頭，將身體移了出來。

　　KIKI對他笑了笑：「回去記得跟妳妹說，你一個人單挑20幾個流氓。我問你，為什麼只拍我？」老酒鬼不說話還好，一開口就犯渾：「你有看過清晨時花瓣上的露珠嗎？」KIKI當然不會知曉胡氏幽默的奧妙之處，慢慢陷了進去……她把頭一搖：「大清早起來都在晨練，沒注意到，你覺得我像花還是露水？」阿閔心裡暗自禱告對話不要往壞的地方發展，果然……

「你是把露珠烤乾、讓花兒枯萎的太陽。」

在為校爭光的石紫瑄同學還沒意識到尋常國中女生應該要生氣一下之前，就讀G中三年33班的胡德華做了嶄新的註解──「你散發的光與熱讓她們的美相形失色。」

隨後，令人聞之色變的KIKI姐哈哈大笑，像尋常的國中女生一樣。

張廚子和那個老神經病說得沒錯，有時候，真的不是誰強誰弱的問題，而是一物剋一物的問題。

※　　※　　※　　※　　※

「紫瑄，這幾張照片不對！那個小冬瓜撒謊！」話聲一落，青髮妹便走了過來，雖是對著胡德華和KIKI講，但一雙狐狸眼卻在阿閔身上溜過來轉過去，讓14歲的少年渾身不自在。

走到近前，天～這個青髮妹好高！自己的身高在男生中算是平均值上下，但和她站在一起比，阿閔的頭只到她胸口而已，這位真的是國中生嗎？她和KIKI截然不同，如果胡德華把KIKI比喻成太陽，那麼青髮妹就是陰晴不定的月亮、而且永遠有你看不到的另一面；除此之外，頭上那條垂到胸前的「海草」真的很礙眼，隨著二月的冷風飄來飄去，像是挑釁似地撩撥著阿閔緊繃的神經。

看來，青髮妹終於把第三袋的照片看完，她將手裡的幾張照片遞給KIKI後，便把頭低下來，用很甜很甜的聲音對阿閔說：「你一直在看我，對不對？」不理她、「有沒有哪裡沒看清楚，告訴我好不好？」還是不理她、「**你會不會包容女生的任性和無理取鬧？**」她每講一句周遭氣溫就降5℃，最後一句最令人頭皮

發麻……

「她是誰？」KIKI拿著照片質問囚服才剛脫掉一半的欽犯。

糟糕——竟然是那6張「亮麗風中的班導師」！鳥蛋一催再催，這傢伙說啥要等過年領到壓歲錢再拿去洗，七拖八拖這下可好，不但落入賊手，連底片都被燒了，怎麼跟姊交代？今天無論如何得想辦法拿回來。

胡德華口沒遮攔還說：「那是另一個太陽。」KIKI的臉馬上沉了下來：「你不是才剛說我是太陽？你曾幾何時看過兩個太陽？」當然有！白爛天王總是有理由、而且理由多多：「那……那是我朋友的太陽。」

「『朋友妻不可戲』你們男生不是常掛嘴邊？哪一個朋友？他嗎？」

「不是不是，她是鳥蛋的太陽。」

「鳥蛋？」

阿閔趕緊說：「就是小飛俠1號鐵雄，相片裡面那位是我們補習班的班導師，不過她今天剛好請假。」

青髮妹在一旁搧風點火：「我就說吧！哪有這麼巧，兩個剛好都不在場，這些男生謊話連篇，不如先帶回學校，讓他們把話講清楚。」

阿閔心裡頭明白：「這條海草不安好心，什麼『把話講清楚』……一踏進G中校園哪裡還有命在。怪了？這妞兒老子壓根不認識，她兜來轉去到底想幹嘛？難道就只為了和我打一架？有人會這麼無聊嗎？」想起過年前夜探「移情樓」時，鳥蛋所說的「……被他們修理過的人，沒有一個是完整的……另一個才糟！而且是最糟最糟的那種！」當下起了一陣惡寒，只覺得周遭氣溫已跌破273K還直往下掉……

KIKI不愧是女中豪傑，沉吟片刻便不再拖泥帶水，對著<u>胡德華</u>說：「算了！別人的照片是別人的，我的照片可以送我嗎？」看著對方連連點頭後，才又接著說：「明天我要出賽，你要是敢不來拍我你就死定了，還有，你如果敢再拍別的女生你也死定了，最後，我奪冠的照片你得好好拍，如果沒有登上G中畢業特刊封面，你還是死定了。菁妹，我們走，那幾張照片還人家。」

　　只聽青髮妹還在那邊心有不甘地嘟嘟囔囔，最後實在拗不過，才對著好幾公尺外的阿閔遞出照片，故意拉高聲響說：「還不快來拿？這可是太陽，說不定H中的人比較怕黑。」

　　──「他們不怕黑，因為他們比較怕我。」

　　人叢後方走出幾個平頭混混，帶頭那位雙眼像是永遠餓著肚子找獵物的老虎，左眼角旁一道註冊商標似的刀疤，正是H中的現任老大阿文。

Lesson 24. 紫青雙煞（下）

話說稍早之前，鳥蛋和鴨B仔脫險後，兩人一路狂奔……跑到鴨B仔的肺都快炸掉了：「咱……咱不行……不行了……得歇歇，先歇會兒……」於是兩人在文具店的屋簷下略作喘息，鴨B仔從店裡頭提著兩包葡萄柚汽水，一包遞給鳥蛋：「你說要搬救兵，但他們那麼多人，我們到哪找人幫忙？要不我們也報警？」鳥蛋搖搖頭說：「自從幾年前你們學校跟C中在荒地砍了那一場以後，警察後來學聰明了，你沒發覺嗎？這幾年都先讓混混打個你死我活，等到雙方筋疲力盡才過去一個個銬起來帶走。」

鴨B仔哭喪著臉：「那他們兩個怎麼辦？以後就算醫好了也是扁的啊！」鳥蛋靈機一動：「有了！剛剛成哥提醒我了。」

這是鴨B仔第一次來到名聞遐邇的「流氓總部」，鳥蛋到了地下室的入口處，對鴨B仔說：「得罪啦！夥計。」恰到好處的一腳正中鴨屁股，只聽小夥計一路乒哩乓嘟、聲勢浩大的滾將下去，將樓梯側邊的汽水可樂夯不啷噹地掃倒一大片，接著鴨B仔在菸臭瀰漫、惡棍成堆的地下室飆出這輩子第一句髒話：「**幹伊娘老雞掰某懶叫豎仔巴！上面哪個G中的打我！丟臭彈的就是他！虎膽賣造～～**」

「幹！還敢來！」
「賣造！抓來燉補！」
「馬的水手服林北看了就袂爽……」
「林娘卡好～上次臭蛋還丟到我馬子嘴裡！」

一聽到「臭蛋兇手」，凶神惡煞們全體總動員，一群太保太妹如狼似虎地全殺了上來，烏蛋拔腿就跑……要逮到11秒83的小滑頭談何容易？而恰好躬逢其盛的兩名H中混混，同時也是阿閔的老相識——單薄雙人組，一如往日體力不濟地落在「路跑協會」人龍的最末端，待要回頭問個仔細，那位一開始從樓梯滾下來的「小」混混早已不見蹤影，所幸H中的搜索行動進展到補習街時有了重大發現！

　　「靠夭咧～～一狗票水手服雜碎攏底佳啦！」單薄1號像是發現西印度群島的哥倫布興奮到全身打擺子。

　　「撿角仔，你看你看！那個大頭仔怎麼又在這？每擺堵到這箍都衰到掉輪，國一你被踢昏、國二換我被打昏，這道不知換誰衰小？」曾被手起刀落的混混餘悸猶存。

　　「兩光仔，你去和平樓找<u>彥棠</u>。就說媽的G中來阮這拆旗仔，要嗆賭了。我回力行樓看能不能有機會見到文哥還是嵐哥，我們倆熬了三年終於等到這種大場面，別搞砸了。」撿角仔趕緊對唯一的跟班下達命令，務求不容有失。

※　　　※　　　※　　　※　　　※

　　大半年不見，這個土匪文又抽高了不少，短袖的上衣隱隱露出手臂上的刺青，是最近一年才弄的新花樣吧？這點阿閔**非常**篤定，但卻不知為何胸口一陣悶痛。阿文帶在身旁的人不多，只有六、七個：<u>彥棠</u>、凱子、瘋貓、阿全……幾個都算是熟面孔了，全是身經百戰的精銳之師，真要動起手來，撇開體育班的紫青雙姝不談，G中的水手服特遣隊恐怕一衝就垮。

　　不知死活的阿成還想仗著人多，打個哈哈：「文哥，不好意思，突發狀況，來你們這邊辦事，跟你**借個火**。」阿文還了他

一個笑到一半突然消失的笑容：「你甘借得起？這邊的火不外借。」說著便朝阿成瞪了過去。那種與生俱來的巨大威壓感沒幾個人能扛得住，這點阿閔也相當篤定，因此對於阿成寄予深深地同情，果然，G中成哥臉上的笑容僵在半空中，而此時阿文身後的彥棠他們幾個也開始脫外套、捲袖子、拗拳頭、側脖子……咦～怎沒看到嵐仔，倒是那個小一屆的彥棠近來跟前跟後，隱然已有接班的態勢。

　　說人人到，嵐仔從人群另一端現身，阿閔隔著老遠看見他向阿文打個響指，右手食指指著天空畫了個圓、接著用拳頭捏住、點了一下頭，隨後又從現身處隱沒。那個手勢還不明顯嗎？——**反包圍網已布署完畢**。好傢伙～這兩位一明一暗，就等文哥一聲令下，將這道「魯肉飯外送宅急便」吃乾抹淨、整鍋吞下。

　　只見阿文直接穿過水手們構築的人牆……看過摩西分紅海嗎？就是那樣。阿成連連後退、退到退無可退、退到脖子被一隻刺青的左手按壓在牆上，阿文用無比嘶啞地嗓音問他一個問題：「**拆旗仔逆？**」說著將右拳高高舉起——「**後擺借火之前，先去跟天公借命。**」這一拳下去就是雞犬不留、全軍殲滅的信號！

　　卻不想此時傳來打火機點火轉輪時的聲音，「奇奇……奇奇奇……」在一片死寂的現場聽來格外刺耳。

　　「文哥，今天忘了帶火的是我，真失禮，對您卡歹勢～您大人有大量，跟您借個火。」KIKI還是開口了。

　　阿文先把右手放了下來，半轉頭說：「我知道你是誰，外面的事你們體育班的少管。」KIKI還是那句話：「文哥，跟您借個火。」阿文終於鬆開阿成，轉過身來正面看著這位G中的大姐頭，雙方的視線正面交鋒，許久，KIKI禮貌性地退了半步，稍稍垂著頭：「跟文哥您借個火，拜託。」

阿文站直了身子，等了一會，才向身邊的<u>彥棠</u>伸手，<u>彥棠</u>面無表情地從口袋摸出一包菸，「啪啪」點了兩下抽出一支放在文哥掌中，阿文說：「好，你過來。」等KIKI幫他把菸點著後，自己先吸了一口，接著目光便轉到KIKI身上，KIKI當然會意，接過文哥手上的菸也吸了一口，再將目光看回文哥。

　　文哥點點頭，乾脆地伸出了自己的右手掌：「要借就來。」KIKI將菸放進文哥掌中的同時，也將自己的手掌壓上去。灼燙感在兩掌間翻滾著，文哥和KIKI彼此對視著，兩人眉頭皺也不皺。——菸熄怨消，KIKI對著阿文朗聲說道：「多謝文哥借火。」說完將半支熄滅的菸高高舉起，確定在場所有人都看到後，將這枚保命符交給阿成——你從來沒看過三十個混混消失得如此之快，如同滾水裡的即溶奶粉。

　　據說，從前HCG三校混混有時因為一些特殊原因，不得不到對方或第三方地盤辦事的時候，為了避免不必要的誤會，事前都會拜碼頭，如遇情節重大事件，就會透過像這樣的「借火」，以明火為證、火痕共鑑，表明你信我、那麼我也信你；當然，有借有還，跟人家借一次，勢必就得還一次，所以，除非必要，這種人情債還是能免則免。然而，幾年前的那場荒地血戰，雖是C、H兩校大車拼，但事後查明卻是G中教唆挑撥，自此以後，各校間彼此的信任已蕩然無存，而這個「借火」的傳統和典故也就逐漸失傳了，沒想到陰錯陽差下，竟在今日重現江湖，在場諸君從來也只是耳聞，能夠親眼目睹如此神聖的儀式，算是三生有幸。

　　「讓開讓開……不想妨礙公務的統統讓開。」兩位「戴帽仔」終於如同港片裡的皇家警察姍姍來遲。

　　「我同事跟你們主任已經去地下室那邊請雄大仔來泡茶了，

阿文你這邊代誌是喬好沒？到此為止就好囉，麥超過喔！等一下自動來局裡一趟，別讓我們還要去學校請你，大家就例行公事吼～嵐仔，我有看到你喔，你嘛作伙來。」

不知隔岸觀火看多久了？看事情沒鬧大，才露個臉講兩句話就走，算了～人家都說是例行公事了，人民的保母忙得很，跟上級有交待就不錯了。

※　　　※　　　※　　　※　　　※

呼～～危機解除。YA！這是阿閎有生以來第一次為阿文加油打氣，眼看一樁麻煩事就這麼擺平，頓時鬆了一口氣，心中暗自決定以後不再用土匪來稱呼阿文，都快畢業了，冤家宜解不宜結。

殊不知，青髮妹還想攪事，三步兩步趕上正欲離去的阿文一行人，竟然膽邊生毛地拍住了文哥的肩頭，阿文停下腳步，四周的親衛兵立刻圍住了她，見帶頭大哥一擺手，就唰唰整齊地退到下一線去，青髮妹和文哥四目相交。

阿閎心下暗笑：「去你個瘋婆娘，自己找罪受，活該！」卻看到青髮妹手中拿著幾張相片在那邊對著阿文喋喋不休，阿文搖搖頭、竟然還在跟她解釋，阿閎頓感不解：「這個土……阿文什麼時候脾氣變得這麼有教養？」這時KIKI也加進討論，阿閎心想這大概就是所謂的**高層研商**吧！耗了大半天，想走人又不行，一來周遭眼線眾多，實在不想讓人知道自己在哪一間補習班免得後患無窮，想等清場後再走比較保險，再說雅琴姊的照片也還沒拿回來。

G、H雙方高層的研商差不多已近尾聲，口頭討論結束了，青髮妹向旁跨了一步，伸出一隻手準確地將人群中的阿閎指認

出來，阿文順著白皙手指看過去，這才看到這個舊時相識的大頭仔，然後……然後逕付二讀，第二階段的高層研商結束得相當快，看來是落槌敲定、不得上訴。看著阿文稍稍往前站了一步，便伸出右手食指指著阿閔，然後改用大拇指比出一個「讚」（!?）然後這個「讚」逐漸往後倒，變成指著臉上掛著超甜美笑容的青髮妹，如此重複比劃了兩次以後，接著雙手一攤，擺明著「你們的私人恩怨我管不著」。

　　阿閔不是笨蛋（好歹模擬考也破400了），霎時間明白了升斗小民被狗官和奸商沆瀣一氣賣掉時心裡的苦……靠！我好歹也穿著H中的制服吧？連交保的機會都沒有，歪萍的嘴裡總算吐出一根象牙，這……這還有天理嗎？卻看到阿文對著自己笑了一下，轉身離去。這個「蒙娜麗文」的笑容很是詭異，並不是陰沉的奸笑，而是自己最熟悉的，那種頑童惡作劇得逞後的賊笑。

　　紫青雙煞一起向阿閔及瑟縮於其後、G中欺師滅祖的背骨仔走來，**胡德華**頻頻向阿閔的後腰施力：「老臭蟲，頂住……頂住啊！」

　　KIKI站定後向**胡德華**勾勾手指頭：「你過來。」頓了一秒鐘，可能覺得或許自己的表情可以再柔和、再友善一些，便發出可以把露珠烤乾的**和煦**笑容對背骨仔笑了一下：「等一下和我回學校，我們來討論明天拍照取景的事情，我幫你弄一個好位置，以後別再偷偷摸摸啦！」

　　真不愧是最佳損友，立刻變節乖巧地站到石紫瑄同學的身邊，而公親變事主的14歲少年頓感勢單力孤；接下來，KIKI再度發言：「你剛剛打了我們G中的人，沒錯吧？」阿閔立刻抗辯：「可是你們打了我朋友！」大姐頭像是早料到被告答辯說詞的控方律師，立即說：「一碼歸一碼，他沒經過允許就偷拍我，本就理虧在先，我們追到這邊來處理也確實不應該，但你別忘了，我

剛才已經跟文哥借了火，今天這件事怎麼收場**我說了算**！他偷拍、我帶回去處理，而你打人……」講到這，向旁微一挑眉，有點無可奈何地說：「青妹，我講不下去了，你自己來吧！」說完拎著往後選手生涯的御用攝影師便往後走，這傢伙總算還有點良心，人在半空中還轉過半邊身子向阿閔拱手：「不好意思啦老臭蟲……這次拖你下水，青山常在、綠水長流，告辭了～～」

髮菜和海草擦肩之際，KIKI在青髮妹耳畔說：「這裡畢竟是H中的場子，你給我節制一點，就照剛剛跟文哥講好的，別再玩花樣，我在後面盯著，太過火的話我會很難交待。」青髮妹嗲著聲音「咯咯」笑了出來：「遵命遵命～就知道紫瑄姊姊對我最好了，只有你會包容人家的任性和無理取鬧。」

青髮妹再次走到阿閔面前三步、兩步、一步……到最後半步的時候半低下頭來：「好啦～再也沒有不相干的人打擾我們了。我知道你的名字喔，我叫<u>蕭柏青</u>，柏青哥的柏青。」阿閔後退半步，心知肚明全是這臭娘們在搞鬼：「你有完沒完？到底想幹嘛？」青髮妹像是受到很大的打擊，往後連退了三、四步，寒著臉道：「沒想到你對我說的第一句話竟然這麼絕情～好！那就照剛剛你們文哥講的來辦，給你兩條路：今天這件事既然是由照片所起，你打了我們四個、你朋友捏了兩個，四加二等於六！這裡剛好六張照片……」說到這便從口袋裡摸出一個「賴打」，點著了火：「一把火全燒了！今天的事就一筆勾銷。」

天！這個蕭柏什麼的……還真的是不折不扣的「瘋婆」（台語）！對加法等量公理的詮釋簡直聞所未聞！眼看火焰迅速地往雅琴姊的臉燒去，阿閔立刻喊停：「我選下一條路。」瘋婆青立刻吹熄火焰：「早知道你捨不得，說什麼鳥蛋的太陽，全是鬼扯，還一直對人家瞄來瞄去，好色又愛扯謊……」這種人格的詆毀不容姑息，儘管有一半被說中了，但14歲的少年依舊大聲辯

駁：「誰好色了？別亂講！」

　　男生的視線會往哪瞄自己再清楚不過，根本騙不了人，蕭柏青不再理會阿閔的狡賴，反身將照片和打火機交給KIKI，走回來時朗聲說：「另一條路很簡單，就是我們來釘孤枝……」後方立刻傳來一聲：「青妹！小心講話。」瘋婆立刻改口：「不好意思，我沒有要打架的意思喔～我是說我們以武會友，彼此觀摩交流，是純學術性質的，弘揚跆拳的宗旨你應該不會拒絕吧？」

　　這個瘋婆青搞了老半天終於圖窮匕見，原來還是在打自己主意，奇怪～我到底哪裡惹到她了？這當眾下戰帖，男生打女生，贏了不光彩、輸了好丟臉，到底該怎麼辦？青髮妹見大頭仔沉吟未決，便說：「一回合、三分鐘就好，我們點到為止。不然，我也只好回去把你的太陽燒囉……」說完又發出甜美地笑聲。

　　這時，由於聽說有熱鬧可看，剛剛那些散去的「GG牌即溶奶粉」又慢慢地凝結成塊，加上H中留下來盯場的混混也爭相走告，儼然是名符其實的「Street Fighter」現場Live秀！──來喔來喔！大頭仔VS紫青雙煞，不用投幣、免收門票，快來看喲～

　　「大頭仔，釘孤枝你卡早不是專門科ㄟ？讀冊讀到『叫小』倒退嚕，麥洩市洩眾，拜託蛤～」阿閔認出那是阿全的聲音，看來是阿文留他下來盯場。

　　「大頭仔，別給阮H中漏氣啊，查埔人ㄟ擋頭雄起碼也要三分鐘！」

　　「同學，青姊難得有心幫你練身體，很補的喔！」

　　「我賭一顆。」

　　「你頭殼壞去，青姊哪一次超過一分鐘？這次三分鐘耶～我賭四顆。」

　　「可是那個H中的也不簡單，目啾逆一下，阿賓恁四個都死

死昏昏去，那我折衷，賭兩顆。」

「你們都錯了！青姊心情越好下手越狠，你們看你們看，現在笑得那麼開心，你們有看過嗎？」

「講那麼多你賭幾顆？」

「八顆，只剩八顆，最多。」

「幹！鳥蛋沒騙我，這些小GG真的在賭老子的牙齒，簡直豈有此理！」對於瘋婆青的咄咄相逼，阿閔不禁也有些動氣，畢竟在道館裡，跟師姐師妹也不是沒有對練過，且看你這條海草有多少斤兩，長得高又如何？又不是打籃球，怕你不成？於是想像腳尖前有條對打線，略一躬身報上了自己的姓名：「H中，六合道館，請多指教。」

蕭柏青收起甜笑，也學阿閔那樣，略一躬身：「蕭柏青，G中，道館以後再告訴你，請多指教。」

現場主持人阿全擅自將賽制比照釘孤枝的規格，燃起一根煙，深深吸了一口後，朝對方大姐頭看去，見KIKI略一點頭，便裝模作樣地說了一句：「兩位啊，**春宵一刻值千金**。」說完便將菸拋了出去，好戲開鑼——

　　　　※　　　　※　　　　※　　　　※　　　　※

對峙時，阿閔已將「顯示器」的功率調到MAX，無奈焦距一直被青髮妹露在外面一大截修長的腿吸引而失靈，難以提供有效的資訊，只能暗罵自己沒有用，看來要隨機應變了。

菸一著地，灰影閃動，青髮妹人高腿長已一個墊步欺近身來，身法快得匪夷所思，阿閔往後一退拉開距離，沒想到青髮妹

卽時追加一個迴身將距離搶了回來，右腳順勢一記後旋踢掃向對手的後腦；快是快，但是矮有矮的優勢，阿閔身形一放低便鑽了個空檔，打算進右腳卡進她的左腳，再朝她肩膀一推，就可以收工走人；未料，這青髮妹不簡單，臨時變招，將還高掛在空中的右腳由橫向改爲縱向，後旋踢改爲下壓（另稱面踵或踵落）直往阿閔面門斬落，眞是經典的卽興之作！阿閔暗暗喝了一聲彩，也不敢怠慢，左手弓步上架往上頂，拳腳將要交會之際，只覺腿勁重得嚇人，趕緊補上右手，合雙手之力擋住這雷霆萬鈞的一擊！

阿閔全身劇震，這算哪門子的纖纖玉腿！而青髮妹並不是將腳抽回，而是維持高抬腿的姿勢，向芭蕾舞者一樣先轉向側邊，才慢慢放下她的凶器，整個過程身體連晃都不晃一下。

這一幕在阿閔腦海中極爲深刻，多年後回想起來，確實兼具性感與妖豔，但眼下只覺得鬼氣森森、冷汗直流。OK～好，就承認吧！這個角度確實如願以償地將她的裙底風光一覽無疑，但──什麼都沒有！不是她沒穿，而是裡邊根本就是安全褲，什麼都看不到，還害自己一直分心，有種被騙的感覺！這個瘋婆青要嘛是暴露成癮的變態，要嘛是工於心計的毒婦。

蕭柏青一擊不中、笑得燦爛：「不錯嘛～我沒看錯人。剛還眞怕你沒擋住，那……我們的甜蜜時光就繼續囉。」距離重新拉開……又迅速被縮短，青髮妹一聲清叱，連出三記旋踢，分攻左側上、下、中，阿閔連擋三記，退了一步；又來了，又是三連踢，這次是正面的中、上、中三記側踢，阿閔再擋三記，再退一步。

阿閔心下駭然，仕跆拳競技裡連環踢比單擊踢難多了，畢竟對手不是沙包會待在原地不動，因此還須配合走位、重心轉移和心理戰術，其中，克服地心引力和人體工學的下、中、上逆位踢，比上、中、下這種順位踢更難，但卽便如此，雖然難練還不

稀奇，然而，有一種更高段、更難預測的踢法，便是如瘋婆青這種沒有特定順序的「隨便踢」，隨便踢一點也不隨便，除了要經過千錘百鍊的刻苦修業之外，還需要一種東西——天分！沒錯，就是運動員間提起往往會傷感情的「天分」；而儘管道館裡的三隻老妖怪從不承認這種事，但阿閔自認為是有天分的。

這個瘋婆娘強歸強，但還是有弱點。阿閔有次聽那個老神經病臭蓋，說任何武林高手都有罩門死穴，別被對方唬住了，果然，這一路被壓著打，又麻又痛的左半身向少年的大腦袋瓜傳遞一道佳音——這妞兒是個「單蹄馬」！對打時，有一類選手會固定用同一隻腳攻擊，不是這樣不好（練得精深也很可怕），只是攻擊模式會比較好預測一些，也較容易給對手見縫插針的可趁之機；阿閔可沒興趣當瘋婆娘專屬的人皮沙包，剛剛耐著性子觀察，那幾腳可不是白白送她的。

擬定好策略，便靜下心來等待時機，而時機馬上送到面前。只見灰影一閃，蕭柏青再次發動進攻，來自左側的中位旋踢宛若長鞭席捲而來（果然還是右腳），阿閔立刻一個迴旋欺近身去，打算用右正拳結束這場學術性質的交流，而為避免她又像第一擊那樣臨時變招，一邊還得堤防她飛在空中的右腳，正在思量該用幾分力、打哪裡等細節時——五感在近距離的刺激下，不經意地聽到她一聲冷哼，阿閔原始的本能頓時警鈴大作，腦海中浮現門板上的一個破口，那個凹痕……莫非……

——對。就那個莫非。莫非法則的莫非。左腳悄無聲息地從少年視覺死角竄了出來，送上期待已久的情人節賀禮——「幹！這個瘋婆青是工於心計的變態，老子被釣中了。」上當受騙的大頭鰻應聲中勾離水，右側腰腹間被不偏不倚地砸個正著，危急間只來得及將右肘往下沉個2、3公分減少受創面積……只聽「砰」地一聲，阿閔順著慣性運動飛出撞倒路旁一整排腳踏車倒地。

少年人在空中卻還心念電轉，反高潮的想起不相干的事來——有幾次去胖子家，他很愛玩一些三國志啦、三國群英傳啦那一類的遊戲，然後呢～這位胖哥哥老是喜歡動用金手指偷改設定，把呂布的智力從29改成92，然後嘲笑所有武將都是無能之輩，自己也跟著笑開懷……然而，等到現在真的面對智力92的呂布時，才發現自己根本笑不出來。

KIKI身旁的俘虜看得是寒毛直豎，心想這個紅帶黑頭的老友，平常對踢法特別下苦功，在道館裡，教練和有段的師兄不算，單以腿功而論，應該算是數一數二了，如果講得更臭屁一點，同級別的對打從來只有他踢人的分，今天前所未見地被人踢倒，對手居然還是個國三女生，話說回來，此等**尤物**真的是國中生嗎？心驚膽戰之餘更是懊悔，看來這回兄弟倆一起栽了觔斗，老臭蟲這次凶多吉少了。

阿閔痛徹心扉，慢慢撐了起來，只覺右腰一陣劇痛、又想到門板上那個被直線貫穿的洞口，是不是自己的肚子破了、肋骨斷了，今天死定了……胡思亂想之餘，呼吸一下子紊亂了起來，此時腦海中卻浮現一個聲音：「……你個豬腦袋，肋骨哪那麼容易斷，要是斷了還能喘成這樣？你們這些個小王八蛋要死也是笨死的，我可沒准你們可以裝死……」是館長李公**賤**明的咆哮聲，我還能喘，就代表傷勢沒那麼重，可是剛剛明明聽到喀喇一聲……突然間，一陣比肋骨斷掉還要恐慌的情緒襲上心頭，立刻一躍而起，脫下外套，一看之下心痛如絞……一盒胖嘟嘟的八顆金莎，無一倖免、當場殉難。

青髮妹可能也覺得沙袋的觸感怪怪的，先向主持人要個暫停，以便留下最後30秒當下午茶，然後便毫無敵意地走到阿閔身邊欣賞自己幹的好事——但聽她一聲嬌喊，語氣間興奮非常：「紫瑄，你快來看，有人釘孤枝還隨身攜帶金莎巧克力，他們沒

說錯，他真的是**多情種**子耶～～同學，怎麼不早點拿出來？這樣人家就不會對你恰北北了，抱歉抱歉，踢碎你的愛情……」蕭柏青笑得花枝亂顫。

阿閔想到一盒88塊錢的愛心金莎，自己每天5塊、8塊地存了快兩個禮拜，是原本今天要送給小玲的情人節禮物，一想到馬尾紅通通地高興臉龐就很值得，而現在……全沒了……半途出了這樁鳥事，竟然忘了自己身懷寶物，還跟這個可恨的瘋婆娘糾纏，先別說傍晚補習時得兩手空空的面對左邊鄰居，就連能不能活著去補習都有問題，一切的一切，都是拜這個死太妹蕭柏青所賜，禍害人間，還在那邊滿嘴風涼話，**幹**！什麼弘揚跆拳、學術交流全是幌子，把她頭上那撮有礙觀瞻的青毛扯下來才是真！還跟她華山論劍？

「……爲你準備的。」

「同學你說什麼？」

「我說，**不是爲你準備的。那是我要送別人的。**」

銀鈴般的笑聲嘎然而止，青髮妹柳眉倒豎，決定立即享用她的下午茶──迅卽地向對手衝來，阿閔也不再被動、向前迎擊，右手架開她九陰白骨爪的同時，左拳虛握向她咽喉攻去，在她及時回防之際，將剛剛在地上暗暗扣在手中的一顆小石頭向她臉上彈去。這個暗器自然毫無殺傷力可言，但讓她吃一驚卻是綽綽有餘，太好了～～正中眉心，抓準眨眼的空檔，右手逮到機會準備向她的肚子回禮，但這娘們的運動神經太靈敏，像是閉著眼睛也知道對手的動向，她左手突然向旁一架一撐、右掌迅捷無倫地朝阿閔肩頸空隙砍去，這是空手道中攻守合一的妙招──飛燕式手刀（上位型），看這勁道之強，哪是以武會友，根本想**取人首級**！

電光石火間，阿閔不及細思，也如無忌哥哥在光明頂上以龍爪手破龍爪手般，左手同樣向外一個架撐、右掌平切朝對手腰部間隙用飛燕式手刀（下位型）砍回去，說時遲那時快，蕭柏青人高腿長、雙足一點，堪堪避開半徑稍短的暴風圈。

青髮妹雙眼一亮，甜美的笑聲傳來：「喲～～終於捨得動手啦？不過是一盒巧克力嘛！你要，我可以買……」話沒說完，只覺肚皮一涼，上衣的下擺飄了開來，水手服最下面的一顆扣子不知被大頭仔削到哪裡去了？

三分鐘打完。

但群情譁然，太保太妹們都知道，照總部裡的規矩來說，女生上衣最下面的一顆扣子意義重大，以今天的局面來說，混混們的解讀是——H中的大頭仔當眾宣布G中紫青雙煞的蕭柏青是他馬子！

果然，盯場的阿全立刻向KIKI揚了揚手，說：「大姐頭，接下來發生的事情是他們**夫妻倆**的私人恩怨，跟我們兩間學校沒有關係，不相干的都可以走了。」然後跟阿閔說：「金架黑甘仔裝豆油，大頭仔你這個小騎士某甘單喔，騎胭脂馬嘛係專門科ㄟ！」又轉過頭跟旁邊看熱鬧的人假意吆喝了幾聲：「看三小！閃啦！人家夫妻吵架干你們屁事喔！」該講的場面話還是得講，但自己還不是坐回車頂上，一邊吃**真**魷味、一邊喝啤酒等著看延長加**賽**，圍觀的人也越聚越多，畢竟像**這款的**夫妻吵架並不常見。

※　　　※　　　※　　　※　　　※

青春半熟‧記憶微溫
Adolescence

青髮妹不知腦子裡裝什麼，嬌笑幾聲讓眾人目光重回自己身上後，便對面前這位14歲的少年說：「這麼想看喔？早說嘛～～」說完便拉下水手服上方的領巾甩到地上，又從下擺往上再開了一個扣子。要知道G中水手服一共五顆扣子，最上面那顆扣上去脖子會很不舒服，所以形同虛設、視同只有四顆，身為太妹第一顆不扣是常識，最下面的第四顆掉了、現在又鬆開第三顆，她到底想幹嘛？

蕭柏青將上衣下擺的衣角向左右拉撐了一下，在自己的胸口下方打了個結，露出腹部的一大片雪白，然後將那撮招牌青毛盤在頭上不知用什麼固定了起來，冷然道：「**好老公，我們還沒吵完吧？**」甜甜的笑容與聲調徹底消失，接著便擺出跆拳對打時標準的三七步，前後前後前前後……前後前後前前後地……跳了起來，後方傳來KIKI一聲：「青妹！」蕭柏青停了下來、略一回頭：「紫瑄，你永遠是我的好姐姐，但他開我尾扣，**這不一樣。**」交代完畢，又開始前後前後前前後……KIKI立刻一把拉過身邊的胡德華，在他耳邊說：「快去打電話！」

「警察不是才剛走，怎麼又要報警？」

「誰要你找警察？我是要你叫救護車！晚了就要搭靈車了，快！」胡德華飛也似的去了。

這邊廂的阿閔也打出了火氣，緩緩地吸了一口氣、又吐了出來～～然後照著自己的節奏，同樣也跳了起來，前前後後前……前前後後前……兩點之間的連線越縮越短、兩人的距離越來越近……終於，一觸即發——

到底是青髮妹的射程較長，率先射出導彈攻擊，快如疾風的旋踢三連擊第一枚彈頭已殺到眼前，阿閔心知閃躲或阻擋只會換來無止無歇的狂轟濫炸，因此不閃不避也用旋踢回擊，兩人雙腿互擊而退、攻勢中斷，再來，還是一樣……如此幾次下來，誰都

別想用連環踢來壓制對方。

於是，靠著走位、心理戰，雙方你來我往，互踢了三十下左右，中間還夾雜著空手道的劈斬、肘擊等近身短打攻防，你擋我閃、再不然就互挨一下；打到後來，少年為了擋下砍過來的手刀，連頭槌都用上了，瘋婆青更狠，甚至用膝蓋朝阿閦的鼠蹊部連連猛撞──初見面就要老子絕後嗣，還好老公咧～謀殺親夫倒是不含糊。

逮個空檔，雙方間距稍稍拉開，阿閦的生理時鐘及計數器告訴他，幾乎又是一個回合過去了，自己可不是亂踢，這一口氣連攻大約踢出26、27下，對方應該也差不多，但無奈對手腿太長、反應又快，命中率高不說、稍一側步便讓自己的攻擊落空，尤其是最近這三、四下頻頻踢空，很明顯地，在體力的消耗上，自己正逐漸屈居下風，雖然還沒到「敗象已呈」的程度，但再不動腦筋想辦法、一味蠻幹踢下去的結果，就是被活活踹死，想到14歲的生命居然可能在此劃下句點，心頭不迭叫苦。

怎麼辦？平常在道館裡的同級對練中，跟自己互踢超過十下還站著的對手根本沒有啊！但今天面前這位，出腿又快、又重、看似隨興實則刁毒無比，是生平所僅見。阿閦尋思：「有次問大儒俠有沒有戰勝過比你還厲害的對手，當時他是怎麼說的？好像一副很無奈的口吻說是沒辦法回答我，說是啥沒人比他厲害……騙肖ㄟ～對了，後來又說了個故弄玄虛的詞兒叫什麼來著……」在這緊要關頭卻想不起來……真糟糕！

突然，好像快想到些什麼……但青髮妹一眨眼又殺了過來，於是，少年舉起雙手（當然不是投降），用食指擺出一個「X」──這是道場上公認的暫停手勢，也是阿閦打架生涯中第一次喊出暫停，心中窩囊到了極點；心想，對手要是男生的話，大可將他撞倒後兩人在地上扭打、互毆、甚至撕爛對方的衣服，但偏偏

對方又是個女生（上衣、裙子都還那麼短），自己又怎能在光天化日之下，行此禽獸之事？

「我不接受投降！」這娘們果然看得懂，說停就停。雖然沒有阿閔明顯，但她確實在喘，她也會累，她也只是血肉凡胎，並非無敵女金剛。

「我也是！你想得美。我鞋帶鬆了。」再怎樣總要維護自身顏面到最後，沒錯吧？登時背對青髮妹蹲了下來，標準的死要面子。

※　　　※　　　※　　　※　　　※

阿閔單腳跪在地上綁著鞋帶，豆大的汗珠沿著耳際自臉頰滑落，感受著四周奚落的眼神與敵意，但時間寶貴，無暇顧及其他的了。李教練當時曾講了一句什麼「奇正相輔」，還寫在紙上怕我不識字，但具體該怎麼做？

大頭閔迅速打開腦中藏書——

選項一：「天之道，損有餘而補不足……」太艱深了，難以體會，跳過！

選項二：「她強由她強，清風拂山崗……」靠夭咧～山頭都快被她剷平了，搞屁啊？跳過！

選項三：「欲練神功……」這緩不濟急，活著下半生（身）也沒啥意義……那……我還剩什麼？

「好了沒有啊？綁個鞋帶是要多久？」大頭閔，你的**名義老婆**在你背後，她非常火！

「綁好了又鬆啦！**好老婆**你要不要先吃碗冰？」

「看著我的嘴唇——我，不，要！」

有啦！——以魔制妖，且看這個：「……須右乃後，三虛七實……」～Wonderful！老子要的奇正相輔就是這個，Perfect！Great！還得施展輕功、片刻不得停留，要速戰速決了！

當下慢吞吞地站起、轉過身子，露出一個足以惹毛對手的欠揍笑臉：「讓娘子等那麼久，苦守寒窯十八年，真是不好意思啊～～」那表情說有多討厭就有多討厭，自己看了多半會想一拳把鏡子打爆，果然，瘋婆子怒氣勃發，多希望她當場腦溢血翹辮子、省時又省力。

可惜事與願違，她又開始在那邊前後前後前前後……蓄勁待發地發下豪語：「大頭仔，今天要是讓你站著離開，我就跟你姓。」阿閔故意擺出一個很誇張的黃飛鴻Pose，油腔滑調地貧嘴：「你不是已經冠我的姓了嗎？娘子。」擺在前方的左掌還向她招了兩下，瘋婆青怒上加怒，發動攻勢的同時，少年也全力衝刺——不過是向後——逃跑！

蕭柏青怎容這個下三爛的無賴兔脫而去，立即追擊：「你這個混……」才罵到一半，阿閔聽音辨位、一個急停，像蝦子似地往後一彈、頭也不回地用右肘朝追兵肚子的部位猛力撞去；好個瘋娘子，剎車不及之下還能用左腕擋下這一記偷襲，機不可失，阿閔一記後仰頭槌直撞她的胸口將她逼開，轉身向她做勢撲去、突然卻又自己跌倒，然後半空中一個有點像足球動作的倒掛金鉤冷不防向她卜巴踢去，連番怪招令蕭柏青目不暇硬是給逼退三大步，機會稍縱即逝，神風少年立刻趁勢衝了過去，這個助跑距離剛好可以來個佛山無影腳！誰知飛踢剛要起飛，那個要命的左腳又從不可測的角度竄出來攔截——阿閔明知危險，一咬牙：「不

管了，搏一搏！」只略略側身，依舊速度不減地朝艦橋進行自殺式的特攻俯衝……

又是「砰」地一聲，阿閔順著慣性運動飛行，不過這回因為起跳時用肉最多的屁股護航，借力使力的結果，讓人在半空中的少年終於跳脫身高的限制，第一次有機會居高臨下地向對手進行空襲……只見阿閔左手迅疾無倫地向青髮妹面門劈去，眼看她右手便要擋下，突然少年左掌向外一翻一蓋，拍下她右手的同時，將藏在懷裡的右掌向前彈去，蕭柏青待要出左掌阻攔，哪知對方右掌卻又一個翻轉，雲時間整張臉已全在少年的掌影籠罩之下，只好本能性地閉起雙眼任人宰割，阿閔大喝一聲：「天蠍妖女，受死吧！」

志得意滿之餘，正想是要戳瞎這個瘋婆子、還是乾脆從咽喉予以重創斃了她，倏地，一個沉雄豪邁地嗓音刺進腦海：「……『風翻荷葉』百發百中……非死即傷，務必三思。」阿閔即時警醒：「這個青髮妹瘋歸瘋，但我和她並無血海深仇，難道真要痛下殺手不成？憑一己好惡取人性命豈是俠之所為？莫要入了魔道而不自知，這聖火令武功當真邪門得緊……」

時機稍縱即逝，一猶豫間，苦心孤詣創造的優勢便煙消雲散，雙方差距又回復到原本的身高。蕭柏青睜開雙眼，只見對手前弓後箭、單手前探，臉上盡是若有所思的神情，順著他的目光回望，一低頭，才發現他那隻該剁掉的手掌虎口撐開如托**某物**，在不到一公分的距離，自己起伏的胸部像是被一手掌握似的！一時間反而有點心慌，而認清自己這一剎那的念頭後更是忿恨難當，一巴掌便摑了下去。

這響徹雲霄的一掌媲美獅子宮艾奧里亞的光速拳，少年猝不及防、正面中彈，蕭柏青下手極重，打得阿閔身子轉了半圈、

昏騰騰地趺坐在地，嘴角都滲出血來，多情種子又再度成了多情「腫」子。青髮妹一跺腳，得了便宜還賣乖地回頭大聲怒喝：「紫瑄，他好齷齪！我不比了。」轉身就走。

就是有那種二百五在旁邊起鬨，人叢裡有幾句風言風語飄進有氣沒處發的當事人耳裡……

「今嘛啥米情形？怎麼打到一半不打了？」

「哎呀～人家夫妻床頭吵床尾和嘛……」

停在路旁許久的紅色喜美，車窗搖下後探出一個染頭髮的混混剛好提供絕佳的發洩機會：「小青，你要去哪？不是說好一起去看花田囍事？蕭柏青沒好氣地說：「跟你老木去辦喪事啦！」一腳便往那顆死人頭踹去，還好縮得快～～但，動彈不得的後照鏡就沒那麼幸運了，「啪擦」一聲演繹了物體的平拋運動，筆直地飛向適才風言風語的人叢堆裡，後照鏡在空中已被迫解體，眾人能閃則閃，最後不偏不倚地砸在兩個H中的混混臉上──

「靠北！阿全，兩光仔和撿角仔又攦昏去啦！」

「早就叫你們閃了，掃到風颱尾金架白目尬有春。」

來得早不如來得巧，喔咿喔咿地救護車此時正好到場，將剛出爐的傷患嘿咻嘿咻地抬了上去，又一路喔咿喔咿地駛離。躲在最外圍見證大場面以為安全的單薄1號和單薄2號再次、也是國中生涯最後一次不省人事，雙雙昏倒的兩人從此認清歹路不可行，再也不做混混了。

※　　※　　※　　※　　※

阿閎坐在地上，捧著腫得老高的臉頰，心想：「此人簡直不可理喻，誰沾上誰倒楣。」看到KIKI向自己走來，心想現在戰鬥力剩不到一成，但實不願束手就擒，也強撐著想要站起身，那紫髮妹卻先發制人、出手如電，待要伸手格擋已然來不及，早被她扣下手腕、扠住肩膀，只待一記漂亮的「山嵐」今天就結束了，自己也就可以好好地睡上一覺，至於還醒不醒得過來……算啦～老子累了……

　　KIKI撿起領巾的同時，順道扶了阿閎一把，在他耳邊說：「那最後一下真精彩，沒話說，青妹她認輸了。她明天還要出賽，謝謝你沒有讓她受傷，不然我不會放過你。」少年怔怔地說：「她……你說她認輸了？」得到的回答很耐人尋味：「沒錯啊！所以她才打你耳光。」看著面前困惑不解的表情，KIKI微微一笑：「你仔細想想就會明白了。還是說，你還想跟我打？我可是完全沒問題喔！」阿閎趕緊見好就收：「沒有沒有，我們以和為貴，今天到此為止最好。」

　　KIKI將六張照片和一張表格交到阿閎手中，笑了笑：「這是賽程表，我誠心邀請你這幾天有空的話來看我們比賽。」少年其實還滿喜歡去看這種競技類的比賽，只不過……「我去的話，她不會介意嗎？」這位石紫瑄同學露出有點尷尬的神情：「嗯～這要花點時間溝通，你跟她相處久了就會明白，其實她有時候還滿可愛的。」嗯～～重點是要能**相處夠久**才有機會明白吧！跟這種全身上下都是凶器、脾氣又乖張狠戾的女生在一起，可要當心有頭睡覺、沒頭起床啊！

　　KIKI和胡德華走了以後，沒戲可看的人群散得也快，轉眼間只剩孤身一人，抬頭望天已是華燈初上，而補習街彷彿沒發生任

何事般地依舊熙攘起來，阿閔坐在巷口全家外騎樓的椅子上，全身上下都在抗議過度操勞，要不是右腰、右臀和左臉頰傳來的陣陣刺痛時刻提醒著，累得不像話的自己幾乎以為剛剛是一場夢。

「這是啥？硬幣嗎？」地上一個反光吸引了阿閔的注意，最近正好欠所費，先撿先贏……什麼嘛～原來是一顆扣子，大概是那瘋婆子的吧！剛剛雖是情急之下，但幾句玩笑話也說得有些過分了，反應那麼大幹嘛？過幾天把這顆「胭脂扣」還給她，早點結束這段不正常的夫妻關係。

「紫青雙姝」跟「酒鬼與臭蟲」還真有點淵源和後續，而石紫瑄和蕭柏青的比賽阿閔也去看了，至於詳情如何，以後有機會再說吧！

一陣冰涼輕觸後頸，一罐小虎咖啡從後面遞了過來，少年也懶得回頭；當然，那是要拿來冰敷用的。不過阿閔現在**真的真的**很想喝些什麼，才發現這易開罐怎麼那麼難開？

後方果然傳來鳥蛋的聲音：「現在知道我為什麼要你別不信邪，不然會被宰掉了吧？天啊～你手還在抖……真慘啊，來，我幫你開。」阿閔埋在雙手的臉上表情沒人看到，但也只有苦笑加點頭。

「往好的方面想，至少你拿回了Christine的照片。」

「可是我現在雙手兩串蕉、全身一蹋糊塗，真不知道該怎麼跟小玲說。」

「說什麼啊？」

「當然是祝她情人節快樂啊！」

「還有呢？」

「還有……就我很喜歡她，和她相處我很快樂這一類的吧～」

「我看你要怎麼謝謝我？」

!?!?

　　該不會……阿閎緩緩轉動逐漸石化的脖子，還真的就是那個「該不會」──鳥蛋向旁一步把視野讓出來，馬尾的滿臉通紅，卻藏不住一臉笑意，笑吟吟的「叭嘰」一聲，打開冰敷專用的小虎咖啡遞給少年，苦甜摻半的汁液終於飲入喉中，這就是青春的滋味嗎？

　　「Christine今晚有來喔～本大爺先把照片拿給她順便買個炸雞翅加辣椒粉，搞不好有機會比翼雙飛喔！現場就交給兩位曠男怨女囉～」肖想趁人之危擊發「高射砲」的滑頭軍官迅速離場，為個人式的MISSION FOUR進行前置作業去也。

　　兩位少年男女對望許久，阿閎才勉強擠出一句話：「你覺得，我的臉比較紅，還是你？」小玲果然一下就笑場：「剛剛你突然說出來，我有點嚇到！」

　　「不好意思～千錯萬錯都是在下肖友人A的錯，虧你還說他是好人。」

　　「友人A？還有BCD嗎？」

　　「還真的有，以後再逐一介紹給你認識。」

　　「你身上這件巧克力口味的外套我應該也有一部分的權利，你先脫下來，我洗乾淨後改天再還你。」

　　「謝啦！對了，你上次說的《東京愛情故事》播完了嗎？那個老是治標不治本的『丸子』結局如何？」

　　「『丸子』真的完蛋啦！因為我和全日本的女生一樣，恨死他了。」

　　「為什麼？」

小玲搖搖頭不說話，心裡卻想：「他要是和你剛剛那樣不就好了，她就不會那麼可憐了。」抬起頭看著阿閔說：「你欠我一個禮物，沒錯吧？」少年點了點頭。

　　「送我一首詩。」

　　「蛤？」

　　「寫一首詩送我，我以C中校刊社編輯的名義正式向你邀稿。5月21日截稿，不要忘記，我會看得到。」

　　阿閔雖然覺得這句話的文法有些怪，但又說不出哪裡怪，只好點了點頭。

　　「還有，如果我有心事，你會是我最想傾訴的人，但是如果我沒有跟你說，你可不可以答應我不要生我的氣？」

　　少年想了一想，看著小玲紅通通的臉，眼眶裡還隱隱泛著淚光，心想：「馬尾的到底怎麼了？也罷，那怕摘星補天、赴湯蹈火都答允了。」便再次點了點頭。

　　馬尾的看見阿閔點頭答應，像是鬆一口氣，靜靜地笑了出來。那彎彎的睫毛、微瞇的眼眸，如同那一晚徹夜未歸時，在日月交替之際趕路，偶然抬頭仰望所見的晨星，那閃爍，互古而恆久，一路與少年相伴。而手中的小虎咖啡——那苦甜摻半的青春好滋味啊，也在不知不覺間消失殆盡，卻在嘴角留下曾經交織過的微溫餘韻。

Lesson 25. 海水正藍

　　「同學們，關於聲波的傳導速度和溫度的關係就說到這邊，接下來再課外補充聲波頻率變化的生活應用實例，這一題去年北聯有考過，各位可以用紅筆標註一下，好，我們先談談所謂的『都卜勒效應』……」正在拯救迷途羔羊的「高洋」在講台上口沫橫飛地說著，阿閔看著黑板旁的「距北聯還有129天」……

　　打從西洋情人節過後，小玲又來日成差不多三、四天吧，這小妮子那幾天上課超級不專心的，然後在「距北聯還有140天」時最誇張了，幾乎一整個晚上左手托腮朝自己這邊看，雅琴姊傳紙條說要扣點她也不管，就這樣看了一整晚，9點一到，「湯杰」剛講完下課兩個字，她站起來用手把阿閔的臉轉到自己這邊，很用力、很用力地看了少年一眼，然後抓起書包拔腿就跑，連再見也不說一聲，簡直莫名其妙!?隔天更絕，阿閔特地早到補習班想要找這丫頭聊聊問個明白，偌大的教室裡燈都還沒開，只有自己一個人，走到位置上放書包時，卻發現自己的桌上被人寫了幾個小小的字：「3月1日問胖哥，別逼他。」是馬尾的字跡！

　　她在哪？猛一抬頭，相同的字跡放大了好幾倍赫然出現在黑板上——

　　「TO　丸子　：　三年27班　赤名莉香」

　　天！什麼鬼？少年雖然不知道赤名莉香是何許人也，亦不詳其姓氏，宅邊應該也沒有五棵柳樹，但卻很肯定這是寫給自己看的，「才不跟別人分享呢！」趕快拿起板擦將專屬的字句一一抹

去，抹去的同時又深深地將其刻在心牆之上；等到兩年後，家裡終於裝了第四台，《東京愛情故事》重播時，看到最後一集的那一幕，這才知道馬尾的寫下這些字句時，**眼淚一定流得不會比自己現在少。**

還等到3月1日？當晚就拿著玉米濃湯賄賂這位少年友人D。胖子居然說他不知道（濃湯倒是不客氣地吞落肚），最後實在拗不過阿閔死賴活求，這才神祕兮兮地說：「我現在不知道，但說不定過幾天就想起來了。」說完便不再開口，誠所謂：「雄辯是銀，沉默是金。」24K金的胖哥哥不說話、他就是不說話。

接下來到3月1日算一算差不多還有10天，這10天簡直度日如年。一開始以為馬尾的感冒了，但缺席3天後，阿閔自動解讀為小玲應該在忙社團的事，而在左邊鄰居的空缺持續一個禮拜後，阿閔已經慌了：「他媽的！二月不是最短的一個月嗎？怎麼長得不像話！馬尾的如果要玩什麼『意境』的新體會也該適可而止了。」少年並不知道自己猜對了。

2月26日，只剩不到48小時而已，應該沒差了吧？但無論阿閔如何在地上滾來滾去表演各式各樣的潑皮無賴，穿著黃金聖衣的胖子除了嘴裡不斷吃下少年賄賂的供品以外，依舊沉默，只拍拍阿閔的肩膀表示安慰。

※　　※　　※　　※　　※

「距北聯還有129天」，同時，今天正是3月1日！胖子一直熬到晚上9點補習班下課，在公車進站之際，才從書包掏出一封信放在阿閔手上，隨即跳上265逃離現場。

少年立刻湊著路燈將它打了開來，抽出來的信紙是海藍色的——

給右手邊的雪克33：

展信悅～
你有沒有很用力、很用力的想我呢？
我幾乎可以想像你對胖哥各種威脅利誘、嚴刑逼供的情景
哈哈……如果他堅守祕密，那你應該要高興
因為拜託他時，我要他用自己最珍貴的東西發誓
你知道他怎麼說嗎？
他說「那麼，我用跟阿閔之間的友誼向小玲發誓」

我的父親在外交部工作
去年升國三的暑假時，就收到要調職南非的通知
因為種種考量，我們全家最後決定移民
原本以為你我只會是點頭之交
因此打算時候到了再跟你說
到時揮揮衣袖、不帶走雲彩倒也寫意
（有一次不小心手滑差點露了餡，你有發覺嗎？）

不過，在密道的那一晚過後，一切都不一樣了
尤其是隔天早上你在學校大門口等我時
超～想抱著你哭（像日劇一樣）
沒想到你居然還真的把稿件拿回來交給我
我當時就決定不告訴你這件事
一來我根本不知道該怎麼開口
二來也天真的希望會有奇蹟
爸爸調職的日期是在過年前確定的
基本上，我已經不用去補習班啦！

但想起班導唱的Stand by me

還是想坐在你身邊陪你一起看著黑板旁的倒數

離別的日子一天天的接近，我好害怕

最後一晚沒跟你告別是因為我知道只要一開口就會哭出來

隔天上飛機前，還特別請志傑叔叔繞到補習班

還是想要留點什麼給你

這樣你才不會太快把我忘掉

希望你明白我的意思

孤帆遠影碧空盡

唯見長江天際流

這是視覺上的擬托

而往後你聽見的、每一道劃破天際的引擎聲

都可以是聽覺上的擬托

希望這個意境讓你記得長長久久

有別於你我曾經短暫交會的青春

別忘了，你曾答應我不生氣的～

PS. 希望我的空位能夠趕快填滿，說不定是個大美女喔～還哭，笑一個啦^_^

祝心怡

被你濺濕的小玲

──沒有錯，詩眼確實是「孤」。

零仃的路燈上空，一架夜班航機恰好選擇此時離開台北的天空，14歲的少年確實聽見自己每一個心跳裡的孤單與寂寞。

「不，我希望這個『C10』能夠一直缺席空下來。」連讀信時的表情都被猜到的阿閔，不知心裡的念頭在地球另一端的她能否猜到？

　　　　※　　　※　　　※　　　※　　　※

對阿閔來說，春暖花開的時節依舊美麗，只不過故人去了比揚州更遠的非洲，而整個煙花三月就這麼在書本堆中度過，自己則像是理化實驗中的那顆小鋼珠，在家、H中及日成三個定點間來回擺盪，只不過，摩擦力無法忽略不計——那偶然劃過上空的引擎聲，每每都讓少年閉目傾聽。

補習班的課程依舊、湯杰的幽默風趣依舊、高洋的臭屁自戀依舊，就連錢鬼主任的扣點也依舊，唯一欣慰的「依舊」恐怕只剩始終缺席的空位了，左手邊的空位怎麼看就是不習慣。此外，由黑板旁的數字所構築而成的「等差數列」，其減少的「公差」也是依舊。

又是砰砰兩聲——「距北聯還有96天」，倒數數字在幾天前由三位數變成兩位數時，引起了一陣恐慌，雅琴姊不忘給學弟妹們打氣：「班導我當年就是在這個時候放棄的，前車之鑑此刻就站在各位的面前，**加油～撐下去！**」莘莘學子們在穩定軍心後，又繼續埋頭苦讀。

這一天，4月2日，不是什麼特別的日子，但卻發生特別的事情。胖子在跳上265公車逃逸前，將一封信交給了讀書讀昏頭的大頭閔：「昨天是愚人節，不適合，所以今天給你。」少年隨即精神大振，拆開後，立刻拉出了一片海藍——

給右手邊的雪克33：

展信悅～
如果你看到這封信
就代表你通過了考驗
我總共託胖哥三封信
原則上一個月一封，這是第二封
條件是當倒數破百的時候
你是不是還有好好用功
如果你因為校刊社之花（也就是我）的離去
就成日借酒澆愁、懷憂喪志的話
那就太沒出息啦！
人家才不要跟你做朋友呢……哼哼～

四月分，是很特別的月分
有一首現代詩《你是人間的四月天》
我覺得意境很美，我很喜歡
而今年，台北的四月天美不美呢？
幫我抬頭看一眼，好嗎？

這封信是我在西洋情人節的隔天寫的
那陣子你一定覺得我的表情很古怪對不對？
原因想必你也知道啦！
再提醒一下，你有答應不生氣的喔～
這種寫信給未來的感覺很新鮮、也很有趣
等我們長大了，不妨寫信給過去的自己
相信你會喜歡的

還有啊，看來，我跟你請客的金莎無緣

去年的聖誕節，它變成自由落體離奇失蹤

今年的情人節又變成現榨果汁～哈哈

聽你的友人A說，是被一隻體長超過一米七的母猩猩踩壞的

真的嗎？閩南語有句俗話「惹熊惹虎不要惹到恰查某」

也只能祝你好運了

最後，那件巧克力口味的外套原本就不打算歸還

相信你應該不會介意送給我當餞別禮吧！

PS.下一封信的條件其實你已經猜出來啦！

祝心怡

　　被你濺濕的小玲

　　從此，黑板上的倒數對少年有了一種全新的感受，「距北聯還有68天」又如何？即便看著左手邊空無一人的座位，卻彷彿覺得馬尾的仍然相伴同行Stand by me，已經懶得數這是第幾次的模擬考了，473分！阿閔將成績單放在馬尾的桌上，彷彿想證明什麼似的。——「你看你看，我才不是沒出息的人呢！我很努力，之後還會加倍加倍再加倍的努力，移民是吧？南非是吧？」少年開始體會鳥蛋的心境了，誰說「J.K.惡靈」各自單飛後，不可以再組個「失戀陣線聯盟」？

　　果然，這小妮子當初問我星座、又問我幾月出生是別有用心。5月1日下課後，胖子在等公車時將第三封信交給阿閔，他說：「小玲就只給了我三封，再來就沒有了，我也沒有她的回信

地址，她要我轉告你，校刊社之間彼此都有交流，如果你做到當初答應她的事，那麼她也會對你做同樣的事；雖然我不知道你們兩個說的到底是什麼事，但我覺得『珍惜彼此』是相當重要的一件事噢！」公車到站了，阿閔拍著他寬厚的肩膀說：「你說得一點都沒錯！因為你已經證明這一點了。」

　　阿閔拆開信封，依依不捨地拉出了最後一片海藍——

　　給右手邊的雪克33：

　　展信悅～
　　如果你讀到第三封信
　　應該知道這是最後一封啦！
　　是不是依依不捨呢？

　　你一定很想要我的回信地址對不對？
　　但別忘了，我這封信是我在二月時寫的
　　我爸他說他的工作比較敏感
　　所以不是那麼方便
　　這一點等我實際到那邊後會再想辦法克服
　　現在也只能跟你說聲抱歉啦！

　　如果我沒算錯、胖哥也沒忘記的話
　　距離北聯的倒數數字應該是68
　　我們金牛座橫跨最美的兩個月分
　　而今天——是5月的第一天
　　跟你說聲「生日快樂」應該絕對來得及

至於我，則是金牛座的最後一天
所以說，我老是綁馬尾是錯的
反倒是去年平安夜你送給我的牛尾才是正宗～哈哈
順帶一提，你是第一位看見我把頭髮放下來的男生
也是第一位幫我綁馬尾的男生
這應該足以回報你帶我導覽地下密道的盛情了吧！

我模擬考最好的一次成績是「498分」
老師說這樣的成績幾乎可以算是名落泰山的榜首
而我希望你能夠贏我，懂我的意思嗎？
假使你我此刻依舊比鄰而坐努力不懈
你若金榜題名，就代表我也考上了
基於這部分的私心，所以我是真的真心為你加油

前天……嗯～應該說是情人節當天
能夠在這個特別的日子聽見你的真心話
絕對是Valentine神父顯靈
我既高興又難過，而兩者的原因相同
因為說的人是我心中獨一無二的"丸子"

聽胖哥說了你們換位置的事情
吼～原來你居心叵測
一開始就打C中校刊社之花（也就是我）的主意
不知道這樣子算不算讓你得逞……哼哼

已經沒有下一封了
但相信胖哥已經將我的口信告訴你啦！

——5月21日，有沒有想起什麼呢？

PS. 我期待坐你左手邊的3個小時，那是一天中最快樂的時光。

祝心怡

被你濺濕的小玲

※　　　※　　　※　　　※　　　※

「只要我考上，她也金榜題名！」既然馬尾的都這麼說了，那就更沒有理由偷懶了！把這句話貼在書桌前的大頭釘以此為座右銘，日曆一天撕去一頁、日以繼夜地苦讀……但做出的承諾可沒忘記（包含答應自己的事）。

「距北聯還有62天」——今天是阿閔生日，會牢記在心的緣故是因為無意間得知，雅琴姊竟然和自己同月同日生。「今天剛好我輪值，一定要送出去，不然就錯過啦！」少年在心裡如此告訴自己，可是……她一定會問我為何會知道，接下來就不好辦了，姊雖然人美心地好，但模擬考破600分的人聽說腦袋構造與一般人不同，所以才會超級聰明，只要一個不小心露出一丁點兒線頭，包準會被她抽出一整件毛衣。正煩惱間，不自覺地在日成一樓辦公室逗留稍久，雅琴姊立即注意到了：「底迪～找我有事？」

「沒事沒事。」趕緊腳底抹油想溜。

「剛好我有事找你，等一下下課來找我。」

阿閔心下大吃一驚：「靠夭咧～我什麼都還沒說哩！看來姊真的會讀心術，怎麼辦？」長久以來的懷疑似乎在一瞬間獲得證實，對「600分以上的可能不是地球人、或是被外星人改造過」的都市傳說更加深信不移。

　　九點準時下課，少年先深呼吸了三次才推開玻璃門入內，卻看到有家長帶著一位C中的男生在跟雅琴姊談事情，聽了一下也不意外，又是有興學的人受不了斯巴達式的魔鬼訓練逃難來日成，看來這樁生意是快談成了，濃濃的鈔票味從這位爸爸屁股後面的皮夾裡溢出來，連阿閔都聞到了，錢鬼主任居然還沒游過來，一定又去泡溫泉了。

　　……

　　「OK～林先生，那就比照興學，價格上就用之前的優惠價，我這邊再幫您折一千五，希望阿哲繼續努力，兩個月後順利上前三。」

　　（唔～看來也是衝刺班）

　　「接下來我們來劃位，座位表上的空位都可以選。」

　　（少年立即豎起了耳朵）

　　「我兒子近視比較深，坐前面一點看得比較清楚，這個『C10』可以嗎？」

　　（當然不可以！那是小玲的位置！少年彆扭的心直往下沉……）

　　「您剛剛不是說令郎左眼有點斜視，醫師說要矯正嗎？這位置雖然不錯但太偏右，可能會加深度數，我建議您選『D3』，距離夠近也有助於矯正，如何？」

　　（姊，一定有超多人說你善體人意對不對？）

　　「好吧，那就『D3』。」

原來，錢鬼主任自小玲曠課三天後就將她除名，而自人間四月天開始的一波波「興學難民潮」持續至今，馬尾小姐的「Ｃ10」直到北聯考完前，所保持**全勤的缺席**並不是奇蹟，而是全託雅琴姊搞鬼之福。

　　雅琴姊送走了家長和學生，也順便收下了少年的感激眼神：「幹嘛～大恩不言謝，所以客套就免了吧！看你拚成這樣子，連本宮都感動了，我可不想讓我的乾弟鬥志全消，然後怨恨我一輩子。**你來一下。**」

　　此時辦公大廳裡只剩下姊弟兩人，阿閔居然有點忐忑不安：「來了……600分的高級審訊！」雅琴姊說：「底迪你離那麼遠幹嘛？過來啦～我有東西給你，怎麼還站著？是不是做了虧心事啊？」說完就低下頭在少年肩膀附近停留了一下，說：「嗯～沒有電動間的煙味，不錯嘛～有乖乖的戒電動。」說完便伸手摸了摸阿閔的大頭，今天剛滿15歲的少年才暗暗呼了一口氣～～「可是……」少年呼出的氣又吸回一半。

　　「可是……我有聞到炸雞脖子的味道，學校側門倒數第二間對不對？只有那間會灑海苔粉。不順便幫姊帶一份？怪不得一臉心虛，人家小滑頭比你上道多了，話說回來，你有發現到嗎？我覺得他好像變得比以前壯、沒那麼瘦弱了，該不會吃辣雞翅吃出一身肌肉來。」自己說著說著也笑了。

　　（廢話！這顆鳥蛋一天到晚練啞鈴、天橋基金也是他在保管，看來有公款私用的嫌疑。）

　　阿閔心想其實是甜不辣才對，嘴裡卻藉機順水推舟：「對不起啦～一時嘴饞忍不住嘛！」

　　「算啦～本宮怎麼會跟壽星計較呢？」在少年瞠目結舌之際，已從抽屜裡拿出一個小禮盒說：「底迪～恭喜你15歲了，祝

你生日快樂！」

　　這個600分的大姊姊果然會讀心術，立刻回答少年心中的舉手發問：「身爲班導師，當然會知道你們的基本資料啊，不過我只送我乾弟，其他人就沒啦！別大聲嚷嚷，不然會害我被罵，快打開，看你喜不喜歡？」

　　少年感動之餘，也沒忘記該把握的良機，當下也說：「姊～我只知道你是金牛座，但不知道是哪一天，我也有個小禮物想送你，還隨身攜帶，不過這陣子忙到連自己的生日都忘了，今天剛好你提醒我，所以～請你笑納。」邊說邊伸進書包，將預謀已久的小禮盒雙手恭敬呈給這位「本宮」。

　　「姊，祝你金牛座生日快樂。」

　　「謝謝～底迪你知道嗎？其實我也是今天生日。你現在知道爲什麼我收你做乾弟弟的原因了吧？」

　　阿閔毫無罪惡感的、同時也是真誠的、使出彆腳的演技：「真的嗎？祝你生日快樂。」也虧得雅琴姊心神激盪之餘，沒有注意到新生代演員在技巧上的生澀與不足，讓這個小萬梓良矇混過關。

　　——「來～底迪，我們一起拆禮物。」

　　阿閔的禮物是正宗馬蓋仙萬用瑞士刀（上面有著十字軍東征的盾牌註冊商標），而且有著17種功能，價格根本不敢想像，阿閔雙手不由自主地抖了起來，小心翼翼地看著這個寶貝。想起那晚夜遊G中，都怪那可笑的水手服作祟，脫下來時太心急竟然把之前MISSION THREE的大功臣給掉了，隔天去找也找不到，後來還埋怨了鳥蛋一陣子，但也莫可奈何，沒想到今天拿到了夢寐以求的禮物，真的太讚啦！

　　「我問小滑頭你喜歡什麼，他馬上就說這個你一定喜歡，看

來送對了。」

「豈止喜歡！除非陰間使者齊白來盜我的墓，不然這個寶物會永遠永遠在我身邊Stand by me～」

雅琴姊想起當時的場景也笑了：「這是瑞士刀，又不是武林至尊屠龍刀，看你感動得痛哭流涕，我倒想問你，這支鋼筆好特別，從來沒看過，哪裡買的？」雅琴姊拿到的禮物是一枝黑到極致的鋼筆、筆蓋上還滾著金邊，頗為精緻，為了買下它，阿閔用光了今年所有的壓歲錢又存了快兩個禮拜。

「姊，我告訴你它真正特別的地方。」少年說完先從主人手中將它接過來，然後輕巧地按下鑲嵌在筆身上的一顆小石英，然後緩緩旋動筆身，整個旋開後竟是一把足以防身的小匕首。

「既然班導你都拿出寶刀屠龍，那麼，倚天不出誰與爭鋒呢？姊，以後不管遇到什麼危險，這把倚天劍絕對可以護你周全、讓你履險如夷。」

雅琴姊又是好笑、又是感動：「真虧你想得到送我這麼特別的禮物……」突然像是想到什麼似的，隨即搖了搖頭，有些感慨地說：「可惜這對刀劍相見之日便是離別之時，下次刀劍重逢不知何年何月了？我在日成會待到衝刺班課程結束、最多到下個月底，算是和你們一起從這裡畢業，七月初還會回來幾天交接工作，你們來自習教室K書的話或許還遇得到我，但之後要再像現在這樣子，可就難囉……」

這是意料之中、卻也是突如其來的離別預告——

黯然銷魂者，唯別而已矣～～

……

「姊，我有點捨不得……我很捨不得和你說再見……」同時間也想起自己欠了不少人一句「再見」。

「底迪……」

「姊，這條路好辛苦，我走得好累好累喔，姊……謝謝你……」

「我懂。」

「姊……我……」

「嗯～～」

「我……可不可以抱你一下？」

一陣溫暖環繞著阿閔的肩頸，柔柔的嗓音在耳畔低迴：「底迪你很棒，你很努力，加油，你一定可以的。」

受過嚴格悲傷控制訓練的少年，在15歲的第一天，發出止也止不住的哭聲。

隔著透明落地窗的一雙眼睛默默看著這一幕，除了禮拜三和班導不在的二、四以外，每一晚都在這裡目送佳人平安離去的他，此刻將兩顆黃色司迪麥拋進嘴裡轉身離去，發誓一輩子不會告訴別人（包含這位好友），自己不小心看到他嚎啕大哭的糗樣。

※　　※　　※　　※　　※

——外縣市有國三的資優生自殺了！只因為模擬考跌出全校排名前十位！

在H中畢業典禮後的第三天，傳出了這樣的事情，一時間各校及補習班的老師都在懷柔政策和恨鐵不成鋼之間擺盪，雖然年

年發生，但阿閔今年身歷其境，特別能感同身受。即便發生在外縣市，但也足以讓日成國三衝刺班的戰士們人心浮動、焦躁不安！

我們美麗的班導師站上講台安撫人心：「同學們！我不會告訴各位『那是別人家的事』、更不會說『少了一個對手』這種話，請保持一顆柔軟的心，想一想他結束生命前的最後一秒鐘，其實他就是我們、我們就是他，請拿出最認真的態度，替離去的人彌補心中的遺憾，彼此相伴同行、一起把這條路走到最後，加油！」然後在北聯的倒數數字上方，用流利的書寫體再次寫下「STAND BY ME」，又說：「雖然不怎麼好聽，但大家還記得共患難的那一晚嗎？」台下有八成以上的人都會心一笑，而**歡樂正是此時急需的特效藥**。

阿閔的心情已經不需要安撫了。自15歲生日當晚將滿水位的眼淚一次倒光後，心中反而覺得輕鬆很多——「盡其在我，Just do it」少年決定以鐵鑄之心、化身「不哭死神」<u>步驚雲</u>全力迎戰「北聯」這個亂世禍害，國、英、自、數、社輪番上陣……日夜不斷苦練，然後又是國、英、自、數、社周而復始……，不懂就查、再不明白就問老師，連學校老師都開始覺得這小子「搞不好」能夠吊車尾！而時間猶如浮光掠影，飛逝而過……

6月29日，倒數數字在今天正式由兩位數變成個位數時，又引起了一陣恐慌，雅琴姊再次挺身而出：「名言錦句一則——**不要因為腳邊的荊棘就錯過美好的藍天，更不要因為烏雲密布就遺忘天降甘霖的喜悅**；同學們！凡事都有好的一面，「北聯」越是對我們步步進逼，就代表我們擺脫牠的大喜之日越快到來。大家加油！」

「C12」的C中胖哥放下手邊的筆記舉手發問：「雅琴姊，請問剛那句名言是誰說的？我想記下來，考作文時拿來對付『北

聯』。」班導一楞，隨即正色道：「呃～是一位台灣北部某二流補習班的班導師說的。」全班哄堂大笑，再次服下由二流補習班的一流班導師獨門祕煉的抗憂鬱特效藥。

那一年，「北聯」的作文題目：**路過**。當閱卷老師發現，竟然有超過50張以上的答案卷出現——「不要因為腳邊的荊棘就錯過美好的藍天，更不要因為烏雲密布就遺忘天降甘霖的喜悅」之時，想必嘖嘖稱奇！

※　　※　　※　　※　　※

終於考完了。

和北聯這個可敬的對手足足鏖戰了五個回合，雖然後面還有五專跟高職兩場硬仗要打，但是套句某位職棒球星的口頭禪：「問題不大。」阿閔相信頭過身就過，已經15歲的少年終於可以說服自己暫時放下書本，輕鬆一下。

原本希望睡到自然醒的阿閔，受到生理時鐘的騷擾，依舊七早八早就如願起床了，而一覺醒來只覺全身精氣神十足——可是奇怪，枕頭居然濕濕的，內衣前襟也濕了一大片？趕快再往下確認，還好內褲沒濕，哈～管他的，先沖個涼！

盥洗時看到鏡中的自己，不由得呆了一呆：「怎麼眼睛又紅又腫，好像哭了三天三夜一樣慘？」儘管自認為已有超水準的演出，但考得怎樣多少也是心裡有數，不過，就算周公托夢說我**名落泰山**，有需要這麼悲情嗎？

嗯～～想到夢，這才逐漸想起昨晚好像做了一個夢，具體如何已經沒印象了，只是隱約記得夢境很長很久，長久到自己都覺得那不是夢，而是貨真價實的人生；而夢中的自己已經是個像拉虛仔那樣年紀的臭大叔，認識了很多人、也發生了很多事，但不

知爲何，他並不快樂，正要做點什麼改變時，夢就醒了。

算啦～輔導室的那位虎姑婆不是曾經說過嗎？叫什麼「北聯症候群」有的沒的……想必是考試前太緊繃、太壓抑，一旦考完放鬆過了頭，就會開始想一些亂七八糟的事情，一定是這樣沒錯！

想起答應雅琴姊的邀約今天一起去福隆海邊玩，現在時間雖然還早，但看得出會是個好天氣；無論如何，出門走走吧！四處溜噠溜噠，探聽一下其他人考得如何？

嗯～～就直接去補習班吧！

※　　※　　※　　※　　※

從家裡到補習班會途經「總部」，嗯～好久沒去了，不知道老子跟鳥蛋的懸賞頭像有沒有貼在地下室入口？當然沒有。拾級而下、做好隨時撤退的準備……結果是自己庸人自擾想太多，底下仍然是一團煙臭味及熟悉的大聲喧嘩加叫囂，根本沒人鳥他，阿閔所熟悉的快打II已經換成快打III，以及莫名奇妙的降龍快打，又多了不少像是龍虎門、餓狼傳說等格鬥電玩，遊戲依舊吸引人，但總覺得少了點什麼……

「咦？這不是方塊J嗎？很久沒看到你囉！」少年心中一凜，急忙回頭，這才看到櫃檯後方的夥計把臉從迷濛的煙霧中露出來：「麥緊張啦！最近縣政府掃蕩賭博電玩，雄大仔跑路囉，今嘛換頭家啊～」夥計從冰箱拿出一罐百事可樂拋了過來：「重新開張沒幾天，招待熟客，有閒常來。要換零錢嗎？」阿閔順手接過，道聲謝謝卻搖了搖頭，借廁所撒了泡尿後就離開了。

黑桃K沒說錯，有些事情，過了那個時候，就不會想再去做

了。就讓電玩的記憶，永遠停留在那一場未完成的冠軍決賽吧！

自己來得早了。

今天7月10日，即便是暑假期間、北聯也才剛考完，補習班仍舊熱鬧滾滾，僅七樓國三衝刺班的教室空空盪盪頗為冷清，少年也不開燈，信步走到已不屬於自己的「C11」坐了下來，看著永遠屬於馬尾的「C10」……差不多在兩個月前，將相同的心情寫了下來託胖子拿去C中校刊社，不知小玲她有看到嗎？為什麼不跟自己聯絡呢？無論如何，既然自己潛意識中早早來這裡，就再多陪這小丫頭一下吧！阿閔在桌上趴了下來，臉朝右側，彷彿還看得見胖子舉手發問時的憨厚大臉，轉向左邊，小玲俏麗的側顏隨即在空氣中浮現，可愛的馬尾連連甩動、淺笑時的虎牙令人想立刻被她咬上一口、想到在密道裡那隻攀上左手的「小蛇」……真的～真的好想她，**小玲，你過得好嗎？丸子好想你啊**……

回過神來，發現自己居然把心裡的話寫在「C10」的桌上，待要擦去，卻想：「何必呢？就把這份思念留下來給下一個人吧！但願Valentine神父顯靈，讓下一段愛情可以修成正果。」

這時，突然感受到一股來自背後刺向自己的視線，阿閔一回頭把一團東西接個正著，一看之下頓時呼吸、心跳、脈搏……等等所有能夠加速的細胞、組織、器官、系統全部一起開工大吉——**那是一條海藍色的髮帶。**去年平安夜時自己就在這間教室裡，用這條**韁繩**和溜來滑去的小野馬奮戰。但見後門人影一閃即沒！

少年立刻衝了出去——電梯沒動靜，僅樓梯依稀傳來「喀喀」兩聲，幾乎已到了三樓，來人身法好快！阿閔幾乎是用跳的

衝到一樓，已是人影杳然……正惶急間，見到巷口便利超商的柱子旁轉出一個人，那人寬肩厚胸、身高足有一米九，一襲黑西裝、黑皮鞋、帶著墨鏡，對著少年抽了一口菸後轉身便大步走開，這一身裝扮阿閔只想到一個人，高喊一聲：「志傑叔叔！」那人頭也不回，阿閔又喊了一聲，卻見他加快腳步，朝前方一輛黑色的大轎車走去，正是少年之前搭過一次的外交部霹靂車。

「讓他進去就來不及了！」阿閔此刻的速度鐵定突破11秒83，衝到近前，目標居然消失了，而車門微開，就在少年不顧一切地拉開車門查探之際，身後一股力道把阿閔巧妙地推進車內，埋伏的人也跟著坐了進來，把門關上。

那人摘下墨鏡，正是有一面之緣的馬尾的「志傑叔叔」。

阿閔有太多問題想問，剛一開口，嘴巴就被志傑叔叔的一根食指「噓」得張不開來。

「我只是路過這裡下車買包菸，懂嗎？」

「我只能停留15、最多20分鐘，懂嗎？」

「你可以問我一些問題，但我不保證可以回答，懂嗎？」

志傑叔叔看著阿閔連續點了三次頭以後，便指了指腕上的手錶：「剩8分鐘。」

「小玲在哪裡？」

一片沉默。

「是不是在南非？」

「我們對外都說是南非，反正那邊看起來都差不多，你可以當作是在南非。」

「她什麼時候回來？」

一片沉默。

「她會回來嗎？」

「會。」志傑叔叔指著錶提醒著

「我要寫信給小玲，要寄到哪裡？」

「如果我可以說，第一題我就回答你了。」

「小玲父親是在外交部工作對不對？我可不可以寫信到外交部請他們轉交？」

短暫沉默後……「車子是外交部的沒錯。剩5分鐘，不好意思，再讓你問下去就來不及了。」

「等一下！小玲……她過得好嗎？她是否平安？快不快樂？」

「她絕對平安，至於其他的你自己看吧。」志傑叔叔說完按下那顆開啟小冰箱的按鈕，同時又壓了另一顆按鈕，前座椅背後方的蓋子頓時滑了開來，露出一台小電視，接著將一個小了好幾號的錄音帶塞進一個小方孔內，對阿閔說：「這是我有一次工作時不小心錄到的，小玲她不知道，等我發現的時候已經錄了3分鐘左右，這種帶子做過特殊處理，影像看過一次就會消除，所以不能快轉、不能倒帶、也沒辦法備分，我下車抽根菸，你自己看仔細了！」

※　　　※　　　※　　　※　　　※

志傑叔叔下車後，螢幕上映入眼簾的是一片海藍，無邊無際、好大好大的一片海洋！然後便聽到熟悉的笑聲，一個朝思暮想的嬌小身影從鏡頭後方穿著洋裝跑了出來，正是小玲。馬尾的已經不馬尾了，她把頭髮放了下來、任由它們隨風飄揚，看頭髮的長度，大概已經離開台灣兩個月左右，是南非的人間四月天吧！這個錄影帶不知道是甚麼牌子的，畫質和聲音都超級清楚。

笑聲依舊持續，然後她轉過臉來正面對著鏡頭：「志傑叔叔～一起來玩嘛！看你都不笑～～這裡風景很棒啊！」接著就從

海灘一直跑向大海，看到小玲在遠方來來回回地追逐浪潮……

　　然後大概是志傑叔叔穩穩前行的步伐吧，鏡頭不疾不徐地靠近馬尾的。畫面靠近後，從側後方看著小玲那再也熟悉不過的右側臉龐，迎著海風和陽光散發她青春無敵的嬌俏模樣，阿閔多想捲起褲管和她一起逐浪……然後，小玲開始又跳、又叫，他聽見了——

　　「啊～～～這裡超讚的啊～～～～～」
　　「沒有模擬考～～～～～」
　　「也沒有北聯～～～～～」
　　「可是～～～也沒有雪克33～～～～～」
　　「你～～想～～～我～～～～嗎～～～～」
　　「我～～好～～～想～～～～你～～～～～」
　　（畫質超好的畫面開始變得模糊……）
　　「這裡是印度洋～～世界第三大洋～～占海洋總面積五分之一～～雪克33你知不知道啊～～～～～」
　　「原來～～非洲沒有想像中的熱～～～還有點冷～～～你知不知道啊～～～～～」
　　「幸好～～～有你在我身邊～～～還記得嗎～～Stand by me～～～～～」

　　阿閔看到自己那件巧克力口味的外套此刻正被馬尾的拿在手裡，像西部牛仔般地甩動，少年隔著螢幕彷彿感到迎面而來的風，與刺辣自己雙眼的海水鹹味。

　　鏡頭的近處突然傳來一個低沉男聲：「靠夭沒關。」接著畫面一歪，影像消失。

　　一下車，一副墨鏡遞到自己面前，阿閔輕輕把它推開：「哭

就哭，讓人知道我很想她又有什麼關係？何必怕別人知道？」志傑叔叔居然對少年笑了笑，將墨鏡帶回自己臉上，坐進駕駛座發動引擎。

「我會轉告她，如果有機會的話。」

「志傑叔叔，謝謝您今天特地讓我看錄影帶，真的很謝謝您。」

「什麼錄影帶？今天我根本沒來這裡，你也沒有看到我，我除了不小心弄丟一條髮帶以外，不曾留下任何東西。」說完就緩緩將黑色的外交部霹靂車駛離，在街角處轉彎後消失。

「馬尾的父親真不知道是做什麼的？外交部有必要搞得這麼神祕兮兮的嗎？」阿閔納悶著。突然想到志傑叔叔剛剛最後一句話怪怪的：「……也不曾留下任何東西。」他本來就什麼都沒留給我啊？莫非話中有話？

一念及此，便掏一掏身上所有的口袋，沒有。書包一翻，也沒有。就只剩一直握在手上的海藍色髮帶而已，翻來覆去地看，也看不出什麼所以然來。便朝日成緩緩走去，一邊躞步一邊思量：「那句話全都是反話，他一定有留下**什麼**。」來到七樓教室依舊一無所獲，反正，離集合時間還有1小時……於是，少年衛斯閔便從班導桌下隨手抽了一張評量卷，在空白的背面將今天志傑叔叔說的每句話寫上去，逐一過濾後，只剩這兩句最可疑：「下車買包菸」跟「下車抽根菸」。

立刻重回現場，停車處沒有什麼可疑，再來就只有……超商的柱子旁……那邊有個大垃圾桶，幸好清道夫還沒來收，打開後沒有想像中的臭，但裡邊起碼躺了三、四十包的香菸空盒，五顏六色都有，阿閔直覺地把其中四個藍色菸盒挑了出來，三個空空如也，唯有一個居然還放了支「千輝」，盒蓋內側用鉛筆很淡很淡地寫了兩行字，不注意的話還真會漏掉，第一行：「**還不錯，**

看完燒了」，而第二行則是一個**郵政信箱**。

※　　※　　※　　※　　※

7月10日早上9點50分，鳥蛋最早來，一見面就丟了一本書過來：「昨天在『輕鬆一下』的廁所拿到的，好康的我已經先幫你折起來了。」低頭一看，什麼嘛～「原來是H中的畢業特刊喔～眞是無聊的『毒物』，還以爲是什麼咧！」突然想起之前胖子的傳話，正要翻閱，其他人已陸續抵達，便先收進了書包。

早上10點，只見五位少年一字排開，和他們的班導師雅琴姊在日成補習班的一樓門口合影留念，拍完照後，<u>胡德華</u>取回相機跟腳架說：「這次應該沒問題了，老臭蟲，照片我直接拿去你家，其他人麻煩留個地址給我，等洗出來就寄過去。」

「照片你給我**好好小心保管**啊！」阿閔意有所指，吃過苦頭的惹禍精點頭如搗蒜。雅琴姊抱著紙箱對少年們說：「今天是我在日成的最後一天，後天開始我就要到桃園上班了，我想先工作個兩、三年，等存夠了錢再考插大，有機會的話就出國念書，你們呢？」

胖子率先舉手發言：「這次北聯我對過答案，應該有前五，如果沒有的話，就打算重考。」雅琴姊從自己的辦公桌抽屜裡拿出一疊票券撕下一張，又從紙箱中摸出自己的紅墨水印蓋了一下交給胖子：「這個8月才會開始按照今年的成績發送，主任原本要印30張，後來覺得太傷本，我只印了10張就被他喊停，就先給你了，但我希望你用不到。」那是一張國四重考班的舊生優惠券，還打五折，難怪錢鬼主任只印10張。後來胖子果然沒用到，這位胖哥哥一舉考上第三志願成功高中，阿閔由衷爲他歡呼，因爲他知道這有多麼不容易。

雅琴姊問其他四位：「還有人需要嗎？」胡德華和鴨B仔由於目標分別鎖定高職和五專，因此立刻搖頭；美麗的班導便從抽屜裡拿出兩樣東西交給他們，姓胡的一接到手就睜大眼睛「嘩」地一聲，要不是出自乾姊的手，阿閔一定以為是宮澤理惠寫真集，只見那是一本正方形的大書，純白色的封面用毛筆寫著「心景」兩個大字，看老酒鬼的神情，好像比真的收到宮澤理惠寫真集還要興奮，只聽他說：「謝謝！謝謝！這是大師之作！大師之作！謝謝！」

鴨B仔問了：「這是啥？咱看不懂？」雅琴姊說：「這是財務會計專用的電子計算機，以後五專跟我一樣念商科的話一定用得到，配合說明書來整理財務報表，一定可以當令尊生意上的好幫手，你今後的身分啊，要是在古代就叫做『大掌櫃』了。」鴨B仔高興得愛不釋手。

大家都笑了起來，啟程的時間到了，雅琴姊坐進她剛買的中古車，點燃引擎後探出頭再次相邀：「好啦～除了Michael和我弟以外，還有人要去福隆嗎？車子還擠得下喔～胡德華，沙灘上有很多泳裝美女，你確定不去？」

胖子說他想等減肥成功再去，鴨B仔居然不會游泳，這算哪門子的鴨B仔？至於G中胡P則是有苦說不出，知道自己去了一定會忍不住用新買的寶貝四處亂P，然後回去等著被他的太陽活生生烤來吃，活該～當初叫你和我一起讀H中就不要，說什麼做夢還會夢到那把藍波刀，硬要轉學籍，這下好啦～眼看就快畢業解脫了，招惹母夜叉好不好玩？還一次兩隻？拖老子下水被迫跟你分享……算了～今天就先別想這些煩人的事了。

（大頭閔，好在你今天沒去學校，你的**名義老婆**此時在H中大門口堵你，她非常非常火！）

——「那就～～再見啦！別忘了說好的『五年之約』，屆時不另行通知喔！」新科駕駛人踩下了油門，駕照剛到手的雅琴姊顯然還無法駕馭自如，白色三菱如同飛躍的羚羊，載著兩位勇氣可嘉的少年衝出青春的街角，逃離這座補習歡樂城。

　　　※　　　※　　　※　　　※　　　※

　　兩位少年坐在後座，一左一右的兩手緊緊抓著車窗上方的把手，感受著濱海公路上的風馳電掣。

　　「姊，我還年輕……」

　　「莫非底迪你覺得本宮老了？」

　　「Chris～請念在炸雞翅的分上從輕發落……」

　　「從輕發落？莫非Michael你有對不起我的地方？」

　　「小心！有砂石車！」兩位乘客異口同聲。

　　「放心啦～我上禮拜筆試滿分、路考也是滿分，駕訓班的教練還說我是練習場女王呢……」

　　阿閔的胃有些翻攪、鳥蛋則臉色青筍筍，兩人雙手交握彼此打氣。

　　「也好，趁你們現在驚魂未定，有一些問題剛好可以請教一下……」

　　「底迪～你知不知道補習班辦公室的電話有重撥的功能？」阿閔對著駕駛座右上方的後照鏡搖頭。

　　「你們記不記得去年10月底有一次補習班火警誤報，消防隊來了把門砸爛，讓主任氣得半死的那次？」鳥蛋一拍額頭，看向身邊的大頭仔。

　　「Chris～我有禮物嗎？」

　　「你個小滑頭，事到如今，虧你還想轉移話題。」雅琴姊說

完用力超過前方一台龜速的藍色轎車，換來對方一陣抗議的喇叭及後座兩聲尖叫。

突如其來的超車換來一小段沉默，雅琴姊又回復平常的聲調：「底迪～你知道陳之藩為什麼要<u>謝天</u>嗎？」甫卸下考生身分的阿閎為了讓翻騰的胃袋轉移注意力，強撐著對答如流：「因為要感謝的人太多了，不知道要感謝誰，所以謝天。」雅琴姊笑著說：「不錯喔～底迪你真的進步很多；不過我的格局沒那麼大，能夠答謝的守護天使也很有限，所以……兩位**米迦勒**和**加百列**當然也有禮物，下車再拿給你們。」

方才一陣高級審訊，雖然令阿閎心頭警鈴大作，但卻不知所謂何來，還有點懵然，但另一位準革命軍人可就不同了，立刻用眼神傳了一連串的密碼給戰友：「**她知道了！**」畢竟是破600分的腦袋啊～「姊是怎麼知道的？」自己想破頭也不明白究竟是哪裡露出了破綻。

阿閎想到當初6月30日補習班最後一天課程結束時，鴨B仔跑過來說：「總鏢頭，雅琴姊剛剛把咱叫過去，說她明天開始放長假，今晚會早點走，要大家好好念書，等北聯考完後的隔天來一趟日成，她開車載大家去福隆海邊玩。」說完又加了一句：「奇怪？她好像知道今晚禮拜三輪到咱留守耶～」

（喔～～原來如此。）

好在當事人點到為止，沒有說破，心照不宣的兩姊弟一滑頭閒扯了20分鐘後到達目的地。

「呼～現在不只要謝天還要謝地，終於到了！」阿閎下車先深深地吸一口海風，紓解胸腹間的不適。

「底迪～你還好嗎？抱歉啦，技術還不是很熟。」看來她已經把被外星人改造過的腦袋暫時關機，當回人美心地好的鄰家大

姊姊了。

「姊，怎會想帶我們來這裡？」

「台灣的極東點就在這附近的三貂角，是離太平洋最近的地方哦～」

「所以？」

「卽使分隔兩地，但海洋卻是相連結的；很多時候，海的寬廣和深沉常被我們當作思念的寄託或隱喻，所以，這裡無疑也是最靠近馬尾小姐的地方。」

「……」

「我說過，我尊重你的隱私，但接受別人的關心並不是壞事哦！這給你，姊對你有信心，我去找小滑頭聊聊，你好好沉澱一下。」

雅琴姊給阿閔的是一張招生文宣，標題是──「你想當紅樓才子嗎？妳想當綠園才女嗎？」搞什麼？還沒放榜姊就要我重考啊！再仔細看下去……居然是「建中補校」和「北一女補校」的聯合招生文宣，有這種學校嗎？補校不是社會人士在念的嗎？可是上面說歡迎應屆畢業生報考，考試日期是……我還有一個月的時間可以準備！報名日期……幹！還來得及！

阿閔看著文宣下方的標語：「紅樓夢、夢紅樓、築夢踏實」感受到一股魔性的呼喚──就是這個！我一整年來的努力爲的就是這個！今天就放自己一天假，明天起，且看不哭死神再戰江湖，老子不當高明輝！要當他學長！舜禹何人也？有爲者當若是！

阿閔任由自信心隨著海天一色無限延伸，覺得一切都充滿著希望，將文宣宛如康熙皇帝的密詔珍而重之地收進書包，再順手將自家學校的畢業特刊抽了出來，直接翻到鳥蛋摺起來的那一頁，嗯～是第53頁的「青春留言板」，一段比較長的篇幅將阿閔

的目光拉了過去——

給右手邊的雪克33：

你說　喜歡我的馬尾　我從此將它解下
只為你保留那最俏麗的模樣
而我喜歡　喜歡你　及你的不告而別
我亦將它剪下　連同無緣入口的金莎外衣一併打包
輕輕摺成非你莫屬的行裝

留待　他日相逢
做為你我共讀一書的註腳
假使只能想你　那只書籤
便是我思念的回程機票

被你濺濕的小玲

※　　　※　　　※　　　※　　　※

「Michael～」
「嗯哼～」
「你知道其實我已經有男……」
「知道。憲兵。有槍。」
「他退伍了。我們很多觀念無法溝通。分手了。」
「何必告訴我？其實我也不認為和你……」
「這樣對你不公平。」

「世界本來就不公平。」

「……」

「……」

「五年，你有五年的機會，足以讓自己長出一雙翅膀，到時我們再來看看世界公不公平。」

「!?」

「上個月Keven不是說『情歌傳情』快被Phantom和Christine淹沒了嗎？還要繼續？」

「繼續。當然繼續。五年的時間長不長得出翅膀我不曉得，但鐵定可以把Keven淹沒。」16歲的少年露出一抹超齡的笑意。

「那你剛剛在車上的問題，我回答囉！」

這兩位到了海邊卻不下水的人，靜靜地吹著海風，空出畫面好讓另一個人盡情地又跑又跳、又笑又叫……

※　　※　　※　　※　　※

但，他才不是一個人哩！

遙想那個在天涯海角追逐浪潮、巧笑倩兮的身影，阿閔真心替她感到開心，想像此刻兩人正一起逐浪、一起自由自在、一起迎風笑鬧，現實與地球另一端三個月前的畫面倏忽合而為一——

「啊～～～這裡也超讚啊～～～～～」

「我不考模擬考啦～～～～～」

「我也不想再考北聯啦～～～～～」

「我～也～好～～～想～～～～你～～～～～」

「這裡是太平洋～～比印度洋還大～～比地球上所有陸地面積的總和還要大～～小玲你知不知道啊～～～～～」

「你再煙花三月下揚州試試看～～～等我腰纏十萬貫騎鶴去找你～～～好不好哇～～～～～」

「我記得～～～當然記得～～Stand by me～～～～～」

旁邊一群大學生，像是不想再承受這些瘋言瘋語，特意將音響開到最大聲，是一首他們當初讀國中時的流行歌，紅唇族唱的，恰好跟今天超級速配——

……
……
不一樣　我們就是不一樣
溫柔中也有主張　不會失去方向
海水正藍　像我們的心一樣
海水正藍　帶著夢想去流浪
海水正藍　雖然有時也會瘋狂～～海水正藍
……
……

如果能為日子上色，那麼這一年的7月10日必定是海水藍。對於未知的未來，阿閱並不擔心、15歲的少年對這世界雖然一知半解，但卻一無所懼，反正青春長得很、時間有的是，年華正茂，而海水，正藍。

不告而別

我是一隻蜻蜓
肆恣於歲月的河邊
停停　又　點點
與記憶等長
和青春平行

且歇　在消失的金色年代
那是抽風機呼嚕地響聲
自巷口的麵攤返回
亦是葉隙間的微塵
自晨光中灑脫

青春　只是半熟
記憶　猶是微溫
我的哀愁與煩惱
全都掉落妳缺席的空位
深陷少年十四十五的醒覺
向彈子房和漫畫店的流連
說———　再見！
從此　不告而別

PS.三年27班的赤名莉香，你過得好嗎？丸子好想你。祝你生
日快樂。

坐你右手邊的雪克33

青春半熟・記憶微溫
Adolescence

回 音

　　一位中年大叔在秋末的午后整理搬家的舊物時，無意中翻到了一本舊書，是他國中畢業那年學校發行的畢業特刊；大叔嘴角牽動了一下，熟悉地翻到了折角的那頁，再次細讀「青春留言板」裡的那則留言，想起那位記憶中的馬尾女孩，在地球另一端的海天一色裡對自己招手、希望兩人一起逐浪的畫面，臉上的法令紋更深了⋯⋯

　　突然，一陣風吹過，把書頁快轉了3頁，大叔也不在意地繼續讀下去，卻突然呼吸加劇、霍地站起，突然的舉動令日漸高升的血壓有些跟不上，趕緊扶住書桌，待心跳稍加平息，才又拿起手中書卷，這回看得很慢很慢，因為每隔幾秒鐘視線又開始模糊。

　　堪堪看完，大叔長嘆一聲～頹然坐倒在椅子上，久久不能自己⋯⋯順著視線望去，書頁上是一首不怎麼樣的短詩——

《青芒果》

青澀是我的表徵
偏硬 且微酸
在軟黃的內蘊尚未透甜之時
已被任性三次的少年執拗地摘下

酸 甜 各半

卻是天橋少女十四歲獨有的青春
化作曾經許諾的冰點
值得慢慢品味……

別急，呵～在完全融化前
整個碗公都是你的

PS.冰菓店不會有「青芒果冰」的好嗎？
PS的PS.北聯考完的隔天，在「第二次任性」的地方見面。

霎時，白蓮花、乾妹妹、亞洲樂園、芳鄰冰菓店、烏梅桑
葚、北聯、模擬考、碗公、拉虛仔、隱隱作痛的面頰、<u>王傑</u>的一
個人走在冰冷的長街……所有的往事全化為冤親債主一股腦地回
來索討，想起那個苦苦等候而泫然欲泣的女孩時，原本以為早已
乾涸的眼眶倏地湧出淚泉，化作江河沿著法令紋氾濫成災。而那
首三十年前被自己嗤之以鼻的「哭調仔」，經過時間的窖藏與醞
釀，此時卻成了名符其實的淒美經典……

……
……
愛上一個不回家的人
等待一扇不開啟的門
善變的眼神　緊閉的雙唇
何必再去苦苦強求　苦苦追問

《愛上一個不回家的人》～林憶蓮

誠如聶魯達的詩句：「愛情太短，而遺憾太長。」30年夠長了吧？它占了人生的三分之一哪～我想是夠長了吧！多想回到那一年，讓一切都來得及，讓這個故事有個任性的Happy Ending！

※　　　※　　　※　　　※　　　※

翌日——

「欸～你們幹嘛？要把我丟龍門池是不是？」一群國中生嘻嘻哈哈地推來鬧去。

「這裡寫什麼看清楚好不好？『請勿攀爬』你看不懂中文喔？」一樣的青春痘、一樣的白爛調調，只是臉孔換了一批人。

「拜託厚～有人那麼北七會爬上去嗎？」

一旁的中年大叔聽了好笑，心下暗忖：「訓導主任叫你爬你還不是得乖乖爬上去罰站給人家當猴子看？」搖了搖頭，走出校門，已經一把年紀的人自然而然地向左轉準備上天橋，卻在已然斑駁的天橋下方，看到一紙公告——

【天橋拆除公告】

本座天橋於民國六十九年落成，迄今已四十餘載
對於H小及H中莘莘學子與行人的安全嘉惠實多
惟考量使用率及整體市容之規劃，將於本（10）月底
功成身退，欲拍照留念者請把握機會！
拆除工程預計於今年11月1日凌晨準時執行
屆時將進行交通管制，相關資訊請洽……

「今天恰好是最後一天哪～」中年大叔信步散策，朝記憶中的冰菓店走去，還好～尚未滄海桑田，「芳鄰」兩個大字的招牌方方正正、晶晶亮亮，像是對整條物換星移的街道怒刷自己的存在感。店門口的紅布條令大叔會心一笑「因爲第三代老闆的堅持，本店屹立五十年倒不了」。

「請問，你們有『情人果冰』嗎？」大叔直截了當的點餐。第三代傳人說：「有啊！」接著反手一指櫃台後方的牆上，果眞明明白白的貼著「青芒果冰60元」。

「咦～怎麼不是寫『情人果冰』？」

「本來一直是貼情人果啊！但後來我姊說是女生會害羞、男生會搞不清楚狀況，就改了。」

大叔點了一碗，一口一口慢慢地吃著，細細品嚐那酸甜各半的獨特滋味。「不急～整個碗公都是我的，不是嗎？」

※　　　※　　　※　　　※　　　※

風鈴響處，離開店門前，大叔又抬頭看了一下價目表，有點疑惑地說：「怎麼沒有『烏梅桑葚冰』？」

答案來得很快、也很務實：「我姊把店交給我跑去嫁人時，說是那道冰幾乎只有一位客人會點，那位客人一直沒來，而且，成本太貴啦！欸～您該不會……」大叔揮了揮手已漸行漸遠。

像是探望老朋友似的，大叔摸著每一寸欄杆、一步一階的在老天橋的樓梯緩緩拾級而上，橋上有幾位拿著照相機和手機的人在那邊P來P去，在天橋的正中間，大叔停下腳步，趴在欄杆上遠眺，街景在秋末午后的陽光下格外刺眼，如同被蕩漾水波折射

後再繞射，恍惚間，街景一變再變，訴說著三十年間的成長與幻滅。

風起，聳立在校牆外的麵包樹落下一片大葉子，隨風捲飄、再捲飄，最後輕輕地落在大叔的頭上後滑下，像是大姊姊般的輕撫，已經不再年少的大叔彷彿聽到了一聲柔柔的、久違的嗓音。

　　　　　※　　　　※　　　　※　　　　※　　　　※

是夜——

某座城市裡，一位睡不著覺的中年大叔，在書桌前打開筆電裡的WORD，任游標輕輕閃動而沉思著，拉開抽屜，裡頭的一只鐵盒是從前停放時光機的祕密基地，但裡邊那台破銅爛鐵早已千瘡百孔，未及拔出的鑰匙上，還清楚地標示著警語：「非十五歲以下禁止使用！」

「去你的！」大叔罵了一句，硬是將鑰匙往長滿鐵銹的匙孔猛力擰動……果不其然，「啪」地一聲，沒三小路用的鑰匙應聲斷為兩節；一試再試，終告放棄的大叔順手拿起抽屜裡的一個牛皮紙袋摸啊摸——那是這些年來養成的習慣，每當生活有了啥不如意的鳥事，摸摸這個牛皮紙袋，就會不自覺地感到安心。

「嗯～這本書啊……」想起國中畢業後，跟那群狐群狗黨約好了五年一聚，好像是第四、還是第五次吧！有位故人不知道什麼原因沒來，託兒子來以前的補習班巷口赴約，那次有夠好笑，看那個中二生一邊看著手機、一邊找人，說是要找一個長得很像過氣影星萬梓良的不良中年，把大家都逗樂了，然後說是受人之託把這本書物歸原主。

牛皮紙袋裡是一本倪匡早期的作品《天外金球》，書頁當然

都已經發黃了，它物歸原主後就一直被主人當作幸運符供奉著，從高中、大學、研究所、當兵到出社會結婚生子，陪伴著自己全台灣北中南四處轉戰，直到今天還是在抽屜裡靜靜躺著⋯⋯

「咦!?」剛剛時光機的燈號好像閃了一下～～是老眼昏花看錯了嗎？

「沒錯！這不是幻覺！」時光機的燈號又閃了幾閃，能源槽依舊空空如也，但螢幕確實亮起來了！大叔彷彿感受到天啟，立即將那本《天外金球》從牛皮紙袋裡小心翼翼地抽了出來，時光機頓時一陣顫動⋯⋯

大叔心想：「有那麼巧嗎？」

「還不夠巧。」——又是那個曾經熟悉的柔柔嗓音，突然從腦海深處穿透而出。一陣心慌意亂下，牛皮紙袋從手中跌落，裡頭滑出一張微微泛黃的照片，只見一個長髮飛揚、戴著黑色粗框眼鏡的女大生，臉龐秀麗絕倫，微微嘟著嘴，就在那座天橋上，比著手槍的姿勢對著鏡頭ㄅㄧㄤˋㄅㄧㄤˋ似地射出一支穿雲箭！

心神激盪的中年大叔，下意識地將手裡的《天外金球》翻到將近三分之二的地方，開始前前後後仔細地查閱起來，不到十秒鐘就讓他找到時光機的無線遙控器——那一頁的右下角被人用藍色原子筆慌亂地打了一個「√」。

——NO！那不是勾勾！而是Christine的「C」！「無名髮」裡上帝使者ABCD的「C」！鳥蛋兒的Angel的「C」！

而就在「C」的旁邊，有一行娟秀的字，是用黑色墨水寫下的——「底迪～你說的沒錯！『沒有巧事哪有巧字？』期待你的大作哦！加油！」

青春半熟・記憶微溫

寫下這段話的人必定是用一枝黑到極致的鋼筆、筆蓋上滾著金邊，筆身旋開後是一把足以防身的小匕首，三十年前一支要價新臺幣350元；這支筆是那個人的生日禮物，而送禮和收禮的兩人生日竟是同一天，那一天，送禮的人被回贈了一把瑞士刀，而那把瑞士刀現在就在這個破抽屜的鐵盒裡，**它還在**。

　　大叔迅速將它拿了出來握在掌心，**它很溫暖**，同時端詳著那行娟秀字跡中所蘊藏的深切想望……這下「倚天劍」和「屠龍刀」重見天日，任心念如刀似劍、全力對撞——**這交會時互放的光亮**！

　　時光機的能量一瞬間高漲起來，將所有能源槽一口氣填充到逼近滿水位的程度，所有的指針像是王光輝站上打擊區微微晃動的球棒一樣蓄勢待發，90年代的強打者笑著說：「少年耶～問題不大。」我明白的，一球入魂、一生懸命。

　　像聽見雨生的歌，90年代的高亢嗓音鼓舞著執照已被吊銷的時光機飛行員：「不管超載多少，都要全力以赴，讓我們一起帶著勇氣，毫不遲疑，向夢想加速前進。」我明白的，他只是人離開，留下來的歌聲中依舊有著充沛飽滿的力量，足以帶領我學會飛翔，飛向最高，飛過鷹族的訕笑。

　　最後，連曾在90年代短暫化名賣魚強的高傲不良少年都來到我身邊STAND，歪歪的學生帽下面有張酷酷的臉，用他最堅硬的拳頭做出承諾：「用不著擔心時光機這種小事，只要別讓我爺爺操縱就絕不會墜機，自己的道路要自己開創——歐拉……」我明白的，只要貫注了全心全意的黃金精神，就連世界都會被我打得粉碎。

於是乎，中年大叔的筆電螢幕上迅速地跳出了第一行字——

　　阿閔，也有人直呼大頭閔，生於大順之年（六年六班），勉強算是本書的主角吧！

【全文完】

……了嗎？

……聽說，三十年後流行一種玩意兒叫「彩蛋」？

Lesson 25-1. 莫非

終於考完了。

和北聯這個可敬的對手足足鏖戰了五個回合，雖然後面還有五專跟高職兩場硬仗要打，但是套句某位職棒球星的口頭禪：「問題不大。」阿閎相信頭過身就過，已經15歲的少年終於可以說服自己暫時放下書本，輕鬆一下。

原本希望睡到自然醒的阿閎，受到生理時鐘的騷擾，依舊七早八早就如願起床了，而一覺醒來只覺全身精氣神十足——可是奇怪，枕頭居然濕濕的，內衣前襟也濕了一大片？趕快再往下確認，還好內褲沒濕，哈～管他的，先沖個涼！

盥洗時看到鏡中的自己，不由得呆了一呆：「怎麼眼睛又紅又腫，好像哭了三天三夜一樣慘？」儘管自認為已有超水準的演出，但考得怎樣多少也是心裡有數，不過，就算周公托夢說我名落泰山，有需要這麼悲情嗎？

嗯～～想到夢，這才逐漸想起昨晚好像做了一個夢，具體如何已經沒印象了，只是隱約記得夢境很長很久，長久到自己都覺得那不是夢，而是貨真價實的人生；而夢中的自己已經是個像拉虛仔那樣年紀的臭大叔，認識了很多人、也發生了很多事，但不知為何，他並不快樂，正要做點什麼改變時，夢就醒了。

算啦～輔導室的那位虎姑婆不是曾經說過嗎？叫什麼「北聯症候群」有的沒的……想必是考試前太緊繃、太壓抑，一旦考完放鬆過了頭，就會開始想一些亂七八糟的事情，一定是這樣沒錯！

想起答應雅琴姊的邀約今天一起去福隆海邊玩，現在時間雖然還早，但看得出會是個好天氣；無論如何，出門走走吧！四處溜噠溜噠，探聽一下其他人考得如何？」

　　嗯～～先去學校好了。

※　　※　　※　　※　　※

　　暑假期間，學校頗為冷清，穿堂旁邊的桌上放著一疊一疊的不知道什麼東。「原來是沒發完的畢業特刊喔～真是無聊的「毒物」，還以為他們把我這三年來被沒收的小說漫畫，一次過全拿出來展覽哩！」正要離去時，像是一陣心電感應似的，突然想起之前胖子的傳話，反正稍微放鬆一下也無妨，沒有的話，就當作被騙吧！於是順手拿了一本，在穿堂沁涼的地板上席地而坐，背靠著牆翻開了目錄。

　　「到底在哪？這馬尾的古靈精怪，該不會要我一頁一頁從頭看到尾吧！我現在可沒有那種**南非時間**啊！」

　　「『青春留言板』！該不會是這個吧？」類似的行徑讓少年想起鳥蛋之前用ICRT電台的「情歌傳情」點歌給雅琴姊，結果被打槍的糗事。

　　「嗯～第49頁，有了！靠！無聊的人還真多，把這邊當畢業紀念冊了——

　　「曉萍老公，要想我喔～」
　　「繼續走，繼續活，Keep Walking」
　　「我終於失去了你，我終於天人合一了！」
　　「夭壽喔，終於畢業啦！」

青春半熟・記憶微溫
Adolescence

「銀河的歷史又翻過了一頁……」

「許肉圓，你腦子裝大便」

「XYZ，呼叫爪哇人～～」

……

……

……等等諸如此類

　　果然，國中生的白爛是渾然天成的，很難造假，哈雷路亞！YA！

　　翻過去，第51頁，又是各式各樣的創意白爛，有些很難笑、有些還不錯、有些則不知所云……包含歪萍寫的「養子不教誰之過，你們說，這還有天理嗎？」欸欸！現在不是看這些阿里布達的時後，跳過跳過。

　　再翻過去，第53頁，突然一段比較長的篇幅直接將阿閔的目光拉了過去——

給右手邊的雪克33：

你說　喜歡我的馬尾　我從此將它解下
只為你保留那最俏麗的模樣
而我喜歡　喜歡你　及你的不告而別
我亦將它剪下　連同無緣入口的金莎外衣一併打包
輕輕摺成非你莫屬的行裝

留待　他日相逢
做為你我共讀一書的註腳

假使只能想你　那只書籤
便是我思念的回程機票

　　　　　　　　　　　　　　　　被你濺濕的小玲

　　誠如徐志摩的詩句：「**我是天空裡的一片雲，偶爾投影在你的波心。**」一年的暗戀算是偶然嗎？話說回來，它也只不過占了國中生涯的三分之一而已～我想算是吧！畢竟，你有你的，我有我的，方向。不是嗎？情竇初開的少年就維持這樣捧書的姿勢不知過了多久。

　　　　　※　　　　※　　　　※　　　　※　　　　※

　　風起，聳立在校牆外的麵包樹落下一片大葉子，隨風捲飄、再捲飄，最後輕輕地滑落在靜謐的穿堂，「啪噠」一聲驚醒了捧書沉思的少年。耽擱太久，該走了，站起時因為有些腿麻，一時之間不小心將手中的書卷掉在地上，原頁朝下、四角攤開摔個狗吃屎。

　　「糟！老佛爺說要趕快把書放在頭上轉三圈，不然這輩子書都會唸不好。」大頭閔就地起立，一邊跟文字之神誠心致歉、一邊轉圈；風還再吹，每轉一圈、大頭上的書頁就快轉一頁，第55頁，再來是第57頁，最後則停在第59頁。阿閔恭恭敬敬地把書捧回手裡，卻發現不是剛剛那一頁，想要往回翻時，書頁好似黏在一起不怎麼好翻。眼角的餘光好像瞥到了什麼，有幾個字很快地

晃了過去……似乎是「芒果」……還有「天橋」……

「!?」

重重上鎖的心扉深處，有顆鈴鐺好像被什麼牽動一下，發出微弱的呻吟聲；再多瞄一眼，原來是「青芒果」和「天橋少女」。風繼續吹、再吹，最後吹醒了一呼百應的陣陣風鈴聲……

阿閔重新坐了下來，細細地讀著，然而呼吸卻越來越急促，他突然霍地站起，跑了兩步又停下來想了一想，接著便將畢業特刊匆匆塞進書包後拔腿狂奔、再不回頭。

——今天不去補習班了！

因為在第59頁上打印著另一首情感更為熱切的短詩，同樣明明白白地昭告全世界只有兩個人看得懂的暗號——

《青芒果》

青澀是我的表徵
偏硬 且微酸
在軟黃的內蘊尚未透甜之時
已被任性三次的少年執拗地摘下

酸 甜 各半
卻是天橋少女十四歲獨有的青春
化作曾經許諾的冰點
值得慢慢品味……

別急，呵～在完全融化前
整個碗公都是你的

PS.冰菓店不會有「青芒果冰」的好嗎？
PS的PS.北聯考完的隔天，在「第二次任性」的地方見面。

——今天是7月10日，昨天才剛考完北聯，那碗冰還沒融！
還來得及！我不是一無所有！整個碗公都還是我的！

※　　　※　　　※　　　※　　　※

　　一年多不見，鴨爸依舊爽朗健談，只是發福不少，而座駕也
從原本的墨綠色福特天王星換成黑色BMW，但無論如何，穿針
引線的汗馬功勞都算它一份。同樣的路線、同樣的目的地，乘客
也同樣一副很急很急的表情，但心情卻是大不相同；一下車，鴨
爸又是一揚手，一張500元的咖啡色鈔票已塞在阿閔手裡：「少
年耶～麥客氣啦！剛聽你講，跟女朋友約會怎麼可以沒帶錢還讓
人家請？」又說：「我兒子沒去考北聯，他說私立的他也沒興
趣，想要念五專跟我一樣學做生意，這樣不要緊嗎？你覺得我該
不該勸他重考拚高中？」
　　「阿北，你兒子他做生意比你還高竿，你想早點退休就不
要逼他念書。」鴨爸顯然是聽進去了，後來果然提早了好幾年退
休。
　　少年原地立正，以象徵三達德的童軍禮向鴨爸那台BMW致
上最深謝意，再次目送它絕塵而去。

※　　　※　　　※　　　※　　　※

日正當中，亞洲樂園的門口，一位皮膚白皙、身材高䠓的女生，約莫十四、五歲的年紀，只見她頻頻看錶，有些焦躁。突然，像是聽到什麼似的轉過頭來，她等到了他、而他也看見了她。

　　許久不見的白蓮花這回穿著一身黃色的連身洋裝，裙子下擺點綴著綠色小碎花，微風輕輕吹拂，讓清秀的髮絲為她十四歲的笑顏再添妝點……兩人都笑了起來，笑得很真、很美。

　　「考得如何？」高䠓女生和遲到的少年不約而同地異口同聲。阿閔表明自己已經盡力了，反問：「你呢？」婉如笑著說：「對了一下答案，有發揮正常水準，補習班做的落點分析應該有前三。」少年衷心地為她感到高興：「恭喜你努力有了回報！恭喜你金榜題名！恭喜你終於又可以穿回白衣黑裙。」

　　婉如奇道：「你又知道啦？瞎猜。既然要猜，幹嘛不說綠衣黑裙？」少年哈哈一笑：「這麼貪心喔～我也不知道為什麼，但我就是覺得中山女高的制服最適合你。」說完還搔了搔頭。

　　「好啦好啦！現在開始，我們誰都不准再提北聯；話說回來，我怕錯過，一早就來了，你怎麼這麼晚？我差點都要回家了。」嘴裡是這麼說，但今天打定主意等到園區關門的「決心」，說什麼也不能讓這個不解風情的男生知道。

　　「不好意思，天氣太熱了，先跑去芳鄰吃了碗青芒果冰才搭車過來。」白蓮花開始有些白裡透紅，低著頭說：「好吃嗎？」已經15歲的少年連連點頭：「太讚啦！最讚的是，整個碗公都是我的。」

　　白蓮花這下成了紅蓮花，跺了跺腳，把頭扭到另一邊去：「你再逗我我就馬上回家。」

　　「原來**我的乾妹妹**不只功課好，還這麼任性啊？」

　　「你才知道。後悔了？」

「我怎麼敢？何況你搞不好還隨身攜帶雕刻刀哩！」

「真的有喔～要見識一下嗎？」說完還準備去掏包包。

阿閔趕緊雙手連搖：「可以了可以了，你這個四品帶刀護衛，長得比我高、功課比我好、文采好到會寫詩，算我怕了你！」

「騙人，**我的閔哥**哪會怕？上次搭摩天輪不是勇氣百倍嗎？」

兩人邊說邊走、越靠越近，自然而然地走到當年的「案發現場」。

「只不過，在上面被打，下來也被打，覺得滿委屈的。」

「那我讓你打回來。」

「我怎捨得？可不可以換另一種方式？」

此時，摩天輪的車廂打開了，兩人一前一後地跨了進去，工作人員立即將車門關上並確實閂好。私密的兩人世界裡，空氣中瀰漫著少女獨有的淡雅清香，耳畔迴盪的是譚詠麟的《半夢半醒之間》……

——「當然可以。不過，等到了最高點再告訴我。」

【眞・全文完】

寫在回憶之後

記憶的顏色是朦朧的。

在子虛烏有的月台上，五位少年再次一字排開，為一位遠道而來的中年大叔送行，或許會有這樣的對話——

「30年後，我們還是一樣珍惜彼此的友誼嗎？」

「並沒有，我們認為堅不可破的友誼，在維持了26年以後，因為一些小事鬧翻了。」

「我道歉了嗎？」

「沒有。我也沒有，因為我們的脾氣都一樣硬。」

「那你怎麼沒有公報私仇，居然把我寫得還算不錯？」

「因為我忘不了在那個滴著雨的屋簷下，從你手中遞過來的那杯玉米濃湯。我用你的英文名字，把想對你說的話全寫進ICRT裡了。」

再見了～少年胖子。

「我哪有叫你總鏢頭？我哪有小頭銳面？你要不要解釋一下？」

「抱歉抱歉～但你素有急智，而我非常需要一個穿針引線的角色，左思右想確實非你莫屬。」

「30年後，我發大財了嗎？」

「並沒有，但你嘗試又嘗試，自己做老闆試了好幾項生意，商業這塊我是連碰都不敢碰的，我好佩服你。」

「那我有成功嗎？」

「雖然你沒有獲利暴富，但一家溫飽、家庭和樂；因此，在我眼裡，有。」

再見了～少年鴨B仔。

「MISSION明明不只三次？你幹嘛暗槓最精采的兩次？」

「米迦勒，我不確定那有沒有法律追溯期呀！萬一太陽公公還沒死，跑來提告怎麼辦？」

「也對。喂～聽你這麼一形容，他還真的很像火雲邪神梁小龍呢！」

「我就說吧，超像的。尤其是每次『碰』地一聲，從教室後門進來雙手抱胸的形象，我就知道你會認同。話說回來，你不問我30年後的事？」

「活在當下就好啦！人生得意須盡歡～OK？還有，那個雅琴姊明明是……」

「噓～～小說嘛，那麼認真幹嘛？都說是投射作用了，只是希望你別太孤僻啦！」

再見了～少年鳥蛋。

「你幹嘛把我設定成偷桃客？」

「誰叫你以前老是用躲避球K我老二？老師都拿美工刀把球當眾切一半了，你他媽的還是有辦法丟到我的小弟弟上面。你不知道三流小說家很會記仇嗎？」

「那也用不著把我寫得那麼搞笑啊！」

「阿你就真的很搞笑啊～你這個活寶沒有去當諧星太可惜了。」

「我也想帥一把……」

「我盡量，如果有下一部作品的話。不過我想讀者會比較喜歡你耍白爛，你知道嗎？我寫你超輕鬆的，台詞都不用想，照搬就可以了，所以這陣子我滿常跑去西藥房找30年後的你聊天。對了，『胡大爺牛排館』的夢想再不趕快實現的話，夢想就要變夢遺了，哈哈哈～」

「他媽的……」

再見了～胡姓少年。

最後，面對30年前的自己，我卻無話可說……反倒是理著平頭的15歲少年，向我比個讚，他的意思應該是「還不錯」……吧？我想。

而回憶的顏色卻是鮮明的。

高中時任編於校刊社，猶記得一位學弟曾在「編者的話」中寫下如斯的字句──「潤飾自己的回憶，使其美化成心之所嚮，是可笑、甚至可悲的行為。」當時我不置可否，但卻難以表明不同的聲音；直至時隔多年提筆寫下本書的第一個章節後，我才認定了心中真正的想法──人，總是貪慾的，當現實不容你我予取予求時，「如果…」、「要是……」的想法便自然而然地浮出。

「再來一次」真的能實現盡善盡美嗎？坦白講，我不相信。因為莫非法則告訴我們，即使可以改變一個必須發生的定數，但同時也會產生一個以上的變數，而那往往會是令人更無法接受的結果；我很喜歡這個黑色幽默，因為它很諷刺、也很有趣。

最後，我要謝天。或許，現在令我感到無奈的一切，搞不好就是生命中最好的安排。了不了？掰囉～～

現在的心情亂糟糟　　理想抱負都隨著白雲飄
沒人知道沒人明瞭　　只有望著天空微笑

我騎著野風向前衝　　不要擋著我的路向前衝
管別人眼光不一樣　　沒人戀愛又何妨

有時候乖　有時候壞　年輕的我反正沒人能明白
有時候瘋　有時候笑　甩甩頭就把憂愁都忘掉

說byebye　揮手向煩惱說byebye
乘著夢想的翅膀往上飛　青春永遠不會老

《青春永遠不會老》～紅孩兒

——乘著夢想的翅膀往上飛，青春永遠不會老！

國家圖書館出版品預行編目資料

青春半熟・記憶微溫／秋蘆著. --初版.--臺中市：
白象文化事業有限公司，2022.9
　　面；　　公分
ISBN 978-626-7151-56-3（平裝）

863.57　　　　　　　　　　　　111009430

靑春半熟 · 記憶微溫

作　者　秋蘆
發行人　張輝潭
出版發行　白象文化事業有限公司
　　　　　412台中市大里區科技路1號8樓之2（台中軟體園區）
　　　　　出版專線：（04）2496-5995　　傳眞：（04）2496-9901
　　　　　401台中市東區和平街228巷44號（經銷部）
　　　　　購書專線：（04）2220-8589　　傳眞：（04）2220-8505
專案主編　林榮威
出版編印　林榮威、陳逸儒、黃麗穎、水邊、陳婷婷、李婕
設計創意　張禮南、何佳諠
經紀企劃　張輝潭、徐錦淳、廖書湘
經銷推廣　李莉吟、莊博亞、劉育姍、林政泓
行銷宣傳　黃姿虹、沈若瑜
營運管理　林金郎、曾千熏
印　　刷　基盛印刷工場
初版一刷　2022年9月
定　　價　330元

白象文化　印書小舖　PressStore出版觀劃　出版・經銷・宣傳・設計
www.ElephantWhite.com.tw　f 自費出版的領導者　購書 白象文化生活館